The Golden Rooster

One like this, another like that

Raffi

ՈՍԿԻ ԱՔԱՂԱՂ
ՄԻՆՆ ԱՅՍՊԵՍ ՄՅՈՒՄՆ ԱՅՆՊԵՍ

ՐԱՖՖԻ

The Golden Rooster
One like this, another like that

Copyright © 2014, Indo-European Publishing

Contact:

IndoEuropeanPublishing@gmail.com

ISNB: 978-1-60444-784-2

Ոսկի աքաղաղ

Մինն այսպես, մյուսն այնպես

© Հնդեվրոպական Հրատարակչություն, 2014

Հրատարակված է Ամերիկայի Միացյալ Նահանգներում:

Կապ՝
IndoEuropeanPublishing@gmail.com

ISNB: 978-1-60444-784-2

Ոսկի աքաղաղ

Ա

Բ... գյուղի մեջ ամենի ուշադրությունը գրավել էր մի փոքրիկ տղա, որ դեռ նոր էր մտել իր տասներկու տարեկան հասակը: Ժամասեր գյուղացիները նրա ձայնովն էին զմայլած, դաշտից անցնելիս, նա էր, որ այնպես քաղցր երգելով, վաղ առավոտյան զառները արածացնելու էր տանում:

Նրա անունը Գալուստ էր, բայց գյուղացիները կրճատելով Կալո էին կոչում: Մի հաստ ու պինդ տղա էր Կալոն, որի ամուր կազմվածքը խոստանում էր հարուստ մարմնական զորություն: Կալոյի դեմքը նույնպես վատ չէր, արևից այրված և համարյա սևացած երեսի վրա կարելի էր տեսնել մի քանի գեղեցիկ և կանոնավոր գծեր, որոնց մեջ կրակոտ և վայրենի աչքերը արտահայտում էին խիստ զվարթ բնավորություն:

Կալոն որբ էր: Ծնողքը մեռել էին վերջին խոլերայից, թողնելով միակ զավակը դառն աղքատության մեջ: Նրա հորեղբայրը, բարեսիրտ Ավետը «հոգու համար» վեր առավ իր մոտ որբին և սկսեց հայրական խնամք տանել: Ավետը, որին բոլոր գյուղացիները «ապեր» (եղբայր) էին կոչում, վայելում էր առանձին հարգանք իր դրացիներից: Նա հանդարտ և աշխատասեր մարդ էր և քիչ չէր պատահում, որ խաղաղացնում էր զանազան վեճեր, որ ծագում էին իր դրացիների մեջ:

Ավետ ապոր ընտանիքը շատ մեծ չէր: Ինքը, իր կին Եղիսաբեթը և երկու փոքրիկ երեխաները կազմում էին ամբողջ գերդաստանը, որի գլխին բարձրացած էր, որպես ընտանիքի մայր, Շուշան տատը, յոթանասուն տարեկան մի պառավ, օր իր ծերության հեղինակությամբ իշխում էր բոլորի վրա: Պառավները առհասարակ բարեսիրտ են լինում, և մանավանդ Շուշան տատը, որ մի առանձին գութ ուներ դեպի իր թոռնիկը, Կալոն, որի մեջ գտնում էր մեռած որդու սիրելի պատկերը:

Փոքրիկ Կալոն տարվա երեք եղանակներում օգնում էր իր հորեղբորը նրա տնտեսական գործերի մեջ, իսկ ձմեռը գնում էր տերտերի մոտ և ժամագիրք էր կարդում: Կարդալ ասելով՝ պետք է հասկանալ, որ նա անգիր սերտել էր այս գրքից մի քանի «փոխեր», շարականներ, աղոթքներ, թեև տառերն անգամ չէր ճանաչում:

Կալոյի տնային ծառայությունները, նայելով, թե որքան շատ աշխատացնում են գյուղացի երեխաներին, մեծ չէին: Վաղ առավոտյան նա վեր էր կենում, աղբյուրից սափորով ջուր էր բերում, մարագից թոնիրի համար վառելիք էր բերում, գավիթը մաքրում էր և Եղիսաբեթին օգնում էր կովերը կթելու: Թեև այս գործերը աղջիկներն են կատարում, բայց Ավետ ապերը զուրկ էր աղջիկ զավակից, և նրա երկու որդիքը դեռ շատ մանրիկներ էին: Երբ տանը նրա համար այլևս գործ չկար, նա հագնում էր տրեխները և մի կտոր ցամաք հաց գրպանը դնելով, ձեռքն էր առնում հովվական ծանր ցուպը, որ իր հասակի կրկին երկարությունն ուներ, և գառները քշում էր դաշտը արածացնելու համար: Տանեցիք հազիվ էր պատահում, որ ծեծեին նրան, որովհետև չափազանց կամակատար տղա էր Կալոն:

Փոքրիկ հովիվը սիրելի էր և իր ընկերներին, որոնց հետ միանալով, գառները խառնում էին միասին և տանում էին Արաքսի ափերի մոտ արածացնելու: Այս գետից հեռու չէր նրանց գյուղը: Նա իր ընկերների ուրախությունն էր. ի՞նչ խաղեր ասես չէր սարքում նա, ի՞նչ հանաքներ ասես չէր անում նա: Շատ անգամ զվարճացնում էր նրանց իր քաղցր երգերով և շատ անգամ ուրախացնում էր նրանց իր եղեգնյա սրնգի ձայնով, որ բավական վարպետությամբ ածում էր: Կալոն իր ընկերների մեջ ստացավ հերոսական փառք, սկսյալ այն օրից, երբ մի անգամ, Արաքսի ծանծաղուտներում լողանալու միջոցին, խեղդվելուց ազատեց իր ընկերներից մեկին: Այնուհետև նա պաշտելի դարձավ:

— Կալո, ե՛կ մեր հացիցը կեր, դու մայր չունես... մեր մայրը կարագ է դրել, սեր է դրել, ե՛կ միասին ուտենք, — ասում էին երեխաները և նրան հրավիրում իրանց համեստ սեղանին բաժանորդ լինել, երբ կեսօրին նստոտում էին կանաչ խոտերի վրա ճաշելու:

Բ

Մեծ պասի վերջին շաբաթվա օրերից մեկն էր: Այս շաբաթում գյուղացիները իրանց բոլոր լավ բաները կրում են քաղաքը, որ հարուստները լավ զատիկ անեին: Ավետ ապերն էլ, աքաղաղը կանչելուն պես, կես գիշերին վեր կացավ, ճրագը վառեց, լվացվեցավ, երեսը խաչակնքեց և սկսեց իր էշերը համետել: Ամբողջ ընտանիքը դեռ քնած էր, միայն Եղիսաբեթը օգնում էր ամուսնին: Նա դեռ մի օր առաջ պատրաստել էր երկու տիկ յուղ, մի բեռ նոր պանիր, երկու կթոց ձվաներ և մի քանի հատ հավեր, որ պետք էր տանել քաղաք ծախելու համար:

Մի այսպիսի նշանավոր խորհուրդը չէր կարող ծածուկ մնալ Կալոյի հետաքրքիր ուշադրությունից, որ իր հորեղբոր առաջին ոտնաձայնը լսելով՝ գլուխը վեր բարձրացրեց վերմակի տակից և ճրագի պես վառվող աչքերը լայն բաց անելով ասաց.

— Ինձ էլ պիտի տանես: Ես էլ կգամ:

— Ո՞ւր, — հարցրուց հորեղբայրը մի փոքր վրդովված ձայնով:

— Քաղաք, — ասաց Կալոն:

Ավետ ապերը, չնայելով իրան հատուկ սառնասրտությանը, այն գիշեր ինչ-որ բանի վրա բարկացած էր և շատ տխուր էր երևում: Այսպիսի մարդիկ երբեմն իրանց բարկությունը թափում են մի բոլորովին անմեղ առարկայի վրա, և այդ առարկան եղավ ողորմելի Կալոն:

— Ձենդ կտրի՛, լակո՛տ, — գոռաց նա կատաղի կերպով. — քաղաք գնալդ էր պակաս...

Կալոն լռեց և գլուխը կրկին դրեց բարձի վրա, երեսը թաքցրուց վերմակի տակ և սկսեց խուլ ձայնով լաց լինել: Նրա ձայնը զարթեցրուց պառավ Շուշանին, որ միևնույն անկողնի մեջ իր թոռնիկի հետ միասին էր պառկած:

— Այ տղա՛, ի՞նչ կա, ինչո՞ւ ես լաց լինում, — հարցրուց նա:

Կալոն հայտնեց պատճառը:

Նույն միջոցին խրճիթը ներս մտավ Ավետ ապերը, մնացած վերջին բեռը դուրս տանելու համար:

— Ավետ, որդի, ինչո՞ւ ես լացացնում խեղճ տղային, — հարցրուց պառավը: — Ուզում է քեզ հետ գալ, դու էլ տար. էլ ինչո՞ւ ես սիրտը կոտրում:

— Ախար նրա ի՞նչ քաղաք գնալու ժամանակն է, — պատասխանեց Ավետը մի փոքր մեղմացած կերպով:

— Հրեն Պետրոսենց Գյուքին էլ է գնում... նա ինձանից խո մեծ չէ՞... — վերմակի տակից լսելի եղավ Կալոյի լալագին ձայնը:

— Տա՛ր քեզ հետ, որդի, — կրկնեց պառավը համոզական եղանակով: — Տա՛ր, թող աշխարհի տեսնի. խո աղջիկ չէ, որ միշտ առիքի տակը մնա, տնից դուրս չգա. տղա է, սիրտը ուզում է, բան կսովորի, աչքը կբացվի:

Պառավի խոսքերը առանց հետևանքի չմնացին, մանավանդ երբ Ավետի կինը՝ Եղիսաբեթը մյուս կողմից սկսեց իր ամուսնին համոզել, որ Կալոյին իր հետ տանե, ավելացնելով թե ճանապարհին պետք կգա, էշերը կքշե:

— Դե՛, վեր կաց գնանք, մի ուշացիր, — վերջապես ասաց Ավետ ապերը:

Զատկին մոտ օրերում քաղաք գնալը գյուղացի երեխաների համար մի մեծ զվարճություն է. այնտեղ նրանց համար գնում են արխալուղ, գդակ, տրեխներ և վերջապես մի բան, որ նրանց ուրախացնում է: Այս առաջին անգամն էր, որ Կալոն քաղաք պիտի տեսներ, և այս պատճառով նրա ուրախությանը չափ չկար, երբ ստացավ իր հորեղբոր համաձայնությունը: Նա ծտի պես դուրս թռավ իր քնաշորերի միջից, մի քանի րոպե այս կողմ և այն կողմ վազեց, ինքն էլ չիմանալով, թե ինչ բանի համար, և հետո սկսեց իր երկայն ցուպը պտռել:

Կալոյի համար երկար պատրաստություն պետք չէր, նա շատ չուշացավ, որովհետև իր սովորության համեմատ առանց հանվելու էր քնել. հարկավոր էր միայն տրեխները կապել, այնուհետև ամեն ինչ վերջացած էր: Րոպեական արագությամբ կատարվեցավ բոլորը, հետո նա վեր առավ իր հովվական ցուպը, մոտեցավ պառավ տատին և փաթաթվելով նրա վզին՝ հարցրուց.

— Քեզ համար ի՞նչ բերեմ քաղաքից:

Պառավը ոչինչ չպատասխանեց, միայն համբուրեց նրան, և խորշոմած աչքերը լցվեցան արտասուքով:

Ավանակները արդեն բեռնած, պատրաստ էին բակում. Եղիսաբեթը ճրագը ձեռին կանգնած էր այնտեղ, իսկ Ավետը մտել էր ոչխարների գոմը: Նա դուրս բերեց մի չաղ երկու ամսական գառն և կապելով բեռան վրա իր մտքումը ասաց. — էդ կտանենք «աղայի» համար...

Դեռ բավական ժամանակ կար մինչև լուսանալը, երբ փոքրիկ քարավանը ճանապարհ ընկավ:

Գ

Ճանապարհին միացան Ավետի հետ մի քանի ուրիշ գյուղացիներ, որոնք նույնպես ծախելու բան էին տանում քաղաքը, և հետզհետե նրանց խումբը ստվարացավ:

Եղանակը հանդարտ էր: Աստղերը խիստ անուշ ժպիտով փայլում էին պարզ երկնքից: Օդի մեջ տիրում էր գարնանային փափուկ թարմություն: Մի քանի օր առաջ եկած անձրևը բոլորովին ցամաքել էր, և ավանակները իրանց ծանր բեռների տակ կարողանում էին առանց խրվելու առաջ գնալ: Կալոն մի քանի իր հասակակից և իրանից մեծ տղերքի հետ քշում էին ավանակները, նրանց հետևից կամաց-կամաց գալիս էին նրանց հայրերը, որոնք նույն միջոցին զբաղված էին մի այսպիսի խոսակցությամբ.

— Տեսնենք ինչպես կգնա այլուրը, — ասաց գյուղացիներից մեկը:

— Ասում են, գլուխը բարձրացել է (թանկացել է), — պատասխանեց մյուսը:

— Հիմա լավ չծախվի, ապա ե՞րբ պիտի ծախվի, — մեջ մտավ երրորդը, — այս ձմեռ ձյունի երես չտեսանք, ամառը վա՜յ մեր հալին… խմելու ջուր էլ չենք գտնի…

— Բայց այս վերջին անձրևը բանը շինեց, թե չէ արտերը իստակ կչորանային:

— Մի անձրևով ի՞նչ կդառնա. ուղտը քթալով չես ջրի… Մեր մեղքից երկինքը կապվել է:

— Տերտերն էլ խաչ-ավետարան չէ ման ածում, կարելի է աստված խղճա, — մեջ մտավ մի ուրիշ գյուղացի երեսը խաչակնքելով:

— Տերտերը անջախ անեծքի տոպրակը թևի տակը դրած, շուտ-շուտ «գործակալի» մոտն է վազում ու ամեն օր մի նոր հրաման է բերում՝ էս տվե՛ք, էն տվե՛ք… տալով հոգիներս դուրս եկավ… չես իմանում որի՞ դարդը քաշես… ամեն կողմից ուզում են… բայց մի՝ կոպեկի խեր չունենք…

Այս խոսքերը վիրավորեցին մի ծերունի գյուղացու ջերմեռանդությունը, և նա պատասխանեց.

— Դե էդպես եք խոսում, որ աստված բարկանում է, երեսը մեզանից դարձնում է, ո՛չ ձյուն է տալիս, ո՛չ անձրև: Տերտերը, ինչպես էլ որ լինի, մեր հոգևոր հայրն է, նրա աղոթքն է մեզ պահում:

— Ցուղը, ասում են, շատ է թանկացել, — խոսակցությունը ընդհատեց մի ուրիշը: — Դու քանի՞վ ծախեցիր, Մարկոս:

— Տասը մանեթով:

— Ձո՞ւն քանով:

— Հարյուրը մեկ մանեթով:

— Լա՛վ է:

Այս բոլոր խոսակցության ժամանակ Ավետ ապերը լուռ էր, հետո նա էլ մեջ մտավ, ասելով.

— Ի՞նչ եք խելքներիդ զոռ տալիս. թե թանկ ծախեք, թե էժան ծախեք — դիփ մեկ է: Ի՞նչ պետք է տուն տանեք: Մենք որ կանք, քաղաքացիների ճորտերն ենք: Տարին-տասներկու ամիս աշխատում ենք, վարում ենք, ցանում ենք նրանց համար: Մեր այուրը, մեր յուղը, մեր պանիրը առնում են, ուտում են, փողն էլ իրանց ջիբն են դնում: Հին պարտքը մնում է ու մնում: Ամեն անգամ բեռներով քաղաք ենք գնում ու դատարկ ետ դառնում և ամոթով մտիկ ենք տալիս մեր կնիկների, մեր երեխերքի երեսին, երբ մեզանից հարցնում են, թե «քաղաքից» ի՞նչ բերեցիր մեզ համար:

Այս խոսքերը ամենի վրա տխուր ազդեցություն գործեցին, և կայծակնահարի նման բոլորը լռեցին: Ոչինչ բան այնքան դառն կերպով չէ խոցում գյուղացու սիրտը, որպես այն տխուր հիշողությունը, երբ նա միտն է բերում, թե պարտքեր ունի: Այստեղից հասկանալի էր Ավետ ապոր մի քանի ժամ առաջ ունեցած վրդովմունքի պատճառը, երբ նա իր ավանակները դեռ նոր էր բեռնում քաղաքը տանելու համար, երբ նա մտածում էր, թե այն բեռները,-իր քրտինքի և աշխատության արդյունքը, — իրան չեն պատկանում....

Բայց Կալոյի ուրախ խումբը, որ առաջ ընկած քշում էին ավանակների քարավանը, զբաղված էր բոլորովին այլ խոսակցությամբ: Նրանք ազատ էին իրանց ծնողների հոգսերից, որովհետև դեռ ոչ ոքի պարտամուրհակ տված չունեին:

— Սաքի, — հարցրուց Կալոն, — դու քաղաքը տեսե՞լ ես, այնտեղի գառները ո՞րտեղ են արածացնում:

Սաքին, որ հասակով իր ընկերներից մեծ էր, որ քանի տարի մնացել էր քաղաքում, պատասխանեց.

— Քաղաքացիները ոչխար չունեն, գառներ չեն պահում:

— Բա՛ նրանց տղերքը ի՞նչ են շինում, որ գառներ չեն արածացնում, — կրկին հարցրուց Կալոն:

— Կարդում են:

— Նրանց տերտերը ինչո՞վ է ծեծում, երբ դասը չեն սովորում:

— Նրանք տերտերից դաս չեն առնում, ըշկոլումն են կարդում:

— Ըշկոլն ի՞նչ է:

Սաքին չգիտեր ինչ պատասխանել և հարևանցիորեն ասաց.

— Ըշկոլը ըշկոլ է... չե՞ս իմանում:

Մի ուրիշ տղա հարցրուց.

— Քաղաքի տղերքը ով գիտի ինչ լավ տրեխներ կունենան:

— Նրանք տրեխներ չեն հագնում, սապոկներ են հագնում, — պատասխանեց Սաքին:

— Սապոկը ի՞նչ է:

— Այն էլ ռսի տրեխ է:

— Այնտեղ մոշ կա՞, զկեռ կա՞, — հարցրուց մի ուրիշը:

— Չկա, ծմակը հեռու է քաղաքից:

— Բա՛ քաղաքի տղերքը ի՞նչ են ուտում:

Սաքին չգիտեր ինչով գոհացնել իր ընկերների հետաքրքրությունը, որ դառնում էին նրան զանազան հարցերով: Նա կարճ կերպով նկարագրեց քաղաքի կյանքը, որքան իրան հասկանալի էր, ասաց, թե այնտեղ մեծ տներ կան, բազար կա, թե եզան ու գոմեշի տեղ ձի են լծում, սայլերը (կառքերը) բանեցնում են միայն նստելու համար և ավելացրուց, թե քաղաքացի տղերքը գյուղացի տղային ծաղրում են և պատահած ժամանակը ծեծում են:

Վերջին խոսքը գրգռեց Կալոյի բարկությունը, և նա իր երկայն ցուպը բարձրացնելով, սպառնացավ.

— Տեսնում ե՞ս մըհակս, էնպես կչափեմ նրանց բարակ մեջքից, որ «վա՛յ, նանի» կկանչեն:

Դ

Ե... քաղաքը գտնվում էր այն գետի ափի մոտ, որ իր սկիզբն առնում է Գեղամա լճից: Նա այն քաղաքներից մեկն էր, որ իսպառ չէր թոթափել իրանից պարսկական փոշին, և ուր հայն էլ թուրք է, իսկ թուրքն ավելի թուրք է, և որտեղ կնիկները իրանց ծամերը ներկում են հինայով, իսկ տղամարդիկը նեղ պանտալոնի հետ քոշեր են հագնում:

Երկրորդ ավուր երեկոյան պահն էր, երբ Ավետ ապերը գյուղից բերած մթերքը ծախելուց հետո եկել, կանգնել էր մի հարուստ կրպակի առջև և գլուխը ծռած, իր երկայն մահակը կուրծքին նեցուկ տված, անհամարձակ կերպով նայում էր դեպի խանութը, չիշխելով այնտեղ մտնել: Նա նույն ժամում նմանում էր մի մարդու, որ սպասում է իր դատապարտության վճռին:

Երկար սպասում էր նա, մինչև իր վրա ուշադրություն դարձնեին և ներս կանչեին: Նրա մոտ, նույնպես անմռունչ և հանդարտ կերպով, կանգնել էր աղայի համար բերած զատկացու զառը, կարծես նա էլ տխուր էր, կարծես նա էլ մոռանալով իր սովորական կայտառությունը, շատ չէր զանազանվում իր տերից, որ նույն միջոցում գտնվում էր հոգեկան դառն տրամադրության մեջ: Գառան մոտ նստած էր փոքրիկ Կալոն և բռնել էր նրա ոտից, որ չփախչէ: Նա միայն ուրախ էր, նա միայն անհոգ էր և հետաքրքիր աչքերով նայում էր իր շուրջը, ուր ամեն մի առարկա նրան զարմանք և հիացում էր պատճառում:

— Ապեր, աղան պստիկ տղա ունի՞, — հարցրուց նա:

— Չունի, — պատասխանեց Ավետը անուշադիր կերպով:

— Բա՛ էդ գառան հետ ո՞վ պիտի խաղա:

Ավետը ոչինչ չպատասխանեց:

Նույն միջոցին մի ձայն զարկեց գյուղացու ականջներին:

— Հը՛մ, Ավետ ապեր, եկե՞լ ես:

Այս ձայնը արթնացրուց նրան, նա ետ նայեցավ և տեսավ իր մոտ մի պատանի, որը հարուստ կրպակի գործակատարներից մեկն էր: Գյուղացին ետ-ետ քաշվեցավ և խոնարհ կերպով գլուխ տվեց:

— Երևի աղային տեսնելու ե՞ս եկե՛լ, — հարցրուց պատանին:

— Առանց տեսնելու ո՞նց կարամ գնալ, — պատասխանեց Ավետը:

— Դրանի՛ց, դրանի՛ց բերե՞լ ես, — հարցրուց պատանին, աջ ձեռքի ցուցամատը և բթամատը միմյանց հետ շոշափելով:

Ավետը հասկացավ, որ փողի մասին էր հարցը, և դրական կերպով շարժեց գլուխը:

Պատանին մտավ կրպակը, և մի քանի րոպեից հետո Ավետին ներս կանչեցին մուտքի առջևը: Երկու զոհեր միասին սպասում էին մի ճակատագրական վախճանի...

Աննկարագրելի ահուդողով Ավետը ներս մտավ և հեռվից խորին կերպով գլուխ տվեց մի կարճահասակ ալևոր մարդու, որ նստած էր գրասեղանի մոտ և քրքրում էր իր առջևը ածած թղթերի կույտը:

Նրա առաջին երկրպագությունը աննկատելի մնաց, որովհետև աղան զբաղված էր: Հետո գյուղացին ծնծրակը քորելով, մի քանի անգամ հազաց, որ ցույց տա իր ներկայությունը: Աղան գլուխը վեր բարձրացրուց և տեսավ նրան: Ավետը կրկնեց իր երկրպագությունը:

Աղան քաղաքավարի էր և մանավանդ դեպի այն մարդիկը, որոնց հետ հաշիվներ ուներ: Հաշվի ժամանակ նրա մարդահաճությունը հասնում էր մինչև ցած կեղծավորության: Տեսնելով գյուղացուն, նա իր կոշտ դեմքի վրա ձևացրուց մի անսովոր ժպիտ և հարցրուց.

— Բարով, Ավետ ապեր, ո՞նց ես, լա՞վ ես, տղերքդ, տանեցիքդ լա՞վ են:

— Աղոթարար ենք, աղա, — պատասխանեց գյուղացին. — թո՛ղ տեր աստված մեր կյանքիցը կտրե, ձերի վրա դնե:

— Անասուններդ, ցանքերդ լա՞վ են:

— Անասունները, փառք աստուծո, վատ չեն, բայց ցանքերը, տերը ինքը մի ողորմություն անե, ցամաքել, մնացել են: Մեր մեղքից ջուրը պակասել է այս տարի. անձրև էլ չի գալիս. գնացին տերտերի մոտ, նա գիրը բացեց, ասաց, երկինքը կապել են...

Աղան մտածեց գյուղացու սնահավատությունից օգուտ քաղել:

— Ապա որ ես ձեզ ասում եմ, թե ինչ պարտք որ անում եք, իր ժամանակին բերեցեք, տվեցեք, բայց ձեր ականջը չէ մտնում: Տեսնում ե՞ս, աստված էդպես կբարկանա: Ասել են՝ «ա՛ռ և տո՛ւր, չեն ասել՝ ա՛ռ և կո՛ւլ»: Ձեր վրա չէ խոսքս, Ավետ ապեր, դու լավ մարդ ես, քո հանգուցյալ հայրն էլ լավ մարդ էր, բայց էն անիրավ Թաթոսենց Գնոն, մի տարի է երեսը չեմ տեսել, քսան մանեթս տարավ, ինքն էլ կորավ, փողս էլ:

— Սևերես է, աղա, — պատասխանեց գյուղացին ողորմելի ձայնով. — պետք է յոլա տանես, խեղճ է: Քուլֆաթի (ընտանիքի) տեր է, ի՞նչ անե, որ չունե. ունենա, կտա, իր հոգին կազատե:

— Ես խեղճ չե՞մ, ես քուլֆաթ չունե՞մ, — պատասխանեց աղան բարկացած ձայնով:

— Աստված ձեզ տվել է, թո՛ղ ավելի շատ-շատ տա, բայց նա աղքատ է:

— Չէ՛, Ավետ ապեր, դու խելոք մարդ ես, բայց այսքանը չես հասկանում, — գյուղացու խոսքը կտրեց աղան մեղմությամբ. — ախար ամեն մարդ, որ տարածը ետ չբերե, ես էլ ձեզ նման կլինեմ:

— Դրուստ ես հրամայում, աղա, բայց ոնց որ ըլի, պետք է յոլա տանես, գեղըցին փող չի ուտի, երբ ունենա, կտա: Մեր տերը դու ես, վերևում աստծուն ենք ճանաչում, ցածումը քեզ... չենք ուտում, չենք խմում, մեր երեխերքի բերնիցը կտրում ենք ու բերում քեզ տալիս, որ մեր հոգին պարտական չմնա:

Աղան կրկին սկսեց գրասեղանի վրա ածած թղթերի կույտը քրքրել և նրա միջից գտնելով Ավետի պարտամուրհակը, տվեց գործակատարներից մեկին, ասելով.

— Գիտեմ, Ավետը փող բերած կլինի, նրա հաշիվը տե՛ս:

Գյուղացին հասկանալով, որ իր խոսակցությունը աղայի հետ վերջացած էր, մոտեցավ գործակատարին և հանելով իր ծոցից մի բուռն թղթադրամ, առանց համբարելու ածեց նրա առջևը:

Գյուղացու հաշիվը գործակատարին հանձնելը մի տեսակ խորամանկություն էր աղայի կողմից, որպես որսորդը երբեմն իր որսը շան առջևն է ձգում նրան լավ զգզգելու համար, որ իր բարակը ավելի խամռոտի և ավելի արյան սովորի:

Գործակատարը համբարեց իր առջևը ածած թղթաղրամները, նայեց պարտամուրհակին, համրիչի հատիկները այս կողմը դարձրուց, այն կողմը դարձրուց և ապա ասաց.

— Բերած փողերդ դուրս գալուց հետո կմնաս հիսուն ռուբլի պարտական:

Գյուղացին սարսափի մեջ ընկավ:

— Իմ պարտքը առաջ հիսուն ռուբլուց ավելի չէր, — ասաց նա սրտի նեղությունիցը խեղդված ձայնով, — ապա էդ նոր տված փողերս ո՞ւր է գնում:

— Բա՛ տոկոսը չե՞ս հաշվում, — կոշտ կերպով պատասխանեց գործակատարը. — քո այժմ բերած փողը հազիվ տոկոսը կլրացնե:

Աղան նկատելով, գյուղացու և գործակատարի վիճաբանությունը, հեռվից ձայն տվեց.

— Ավետ ապեր, քեզանից հո ավել չեն առնի. որդի, ինչո՞ւ ես նեղացնում:

— Գրիգոր, — դարձավ նա դեպի գործակատարը, — տոկոսից մի բան բաշխիր Ավետին, մեր մարդն է, թո՛ղ շնորհակալ լինի: Դուքնիցն էլ մի բան տուր, թո՛ղ տանե իր երեխերքի համար, զատիկ օր է գալիս, թո՛ղ ուրախանան:

Հաշիվում ավելի վեր առնել, խաբել և կրպակից մի բան ընծայելով, գյուղացու աչքերը կապել, աղայի առևտրական տան հին սովորությունն էր: Ավետին ընծայեցին երկու գունավոր աղլուխ և մի քանի արշին էժանագին չիթ: Նա ընդունեց ընծաները և օրհնեց աղայի կյանքը:

Գործակատարը գրեց մի նոր պարտամուրհակ և գյուղացու առջև դնելով, ասաց, որ մատը թաթախե մելանի մեջ և կնիքի փոխարեն դնե թղթի վրա: Ավետը կատարեց պատվերը, որովհետև վաղուց սովորած էր այս գործողությանը:

Կալոն դրսումը վաղուց արդեն ձանձրացել էր, մենակ սպասելով, նա շուտ-շուտ գլուխը ներս էր բերում կրպակի դռնից, երկչոտ կերպով նայում էր և իսկույն ետ քաշվում, որ իրան չտեսնեն: Վերջացնելով իր գործը, Ավետը նոր հիշեց իր բերած զառը և կանչեց Կալոյին, որ ներս բերե:

— Զատիկվա համար զառն էլ ես բերել, շատ ապրիս, — ասաց աղան, հետաքրքիր աչքով նայելով Կալոյի վրա: — Այդ ո՞վ է, — հարցրուց Ավետից:

— Ձեր ծառայի, մեռած եղբորս որդին է:

— Տղա, արջի քոթոթ, մոտ եկ, տեսնեմ, — կանչեց աղան:

Կալոն ամաչելուց կարմրել էր, և քրտինքը կաթիլ-կաթիլ նրա ճակատից ցած էր թափվում: Նրա կյանքում առաջին անգամն էր, որ իր վրա ուշադրություն էին դարձնում այնպիսի մեծ մարդիկ:

— Քանի՞ տարեկան է, — հարցրուց աղան, դառնալով դեպի Ավետը:

— Տասներկուսի մեջ նոր է ոտ դրել, — պատասխանեց նա:

— Տեսնողը կասե տասնհինգ տարեկան է. ի՞նչ ասել է գյուղացի... անկարգ կերել է, անկարգ մեծացել...

Աղայի հետաքրքրությունը փոքրիկ Կալոյի մասին ուներ իր առանձին պատճառները. վաղուց նրա կինը միշտ ասում էր, որ մի գյուղացի երեխա գտնե տանը սպասավորություն անելու համար, պատճառ բերելով, թե քաղաքացի տղերքը շատ սատանա են լինում, ամեն բանից գողանում են, բայց անկարելի է լինում գողությունը բռնել, իսկ գյուղացին միամիտ կլինի և պարզ, նրան կարելի է ամեն ինչ հավատալ: Այս մտքով աղան մտածեց կորզել Ավետի ձեռքից նրա եղբոր որդուն:

— Գիտե՞ս ինչ կա, Ավետ ապեր, — ասաց նա իր սովորական մեղմ ձայնով, — քո հանգուցյալ եղբայրը շատ լավ մարդ էր, թո՛ղ աստված իր հոգին լուսավորե. դուն էլ լավ մարդ ես, բայց նա ուրիշ էր: Ես ուզում եմ իմ հոգու համար նրան մի լավություն անել, իմանում ե՞ս, լավությո՛ւն անել... ես ուզում եմ նրա որդին վերառնել ինձ մոտ պահել, մեծացնել և «մարդ» շինել... հասկանում ե՞ս, մարդ, ինձ նման մարդ, ոչ թե տգետ գյուղացի...

«Մարդ» բառը աղայի լեզվում բոլորովին ուրիշ նշանակություն ուներ. մարդ ասելով նա հասկանում էր հարուստ վաճառական, որովհետև, նրա կարծիքով, ով որ փող չուներ, նա մարդ չէր:

Լսելով աղայի խոսքերը, Ավետը մի քանի րոպե մտատանջության մեջ մնաց, չգիտեր, թե ինչ պետք է պատասխանել: Վերջապես անորոշ կերպով ասաց.

— Ինչ ասեմ, աղա, դու ես իմանում, ինչ որ քո ոտը գիտե, այն մեր գլուխը չգիտե:

— Օրհնյալ լինիս, որդի, լավ հասկացար, — խոսեց նա ծանր

կերպով: — Դու խելացի մարդ ես, դու չես թողնի, որ քո եղբոր որդին անբախտ մնա: Մի բան էլ կա, էն էլ պիտի գիտենաս, երբ որ քո եղբոր որդին մեզ մոտ մնա, դու ավելի կշահվես մեզանից, կգաս, կգնաս, կուտես, կխմես, մեր դուռը քո առջևը միշտ բաց կլինի:

Կալոն համարյա չէր լսում, թե որպիսի վճիռ է կատարվում իր վիճակի փոփոխության վերաբերությամբ. նրա ուշադրությունը գրավել էին խանութում գտնված առարկաները: Նա իր աչքը չէր հեռացնում կարդոնից շինած փոքրիկ ձիուց, որ կանգնեցրած էր նեղ տախտակի վրա:

— Ի՜նչ լավ պստիկ ձի է, — ասաց նա իր մոտ կանգնած խանութի փոքրիկ աշակերտին: — Ի՞նչ է ուտում:

Փոքրիկ աշակերտը ժպտելով գյուղացու միամտության վրա, նկատեց, որ սուս կենա, ամոթ է:

— Հիմա հասկացա՞ր — շարունակեց աղան, — դու կթողնես այս տղային մեզ մոտ, կհագցնեմ, կպահեմ, ինչպես իմ որդիս, երբ մեծացավ, խելքը բանի հասավ, ամսական էլ կտամ:

Ավետը մի կողմից ուրախ էր, որ իր եղբոր որդին կբախտավորվի և, աղայի ասածին պես, «մարդ» կդառնա, բայց մյուս կողմից մտածում էր, թե ինքը կզրկվի մի լավ գործիքից, որովհետև Կալոն շատ բանում օգնում էր նրան: Բայց վերջին մտածությունը որքան և գործնական լիներ, այսուամենայնիվ նա արտահայտել չէր կարող, քանի որ ինքը պարտական էր աղային, «պարտականի երեսը սև կլինի, իսկ լեզուն — կարճ»:

Պայմանների մեջ համաձայնվեցան, և, իսկն ասած, ամեննին պայման չդրվեցավ, միայն աղան խոստացավ կերակրել, հագցնել Կալոյին և ժամանակով, երբ նա կարող կլինի «օրինավոր գործ» կատարել, ամսական մի բան կտանա: Եվ այսպես բոլոր հույսը մնաց ապագայի վրա...

Բայց Կալոյի կամքը ոչ ոք չէր հարցնում: Երբ Ավետը հայտնեց նրան իրա խորհուրդը, նա խիստ տհաճությամբ պատասխանեց.

— Ես այստեղ չեմ մնա:

Ավետը քաղցրությամբ նրան համոզել սկսեց, թե քաղաքը լավ էր գյուղից, թե աղայի տանը նրան լավ կպահեն, թե ինքը շուտ շուտ կգա նրան տեսնելու և ուրիշ շատ խոսքեր ասաց, բայց համոզել չկարողացավ:

— Ես այստեղ չեմ մնա, — կրկնեց երեխան: — Ես քեզ հետ կգամ:

Երբ հորեղբայրը սկսեց ավելի թախանձել, խեղճ տղայի աչքերում երևացին արտասուքի կաթիլներ: Այդ արտասուքն էր, որ սկիզբն դրեց մի արտասվալի ապագայի...

Կալոյին համարյա զոռով բաժանեցին իր հորեղբորից և տարան աղայի տունը:

Հեռանալով քաղաքից, Ավետ ապերը միշտ այն տխուր մտածության մեջն էր գտնվում, թե ի՞նչ ասե Շուշան տատին, որպես հանգստացնե նրան: Որովհետև գիտեր, որ խեղճ պառավը առանց Կալոյին մի օր տեսնելու ապրել չէր կարող:

— Տարեցիր երեխիս, կորցրիր... — ասաց նա, երբ լսեց Ավետի խոսքերը:

Ե

Ե... քաղաքի մի ետ ընկած փողոցում գտնվում էր միհարկանի տուն, որ որոշվում էր բոլոր տներից իր մաշված պատերով, ցած դռնով և նեղ լուսամուտներով, որոնց նմանը կարելի է տեսնել միայն բանտերի մեջ: Երևի նա շինված է եղել այն դարերում, երբ դեռ եվրոպական ճարտարությունը մուտ չէր գործել այդ քաղաքում, և այժմ հարևան տները փոխել էին իրենց կերպարանքը, իսկ նա մնացել էր իր պարսկական հին ձևի մեջ: Նեղ դուռը ներս էր տանում մի բավական ընդարձակ բակ, որ հովանավորված էր դարևոր թթենիներով, որոնց միջուկը բոլորովին փտել և դուրս էր թափվել, իսկ ծառերը իրանց պատռված փորով ստացել էին հրեշավոր կերպարանք: Նրանց հետ խառն այստեղ ու այնտեղ, անկանոն կերպով, տնկած էին մի քանի ընկուզենիներ, ծերացած ուռիներ և կիսաչոր ծիրանիներ: Խաղողի որթը, փաթաթվելով այս գոսացած ծառերի բունին և վեր բարձրանալով մինչև նրանց կատարը, իր սաղարթախիտ ոստերով թաքցրել էր նրանց մերկությունը, զարդարելով իր գեղեցիկ կանաչությամբ: Չնայելով որ այս ծառատունկը մարդկային բնակության մեջ էր գտնվում, բայց կարծես աղամորդու ձեռքը նրան բնավ չէր դիպել, և ամեն ինչ բուսել, աճել, մեծացել էր իր վայրենի համարձակության մեջ:

Բակի զանազան կողմերում նույնպես անկանոն կերպով գտնվում էին, գետնից հազիվ բարձրացած, մի քանի ծածկոցներ, հնացած, ծխի մեջ սևացած, և ժամանակից քայքայված շինվածքով, որոնք իրանց ողորմելի կերպարանքով լրացնում էին ընդհանուր պատկերի տխրությունը: Առհասարակ այդ տունը այն տպավորությունն էր գործում, որպես թե նրա մեջ բնակվում էր այն լեգենդային ոգիներից մեկը, որ ինքնահաճ համառությամբ չէ ներում ոչինչ նորոգություն, որ սիրում է անշարժ ավերակներ, ուր տիրում է փտությունը մշտական փլատակների վրա...

Այդ տան մեջ բնակվում էր քաղաքի ամենահարուստ մարդը, որին բոլոր գավառում «աղա» էին կոչում: Այդ տան մեջ բնակվում էր Պետրոս Մասիսյանը, որի հետ ընթերցողը ծանոթացավ նախընթաց գլուխներում:

Մասիսյանի անհոգությունը իր տան վերանորոգության վերաբերությամբ չէր առաջ գալիս ժլատությունից. — իսկապես նա ժլատ մարդ չէր, — այլ մի նախապաշարմունքից, որ նրա համար ավանդական էր դարձել: Նրա կարծիքով ամեն մի տուն ուներ իր խորհրդական ներգործությունը բնակիչների վիճակի վրա, այսինքն՝ տան գերբնական հատկությունիցն էր կախված նրանց թե՛ բախտավորությունը և թե՛ անբախտությունը: Կան տներ, որոնց մեջ բնակիչների զավակները մեռնում են, տերերը շատ չեն ապրում, չքավորությունը միշտ կապված է լինում այն տան ճակատագրի հետ, և եթե հարուստ մեկը բնակվելու լինի այնտեղ, շուտով կաղքատանա: Եվ ընդհակառակն, կան տներ, որ բարի ազդեցություն ունեն: Մասիսյանի տունը վերջին տեսակներից էր: Այսպիսի տների բախտը կապված է լինում մի աներևույթ էակի կյանքի հետ. ըստ մեծի մասին նա լինում է մի օձ, որ գլխին գոհարեղեն պսակ ուներ և հազիվ անգամ աչքի էր երևում: Բայց Մասիսյանի տան բախտը մի «ոսկի աքաղաղ» էր իր ոսկի հավի հետ, որոնք շատ անգամ երևացել էին նրա պապերին իրանց ոսկի ճտերով: Այդ մասին Մասիսյանի ընտանիքի մեջ մնացել էր առասպելական ավանդությունների մի ամբողջ շարք, որ անցել էր սերունդից-սերունդ:

Մասիսյանի հոր ժամանակ «ոսկի աքաղաղը» անհետացավ, և այս պատճառով նրա «բախտը քնեց», նա աղքատացավ, իսկ իր օրերում կրկին նա սկսեց գործ դնել իր բարերար ազդեցությունը: «Ոսկի աքաղաղը» կրկին հայտնվելով, կրկին նրա «օջախի» բախտը փոխվեցավ դեպի բարին, — տունը «վրա եկավ» նրան, — և դրա համար, այս տան ամեն մի մաշված աղյուսը, ամեն մի կտոր փտած փայտը ստացավ նրա համար նվիրական նշանակություն, որ պետք էր պահպանել իրանց անփոփոխ ձևի մեջ, որ պետք էր անշարժ թողնել, չիցե թե խանգարվեր տան խորհրդական զաղտնիքը:

Մասիսյանը այն տեսակ հարուստներից չէր, որ մեր մեջ սովորաբար կոչվում են պարսկական բառովս «նովքիսա», այսինքն՝ նոր քսակի տեր, որ նշանակում է՝ աղքատությունից բարձրացած և փողի տեր դարձած մարդ: Այս տեսակ հարուստները զանազանվում են ժառանգական դրամատերերից մի քանի հատկություններով: Դրանք, իբրև «չտեսներ», ամեն արժանավորություն, ամեն կատարելություն արծաթի մեջն են գտնում: Դրանք երևակայում են, թե խելք, գիտության, ազնվություն, պատիվ, մի խոսքով՝ ամեն բան ունեն, որովհետև փող ունեն և սիրում են այս վերջինը յուրաքանչյուր դեպքում երևան հանել, աչքի ձգել:

Դրանք մի տեսակ հրեշներ են, որ իրանց այլանդակությունը ծածկում են ոսկի դիմակով:

Բայց Մասիսյանը հիշյալ տեսակներից չէր: Նա իր հարստությամբ ո՛չ պարծենում էր և ո՛չ հպարտանում, այլ ընդհակառակն, նա խիստ համեստ մարդ էր և աշխատում էր, որքան կարելի էր, սակավ ցույց տալ ժողովրդի աչքին այն, որքան ինքն ուներ: — «Ներսս ինձ է այրում, դուրսս՝ ուրիշին»: — «Գումբազ եք տեսնում, բայց մեջը զորություն չկա»: — «Լավ է մարդու աչքը դուրս գա, քան թե անունը»: — Ահա այսպիսի առածներով էր բացատրում նա իր վիճակը:

Մասիսյանը այլապես էր մտածում փողի վրա: Ոչ ոք չէ պարծենում, — ասում էր նա, օրինակ, — այսպիսի հարստություններով, որ երկու աչք ունի, երկու ականջ ունի, երկու ձեռք ունի և այլն, որովհետև բոլորովին բնական է համարում: Այնպես էլ պետք չէ պարծենալ փողի վրա, որովհետև դա մի կենսական անհրաժեշտություն է, առանց որի, նրա կարծիքով, մարդը ապրել կարող չէր, և առանց որի պակաս էր մարդու համար մի ամենագլխավոր գործիչ:

Բայց փող ձեռք բերելու և փող պահպանելու համար, բացի «ոսկի աքաղաղից», այսինքն՝ բացի բախտից, Մասիսյանը ուներ իր հատուկ օրենքները: Նրա բարոյականության, նրա ամբողջ գործունեության նշանաբանը բովանդակում էր հետևյալ հայկական առածի մեջ, թե «աշխարհս դմակ է, իսկ մարդը — դանակ», պետք է աշխատի այս յուղալի պատառից կտրել և ուտել, եթե ոչ քաղցած կմեռնի: Իսկ միջոցների մեջ նա զանազանություն չէր դնում. ամեն միջոց նրա համար սուրբ էր, երբ հասցնում էր նպատակին: Եվ այդ բոլորը անում էր նա ոչ թե գիտակցաբար, ոչ թե չարամտությամբ, այլ բոլորովին բնական էր համարում, և այս պատճառով նրա խիղճը միշտ հանգիստ էր:

Մասիսյանը մսավաճառի որդի էր: Նա մանկության հասակում օգնում էր հորը իր արյունոտ գործի մեջ: Մսավաճառը և դահիճը շատ չեն զանազանվում իրանց արհեստով: Մեկը մարդիկ է մորթում, մյուսը՝ անասուններ: Այստեղից Մասիսյանը ստացավ իր բնավորության խստությունը, որ երբեմն նրա մեջ բարբարոսության էր հասնում: Բայց նրա խստասրտությունը ավելի տնային էր և ընտանեկան: Նա այն տեսակ մարդիկներից էր, որոնց մասին ասում են «տանը սատանա, դուրսը քահանա»: Ընտանեկան շրջանում նա բռնակալ էր, որպես գազան, իսկ դրսումը — գառն: Նրա մարդահաճությունը օտարների հետ հասնում էր մինչև ստորաքարշ ցածության: Նա ուներ սողունի բոլոր հատկությունները: Օձի պես դյուրաթեք և առաձգական էր. դեպի ամեն կողմ գալարվում էր, ծռվում և ծալվում էր: Եվ նույնպես օձի նման իր թույնը թաքցրած ուներ խայթոցի մեջ...

Այսպիսի հատկություններով Մասիսյանը նպատակ չուներ ոչ ոքին խաբելու, ոչ ոքի առջև կեղծավորվելու և ոչ մտածում էր, թե մեղանչում է պատվի դեմ, այլ համոզված էր, թե ուրիշ կերպ լինել կարելի չէ, թե աշխարհը այդ է պահանջում, և իր վարմունքը արդարացնում էր այն սովորական խրատով. «Եթե մտնելու լինիս մի քաղաք և տեսնես, որ մարդիկը միականի են, դու էլ աչքերիցդ մեկը դուրս հա՛ն, որ նրանց նմանես»: — «Մարթ (դյուրաբեկ) ամանը շուտով է կոտրվում», ասում էր նա, պետք է փափուկ լինել, ճկուն լինել, պետք է ամեն կողմ ծալվել, որ կարելի լինի պահպանել իր ամբողջությունը: Մասիսյանի մեջ մտացածին, կեղծ ոչինչ չկար: Ամեն ինչ բխում էր նրա մեջ հաստատ համոզմունքից: Նա հետևում էր իրերի և կյանքի պահանջների ընթացքին, և եթե այդ ընթացքը ձգել էր նրան ծուռ ճանապարհի վրա, նա մեղավոր չէր, այլ մեղավոր էր այն հոսանքը, որ նրան իր հետ էր տանում...:

Մասիսյանը իր ասպարեզը սկսեց «չողարությունով», այսինքն թողնելով հոր արհեստը, մսավաճառությունը, սկսեց այնուհետև եղջյուրավոր անասուններ գնել գյուղերից և բերել քաղաքը, ծախել մսավաճառներին: Դա մի տեսակ գերեվաճառություն է: Ով որ ճանաչում է «չողարին»՝ անասնավաճառին, նա մեզ հետ կհամաձայնվի, որ չողարը բնավորությամբ շատ չէ զանազանվում այն մարդիկներից, որ Աֆրիկայի ափերի վրա կատարում են ամոթալի առևտուր:

Փոքր ինչ հարստանալով, Մասիսյանը ձեռք առեց ուրիշ զանազան տեսակ առևտրական գործեր, և ամենի մեջ «ոսկի աքաղաղը» օգնում էր նրան, մինչև նա եղավ իր գավառի ամենահարուստ մարդը:

Բայց ստոր ծագումից բարձրացած մարդիկ, որպես էր Մասիսյանը, միշտ աշխատում են իրանց տոհմային անցյալը մոռանալ տալ և մի կերպով ազնվացնել նրան: Մասիսյանը թեև հեռու էր ամեն տեսակ փառասիրությունից, բայց այդ ախտից ազատ մնալ չկարողացավ: Ինչը դրդեց նրան, հայտնի չէ, միայն ցանկացավ ունենալ փոքր ինչ փայլուն տոհմանուն: Եվ դրա համար մի մեծ դժվարություն չկար, բավական էր միայն նայել հայոց տարեգրությունների ցանկին և այնտեղից ընտրել մի պատմական անուն: Նա ընտրեց Մասիս անունը, որովհետև մնացյալ բոլոր անունները բռնված էին:

Իր նախնիքների փառավոր անունները գողանալ և հեռու մնալ նրանց առաքինություններից, — դա մեր, այժմյան հայերիս մեջ, նոր բան չէ: Մենք ունինք այժմ Արշակունիներ,Բագրատունիներ, Մամիկոնյաններ, Ամատունիներ, Պահլավունիներ, Կամսարականներ, — և ի՛նչ պետք է մի ըստ միոջէ թվել, — մեր լեռների, դաշտերի և գետերի անուններն անգամ միացած են սինլքոր մարդկանց տոհմանունների հետ, այնպես որ, եթե հայոց պատմագիրները նորից աշխարհ գալու լինեին, շատ պիտի զարմանային, տեսնելով, որ մեր բոլոր սպառված նախարարական սերունդը կրկին հարություն էր առել:

Ջ

Մասիսյանի ընտանիքը փոքր էր: Նրա եղած որդիներից այժմ մնացել էին երկու աղջիկներ և մի տղա միայն: Նրա առջինեկը, մեծ աղջիկը, մեռավ մի ցավալի մահով. նա իրան խեղդեց, պարանոցեն կախ ընկնելով փայտանոցի առաստաղից: Պատճառը մի գաղտնիք էր, որը երևան հանելո՛վ, մենք չենք ուզում վիրավորել անբախտ զոհի հիշատակը... Մեծից փոքրը, երկար ժամանակ սպասելով, բավական պառավելով, երբ նկատեց, որ հայրը իրան մարդու տալու միտք չունի, ծածուկ փախավ հոր գործակատարներից մեկի հետ և գյուղումը պսակվեցավ: Հայրը անիծեց նրանց, բայց շուտով մոռացավ, միայն երբեմն մտաբերում էր այս նախատական բառերով. «այն անզգամը»... Այն օրից աղջիկը բոլորովին զրկված էր հոր տնից, մի քանի անգամ միայն բախտ ունեցավ ծածուկ մտնել հոր տունը մորը տեսնելու համար, որին շատ սիրում էր: Որդին, Ստեփանը, ավարտել էր գիմնազիայում, հայրը արգելեց նրան համալսարան մտնել, մտածելով թե ուսումը վնասակար բան է, կարող է բոլորովին փչացնել նրան: Վերադառնալով հոր տունը, որդին երկար տարիներ անգործ ման էր գալիս գիմնազիստի համազգեստով, և միշտ թախանձելով հորը, որ իրան կրկին ուղարկե ուսումը շարունակելու: Հայրը լսել անգամ չէր ուզում և ստիպում էր, որ խանութը մտնե և այնտեղ առևտուր սովորե: Այստեղից ծագեցան հոր և որդու մեջ անհամաձայնություններ, որ պատճառ տվեցին անվերջ դժգոհությունների:

Մասիսյանի մնացած աղջիկներից երեց քույրը կոչվում էր Գայանե, իսկ կրտսերը՝ Հռիփսիմե. առաջինը տասն տարեկան էր, վերջինը՝ յոթն: Այդ երկու քույրերի վրա բնությունը կարծես կամեցել էր գործ դնել իր բոլոր համառությունը, մեկին ստեղծելով որպես գեղեցկության օրինակ, իսկ մյուսին՝ նրա հակառակը: Բնավորության կողմից նույնպես նման չէին: Գայանեն, տգեղ, չափազանց մեղմիկ և բարեսիրտ էր: Հռիփսիմեն, գեղեցիկը, նույնքան հպարտ և չար էր: Տգեղի տգեղությունը լրացնում էր երկու ոտների ևս կաղությունը, որի պատճառով ման գալու ժամանակ սաստիկ օրորվում էր: Մարմնով արատավորները միշտ լեզվանի, հեգնող և երբեմն կծող են լինում: Գայանեն իր բարեսրտության հետ զուրկ չէր և այդ հատկություններից:

Երկու քույրերի մայրը կոչվում էր Մարիամ: Շատ անգամ բախտը, ճակատագիրը, նախախնամությունը, — վերջապես ինչ որ կուզեք անվանեցեք, — բայց կա մի բան, որ զարմանալի կատակներ է խաղում ամուսնական զուգավորության մեջ: Տեսնում ես, — գեղեցիկ կնոջը տալիս է տգեղ ամուսին, իսկ սիրուն տղամարդին՝ տգեղ կին: Տեսնում ես, խելացի կինը հիմար մարդ է ունենում, իսկ հիմար կինը՝ խելացի մարդ: Տեսնում ես, կարճահասակ տղամարդը բարձրահասակ կին է ունենում, իսկ բարձրահասակ տղամարդը՝ կարճահասակ կին: Կարծես, բախտը ամուսնության մեջ ներդաշնակություն չէ սիրում: Այսպես էլ պատահել էր անբախտ Մարիամի հետ: Որքան նրա ամուսին այրը ժանտ, դաժան և անտանելի էր, ինքն այնքան հեզ, բարի և համակրական էր: Գայանեն մոր սիրտն ուներ, իսկ Հռիփսիմեն փոքր ինչ նման էր հորը: Բայց Ստեփանը ոչ մեկին նման չէր:

Ահա այդ ընտանիքի մեջ ընկավ Կալոն, այն գյուղական ուրախ և անհոգ թռչնիկը, այդ ընտանիքի հետ կապվեցավ նրա ապագան, որ մեր վեպի գլխավոր նյութը պետք է լինի:

Մինչև Կալոյի հայտնվիլը, Մասիսյանի ընտանիքը երբեք ոչ մի ծառա կամ սպասավոր չէր ունեցել, մանավանդ այն խայտառակ անցքից հետո, որ նրա աղջիկներից մեկը փախավ գործակատարի հետ: Մասիսյանը միշտ հեռու էր պահում իր տունը օտար տղամարդերից: Ամեն ինչ, որ պետք էր տնտեսության համար, ինքն էր գնում բազարից. շատ անգամ կարելի էր տեսնել նրան, որ իր քթի աղլուխի մեջ միս, կանաչի, միրգ կամ մի ուրիշ բան դրած, տուն էր բերում: Եվ եթե պատահում էր խանութի աշակերտներից մեկի ձեռով ուղարկել, նա պետք է դռնից տար բերած բանը և ետ դառնար. ներս մտնելու իրավունք չուներ: Մասիսյանը խստությամբ էր պահպանում այն պայմանները, ինչ որ վերաբերում էր ընտանիքի անմատչելիությանը կամ կանանց սեռի հեռու պահելուն օտար տղամարդի հասարակությունից:

Բայց «խանա-բիչայները», այսինքն՝ տնային փոքրիկ տղա-սպասավորները, ընդունված են մինչև անգամ պարսկական հարեմների մեջ: Մինչև 2-5 տարեկան հասակը այդ անմեղ արարածները ընդունվում են կանանոցների մեջ: Կալոյի տարիները բոլորովին համապատասխանում էին այդ վիճակին:

Առաջին օրը, — մեծ պասի ավագ ուրբաթ երեկոյան, — երբ նրան տուն բերեցին, ռամիկ գյուղացու օտարոտի կերպարանքը բարձրացրեց ընդհանուր ծիծաղ:

— Դա՞ է նոր բռնած ծառան, — հարցրեց տիկին Մարիամը հեգնական կերպով իր ամուսնից, ոտքից ցգլուխ չափելով Կալոյին, որ նույն ժամում զարմացած նայում էր իր շուրջը:

— Ի՞նչպես է, չե՞ս հավանում, — պատասխանեց նրա ամուսին այրը մի առանձին բավականությամբ. — տեսնո՞ւմ ես, օխտը մարդու բան կբանի, դոչաղ տղա է. դու մեկ նրա ձեռք ու ոտքին մտիկ տուր, կասես նոր խամից դուրս բերած եզը լինի2:

Վերջին նկատողությունը դուր չեկավ Կալոյի ինքնասիրությանը և նա ասաց.

— Ես եզն չեմ...

Երկու ամուսինները սուր կերպով նայեցան նրա վրա և ոչինչ

չպատասխանեցին: Կալոյին հրամայեցին տանել խոհանոցը և հաց տալ ուտելու:

— Լեզուն երկար է երևում... — նկատեց Մասիսյանը. — կոշտ-կոպիտ է մեծացել... ջեր վարպետի ապտակ չի կերել... Բայց լավ բանվոր է:

— Բանելը յոլա կգնա, — պատասխանեց տիկինը. — աստված տա, գող չլինի:

— Հիմա, իհարկե, չի լի՛նի, հալա նոր է ձվից դուրս թռել. կամաց-կամաց կսորվի, հետո կգողանա:

— Ես չեմ թողնի, որ սորվի, — ասաց տիկինը:

Մասիսյանը անհավան կերպով գլուխը շարժեց և ծիծաղելով ասաց.

— Դու չես թողնի, բայց նա էլի կսորվի. շատ բան կա, որ արգելում ենք, բայց մարդիկ սովորում են առանց վարժապետի: Ղազի ճտին որքան արգելես, որ գետը չմտնի, չես կարող, հենց որ ձվից դուրս եկավ, կվազե դեպի ջուրը: Ո՞վ սովորացրեց նրան լեղ տալը:

Այս խոսակցությունը անց էր կենում բակումը, ուր այր և կին նստած էին մի քառանկյունի թախտի վրա, որ դրած էր նոր տերևները բացած ուռենու տակ և ծածկած էր կապերտով: Նրանց որդին՝ Ստեփանը, ծնողներից փոքր ինչ հեռու, ածուի մոտ նստած, խոշորացույցով զննում էր մի փոքրիկ միջատ: Լսելով հոր վերջին խոսքերը, նա մեջ մտավ, ասելով.

— Ղազի ճուտը բնազդում ունի, և դրա համար վազում է դեպի ջուրը, բայց մարդը մի այնպիսի բնազդում չունի, որ դրդեր նրան դեպի գողություն. այդ ախտին սովորում է նա վատ օրինակից, անկրթությունից, և վերջապես կյանքի ուրիշ պայմաններից:

Հայրը, իհարկե, չհասկացավ որդու խոսքերը, և մի խոժոռ հայացք ձգելով նրա երեսին, ասաց.

— Դա քո խելքի բան չէ, սուս կա՛ց...

Է

Կալոյին թեև սկզբում դառն երևեցավ գյուղական ազատությունից զրկվելը, թեև նրան շատ դժվար էր իր սիրելի ընկերներից բաժանվելը, թեև նա շուտով չէր կարող մոռանալ իր սիրելի գառները, — բայց այսուամենայնիվ, այդ կիսավայրենի «արջի քոթոթը», որպես առաջին տեսնելիս կոչեց նրան աղան, հետզհետե սովորեց քաղաքին և մանավանդ Մասիսյանի տանը: Նա հայտնվեցավ այս տանը, որպես հիշում է ընթերցողը, զատկի տոների օրերում: Շատ հասկանալի է, որ տոն օրերում տան շներն և կատուներն անգամ ուրախ և երջանիկ են լինում, որովհետև անմասն չեն մնում այն բարիքներից, որ վայելում է ուրախ գերդաստանը: Մասիսյանի ընտանիքը, որքան և չափավոր լիներ իր տնտեսության մեջ, դարձյալ մի գյուղական աղքատ խրճիթի զավակի համար կներկայացներ ամեն բարիքներով լի առատություն:

Սկզբում նրա վրա նայում էին և խոսացնում էին միմիայն հետաքրքրության համար. կոպիտ գյուղացու ամեն մի շարժմունքը ծիծաղ էր պատճառում: Բայց հետո կամեցան փոքր-առ-փոքր կրթել և տաշել նրան: Այդ հոգածությունը հանձն առավ գլխավորապես տիկին Մարիամը:

Մի քանի օրից հետո Կալոյին դժվար էր ճանաչել, գոնյա արտաքին կերպարանքից: Ահագին մոթալ-փափախի տեղ կրում էր Ստեփանի գիմնազիստի հին կեպին. տրեխների տեղ հագել էր աղայի քրքրված քոշերը, որոնք իրանց մեծությամբ դժվարացնում էին նրան ազատ ման գալ: Իր դաղաքե արխալուղի վրա հագել էր նույնպես աղայի թերմաշ կաբան, որի փեշերը անցնում էին ոտների կրունկներից, և որովհետև իր հասակից ավելի երկար էր, այս պատճառով մեջքը պնդել էր սև փոկով և կաբայի ավելորդ մասը թողել էր գոտիից վերև, և այսպիսով այս պարսկական վերնազգեստը ստացել էր մի ահագին տոպրակի ձև, որի մեջ ձգած էր խեղճ տղան:

Մի խոսքով, նա ոտքից ցգլուխ փոխված էր: Նրա անունն անգամ փոխել էին. ռամկական կրճատված Կալո անվան տեղ այժմ կոչում էին Միքայել: Նա փոխված էր դրսից միայն, բայց սրտով մնացել էր դարձյալ նույն ուրախ և միամիտ Կալոն իր գյուղական կոշտության մեջ, որպես մի անտաշ քար, որ հմուտ արհեստագետի ձեռքի տակ կարող էր գեղեցիկ փայլ ստանալ:

Զատկի տոների հետ անցան և նրա ուրախ օրերը:

Ավետ ապորը թեև խոստացել էին խանութում պահել փոքրիկ Կալոյին, առևտուր սովորեցնել և «մարդ շինել», բայց այդ խոստմունքները անկատար մնացին հենց սկզբից: Նրան պահեցին տանը ծառայելու համար: Փոքրիկ ծառայությունների մեջ նա շատ անշնորհք էր. ամեն մի առարկա նրա ձեռքից թռչում էր, ընկնում էր, կոտրվում էր և ամեն բանի դիպչելիս ցած էր գցում: Օրինակ, մի բաժակ թեյ նա չէր կարող առանց վիթելու տեղ հասցնել, բայց եթե տայիր նրան մի փոքրիկ տակառ լիքը ջրով, կտաներ, և որտեղ ասես, կհասցներ: Նա մանր բաների համար գլուխ չուներ, կարծես ստեղծված էր խոշոր գործերի համար:

Միքայելի — մենք էլ այսպես պիտի կոչենք այսուհետև — այս տեսակ անընդունակությունները սակավ ցավեր չպատճառեցին նրան: Ամեն մի բան կոտրելիս, ամեն մի բան վիթելիս, խիստ հազիվ էր պատահում, որ մի ամբողջ օրով քաղցած չթողնեին: Սկսյալ աղայից, մինչև վերջին աղախինը, բոլորը նրան հանդիմանում էին, անդադար կրկնելով, — «արջի քոթոթ», — «էշ գյուղացի» և այլն: Եվ այսպես, օր չէր անցնում, որ նա մի լավ «շնաթակ» չուտեր: Բայց Մասիսյանի ընտանիքի մեջ նա ուներ մի պաշտպան միայն, դա էր տիկին Մարիամը, որ ներում էր նրան որպես մի անփորձ երեխայի և պատվիրում էր նրա անմեղ հանցանքները չհայտնել աղային, որ չծեծվի:

Միքայելը, որպես մեզ հայտնի է, լավ ձայն ուներ, քաղցր երգում էր, երբ դեռ գյուղումն էր, բայց այդ ուրախ թռչնիկը իսպառ լռեց, երբ մի չար բախտով ընկավ երկաթի վանդակի մեջ: Մի քանի անգամ այն աստիճան հուսահատվեցավ նա, որ փորձ փորձեց փախչել և կրկին գյուղ գնալ. — գնալ իր սիրելի ընկերների և տատի մոտ, այնտեղ ոչ ոք չէր ծեծում նրան: Բայց տիկին Մարիամը կես ճանապարհից ետ բերել տվեց, մխիթարեց և կրկին համոզեց մնալ:

Մասիսյանի ընտանիքի մնացյալ անդամներից Գայանեն նույնպես լավ էր Միքայելի հետ, թեև երբեմն ծաղրում էր, բայց պատահած ժամանակ իր ստացած մրգեղենից նրան բաժին էր հանում: Իսկ Հռիփսիմեին բոլորովի՛ն անտանելի էր նա. այդ գեղեցիկ և հպարտ արարածը մի առանձին ատելություն ուներ դեպի գյուղացի տղան, որին ստիպում էր երբեմն զանգատով դիմել տիկին Մարիամին: Ստեփանը, աղայի որդին, իր եղբոր պես սիրում էր նրան. նա գնեց Միքայելի համար մի ընթերցարան և պարապ ժամերում դաս էր տալիս, բայց մի օր այդ նկատեց աղան և գիրքը առնելով տղայի ձեռքից, մի կողմ ձգեց և դառնալով դեպի որդին, ասաց. «Ուզում ես դրան էլ փչացնես քեզ նման...»:

Միքայելի մեծ մխիթարությունը նրանումն էր, որ երբեմն բազարում տեսնում էր իրանց գյուղացիներից մի քանիսին, երբ քաղաքը բան էին բերում ծախելու: Մի անգամ մեյդանի միջով անցնում էր նա, հանկարծ տեսավ իր ընկերներից մեկին:

— Ա՛ Թո՛ւն, ա՛ Թո՛ւն, — կոչեց նա, իր վաղեմի ընկերի մոտ վազելով:

Ընկերը չճանաչեց: Միքայելը քարշ ընկավ նրա վզից և սկսեց համբուրել:

— Խաչը վկա, չճանաչեցի, — խոսեց գյուղացին: — Էդ ի՞նչ ես դառել, Կալո, դրուստ որ, «չամչի խաթունի» նման ես...

— Ի՞նչ անեմ, Թուն ջան, քաղաքումը էդպես են հագցնում, — պատասխանեց Միքայելը, — անունս էլ փոխեցին... էլ Կալո չեն կանչում... Դու էն ասա՛, Թունի ջան, մեր տունը զնո՞ւմ էիր, տատս ո՞նց է, ի՞նչ էին անում երեխեքը, Կիճին մեծացե՞լ է, Պապին հիմա ման գալիս կլինի...: (Վերջին անունները իր հորեղբոր փոքրիկ երեխաների անուններն էին):

Նա առանց պատասխան սպասելու խոսքը փոխեց:

— Դուն ի՞նչ էիր շինում, Թունի ջան, ամեն օր լեղանո՞ւմ էիր գետումը. ա՜խ, էստեղ չեն թողնում, որ մարդ ջրի երես տեսնի... Հիմա խոտը հնձո՛ւմ կլինեն, էնպես չէ՞, ո՞վ էր հավաքում մեր խուրձերը: Ես եկել եմ բազարիցը կանաչի տանելու, հացն էլ ինձ են առնել տալիս, ասում են, առուտուր սովրիր: (Նա կրկին խոսքը փոխեց): Մեր շլորենիքը հասե՞լ են: Մեր շունը տեսա՞ր: Ո՞վ էր արածացնում մեր զառները: Էստեղ լավ չէ, Թունի ջան, սիրտս տրաքում է, չեմ իմանում, թե ինչ անեմ... Տատիս ասա՛, թե Կալոյին տեսա: Ո՞ւմ հետ եկար: Ե՞րբ ես գնալու: Էստեղ շատ վատ է, Թունի ջան...

Միքայելը իր բազմաթիվ և անկապ հարցերով բոլորովին շվարեցրեց ընկերին, և նա չգիտեր, թե որ մեկին պետք է պատասխանել:

— Հորս հետ եմ եկել, — ասաց նա, — պանիր էինք բերել, ծախեցինք, էսօր պիտի գնանք:

— Ի՞նչ ես կերել, առ քեզ քաղաքի յուղով հաց տամ. առավոտյան խանումս (տիկինը) տվեց, չկերա, պահեցի, լավ էր որ քեզ նասիբ եղավ:

Այս ասելով, Միքայելը գրպանից հանեց մի կտոր նազուկ և տվեց ընկերին: Նա համեղ հացի մի ահագին կտորը ամբողջապես կոխելով բերանը, կիսախեղդ ձայնով ասաց.

— Ի՞նչ լավ հաց է, ամեն օր դրանի՞ց ես ուտում, Կալո:

— Ո՞վ կտար, որ ուտեի. էս էլ խանումը թաքուն տվեց, որ աղան չտեսնի, — ասաց Միքայելը վշտալի ձայնով: — Լավ կլիներ, որ ցամաք հացով կշտացնեին, էն էլ չեն տալիս:

Միքայելի աչքերը լցվեցան արտասուքով, բայց նա թաքցրուց իր սրտի ցավը: Նրա գյուղացի ընկերը հարցրուց.

— Ե՞րբ պիտի գաս գյուղը. գիտե՞ս, Կալո ջան, մեր դուդմաները հասել են, էնքան ուտում եմ, էնքան ուտում եմ, էնքան ուտում եմ, հերս ոչինչ չէ ասում: Քո բաժինը կպահեմ, ե՞րբ ես գալու:

— Չեն թողնում, Թունի ջան, — պատասխանեց Միքայելը տխուր ձայնով. — շատ եմ ուզում գալ, տատիս տեսնել, մեր տանը մնալ, բայց չեն թողնում. ասում են՝ «արջի քոթոթ, ձեր ծմակները չե՞ս մոռանում»... Դե ո՞նց մոռանամ, Թունի ջան, ախար էստեղ ի՞նչ կա... հենց տներ են ու տներ... մարդիկը, խո, գյուղացուն էշի տեղ են դնում... թե բերանդ բաց ես անում, խոսում ես, մի լավ ծեծում են...

Թունին հասակով մի քանի տարով մեծ էր Միքայելից. լսելով իր ընկերի խոսքերը, խղճաց նրա դրության վրա և մտածեց օգնել նրան:

— Եկ, ես քեզ կտանեմ գյուղը, — ասաց նա:

— Ի՞նչպես գամ, էնտեղ էլ ապերը (հորեղբայրը) գլխիս կտա, կասի՝ ինչո՞ւ եկար: Չէ, Թունի ջան, — խոսքը փոխեց նա, — լավն էն է, գնամ, ջուրը ընկնեմ, միանգամով պրծնեմ...

Թունին մխիթարեց նրան, սիրտ տվեց և խոստացավ, թե Ավետ ապորը կասե, որ նրան գյուղը տանե: Միքայելը ուրախացավ, մանկական բարեսրտությամբ ուզեց իր ընկերին մի բանով վարձատրել:

— Գիտե՞ս, Թունի ջան, — ասաց նա, — լավ միտս եկավ. ես ճաներս (վեգ) խորել էի մեր մարագի դռան տակին, այնտեղ, որ մի քոթուկ (կոճղ) է դրած, կգնաս, կհանես. հարյուր հատից ավել է, ինչքան կուզես, դու վեր առ, մնացածը բաժանիր մեր ընկերներին: Ես որ չեմ կարողանում խաղալ, դուք էլա խաղացեք:

— Թոմասին բաժին չեմ տա, — ասաց ուրախացած Թունին, — նա լավ տղա չէ, անցյալ օր ինձ հետ կռվեց:

— Նրան էլ տուր, մեր ընկերն է, բարիշեցեք, — խոսեց խրատական կերպով Միքայելը: — Ի՞նչ կա, ընկերը ընկերի հետ կկռվի ու էլի կբարիշի, անցյալ գիշեր ես էլ Պողոսի հետ կռվեցա՝ մահակով խփեցի, գլխիցը արյուն գնաց:

— Պողոսի հե՞տ, — հարցրեց Թունին զարմանալով, — Պողոսը էստեղ ի՞նչ էր շինում:

— Երազումս կռվեցա, Թունի ջան. հենց որ զարթեցի, էնքան լաց էլա, էնքան լաց էլա, որ նրա գլուխը պատռեցի: Դրուստն ասա, Թունի ջան, նրան խո մի բան չի՞ էլել:

— Ոչինչ չի էլել, երեկ չէ մեկել օրը ինձ հետ խոսում էր, հետո միասին գնացինք իրանց բաղը, ծիրան կերանք:

Երկու փոքրիկ գյուղացիների խոսակցությունը ընդհատեց Թունիի հայրը, որ հեռվից հայտնվելով, կանչեց նրան.

— Էն ո՞ւմ հետ ես խոսում, է՛կ, գնում ենք:

— Թունի ջան, հիմա որ գնում ես, — ասաց Միքայելը նրա փեշից բռնելով, — տատիս, ապորը, ամենին շատ բարև տար, ասա՛, որ տեսա Կալոյին:

— Կասեմ, — պատասխանեց Թունին և հեռացավ:

Միքայելը երկար կանգնած նայում էր իր ընկերի ետնից, հանկարծ մտաբերեց, թե բավական ուշացել է, և սկսեց վազել դեպի աղայի տունը:

Ը

Անցավ երեք տարի:

Միքայելի վիճակի մեջ այս երեք տարվա ընթացքում բավական փոփոխություն էր եղել: Այժմ նա տան հասարակ սպասավորից դառել էր «դուքնի աշակերտ». դա մեծ առաջադիմություն է. բայց ո՞րպես հաջողվեցավ:

Զարմանալի նախապաշարմունքներ կան այն կարգի մարդիկների մեջ, որոնց պատկանում էր Մասիսյանը: Շատ անգամ մեկը մի նոր ձի է գնել, մի նոր շուն կամ կատու է բերել տունը, պատահում է, որ նույն միջոցում նրա գործերը լավ են գնում, «շան, կատվի կամ ձիու ոտը խերով է», — ասում է նա և այն անասուններին չէ հեռացնում իր տնից: Այսպիսի անասունը դառնում է մի նվիրական արարած այն տան համար, այնտեղ ծերանում է, այնտեղ մինչև մահը ծառայում է, և մեռնելուց հետո նրա գլուխը թաղում են նույն տան գլխավոր մուտքի դռան շեմքի տակ: Նույնը նկատվում է մարդկանց վերաբերությամբ: Տեսնում ես, մեկը ամուսնանում է, պատահում է, որ կնոջ ոտը նույնպես «խերով» է լինում, տղամարդի գործերը լավ են գնում, և կինը սիրվում է: Շատ անգամ ընդհակառակն է պատահում: Կինը իր հետ դժբախտություն է բերում, նրա ոտը «շառոտ» է լինում, ամեն բան «նասացնում» է և նա ատելի է դառնում... Նույնը պատահում է նոր ծնված երեխաների հայտնվելով. ոմանք բախտավորություն, իսկ ոմանք դժբախտություն են բերում: Տան այն անդամը, որ իր հետ բախտավորություն է բերում, նրա համար ասում են՝ «տան դովլաթը (հարստությունը) նրա գլխին է կապած»... Դա էլ մի տեսակ «Ոսկի աքաղաղ» է, որ իր ազդեցությամբ բարիքներ է արտադրում:

Մի կողմ թողնելով այս տեսակ նախապաշարմունքների քննությունը, այսքանը միայն կասենք, որ այն օրից, երբ Միքայելը մտավ Մասիսյանի տունը, նրա գործերը սկսեցին անսպասելի կերպով լավանալ: Եվ սնահավատ Մասիսյանը չէր կարող չնկատել այդ և դրա համար սկսեց նա հետզհետե լավ աչքով նայել մանուկ գյուղացու վրա: Եվ այդ էր պատճառը, որ տարավ նրան իր առևտրական խանութը:

Միքայելի դրությունը այժմ մի աստիճան բարձրացել էր. նա տնային ստոր ծառայից դարձել էր «դուքնի աշակերտ»: Բայց նա այժմ այն չէր, ինչ որ երեք տարի առաջ, այժմ բավական տաշվել և կոփվել էր նա. այժմ նրա մոտ չէին երևում գյուղացու կոպտությունները: Նրա դեմքն անգամ փոխվել էր. գյուղական լիքը և կարմիր թշերը մաշվել էին, նուրբ և գեղեցիկ գծագրություն էին ստացել, և առաջվա զվարթ գույնը տեղի էր տվել խիստ ախորժ գունատության: Անփոփոխ մնացել էին միայն կրակոտ աչքերը:

Խանութի բոլոր հաճախորդները ճանաչում էին Միքայելին: Նա այն տեսակ տղերքից չէր, որ անհայտ մնար, որ նրա վրա ուշադրություն չդարձնեին: Ամեն մարդ ախորժում էր խոսեցնել նրան և լսել նրանից մի քանի խոսքեր: Միքայելը չափազանց կամակատար տղա էր. դեռ մեկը իր ծխախոտի գլանակը չշինած, նա արդեն լուցկին ձեռքում պատրաստ ուներ, որ պարոնին մի ծառայություն անե, և մեկը մի բան գնելիս, շուտով առնում էր, շնորհիքով փաթաթում էր, շատ անգամ առանց նրանից խնդրելու, տանում, հասցնում էր գնողի տունը:

Բայց երբեմն ծագում էին փոքրիկ անհամաձայնություններ Միքայելի և աղայի՝ Մասիսյանի մեջ: Պատճառները առաջ էին գալիս վարպետի և աշակերտի հասկացողության անմիաբանությունից: Օրինակ, խանութը մտել է մի տիկին և կամենում է գնել մի քանի արշին չիթ կամ մի քանի ֆունտ թեյ: Մասիսյանը սկսում է տիկնոջ հետ մի ամբողջ պատմություն, թե նրա հանգուցյալ այրը իր լավ բարեկամն էր, թե ինքը նրա հիշատակը պատվելու համար պետք է զիջումներ անե և ապրանքի լավը տա, և այլն: Հետո նա դառնում է Միքայելին, ասում է.

— Ա՛յ տղա, այն լավ տեսակիցը բեր:

Միքայելը բերում է ամենալավ տեսակիցը, բայց աղան մի խոժոռ հայացք ձգելով անփորձ աշակերտի երեսին, ասում է.

— Հիմար, ա՞յդ է լավը, դու ե՞րբ պետք է ճանաչես ապրանքները:

— Դրանից լավը չունենք, աղա, — պատասխանում է աշակերտը միամտությամբ:

— Ո՞նց թե չունենք, լակոտ, — բարկանում է աղան և ինքն է գնում բերելու խնդրած ապրանքը:

— Էդ խո վատիցն է... — նկատում է աշակերտը:

Աղան ուշադրություն չէ դարձնում, չափում է, կշռում իր ընտրած ապրանքիցը «մուշտարուն» ճանապարհ է դնում: Հետո նա դառնում է դեպի անփորձ աշակերտը.

— Անպիտան, դու ե՞րբ պետք է մարդ դառնաս, դու ե՞րբ պետք է բան սովրես: Երբ քեզ ասում են «լավիցը» բեր, դու պետք է «վատը» հասկանաս... Իմանում ե՞ս...

— Ի՞նչպես իմանամ: Լավը լավ է, վատը վատ է: Ես բոլոր ապրանքները ճանաչում եմ:

— Սարսա՛ղ, մուշտարուն առաջ լավը ցույց կտան, հետո վատը կտան... Հասկացա՞ր...

— Էդ ես չէի իմացել... — խոսում է ինքն իրան Միքայելը: — Հետո մարդու հոգին ո՞ւր կգնա, խո կկորչի՛...

Աղան սկսում է կարդալ նրա գլխին մի ամբողջ շարական...

Թ

Մասիսյանի խանութը և նրա ամբողջ առևտրական գործավարությունը ոչ սակավ ուշադրության արժանի էին իրանց ինքնուրույնությամբ: Խանութը, որ ավելի նման էր մեծ ամբարի, ներկայացնում էր ամեն տեսակ իրեղենների մի խառնաշփոթ մթերանոց: Այնտեղ կարելի էր գտնել ամեն ինչ, սկսյալ մանուֆակտուրայի ամենանուրբ գործվածքներից, սկսյալ գալանտերեական թանկագին իրեղեններից մինչև դարբինների համար երկաթի շերտեր, մինչև կոշկակարի համար կաշիներ, նավթ, շաքար, թեյ, երեխաների խաղալիքներ և այլն: Այնտեղ կարելի էր տեսնել ձուկը, սայլանի դոշը, Մոսկվայի քաղցրավենիքի հետ մի կարգում դարսված: Այնտեղ կարելի էր գտնել զանազան եվրոպական խմելիքներ և տեղային արաղ: Այնտեղ կարելի էր ամեն բան գտնել. ծիծեռնակի կաթը միայն պակաս էր այնտեղ: Խոհարարը իր խոհանոցի համար կարող էր ձվաներ և ձավար գտնել, իսկ պճնասեր տիկինը իր մազերի համար անուշահոտ յուղեր: Այնտեղ պակաս չէր հիվանդների համար հինայի փոշի և անանուխի յուղ: Այս բոլորը այնպես խառնափնթոր կերպով ածած էին մինը մյուսի հետ, որ Մասիսյանի խանութը ամբողջ գավառի մեջ առակ էր դարձել՝ ամեն մի խճճված և խառնաշփոթ բանի համար ասել, թե դա պարոն Մասիսյանի խանութն է:

Ինքը Մասիսյանը անգրագետ մարդ էր:

Գիրը նրան այնքան ատելի էր, որքան սատանան: Հաշվապահություն ասած բանը չկար նրա խանութում: «Ա՛ռև-տո՛ւր» — այս բառի իմաստը նա լավ էր հասկացել, — մի ձեռքով առնել, մյուսով տալ, — այսպես էր հասկանում նա վաճառականությունը: «Նիսիայի» հետ գործ չուներ նա: Հաշիվ, ասացինք, չէր պահում, նրա ամբողջ առևտրական գործողությունների հաշվետոմարը իր գլուխն էր: Մի զարմանալի հիշողություն իշխում էր ամեն բանի վրա: Նա գիտեր քանի տեսակ ապրանքներ կան իր խանութում, այսինչ տեսակից ո՛րքան է ծախվել, ո՛րքան մնացել, ի՛նչ է յուրաքանչյուրի գինը, քա՛նիով պետք է ծախել, որ վաստակ մնա, — բոլորը գիտեր նա: Գիրը նա գործ էր դնում միայն պարտականների համար: Այս բանի մեջ նրա հիշողությունը նույնպես հրաշալի գործ էր կատարում: Երևակայեցեք ձեզ մի արկղիկ, լցված հազարավոր թղթերի կտորտանքով, դրանք բոլորը զանազան անձերի պարտամուրհակներ են, որոնք խանութի ապրանքների նման անկարգ խառնած են միմյանց հետ: Բայց Մասիսյանը բոլորը ճանաչում էր, թե որն ումն է պատկանում, թեև ինքը կարդալ չգիտեր: Եվ երբ հայտնվում էր մի պարտական, նա իսկույն ջոկում էր շատերի միջից նրա մուրհակը և, առանց կարդալ տալու, ասում էր, թե որքան է անցել ժամանակից, որքան կլինի տոկոսը, որքան իսկական գումարը և այլն: Ոչ միայն այդ, այլ տասն տարվա հնացած մի հաշիվ նա կարող էր կոպեկներով տեղն ու տեղը ասել: Եվ իր կյանքի մեջ պատահած բոլոր անցքերը նա կարող էր մանրամասնաբար պատմել, թե ի՛նչպես կամ ո՛րտեղ պատահեց, ո՛ր թվին, ո՛ր օրը, ո՛ր ժամին, ո՛վ կար այնտեղ, ի՛նչ խոսեցին և այլն: Հիշողությունը նրա մեջ այն աստիճան զարգացել էր, որ գերբնական բնավորություն էր ստացել: Եվ այս պատճառով նա հաշվապահության կարոտություն չէր զգում, երբ մի բան պակաս էր խանութից կամ մի բան գողացվել էր, անկարելի էր, որ նրա նկատողությունից անհայտ մնար:

Հիշյալ հատկությունների հետ չափազանց իր գործին արի և զգույշ էր Մասիսյանը: Ժամատան դեռ առաջին զանգակի ձայնը չլված, նա միշտ հագնված և պատրաստ էր: Տանից դուրս գալով, իր անխափան սովորության համեմատ, նա առաջ գնում էր ժամ: Այնտեղ մնում էր մինչև վերջը: Ժամից ուղղակի դիմում էր բազար, երբ արեգակը դեռ ծագած չէր լինում, (ժամը այս կողմերում սովորաբար շուտ է արձակվում): Միքայելը մի մեծ զամբյուղ թևից քարշ գցած, վաղուց արդեն սպասում է աղային, մեյդանում (հրապարակում) կանգնած: Աղան նույնպես առաջ կգար մեյդանը, որ տեսներ, թե գյուղացիք ինչ են բերել ծախելու: Բոլոր գյուղացիներին ճանաչում էր նա անուններով, հոր, որդիների և մինչև անգամ նրանց կնիկների անուններով: Ամենին կմոտենար, ամենի հետ քաղցրությամբ կխոսեր, ամենի քեֆը կհարցներ և նրանց բերած մթերքի գները կտեղեկանար, թեև իրան պետք չէին և գնելու միտք չուներ: Գյուղացիք միշտ ուրախանում էին, որ այնպիսի մեծ աղա, այնքան բարի էր, որ իրանց մարդի տեղ էր դնում:

Բայց արջը միայն գիտե, թե ինչու է այնքան սիրով պտտվում մեղրի փեթակի շուրջը: Բավական էր, որ գտներ մի «խամ» գյուղացի, որ ձուկն, նոր կարագ, պանիր կամ հավ էր բերել ծախելու. նրան բոլորովին կհոգնեցներ զանազան խոսքերով, թե նրա «հանգուցյալ» հոր հետ լավ բարեկամ է եղել, թե նրան շատ լավություններ է արել, և ով գիտե, հազար ու մեկ խոստմունքներով առատ-առատ հույսեր կտար, մինչև նրան խելքից կհաներ և ուզած բանը սովորականից մի քանի կոպեկ պակասով կառներ: Մասիսյանը սիրում էր իր տան ամենօրյա պաշարեղենը իր ձեռքով գնել: «Օտարի ձեռքով միայն լավ է փուշ քաղել», — այդ էր նրա սովորական առածը: Մեյդանում իր գործը վերջացնելուց հետո նա ամբողջ ժամերով քարշ կգար մրգավաճառների, մսավաճառների և հացթուխների խանութների առջև և լավ բեռնավորելով Միքայելին, կուղարկեր տուն:

Գալով խանութը, Մասիսյանը նրա դռանը կանգնած և միշտ պատրաստ կգտներ իր աշակերտները: Առաջ մոմով կնքած փակ կողպեքները ուշադրությամբ կքններ, հետո բանալիները, որ միշտ իր մոտ էր պահում, կտար աշակերտներից մեկին, որ դռները բաց անեին: Իսկ ինքը երեսը կխաչակնքեր և կմտներ խանութը: Միքայելը արդեն ծտի նման իր տարած բաները տանը հանցրած և վերադարձած էր լինում: Նա սկսում էր խանութի դռների առջևը ավելով մաքրել, ջուր սրսկել, ապրանքների փոշին թափ տալ և մյուս գործակատարներին օգնել ապրանքները դարսելու և կարգի դնելու: Որպես հայ վաճառական, Մասիսյանը սովորություն ուներ ամեն առավոտ իր խանութի ապրանքները մի նոր ձևով դարսել տալ, որ «մուշտարու» աչքին ցույց տա, թե նոր ապրանքներ է ստացել: Այս աշխատությունը փոքր հոգս չէր պատճառում նրա առնտրական տան ծառայողներին: Բայց մի բան լավ էր, որ նա խանութի լուսամուտների ապակիները երբեք մաքրել չէր տալիս. «Ինչքան դուքանը մութ լինի, այնքան ապրանքը աչքի լավ կերևա», — ասում էր նա:

Այս գործողությունները կատարվում էին ամեն օր և ամեն առավոտ, միշտ անփոփոխ, միշտ միևնույն եղանակով: Մասիսյանը չափազանց ճշտություն սիրող մարդ էր, մանավանդ այն պարտավորությունների մեջ, որ ինքը իրավունք էր համարում ուրիշներից պահանջելու: Իսկ իր պարտավորությունների մեջ նա միշտ բացասական եղանակին էր հետևում:

Ձմեռվա սաստիկ ցրտերին (նա իր խանութում երբեք կրակ չէր վառում) և ամառվա սաստիկ տաքերին Մասիսյանը առավոտից մինչև իրիկուն իր խանութումն էր գտնվում: Ոչ մի դեպք չէր կարող նրան հեռացնել իր սիրելի ապրանքների մոտից: Մասիսյանը չափից դուրս կասկածոտ մարդ էր. ոչ ոքի վրա հավատարմություն չուներ. նա մինչև անգամ չէր հավատում իր կնոջը, որդուն և աղջիկներին, — բոլորին գող էր համարում: Նրա կարծիքով գող չէին միայն գյուղացիները, որովհետև հիմար էին, ոչինչ չէին հասկանում: Իսկ ով որ խելք ուներ, անպատճառ կգողանար: Այս էր պատճառը, որ Մասիսյանը սաստիկ հսկողություն ուներ իր խանութի վրա: Այնտեղ նստած կնայեր ամեն բանի վրա, ինչ որ ծախեին իսկույն պետք է փողերը նրան տային, և նա իսկույն կգցեր կասայի մեջ: Նրա կասան նման էր այն փոքրիկ արկղիկներին, որ շատ անգամ կարելի է տեսնել ժամատների և մատուռների դռների մոտ, ամրացած մի փայտի վրա, կողպած կողպեքով և կնքած: Մի նեղ ծակ միայն բաց է թողած այդ արկղիկների վերևից, որտեղից բարեպաշտ մարդիկ փող են գցում նրա մեջ: Դրա նման էր և Մասիսյանի կասան, որին նա կոչում էր «դախլ», որ նշանակում է մուտք: Ստացած փողը նա իսկույն գցում էր այդ մուտքի դրամարկղի մեջ, որը ամբողջ շաբաթով կողպած էր լինում և բացվում էր միայն յոթն օրը մի անգամ, այսինքն՝ շաբաթ երեկոները, որ հաշվեր, թե որքան ապրանք է ծախվել, և որքան փող է մուտք գործել: Եվ բացի կասայի բացվելու օրից, այսինքն բացի շաբաթ երեկոներից, մնացած մյուս օրերում նա ոչ-ոքի փող տալու սովորություն չուներ և այս շաբաթ երեկոների վճարված փողը նա կոչում էր «ղըստ»: Մասիսյանը ուներ իր զանազան վաճառականական սնահավատությունները: Օրինակ, երկուշաբթի առավոտյան անկարելի էր նրանից մի կոպեկ ստանալ. ոչ ոքի փող չէր տա, որովհետև հավատացած էր, որ եթե երկուշաբթի առավոտյան մեկին փող տալու լինի, ամբողջ շաբաթ փող դուրս կգնա և բնավ մուտք չի գործի:

Ամբողջ օրը, ինչպես ասացինք, Մասիսյանը իր խանութում նստած կլիներ, և նրա արգոսի աչքերը կհսկեին ամեն գործողությունների վրա: Երբեմն, մանավանդ ամառվա երկար ու տաք օրերում բնությունը կհաղթեր երկաթի կամքին, և նա կսկսեր նստած տեղը նիրհել: Բայց անկարելի էր գիտենալ՝ արդյոք նա քնած էր, թե արթուն: Որովհետև, հենց մի «մուշտարի» ներս մտնելիս, մի բան պահանջելիս, երբ աշակերտները ուշ կշարժվեին, նա իսկույն աչքերը բաց կաներ, կասեր՝ «Լակոտներ, քոռացե՞լ եք, ինչ է, չե՞ք տեսնում, բան են ուզում»:

Բայց մի անգամ մի դեպք Մասիսյանին այնքան կոտրեց, որ նա իր բոլոր աչալրջությամբ իրան խաբված և հաղթված համարեց: Իր մտերիմ բարեկամներից մեկը վախճանվել էր, նա պարտք համարեց թաղման ներկա գտնվիլ: (Կրոնական պարտավորությունների մեջ ճիշտ էր Մասիսյանը): Բոլորովին հոգնած վերադարձավ նա խանութը, տեսավ՝ մյուս աշակերտները գործի էին գնացել, այնտեղ մնացել էր միայն Միքայելը: Պատվիրելով նրան նայել խանութին, ինքը գնաց, նստեց իր սովորական տեղը: Սաստիկ տաք օր էր: Հոգնածությունը մեկ կողմից, իր մտերիմի մահվան տխրությունը մյուս կողմից, նրան խիստ թուլացրել էին: Պետք է խոստովանել, որ հանգուցյալի հոգու համար մի քանի բաժակ ավել էր խմել: Եվ այս պատճառով, հենց որ նստեց իր տեղը, սկսեց խորին կերպով նիրհել: Նույն միջոցին մի բավական լավ հագնված երիտասարդ ներս մտավ, նայեց իր շուրջը և հանդարտ մոտեցավ աղային: Նրա ոտքերի ձայնից աղան զարթնեցավ:

— Առեք այդ բանը, — ասաց անծանոթը՝ շտապով հանելով իր ծոցից մի ոսկյա ժամացույց: — Ինչ կտաք, տվեք, փողի սաստիկ կարոտություն ունեմ: Կինս մեռնելու վրա է, շտապում եմ բժշկի մոտ:

Մասիսյանը ուշադրությամբ նայեց անծանոթին, նայեց ժամացույցին և ասաց.

— Հիսուն ռուբլուց ավել չի արժի:

— Տվե՛ք փողը, աստված ձեզ խեր տա, բայց հավատացեք, որ Մոսկվայում ութսունով եմ գնել, — ասաց անծանոթը դարձյալ շտապեցնելով:

Մասիսյանը համբարեց հիսուն ռուբլին, անծանոթը շուտով հեռացավ:

Միքայելը, որ զարմացած նայում էր այս առևտուրին, խոսեց անծանոթի հեռանալուց հետո:

— Այդ մարդը մի ժամ առաջ մտավ մեր խանութը, ժամացույցներին շատ նայեց, այս կողմ և այն կողմ տվեց, հետո ոչինչ չառեց, ասաց՝ ես ուզում էի միայն գներն իմանալ, ես մի հատ ունեմ ծախելու:

— Տարա՜վ հիսուն ռուբլին... — կոչեց Մասիսյանը:

— Ի՞նչպես թե տարավ, — հարցրեց Միքայելը զարմանալով:

— Ա՜չքդ հանեց, այնպես տարավ, — պատասխանեց աղան բարկությամբ, — այդ ժամացույցը մերն է:

— Բա՜ս նա գողացավ. տեր աստված, մի այնպիսի մարդ գողությո՞ւն կանի, այնպես լավ հագնված, այնպես շնորհքով:

— Հա՜, այնպես շնորհքով մարդը գողություն կանի, և ոչ քեզ նման հիմարը... — պատասխանեց աղան առաջին բարկությամբ: — Ի՞նչ դոչաղ տղա, — խոսեց Մասիսյանը ինքն իրան, — հալալ ըլի քեզ քո մոր կաթը, ինձ ջեր սատանան չէր խաբել, բայց դու լավ խաբեցիր, եթե ձեռքս ընկնեիր, հազար մանեթ կտայի քեզ, եթե ուզենայիր ինձ մոտ ծառայել:

Հետո նա կրկին դարձավ դեպի Միքայելը.

— Տեսնում ե՞ս, լակոտ, էնպես կլինի դոչաղ տղան, մարդու աչքի միջից մազ կթռցնե, և մարդը չի իմանա: Տեսնում ես...

Միքայելը ոչինչ չխոսեց:

Ժ

Մասիսյանի բնակարանը, նրա հնադարյան տունը չէր զանազանվում նրա խանութից: Որպես խանութումը վաճառքի էր դրված ամեն տեսակ փտած, բորբոսած և գործածությունից ընկած հին մթերք, այնպես էլ նրա տան մեջ տիրում էր նույն բորբոսը, նույն փտությունը, նույն հնացած կյանքը իր բոլոր մաշված կողմերով:

Մասիսյանի տունը մի կիսավեր ամրոցի տպավորություն էր գործում նայողի վրա, որի բնակիչները շատ տարիներից առաջ անհետացել էին, և այն ամենը, ինչ որ կառուցել էր մարդկային ձեռքը, և որ պիտի պահպանվեր մարդու խնամքով, անտեր մնալով, ժամանակի կործանիչ ներգործությունից հնացել, տրորվել և թափվել էին: Ամբողջ (կամենում ենք ասել՝ բոլորովին չկործանված) մնացել էին մի քանի շենքեր միայն. — թոնրատունը, որ ծառայում էր որպես պաշարեղենների ամբար և միևնույն ժամանակ որպես խոհանոց և հաց թխելու տեղ. մառանը, ուր պահվում էին գինու կարասները, մրգեղեն և զանազան տեսակ թթվեցրած արմտիք, և բացի դրանից կային երեք սենյակներ, որոնցից մեկը աղայի համ քնարանն էր, համ հյուրանոցը, համ կաբինետը, մյուսի մեջ զետեղված էին աղայի տիկինը իր աղջիկներով. դա ներկայացնում էր կանանոցը, իսկ երրորդ սենյակի մեջ բնակվում էր աղայի որդին՝ Ստեփանը: Բոլոր երեք սենյակներն էլ մի հարկանի էին. բոլորի էլ հատակը հավասար էր բակի հատակին, կտուրները ծածկած էին հողով, որի վրա աճել էին զանազան բույսեր: Սենյակների երեքն էլ շինված էին մի կարգի վրա, մինը մյուսին կից, բայց ոչինչ հաղորդակցություն չունեին. երեքն էլ առանձին դռներ ունեին, որ բացվում էին դեպի բակը: Լույսը ներս էր ցոլանում ավելի դռներից, քան թե լուսամուտներից, որ փակված էին խուլ, ցանցատեսակ «փենջերեներով», որ անկարելի էր բաց անել: «Փենջերեները», այդ պարսկական հյուսնության գյուտը, առանց ապակիների, ձմեռը միայն պատում էին թղթով, որ աղան ընտրում էր իր խանութի հին նամակներից, որոնք ավելի թանձրացնում էին սենյակների մեջ տիրող մռայլը և միայն արգելում էին քամուն և ցրտին ազատ մուտք գործել: Սենյակները դրսից ծեփած էին ցեխից և հարդից պատրաստած սվաղով, որ տալիս էր նրանց ողորմելի մոխրագույն կերպարանք, իսկ ներսից ծեփած էին գաջով, որ վաղուց դեղնացել, մասամբ սևացել, բոլորովին կորցրել էր իր սպիտակությունը: Տեղ-տեղ գաջը թափվելով, երևում էին անթուրծ աղյուսները: Սենյակների առաստաղը ոչինչով պատած չէր, և դահիվեի գույն ստացած մերկ գերանները երևում էին: Սենյակների հատակը նույնպես մերկ էր, ոչ տախտակով և ոչ աղյուսով էր պատած, այլ պնդացրած կավով, որպես լինում է գյուղացոց խրճիթներում: Եվրոպական կարասիներ չկային սենյակներում ո՛չ աթոռ, ո՛չ սեղան, ո՛չ դիվան, միայն պատերին կից, հատակից մի արշին բարձրությամբ և մի ու կես արշին լայնությամբ, շուրջանակի շինված էր մի տեսակ տախտակամած, որ կոչվում էր «տախտ», և որի վրա կապերտներ սփռելով, դոշակներ և մութաքաներ դնելով, ծալապատիկ նստում էին բնակիչները:

Բացի հիշյալ երեք սենյակներից, բացի թոնրատնից, մառանից, մնացած բոլոր շենքերն ավերված էին: Ախոռատան առաստաղը վայր էր թափվել, և գերանների մի կողմի ծայրերը դեռ մնացել էին պատի վրա՝ իրանց նախկին տեղում, իսկ մյուս ծայրերը ցած ընկել, թեքվել էին գետնի վրա: Ախոռատունը վաղուց զրկված էր անասուններից. դա ծառայում էր այն ժամանակ, երբ աղայի հայրը մսավաճառությամբ էր պարապում: Ավերված էր և մարագը. դա ներկայացնում էր մի փոքրիկ հողային բլուր, որի մեջ դեռ երևում էին շինվածքի փայտեղեն մասերը: Ամեն տեղ նկատվում էր ավերմունք, փլատակներ և անխնամ թողնված շինվածքներ: Կարծես այդ ողորմելի շինությունների մեջ հարյուր տարուց ավելի մի ուրիշ վարպետ չէր մտել, ոչ մի կարկատան կամ նորոգություն չէր եղել, — ինչ որ մաշվել էր, ինչ որ քանդվել էր, ինչ որ թափվել էր, այնպես էլ մնացել էր: Իսկ այստեղ բնակվում էր ամբողջ գավառի առաջին հարուստը, քաղաքի գլխավոր աղան: — Այստեղ «ոսկի աքաղաղը» իր հրաշալի զորությամբ ոսկու կույտեր էր դիզում...

Մի փոքր կենդանություն երևում էր պարտեզի մեջ: Պարտեզը բավական ընդարձակ էր: Թեև բոլոր ճեմելիքները պատած էին վայրենի կերպով, դա էլ թողած էր անխնամ, թեև աճած բույսերով, բայց հնադարյան ծառերը, դեռ մաքառում էին մահվան հետ, կարծես ասելով՝ «Մենք դեռևս պիտի ապրենք... մենք մարդու ձեռքերին ավելի կարոտություն չունենք»...

Կյանքը այդ տխուր և անապատացած ավերակների մեջ բոլորովին համապատասխանում էր իր շրջապատին: Կյանքը սահում էր նույնպես միօրինակ, նույնպես անփոփոխ և նույնպես դատարկ կերպով, որպես անփոփոխ և դատարկ էր մնացել տան բոլոր շենքը, որ իր վրա ոչ մի նորոգություն չէր ընդունում: Օրերը, ամիսները, տարիները անցնում էին միմյանց ետևից, շատ բան աշխարհի մեջ փոխվում էր, շատ սովորություններ նոր ձև էին ստանում: Բայց Մասիսյանի տան կյանքի և ապրուստի ձևերի մեջ ոչինչ նորություն չէր մտնում: Ավերակների անշարժության հետ տիրում էր և՛ քարացած, և՛ մեռած կյանքի անշարժությունը: Մասիսյանը նույն հայացքն ուներ կյանքի վրա, ինչ հայացք որ ուներ իր տան շենքերի վրա. — ինչ որ հին է, այն նվիրական է, ուրեմն պետք է մնա և անփոփոխ մնա, թեև մաշված լիներ, թեև փտած լիներ: Նա որպես չէր փոխում այն հնացած և ջարդված դուռը, որի միջով ներս էր մտել և դուրս էր եկել նրա հայրը, պապը և պապի պապը, — այնպես էլ չէր փոխում այն սովորություններից և ոչ մի կետ, որով ապրել էին նրա նախնիքը:

Մասիսյանի ամբողջ ընտանիքը նմանում էր մի բաղադրյալ մեքենայի, որի գլխավոր ճախարակը էր ինքը — աղան: Նա դեպի որ կողմը և պտտվում էր, բոլորին իր հետ միևնույն ուղղությամբ պտույտ էր տալիս: Վա՜յ նրան, որ ետ կմնար, կհակառակեր... Նա էր ամենի համար կյանքի օրինակելի պատկերը, մնացած բոլորը պետք է հետևեին նրա օրինակին. — պետք է ուտեին, ինչ որ նա սիրում էր ուտել, պետք է խոսեին, ինչ նա սիրում էր խոսել, պետք է քնեին, երբ նա էր քնում, պետք է վեր կենային, երբ որ նա էր վեր կենում, մի խոսքով՝ նրա ճաշակը ամենի ճաշակն էր, նրա խելքը ամենի խելքն էր...

Ամեն առավոտ, երբ նա գնում էր բազար, առնում էր ճաշի և ընթրիքի համար այն պաշարները միայն, որ ինքը սիրում էր ուտել, և ամեն օր, խիստ սակավ բացառությամբ, պատրաստել էր տալիս միևնույն կերակուրները: Այսպիսով կարելի էր զզվել, կարելի էր ախորժակը կորցնել, բայց ի՜նչ փույթ, երբ աղան սիրում էր մի շաբաթ շարունակ խաշ ուտել, մի շաբաթ տոլմա կամ քուփթա ուտել: Երբ տրտունջ էր բարձրանում՝ «Ա՜խ, էդ ի՞նչ է, ամեն օր միևնույն խաշը, միևնույն սխտորը... մեռա՜նք ուտելով»... — սովորական պատասխանը լինում էր. «Ինչո՞ւ ես չեմ մեռնում»: Նա ամեն ինչ փորձում էր իր «եսի» տեսակետից. ինչ որ նրա «եսին» չէր վնասում, ուրիշին էլ չէր կարող վնասել, ինչ որ նրա «եսի» համար լավ էր, ախորժելի էր, պետք է ամենի համար լավ լիներ: Ահա՜ այդ է եսականության ճիշտ պատկերը, որ երբ խառնվում է բռնակալության հետ, ստանում է հրեշավոր կերպարանք: Մասիսյանը կատարելատիպն էր այդ պատկերի:

Մասիսյանի տնտեսության մեջ բոլոր սովորությունները մնացել էին իրանց նահապետական պարզությամբ: Դանակը և պատառաքաղը դեռևս մուտք չէին գործել նրա սեղանի վրա. նա հացը դանակով կտրելը մեղք էր համարում: Ամեն թանձր կերակուր ուտում էին ձեռքերով, միայն ջրալի կերակուրների համար գդալ էր գործ ածվում: Աղան միշտ մենակ էր ճաշում, և այն ժամանակ, երբ տանը հյուրեր չկային, բայց հյուրեր նա միշտ ունենում էր, օտարների վերաբերությամբ նա ժլատ չէր. «Հացը շատ բան կարող է շինել»... — ասում էր նա սովորաբար: Բայց բանն այն է, որ հյուրերին նա միննույնն էր ուտեցնում, ինչ որ ինքն էր սիրում: Մասիսյանի տան ամեն օրվա խաշը և քուփթան առակ էր դարձել: Ստեփանը սկզբում հոր հետ էր ուտում, երբ նոր ավարտել էր և նոր էր դարձել Թիֆլիսից, բայց այն օրից, երբ նա իր հորը ատելի դարձավ, հետևապես և զրկվեցավ նրա սեղանից: Նա ուտում էր այնուհետև մոր հետ, որը իր աղջիկների հետ առանձին սեղան էր նստում: Ասիական սովորություններից առաջ եկած այդ առանձնությունը մի բախտ էր ամեն վայելչությունից զրկված գերդաստանի համար: Տիկին Մարիամը երբեմն իր զավակների աղաչանքին զիջանելով, գաղտնի պատրաստել էր տալիս մի կերակուր, որ աղան չէր պատվիրել, բայց երբ հայտնվում էր «գողությունը» այն ժամանակ հիշոցները և կռիվը վերջ չունեին:

Աստուծո առանձին ողորմությունը պետք է համարել, որ աղան — ընտանիքի իրեշը — ամբողջ օրը տանը չէր գտնվում: Վաղ առավոտյան նա գնում էր ժամ, այնտեղից դիմում էր խանութը, ուր մնում էր բոլոր ցերեկը մինչև արևի մտնելը և երեկոյան դառնում էր տուն: Նրա բացակայության ժամանակ ընտանիքը ավելի ազատ էր զգում իրան, կարող էր հանգստանալ, կարող էր զվարճանալ: Իսկ այդ զվարճությունը սահմանափակվում էր տան չորս պատերի մեջ, որին ավելի նպաստում էր պարտեզը: Պարտեզի մեջ կար մի հին լճակ, որ միշտ լիքն էր լինում ջրով, նրա բոլորտիքը շրջապատված էր ահագին ծառերով, որոնք աճելով, իրար անցնելով, կազմել էին լճակի վրա խիստ գեղեցիկ կամարներ սաղարթախիտ ոստերով: Արեգակի ճառագայթները երբեք մուտք չէին գործում այնտեղ, և ամառվա սաստիկ տոթերի ժամանակ միշտ կարելի էր գտնել այդ լճակի հովանավոր ափերի մոտ խիստ ախորժելի զովություն: Այնտեղ տիկին Մարիամը իր զավակների հետ անցուցանում էր ցերեկվա հանգստի ժամերը, երբ ազատ էր լինում տնային գործերից: Գայանեն և Հռիփսիմեն, նստած մեկը մյուսի մոտ, ծառերի շուքի տակ տարածված գորգի վրա, իրանց մանրիկ մատիկներով կամ կարում էին, քչփչում էին, ծիծաղում էին, և կամ ձանձրանալով, կարը մի կողմ թողնելով, սկսում էին հացի փշրանք շաղ տալ լճի մեջ, դուրս հրավիրել ձկներին, որոնց թրթռալը ավելի էր զվարճացնում երեխաներին: Մայրը նայում էր նրանց վրա և ուրախանում էր: Այնտեղ հանգստանում էր և Ստեփանը, երբ հոգնած, թուլացած տուն էր դառնում իր մասնավոր դասերից, որ տալիս էր զանազան տներում:

Արևելյան տաք երկրներում, որոնց թվում կարելի է համարել և Ե... քաղաքը, առատ ջուրը և ընդարձակ պարտեզը բակերի մեջ մի առանձին մխիթարություն է փակված ընտանիքի համար, որ տնից դուրս զուրկ է մնում բոլոր զվարճություններից: Մասիսյանի տան մեջ այդ կարևորությանը մասամբ բավականություն էր տալիս նրա պարտեզը: Եթե ոչ, խոնավ, օդից և լույսից զրկված, նեղ սենյակները բոլորովին կմաշեին, կսպանեին բնակիչներին, եթե պարտեզը չլիներ: Տարվա երեք եղանակների մեծ մասը — գարունը, ամառը և աշունը — համարյա այնտեղ էին անցկացնում: Այնտեղ ծառերի հովանու տակ, լճակի մոտ ճաշում էին, հյուրեր էին ընդունում. այնտեղ պարապում էին և այնտեղ գիշերները քնում էին առանձին պատրաստված «քեթիրների»4 մեջ: Ընկերությունը ծառերի, խոտերի, ծաղիկների և թռչունների հետ մոտեցնում է մարդուն այն երանական կյանքին, որ ավելի մոտ է բնությանը:

ԺԱ

Տոթային օր էր. հուլիսյան արեգակը սաստիկ այրում էր: Տիկին Մարիամը ճաշի սեղանը պատրաստել էր փոքրիկ լճակի ափի մոտ, սպասում էր Ստեփանը տուն դառնա, որ միասին ճաշեն: Անցավ սովորական ժամը, անցավ մի ժամ ևս, երկու ժամ ևս, նա չհայտնվեցավ: Աղջիկները չկարողանալով համբերել, իրանց բաժինը կերան և սկսեցին խաղալ պարտեզի մեջ: Խեղճ կինը մի պատառ անգամ բերանը չդրեց և սպասում էր որդուն:

Վերջապես եկավ նա, լուռ և տխուր, որպես լինում էր միշտ: Առանց մի բառ խոսելու, նա անցավ և պառկեց գորգի վրա, որ փռած էր ծառի տակ: Մայրը «թոնրատանն» էր և պատրաստում էր նրա բաժին ճաշը. Գայանեն և Հռիփսիմեն խոտերի վրա նստած՝ հագցնում էին իրանց «տիկիններին» նոր կարված հագուստներ, զարդարում էին, պատրաստում էին, որովհետև մյուս առավոտյան կիրակի էր, և դրացի աղջիկները պետք է «տիկինների» հարսանիք ունենային: Ստեփանի ուշադրությունը գրավեց իր քույրերի ժրաջան աշխատությունը:

— Հռիփսիմե, ե՛կ ինձ մոտ, — ասաց նա:

— Ի՞նչ ես ասում, ես այստեղ գործ ունեմ, — պատասխանեց փոքրիկ Հռիփսիմեն:

— Ե՛կ, ասում եմ քեզ:

Փոքրիկ աղջիկը մոտեցավ եղբորը և ընկավ նրա կուրծքի վրա:

— Ինձ հետ խաղա, Հռիփսիմե:

— Ի՞նչ խաղամ, դու «տիկին» չունես:

— Կախ տուր ինձ, մազերիցս քաշե, ինչ որ ուզում ես, արա՛, Հռիփսիմե:

— Ինձ չե՞ս ծեծի:

— Չեմ ծեծի:

Փոքրիկ Հռիփսիմեն ծիծաղեց և փախավ եղբոր մոտից:

Լինում են րոպեներ, երբ մարդ վրդովված է լինում և աշխատում է բոլորովին երեխայական զվարճություններով իր բարկությունը ցրվել: Պատանի Ստեփանը այդ դրության մեջն էր նույն ժամում: Նա ավելի երկար ձգվեցավ գորգի վրա և սկսեց նայել դեպի վեր, կարծես ծառերի սոսափյունից աշխատում էր նախազուշակել, թե որպիսի ապագա է սպասում իրան: Այդ նիհար, մելամաղձոտ պատանին, բավական շնորհալի և համակրական դեմքով, իր հասակից ավելի ծերացած էր երևում: Նա այժմ տասննութ տարեկան էր. մի փոթորկալի հասակ, երբ մանկական կրակը սկսում է բորբոքվել: Բայց ընդհակառակը, այն աստիճան սառն, այն աստիճան մտամոլոր և լուռումունջ էր նա, որ հենց առաջին տեսքից կարելի էր կարծել, որ մի գաղտնի ցավ ներսից նրան տանջում էր: Երբեմն նա մոռանում էր իրան, մանավանդ երբ լինում էր մի լավ ընկերության մեջ. այդ միջոցում կարելի էր տեսնել նրան ուրախ, սովորականից ավելի խոսող, առույգ, փայլում էր մանկական ջերմ աշխուժությամբ:

Կարդալով զանազան գրքեր, Ստեփանը շատ վաղ ընկավ գաղափարի մոլորության մեջ, այն տեսակ գաղափարի, որ հրապուրելով մանուկների եռանդը, հափշտակելով նրանց երևակայությունը, շինում է նրանցից մի տեսակ ցնորամիտ էակներ, որոնք թողնելով տոկուն աշխատությունը, դեռ մի հիմնավոր բան չսովորած, դեռ լավ չտիրապետած գիտության որևէ ճյուղին, ընկնում են երևակայությունների ետևից, թե անպատճառ պետք է կատարեն մի մեծ գործ, առանց մտածելու նրա համար առաջուց պատրաստված լինելը: Դա մի տեսակ հիվանդություն է, որ ընդհատում է մանուկների հառաջադիմությունը և պատրաստում է դատարկամիտ թերուսների մի հասարակություն, որոնք փոխանակ իրանց անպատրաստականությունը ճանաչելու, սկսում են ատել, արհամարհել, պախարակել հասարակական կազմակերպությունը թե նրանց չէին գնահատում, թե նրանց չէին հասկանում, և այս պատճառով նրանք չէին կարողանում անել այն, ինչ որ ցանկանում էին, ինչ որ ավելի լավ և օգտավետ էր... Բայց Ստեփանը մասամբ զերծ մնաց այդ հիվանդությունից: Նա դեռևս հասարակության հետ գործ չէր ունեցել և նրան ո՛չ սիրել և ո՛չ էլ ատել կարող էր: Նա գործ էր ունեցել ընտանիքի հետ, որի մեջ սնվել և որի բռնկալության բոլոր դառնությունը փորձել էր իր անձի վրա. նա ատում էր միայն ճնշող և հարստահարող ընտանիքը, բայց դեռևս չգիտեր, թե ընտանիքը մի օղակ էր հասարակական կազմակերեպության ամբողջ շղթայակապի մեջ, և թե ընտանիքի վատ հատկությունները տարածվում են ամբողջ հասարակության վրա:

Ստրկությունը տանելի է լինում և մինչև անգամ անցնում է անզգալի կերպով, երբ մարդ դեռ չէ հասկացել, թե ինչ բան է ազատությունը: Այնպես էլ ընտանեկան բռնակալությունը տանելի և բոլորովին սովորական է դառնում ճնշված, հարստահարված անդամների համար, երբ կյանքի ավելի լավ և ավելի վայելուչ կողմերը նրանց ծանոթ չէին: Անցկացնելով իր թշվառ երեխայությունը, Ստեփանը, որպես տղա, սկզբում չէր կարող հասկանալ բոլոր ճնշումը, բոլոր ապականությունը այն մթնոլորտի, որի մեջ վարել էր նա իր կյանքի առաջին տարիները: Բայց երբ կտրվեցավ նա ընտանիքից, երբ ուղարկվեցավ մի ուրիշ քաղաք, երբ դպրոց մտավ, երբ բավական զարգացավ, — այս ժամանակ միայն հասկացավ, թե որպիսի շրջանի մեջ դժբախտություն էր ունեցել ինքը ծնված լինել: Այն ժամանակ ամբողջ անցյալը, դառն և սարսափելի անցյալը միանգամով ծանրացավ նրա սրտի վրա: Դա մի սոսկալի հեղափոխություն է մարդու կյանքի մեջ: Դա արբած մարդու այն դրությունն է, որ իր մարմնի վերքերը տեսնում է այն ժամանակ և նրանց ցավը զգում է այն ժամանակ, երբ հանկարծ սթափվում է: Նույնը պատահեցավ և Ստեփանի հետ: Երբ ինքնաճանաչությունը բաց արեց նրա աչքերը, այն ժամանակ հիշողությունը մի հարուստ և բազադրյալ պանորամայի նման սկսեց միմյանց ետևից երևան հանել անցյալ կյանքի ծածկված պատկերները՝ մինը մյուսից ավելի տխուր և ավելի սև գույներով նկարված: Այն ժամանակ ծագեց նրա սրտի մեջ խաբված մարդու դառն ատելությունը, որ հասնում է կատաղի վրեժխնդրության զգացմունքի, երբ մտաբերում է, թե իրան խաբել էին, թե օգուտ էին քաղել իր անհասկացողությունից, ճնշել էին, հարստահարել էին և չէին տվել այն, ինչ որ պետք էր, ինչ որ արժան էր:

Ստեփանի ատելությունը, դեպի հոր բռնակալությունը ավելի սաստկանում էր այն ժամանակ, երբ նա տեսնում էր, որ ինքը ունի մայր, որ միշտ բարի է եղել դեպի նա, որ միշտ սիրել է նրան մայրական սրտի բոլոր քնքշությամբ, բայց նա ևս ավելի վատթար, քան թե ինքը, անբախտ էր և նույն բռնակալության զոհ: Նա տեսնում էր իր քույրերին, այն անմեղ և նազելի արարածներին, որ երբեք չեն լսել հոր բերնից մի ուրախացուցիչ խոսք, երբեք չեն վայելել նրա գգվանքը, երբեք չեն տեսել նրա ժպիտը, այլ միշտ հանդիպել են սառն, կոշտ, կոպիտ խստության: Հոր երկյուղը նրանց մեջ միշտ ավելի սաստիկ է եղել, քան երկյուղը սատանայից կամ կատաղած գայլից:

Ստեփանը դեռ պառկած լճակի մոտ, նայում էր ծառերին, Գայանեն և Հռիփսիմեն դեռ խաղում էին այնտեղ, երբ մայրը դուրս եկավ թոնրատնից և մոտենալով նրան, ասաց, — արդյոք կկամենա՞ր մի բան ուտել:

— Ես կուզեի քնել, սաստիկ հոգնած եմ, — պատասխանեց, որդին սառն կերպով:

— Դու հիվա՞նդ ես, ի՞նչ է դեմքդ սաստիկ փոխվել է, — ասաց մայրը երկյուղով լի ձայնով և նստեց նրա մոտ, աչքերը չէր հեռացնում որդու երեսից:

— Հիվանդ չեմ, թողեք ինձ հանգստանալ:

— Ինչո՞ւ մի բան չես ուտում:

— Ես ճաշել եմ:

Ստեփանը պատմեց, թե գնացել է ճանապարհ ցցելու իր ընկերներից մեկին, որ գնում է Պետերբուրգ համալսարան մտնելու. ծանոթները մի այգում ճաշ էին պատրաստել նրա համար, ինքն էլ մասնակից էր այն ուրախությանը. կերան, խմեցին, երգեցին և ուրիշ շատ գժություններ արեցին:

— Քեֆից հետո այսպես տխուր չեն լինում, — նկատեց մայրը ժպտալով:

— Պատահում է... Այս ընկերս ինձանից մի տարով ուշ է ավարտել գիմնազիայում, նա հիմա գնում է շարունակելու իր ուսումը, բայց ես դեռ այստեղ եմ:

Վերջին խոսքերը փոխեցին մոր զգացած րոպեական ուրախությունը:

— Բավական է, որդի, թող տուր այդ մտքերը, ինչ որ սովորել ես, այն էլ բավական է, — ասաց մայրը:

Որդին ոչինչ չպատասխանեց և տակավին նայում էր ծառերի վրա, լսում էր նրանց խուլ սոսափյունը, որ առաջ էր գալիս տերևների մեղմիկ շարժվելուց:

Մայրը սկսեց խրատել նրան, թե ուսումը սովորում են բժիշկ, չինովնիկ լինելու համար, կամ մի ուրիշ ծառայություն գտնելու համար, իսկ այդ բոլորը մի կտոր հացի կամ փողի համար է, բայց ինքը, փառք աստծո, փողի կարոտություն չունի, թե նրա հայրը քաղաքի առաջին հարուստն է, էլ ինչն է ստիպում թողնել տուն, տեղ, մայր, քույրեր, ազգական և գնալ նորից չարչարվել, թե ինչ է, ես պետք է բոլոր գրքերը սովորեմ:

— Թող տուր, մայր, — խոսեց որդին տխրությամբ, — ես չեմ կարող քեզ հասկացնել, թե ուսումը, գիտությունը չեն սովորում միայն չինովնիկ դառնալու կամ փող վաստակելու համար, և ոչ կարող եմ քեզ համոզել, թե կան նպատակներ, որոնք ավելի բարձր են փողից և չինովնիկությունից, իսկ ինչ որ վերաբերում է իմ հոր հարստությանը, խնդրում եմ այդ մասին ինձ հետ չխոսել:

— Ախար էլ ո՞ւմ համար է, ասա, ո՞ւմ համար, քեզանից ավելի խո մի ուրիշ որդի չունի, էլ ո՞ւմ պետք է մնա այնքան փողը:

Ստեփանը, որին երբեք չէր պատահել խստությամբ խոսել մոր հետ, լսում էր նրա խրատները բավական վրդովված կերպով. նրա երեսի գույնը հազար տեսակ փոխվեցավ, նրա շրթունքները դողդողում էին, և աչքերի մեջ արտահայտվում էր սարսափելի խռովություն:

— Ես թքել եմ այն հարստության վրա, որի մասին դու խոսում ես, մայր, — ասաց նա խորին արհամարհանքով, — ինձ պետք չէ նա, նրա վրա անեծք կա, որ հավիտյան կմնա, նրա ամեն մի կոպեկի մեջ հազարավոր մարդու արտասուք և արյուն կա. զզվելի՛ է այս տեսակ հարստությունը:

Եվ ավելացրուց նա, թե ինքը դեռ գիմնազիայի վեցերորդ դասարանումն էր, երբ մերժեց հորից փող ստանալ, և եթե մինչև այն օր ստանում էր, պատճառն այն է, որ դեռ երեխա էր, չէր հասկանում, դեռ լավ չէր ճանաչել հորը: Այնուհետև նա հույսը դրեց իր սեփական աշխատության վրա և ապրում էր հիսուն կոպեկանոց դասերով, և այնպես էլ կշարունակե, մինչև բոլորովին կավարտե իր ուսումը:

— Ուրեմն դու էլի՞ պիտի գնաս, — գոչեց մայրը ողորմելի ձայնով:

— Պիտի գնամ, և գուցե շուտով, եթե ես ձեզ այսքան չսիրեի, եթե քույրերիս տեսնել չուզեի, ես այստեղ չէի գալ:

Մայրը արտասուքը աչքերում ասաց, թե ինքը ամենևին ցանկություն չունի հակառակել որդու նպատակներին, որին «իր աչքի լույսի պես սիրում է», միայն աղաչում է չզրկել իրան այն մխիթարությունից, որ գտնում է ամեն օր նրան տեսնելով: Եվ բաց անելով իր սրտի խորին վերքերը, հայտնեց, թե ինքը դժբախտ է և շատ դժբախտ, թե նա իր ամբողջ կյանքում մի ուրախ օր չի ունեցել, թե նա շատ կցանկանար մեռնել, և միշտ այդ ցանկությունը նրա սրտում եղել է, միայն չէ ուզեցել իր երեխեքը անտեր և անխնամ թողնել, «որովհետև հայրը նրանց վրա չէ մտածում»... Թե նա իր հույսը դրել է միայն որդու վրա, հիմա որ նրանից էլ զրկվի, ինքը հազիվ կարող է դիմանալ այդ ցավին:

Որդին տեսնում էր մոր խոսքերի մեջ խիստ տխուր ճշմարտություններ և ոչինչ խոսք չէր գտնում պատասխանելու, միայն ափսոսում էր, որ պատճառ տվեց նրան տխրելու:

Մայրը ավելացրուց, թե հորը այսուհետև փոխել չէր կարելի, թե նա որպես կա, այնպես էլ կմնա, միայն որդին ավելի խելոքություն արած կլիներ, եթե աշխատեր նրա հետ հաշտվել: Թե հայրը իսկապես վատ սիրտ չուներ դեպի որդին, սիրում է նրան, բայց չէ ուզում իր սերը ցույց տալ, ծածուկ գովում է նրան ուրիշների առջև, բայց որդուն չէ ուզում ցույց տալ, թե ինքը հավանում է նրան: Եվ այդ բոլորը առաջ են գալիս նրա անձնասիրությունից, որովհետև նա չէր կարող ներել, որ որդին հակառակ է իրան, այլ պահանջում է անպայման հնազանդություն: Նա ծածուկ գովում էր նրան ուրիշների առջև, որպես գովում է իր ապրանքը, մուշտարուն ցույց տալու ժամանակ, թեև ինքն էլ համոզված է, որ այնքան լավը չէ: Մորը, իհարկե, ցավեցնում են հոր այս տեսակ վարմունքները, բայց ոչնչով օգնել չէ կարող, միայն խորհուրդ է տալիս թողնել այն բաները, որոնք բոլորովին հաճելի չեն հորը, օրինակ, նա շատ է բարկանում, որ որդին դասեր է տալիս, և այնպիսի մարդկանց տներում, որոնցից ավելի հարուստ գործակատարներ ունի հայրը, և նա որդու այս վարմունքը «խիստ ամոթ է համարում» իր համար: Ի՞նչ կասեն տեսնողները: Բացի դրանից հայրը ավելի բարկացած էր այն բանի վրա, որ որդին թատրոնում ինչ-որ «օյինբազություններ» է անում, թե այդ շատ ամոթ էր հոր համար. թե նա աղայի որդի է և պետք է որ «աղավարի պահե իրան, ամեն մարդու հետ չխոսե, ամեն մարդու բարև չտա, ամեն մարդու տուն չմտնի, միշտ իրան ծանր պահե, որ տեսնողը ասե՝ ի՛նչ շնորհիքով տղա ունի Մասիսյանը...»:

— Այդ բոլորը դատարկ խոսքեր են, — պատասխանեց որդին, — իսկ ինչ որ վերաբերում է իմ մասնավոր դասատվություններին, այդ նրա համար է, որ մի քանի մանեթ ձեռք ձգեմ ճանապարհի ծախսի համար: Իսկ այն ներկայացումը, որ տվեցինք, և որի պատճառով ես բեմ դուրս եկա, սիրողների ներկայացում էր, հօգուտ այն ուսանողի, որին այսօր ճանապարհ դրեցինք:

Լսելով որդու խոսքերը, թե նա մասնավոր դասեր է տալիս, որ ճանապարհի ծախս ունենա, մայրը կրկին վշտացավ և արտասուքը աչքերում հարցրուց.

— Դու պիտի գնա՞ս ուրեմն...

— Անպատճառ պիտի գնամ:

ԺԲ

Պետրոս Մասիսյանը բավական ինքնուրույն մարդ էր. նա ներկայացուցիչ էր այն ծանրագլուխ «խոջաների», որոնք պարսից տիրապետության ժամանակ նշանավոր դեր էին խաղում վաճառականության մեջ, հարգանք էին վայելում ոչ նրա համար, որ արդար և հավատարիմ մարդիկ էին, այլ գլխավորապես նրա համար, որ կապիտալիստներ էին և գիտեին կապիտալի գործածության բոլոր խաբեական ձևերը: Մասիսյանը հիշյալ սերունդի մնացորդներից էր, որ պարսից իշխանությունը այն երկրից անցնելեն հետո, նոր տիրապետողի նոր քաղաքակրթությունը ամենևին չկարողացավ փոխել նրան: Հագուստը մինչև անգամ մնացել էր միևնույնը, որպես հագնում էին պարսիկների ժամանակ հայ «խոջաները». միևնույն ղաբան, որ հասնում էր մինչև ոտները, միևնույն արխալուղը, որ կարճ չէր ղաբայից, միևնույն լայն շալվարը՝ կապույտ կտավից կարած, և միևնույն քոշերը: Գլուխը նույնպես մշտապես ծածկված էր բուխարայի սև մորթից պատրաստած քառանկյունի տափակ գդակով, որի նմանը մինչև այսօր կարելի է տեսնել գյուղացի տերտերների գլխին: Բոլոր եղանակներում՝ թե՛ ամառը և թե՛ ձմեռը, նրա հագուստը միևնույնն էր: Նա ուներ մի ձեռք հագուստ միայն, որ շարունակ հագնում էր և փոխում էր այն ժամանակ միայն, երբ բոլորովին մաշվում էր, բայց ե՞րբ էր փոխում, այդ դժվար է որոշել, որովհետև նրա վրա նոր հագուստ երբեք չէր կարելի տեսնել:

Ինքը Պետրոս Մասիսյանը միջահասակ մարդ էր, հաստլիկ, կլորիկ, փորը դուրս ընկած, գլուխը դեպի ետ թեքված, որ կարծել էր տալիս, թե ահա՛, ահա հենց իսկույն կընկնի քամակի վրա: Դեմքը կատարյալ գազանային արտահայտություն ուներ. ածելած թշերը նույնպես ուռած և կախված էին, որպես փորը. վիզը կարճ էր, իսկ խորամանկ աչքերը խրված էին թավ հոնքերի տակ. ահագին գլուխը միշտ սափրած էր լինում: Մի մուգ-դեղին գույն, որ հատուկ է մոնղոլական ցեղերին, ներկել էր նրա այլանդակ դեմքը, մինչև անգամ ականջները, նույն դեղնությունը կարելի էր տեսնել և նրա աչքերի սպիտակուցի մեջ:

Պետրոս Մասիսյանը բացի զանազան տեսակ առևտրական ձեռնարկություններից, միևնույն ժամանակ էր մի նշանավոր վաշխառու ամբողջ գավառի մեջ: Այդ գործունեության մեջ նա որոշվում էր մյուս վաշխառուներից նրանով միայն, որ չնայելով իր ահագին հարստությանը, նա երբեք մի խոշոր գումար միանգամով մեկին տոկոսով չէր տալիս, այլ բաց էր թողնում մանր գումարներ միայն, սկսած հինգ ռուբլուց մինչև հարյուր ռուբլի, և առավելապես հավատում էր գյուղացիներին: Այս պատճառով նրա պարտականները անթիվ էին: Մանր փոխառությունները այն նպատակով օգտավետ էր համարում նա, որ համ տոկոսը ծանր էր լինում, համ էլ, եթե կորչելու լիներ, մի մեծ բան չէր: Իսկ գյուղացիներին հավատում էր, որովհետև գյուղացին նրա կարծիքով ռամիկ էր, ուրիշի փող ուտելը դեռ սովորած չէր. դրանց Մասիսյանը համարում էր իր «կաթնատու կովերը», և այդ էր պատճառը, որ տոկոսը նրա լեզվում կոչվում էր «կաթ»:

Ամեն անգամ, երբ մի գյուղացի հայտնվում էր նրա մոտ փողի համար, Մասիսյանը պետք է տեղեկանար նրա ամբողջ պատմությանը, թե ով է նա, ո՞ւմ որդին, ունի՞ արդյոք հայր, մայր, որդիներ, եղբայրներ, բաժանվա՞ծ են ապրում, թե միասին, ի՞նչպես է կոչվում յուրաքանչյուրի անունը, ի՞նչ կայք ունի և ո՞րտեղ են գտնվում. կամ կառաջարկեր այս տեսակ հարցեր, թե իր կյանքում ի՞նչ տեսակ պարապմունքներ է ունեցել, ի՞նչ գործի մեջ հաջողվել է նրան, և ի՞նչ գործի մեջ վնասվել է, և կամ այդ փողը որ ուզում է, ի՞նչ բանի համար պետք է գործ դնե: Երբ գյուղացին կհայտներ, թե այսինչ պետքի համար է, օրինակ, եթե ասելու լիներ մի եզ պիտի առնեմ, նա կսկսեր եզան մասին հազարումեկ հարցուփորձ անել, թե նրա այսինչ հիվանդությունը ինչով է բժշկվում, ինչ ճար պետք է անել, երբ եզը թարմ առվույտ ուտելիս փորը ուռչում է, ինչ ճար պետք է անել «ղաբաղ» հիվանդության ժամանակ, եզան որ տեսակն է լավ լինում և այլն, և այլն: Խաբել նրան և փող առնել՝ անկարելի էր, նրա հարցաքննությունից ամենաճարպիկ խաբեբան չէր կարող չկտրվել:

Մի երեկո հայտնվեցավ նրա տանը մի անծանոթ պարոն, ալեխառն մազերով, խորշոմներով պատած դեմքով, մաշված, բայց բավական մաքուր պահված հագուստով, և պահանջում էր մի գումար բամբակի առևտուրի մեջ գործ դնելու համար: Դա այն անհաջողակ թշվառներից մեկն էր, որ կյանքի մեջ իր արդարության և ճշմարտասիրության զոհ է դառնում և չկարողանալով մաքառել տիրող անուղղության հետ, ամեն գործի մեջ խաբվում է: Որովհետև երբ կյանքի մեջ մարդկանց հարաբերությունները ապականված են լինում, այն ժամանակ բարոյական խելքը կորցնում է իր նշանակությունը, երբ ավելի խորամանկության և խաբեբայության պահանջ կար: Այս տեսակ մարդիկ միշտ գանգատվում են բախտի վրա, բայց միևնույն ժամանակ հույսն էլ ձեռքից չեն թողնում, թե մի օր հարստանալու են, ամեն գործի մեջ խրվում են, ամեն բան փորձում են, բայց միշտ անիրավ բախտը նրանց հակառակում է...

Պարոնը ընտրել էր երեկոն Մասիսյանի հետ տեսնվելու համար և եկել էր նրա տունը, որովհետև խանութում նրա հետ երկար խոսել չէր կարելի: Աղան միշտ քաղաքավարի էր դեպի այս տեսակ հյուրերը, մանավանդ երբ իմանում էր, թե փողի համար են եկել:

Մասիսյանը մենակ էր իր սենյակում, ծալապատիկ նստել էր թախտի վրա, նեղ լուսամուտի հանդեպ, որ մի փոքր զովանա խեղդող տոթից: Նրա մոտ դրած էր մի մեծ ամանով ջուր, սառույցը մեջը ձգած, որից շուտ-շուտ խմում էր: Թեյ խմելու սովորություն չուներ, և տան մնացած անդամները խմում էին կամ զաղտնի, կամ երբ մի պատվելի հյուր էր պատահում: Նա նստել էր մի մաշված խալիչայի կտորի վրա համարյա թե կիսամերկ դրության մեջ: Հագին ուներ արխալուղը միայն, որի կոճակները արձակած էին, և շապկի բացված օձիքից երևում էր թավամազ կուրծքը: Շալվարը և գուլպաները նույնպես հանել էր, և մերկ ոտները մինչև սրունքները բաց էին: Միայն թանձր մորթե գդակը նա գլխին ուներ, որ հին մարդերի սովորությամբ, երբեք չէր առնում գլխից, մինչև անգամ եկեղեցում եղած ժամանակ: Սենյակում մութն էր, երբ անծանոթը ներս մտավ, նա հրամայեց ճրագ վառել:

Անձանոթը, գտնելով աղային մի ծիծաղելի դրության մեջ, մտածեց արդարացնել նրա անքաղաքավարությունը, և սկսեց եղանակից:

— Տոթից խեղդվում է մարդ, ամենևին քամի չէ փչում, դուք լավ եք արել, այսպիսով կարելի է հաղթել տաքությանը:

— Է՜հ, որդի, (Մասիսյանը ամեն մարդու որդի էր կոչում, ինչ հասակում և լիներ նա) պետք է շնորհակալ լինել աստծուց. եթե ամառվա տոթը չլիներ, գարնան պատիվը չէինք հասկանա, թե ձմեռվա ցուրտը չլիներ, աշնան պատիվը չէինք հասկանա: Աստված ամեն բան և՛ լավ, և՛ վատ է ստեղծել, և՛ չար, և՛ բարի է արել. գիշերվա խավարի դեմ ցերեկվա լույսն է ստեղծել. այնպես էլ մեկին աղքատ է արել, մյուսին, հարուստ. եթե աղքատությունը չլիներ, փողի պատիվը չէինք հասկանա:

Մասիսյանի բոլոր դատողությունների մեջ վերջին խոսքը փողի վրա էր լինում: Անձանոթը, որ իրան խիստ նեղված էր զգում, փողի անունը մեջ գալով, հայտնեց իր խնդիրքը: Մասիսյանը թողեց խրատները և նրա դեմքը ավելի գործնական և սառն արտահայտություն ստացավ:

— Դու ուզում ես բամբակի առևտուր անել (հա, նա դուքով երբեք չէր խոսում, ում հետ և լիներ): Ասա, տեսնեմ, ի՞նչ գիտես այդ առևտուրի մասին:

Անձանոթը պատմեց, թե բամբակի վաճառականությունը բավական ծանոթ էր իրան, թե Ամերիկայի պատերազմի ժամանակ (ստրուկների ազատության մասին) շատ փող վաստակեց բամբակից, բայց հետո կորցրեց, իսկ այժմ ցանկանում էր կրկին փորձել իր բախտը:

— Առևտուրը բախտի բան չէ, խելքի բան է, — պատասխանեց Մասիսյանը գործագետ մարդու նախատեսությամբ, — դու էն ասա՛, թե ի՞նչպես պետք է բանացնես իմ փողերը:

Անձանոթը հայտնեց, թե այդ գործի մեջ ինքը բավական հմտություններ ունի և հուսով է, որ աղայից վեր առած փողը իր փորձված ձեռքում մեծ օգուտներ կբերե, և ավելացրուց, թե իրան ծանոթ է Ե... գավառի գյուղերի մեծ մասը, ուր պարապում են բամբակի մշակությամբ, թե յուրաքանչյուր գյուղում գտնվում են փոքրիկ դրամատերեր տեղացիներից, որոնք հավաքում են իրանց դրացիների արդյունաբերած բամբակը, և այսպիսով բերքը ամբարվում է մի մարդու ձեռքում, և այս վերջիններից հեշտ է բավական քանակությամբ գնել, բերել քաղաքը և ծախել մեծ վաճառականներին: Եվ այսպիսով ինքը միջնորդի դեր կկատարե գյուղացի մանր «չարչիների» և քաղաքացի խոշոր կապիտալիստների մեջ և մի տարվա ընթացքում կարող է իր ձեռքում գտնված դրամագլուխը մի քանի անգամ շրջաբերության մեջ դնել և այլն:

— Տեսնում ե՞ս, որ ոչինչ չես հասկացել, — ասաց Մասիսյանը և սկսեց բացատրել իր կարծիքը անծանոթի անհասկացողության մասին:

Թե գյուղացի մանր դրամատերերից — «չարչիներից» — որպես երկրորդական ձեռքերից բամբակ գնելը և վաճառելը չէր կարող շահավետ լինել, որովհետև այդ խաբեբա «չարչիները» իրանք «հյութը ծծում են և միայն չեչն են տալիս ուրիշին»: Ով որ կամենում է բամբակից օգտվել, պետք է ինքը անմիջական հարաբերություն ունենա արդյունաբերող գյուղացու հետ, այսինքն՝ անե այն, ինչ որ «չարչին» է անում:

— Դա խիստ ձանձրալի և միանգամայն դժվար գործ է՝ ռամիկ և հիմար գյուղացու հետ առևտուր անել, — պատասխանեց անծանոթը:

— Դու շատ միամիտ մարդ ես երևում, էլ չեմ ասում, թե խելքդ պակաս է, — ասաց աղան մի փոքր վրդովված ձայնով. — տո, ողորմելի, փողը հենց այն ռամիկ և հիմար գյուղացիներից պետք է դուրս բերել, սատանա «չարչիից» ի՞նչ կարող ես վաստակել:

Պետք է նկատել, որ սատանա բառը Մասիսյանի լեզվում բոլորովին ուրիշ նշանակություն ուներ. սատանա ասելով նա հասկանում էր խելացի, իմաստուն, խորամանկ և մեծ հմտություններ ունեցող մարդ: Ով որ սատանա չէր, նրա կարծիքով հիմար էր, ոչինչ բանի պետք չէր:

Մասիսյանը սովորություն ուներ երկար խոսելու, և եթե մեկի խնդիրքը մերժում էր և փող չէր տալիս, գոնյա իր «բարի խրատները» չէր խնայում նրանից: Նա սկսեց ծանոթացնել պարոնին բամբակի վաճառականության օգտավետ ձևերի հետ. հայտնեց, թե ինքը սովորություն չունի այս տեսակ ձեռնարկությունների համար զուտ (նաղդ) փող տալ խնդրողներին, այլ տալիս է իր խանութից այնպիսի վաճառելի մթերք, որ գյուղացիների համար պետք են, օրինակ, էժանագին չթեր, կտավներ, զանազան տեսակ մանրուքեղեն, կնիկների զարդարանքի համար հուլունքներ և դրանց նման բաներ: Այս տեսակ ապրանքը ավելի օգտավետ էր, քան թե զուտ փողը բամբակի հետ փոխելու համար, միայն պետք է ճարպիկություն ունենալ, գյուղացու «խասիաթը» գիտենալ, նրա վիճակի և պահանջների հետ ծանոթ լինել: Գյուղացին ջիբումը փող չունի, միշտ «նիսիա» է նրա առևտուրը, բայց պետք չէ վախենալ, ինչ ապրանք որ ուզելու լինի, պետք է ասել, նա իր «հոգու պարտքը» չվճարե, ուրիշի փողը չի ուտի: Բանը նրանում է, որ գյուղացին հենց պարտքի վճարելու ժամանակ էլ «նաղդ» փող չի տա, այլ կտա հում բերք, որ արդյունաբերել է իր տնտեսությունից, օրինակ, եթե նա բամբակի մշակություն ունի, պարտքի փոխարեն բամբակ կտա: Հիմա վաճառականի խելքիցն (այսինքն՝ սատանայությունիցն) է կախված, թե նա, օրինակ, չիթը ինչ գնով կարող է խցկել գյուղացուն և նրա արժեքի փոխարեն քանի՛ ֆունտ կամ պուդ բամբակ կպարտավորացնե, որ վճարե իր ժամանակին: Այս տեսակ առևտուրի մեջ կարելի է «երկու գլխիցն էլ» շահվել, — մեկը չթից, որ գյուղացին, փող չունենալով, ստիպված է անհամեմատ թանկ գնով առնել, մյուսը՝ բամբակից, որ դեռևս պատրաստ չլինելով, գյուղացին ստիպված է խիստ էժան գնով գնահատել: Որովհետև բամբակը մի մեծ արժեք չունի գյուղացու աչքում, երբ դեռ նոր էր սերմանված կամ դեռ չէր հասունացել և կամ դեռ չէր հավաքված: Նա վաճառում է իր աշխատության պտուղը, որ պիտի ստանա ժամանակով. իսկ գյուղացու աշխատությունը միշտ կարելի է էժան գնահատել, երբ նա փողի կամ կենսական անհրաժեշտ պետքերի կարոտություն ունի:

Անծանոթը լսում էր առանց ընդմիջելու աղայի խոսքերը. վերջապես ասաց նա.

— Այդ ձեր պատմածը առևտուրի միևնույն ձևն է, ինչ որ գործ են դնում «չարչիները»:

— Հա՛, միևնույնն է, դրանց մեջն է գլխավոր շահը. գիտե՞ս, մի ուրիշ բան էլ ասեմ քեզ. մեծ զանազանություն կա քարի և կշեռքի մեջ, պետք է այդ բանում շատ վարպետ լինել: Գյուղերում երկաթից ձուլված կշեռքի քարեր չկան, այլ գործ են ածում հասարակ քարեր միայն. դու պետք է ունենաս քո առանձին ֆունտանոց քարը, կարող է դա մի կտոր աղյուս լինել, իհարկե, մի փոքր ծանր, քան թե լինում է ընդունված երկաթե ֆունտանոցը, գյուղացին շատ չի հետաքրքրվում գիտենալ՝ արդյոք քարը ուղիղ էր, թե ծուռ, և եթե քո աղյուսի կտորը լիներ, օրինակ, 1 1/4 ֆունտ, և դու գործ ածեիր նրան մի ֆունտի տեղ, այն ժամանակ մեկ փթի մեջ կստանայիր 10 ֆունտով ավելի բամբակ: Հասկանում ե՞ս, այսպիսով մեծ զանազանություն կանե, եթե մի քանի հազար փութ հավաքելու լինես:

— Դա խո... դա խո...

— Ի՞նչ ես ուզում ասել, ուզում ես ասել՝ դա գողություն է, անիրավություն է, դա խաբեբայություն է, է՞դ ես ուզում ասել: Ի՞նչ գողություն, երբ բոլոր բամբակ գնողներն այդպես են վարվում. երբ դու միևնույնը չանես, չես կարող նրանց հետ մրցություն անել. դու կնանկանաս:

Անծանոթը ոչինչ չխոսեց:

— Գյուղացին, — շարունակեց աղան, — շատ բարի մարդ է, նա մի լավ սովորություն ունի, որ ասում է, թե «առնողի աչքը ծախողի ձեռին կլինի», և միշտ ավելորդով է տալիս իր մթերքը, քան թե հարկավոր էր, ինչո՞ւ օգուտ չքաղել նրա բարեսրտությունից:

— Այդ լավ, բայց...

— Բայց նրան խաբել պետք չէ, ուզում ես ասել, — ընդմիջեց աղան ծիծաղելով, — էդ է հիմիկվա «աղաթը», բոլորը էդպես են անում, դու ուրիշ տեսակ առևտուր ստեղծել չես կարող:

Մինչ Մասիսյանը անծանոթ պարոնի հետ վաճառականական «սատանայությունների» վրա էր խոսում, տիկին Մարիամի սենյակում, որ կից էր աղայի սենյակին, տիրում էր խորին տխրություն: Օրիորդ Գայանեն սաստիկ հիվանդ էր, նրա մի քանի տարի առաջ ստացած հազը այժմ ցույց էր տալիս բարակացավի բոլոր նշանները: Հիվանդի մայրը, քույրը, եղբայրը շրջապատել էին նրա անկողինը: Հայրը գիտեր իր դստեր վտանգավոր հիվանդությունը, բայց բազարից դառնալեն հետո չմտավ նրա մոտ, որովհետև սպասում էր պարոնին, որի հետ այժմ խոսում էր:

— Այսպես չէ կարելի թողնել, — ասաց Ստեփանը:

— Ի՞նչ անենք, — հարցրուց շվարած մայրը:

— Պետք է շուտով կանչել բժշկին, — պատասխանեց որդին:

— Դու չե՞ս իմանում քո հոր խասիաթը...

— Իմանում եմ... բայց թողնել այսպես, որ մեռնի, նրա համար միայն, որ նա մի քանի մանեթ չտա բժշկին:

— Փողի բան չէ...

— Էլ ի՞նչ կա:

Մայրը ոչինչ չխոսեց և, թաշկինակը աչքերին դնելով, սկսեց լաց լինել:

— Ես այս րոպեիս կգնամ հորս մոտ, կպահանջեմ, որ անպատճառ բժիշկ հրավիրե, — ասաց Ստեփանը վրդովված ձայնով:

Մայրը բռնեց նրա ձեռքից, ասելով.

— Ի սեր աստծո, դու մի՛ գնա, թող ես գնամ, եթե ինձ վրա բարկանալու էլ լինի, ես ձայն չեմ հանի, բայց դու, ով գիտե, մի դալմադալ կսարքես:

Տիկին Մարիամը մտավ ամուսնի սենյակը, պատմեց նրան Գայանեի դրությունը և խնդրեց, թե պետք էր բժիշկ հրավիրել: Աղան կատաղեց:

— Ախր ի՞նչ բան է բժիշկը, — ասաց նա բարկությամբ, — եթե աստված նրա ճակատին գրել է, որ այս հիվանդությունով մեռնի, այն ժամանակ հազար բժիշկ գալու լինի, ոչինչ ճար անել չէ կարելի. բայց եթե նրա «աջալը» (օրհասը) չի կատարվել, սարիցն էլ ցած գլորես, էլի չի մեռնի: Բժիշկը էլ ի՞նչ բանի է պետք:

Կինը սկսեց դարձյալ աղաչել նրան, թե պետք է հրավիրել բժշկին, թե բոլոր աշխարհը հիմար չէր, որ հիվանդության ժամանակ դիմում են բժշկին: Աղան չհամոզվեցավ: Անծանոթ պարոնը անգամ, որ զարմանալով լսում էր այդ խոսակցությունը, խորհուրդ տվեց դիմել բժշկին: Աղան դարձյալ չհամոզվեցավ և առանց ուշադրություն դարձնելու նրա խոսքերին, ասաց կնոջը.

— Թե բժիշկ ես ուզում, էդ հիվանդության բժիշկը ես եմ. գնա՛, մի քանի գլուխ սոխ լավ խորովիր, վրան աղ ածիր, տուր թող ուտե, կուրծքը կփափկացնե, էլ չի հազա: Դու չե՞ս իմանում, որ ես հազալիս միշտ էդպես եմ անում:

— Քո հազը ուրիշ է, նրանը ուրիշ, — պատասխանեց կինը:

— Տո, ինձ բա՛ն ես սովորացնում, ի՞նչպես թե ուրիշ է, հազը հազ է. հազով մարդ չի մեռնի, քսան տարուց ավելի է, որ ես հազում եմ, ինչո՞ւ չեմ մեռնում:

Դարձյալ «ես», դարձյալ իր «եսի» կետիցն էր նայում աղան իր դստեր հիվանդության վրա, երբ հազը նրա «եսին» վնաս չէր տալիս և խորոված սոխ ուտելով հանգստանում էր, ուրեմն դստեր համար ի՞նչ իրավունք ունեին ուրիշ դարմանների վրա մտածելու. երբ հազից նա չէր մեռնում, աղջիկն էլ իրավունք չուներ մեռնելու...

Տիկինը գիտենալով իր ամուսնու համառությունը, առանց երկար խոսելու, թողեց նրան և վշտացած դուրս եկավ: Նա իմացավ, որ Ստեփանը արդեն գնացել էր բժշկին բերելու. այժմ ողորմելի կինը մտածում էր ոչ այնքան դստեր մահվան մասին, որքան այն խռովության մասին, որ պիտի կատարվեր բժշկի պատճառով:

Կնոջ դուրս գնալուց հետո կրկին վերադարձավ Մասիսյանի սրտի խաղաղությունը, որպես թե ոչինչ չէր պատահել, և կրկին իր սովորական սառն և հանգիստ տրամադրության մեջ նա դարձավ դեպի անծանոթ պարոնը և ասաց նրան.

— Ճշմարիտ են ասել, որ «կնոջ ծամը երկար կլինի, բայց խելքը — կարճ», ոչինչ չես կարող հասկացնել դրանց:

Անծանոթը ոչինչ չխոսեց:

— Սատանայի պես եկավ, մեր խոսակցությունը կտրեց, — ասաց աղան: — Ինչ էինք խոսո՞ւմ:

— Դուք խոսում էիք, թե ինչպես պետք է 1 1/4 ֆունտի ծանրություն ունեցող աղյուսի կտորը գործածել մեկ ֆունտի տեղ բամբակ գնելու ժամանակ:

— Հա՛, այդ էի ասում, հիմա քեզ մի բան պատմեմ:

Նա պատմեց, թե ինքը մի ժամանակ մետաքսի առևտուր ուներ Նուխի, Կախի և առհասարակ Լեզգիստանի կողմերում. ժողովուրդը այն աստիճան միամիտ և անփույթ էր, որ ամեննին հասկացողություն չուներ չափերի կամ կշիռների վրա: Այն ժամանակը մի պտղաբեր ժամանակ էր, և ինքը այն ժամանակ կարողացավ դնել իր հարստության հիմքը: Բայց հիմա... հիմա բոլորն էլ «սատանայացել» էին... Գնում էր գյուղերում մետաքս հավաքելու, մետաքսը այն ժամանակ նույն արժեքն ուներ, ինչ որ ունի այժմ բամբակը: Ինքը ուներ մի հրաշալի կշեռք, որ միշտ իր հետ էր ման ածում, որովհետև գյուղացիների մոտ կշեռք գտնել դժվար էր: Կշեռքը իսկապես մի հասարակ կշեռք էր, փայտյա լծակով, հարդից հյուսած թաթերով (նժար), որ կախված էր հին լծակից կաշուց շինված փոկերով, բայց նա ուներ իր մեջ մի գաղտնիք, որ, օրինակ, չորս ֆունտ ծանրություն ունեցող մետաքսը կարելի էր նրա մեջ երկու ֆունտ ծանրություն ունեցող քարի հետ հավասարացնել: Այդ գաղտնիքը գտնվում էր կշեռքի լեզվակի մեջ, որից բռնում և կշռում են: Լեզվակը այնպես էր հարմարեցրած լծակին, որ եթե ձեռքդ դեպի քարի կողմը թեքեիր, մետաքսը անհամեմատ թեթև կգար, իսկ եթե ձեռքդ դեպի մետաքսի կողմը թեքեիր, մետաքսը անհամեմատ ծանր կգար: Ուրեմն գնողի կամքիցն էր կախված իր կշեռքը այնպես գործ ածել, որ միշտ օգուտը իր կողմը մնար: Դա մի հրաշալի կշեռք էր. մի ագուլեցի զոկ քանի-քանի անգամ հինգ հարյուր ռուբլի էր տվել, որ տաներ այն կշեռքը, և պատրաստ էր հազար էլ տալու, բայց Մասիսյանը չէր ծախել և մինչև այսօր էլ պահում էր իր մոտ և միշտ կպահե որպես մի սրբություն, որովհետև նրանից շատ «խեր» էր տեսել...

Վերջացնելով իր կախարդական կշեռքի պատմությունը, Մասիսյանը սկսեց բացատրել քարերի որպիսությունը, որ այն ժամանակ գործ էին ածվում որպես չափ: Կշեռքի որոշված քարեր կամ չափեր չկային, ասում էր նա, այլ քսան հատ ռուսաց արծաթյա ամբողջ ռուբլիանոց մանեթների ծանրությունը համարվում էր մի ընդունված չափ. և ինքը միշտ ընտրում էր Եկատերինայի ժամանակից մնացած ահագին մանեթները և նրանցով էր կազմում իր կշեռքի ծանրության չափը: Ահա այն ժամանակն էին առատ հունձքի տարիները... մի զոկի համար պատմում էին, թե շատ տեղերում իր աջ ոտն էր գործածում որպես չափ. դնում էր կշեռքի մեկ թաթի մեջ, իսկ մյուսումը մետաքս էր ածել տալիս, ասում էր, թե ոտս 5 ֆունտի ծանրություն ունի, և հում էր տալիս ոտը, որքան ուժ ուներ, և 5 ֆունտի տեղ 0 ֆունտից ավելի մետաքս էր կշռում... և զոկերը այն ժամանակ հարստացան... հիմա ո՞ւր են այն ժամանակները... գնա՜ցին... էլ ետ չեն գա... ով խելք ուներ, իր բեռը բեռնեց... ով խելք չուներ, մնաց քաղցած...

Մասիսյանը պատմում էր այդ ամենը այնպիսի մի հասարակ կերպով, կարծես թե խոսում էր բոլորովին սովորական մի բանի վրա: Նա երանություն էր տալիս անցյալ ժամանակներին, երբ մարդիկ միամիտ էին, երբ կարելի էր խաբել նրանց... Անծանոթ պարոնը լսում էր նրան, երբեմն գլուխը շարժելով, վերջապես ձանձրացավ նա և վերկենալով ասաց.

— Մնաք բարյավ:

Նա հեռացավ և նրա ետևից Մասիսյանը ասաց.

— «Ավանա՜կ»...

— «Ավազա՜կ»... — կրկնեց իր մտքումը անծանոթը և անհետացավ փողոցների խավարի մեջ:

ԺԳ

«Լավ է տան շունը լինել, քան թե տան պստիկը». ամեն ինչ նրան են հրամայում, ամեն բան նրան են անել տալիս, թե՛ տիկինը, թե՛ աղան, թե՛ ծառան և թե՛ աղախինը բոլորը նրան գործի են դնում:

Այն օրից, որ Միքայելը դուքնի աշակերտ դարձավ, թեև նրա դրությունը մի աստիճան բարձրացավ, բայց նրա աշխատությունները ավելի և ավելի անտանելի դարձան: Խեղճ տղան մի րոպե նս հանգստություն չուներ, նա պետք է և՛ տանը ծառայեր, և՛ խանութումը: Առավոտյան դեռ բոլորը քնած, դեռ արևը չծագած, նա ոտքի վրա էր, սամովարը կրակ էր գցում, ամենի կոշիկները սրբում էր, բակը ավելում էր, այդ բավական չէր, պետք էր և ջրով սրսկել, որ նա վեր էր առնում բակից անցնող առվակից: Ա՜խ, այդ բակի մաքրելը ամեն առավոտ նրա համար մի ահագին տանջանք էր. փոշին, կարծես, մաղվում էր խարխուլ և տրորված պատերից, իսկ հատակը քարած չէր, այլ նույնպես հողից, որ միայն պնդացել էր մարդկանց ոտքերի տակ:

Չնայելով այս բոլոր բազմատեսակ զբաղմունքներին, Միքայելը դարձյալ ժամանակ էր գտնում, իր փոքրիկ դասագիրքը առնելով քաշվել տան մի խուլ անկյունում և լուռումունջ իր դասը սերտել: Նա սաստիկ սեր ուներ կարդալ սովորելու և կարծես բնազդումով հասկանում էր, թե դա մի օր հարկավոր կլինի, բայց սովորում էր որպես մի արգելված բան: Մասիսյանը ատում էր բոլոր կարդացողներին, և նրա ատելությունը ավելի սաստկացավ, երբ որդին, Ստեփանը, գիմնազիայից տուն դարձավ, երբ նրա մեջ գտավ մի հակառակորդ, որի հետ երբեք չէր կարող հաշտվել:

Միքայելը ընտրում էր միայն գիշերվա ժամերը ընթերցանության համար, երբ տան մեջ բոլորը քնած էին, երբ ոչ ոք նրան խանգարել չէր կարող: Նրան բնակության համար տվել էին հին փայտանոցը, որ այժմ ծառայում էր որպես «խորթանոց», այսինքն՝ մի այնպիսի տեղ, ուր պահվում են տան անպետք կարասիները: Այնտեղ կարելի էր տեսնել գործածությունից ընկած զանազան տեսակ անոթներ, ժանգոտած մեխեր, երկաթի կտորներ, կոտրած բահեր, բրիչներ, ատամները մաշված սղոցներ, ջարդված կժեր, կճուճներ, պատառոտած հին կոշիկներ, հողաթափներ, թոկի կտորներ, բամբակ զզելու մի ջարդված մեքենա, — այսպիսի և ուրիշ տեսակ անպետք բաներ, որ փտում էին փոշու և բորբոսի ներքո:

Այդ խուղը, առանց օդի և առանց լույսի, նմանում էր մի մեծ հավաբնի, որ մի նեղ ծակ միայն ուներ, որ ծառայում էր որպես մուտք, և որտեղից ներս մտնելու համար նրա փոքրիկ բնակիչը պետք է բավական թեքեր իր մեջքը: Այնուամենայնիվ, Միքայելը գոհ էր իր բնակարանով, որովհետև առանձին էր: Թեև նրա մեջ գտնված մթերքը այնքան շատ տեղ էր բռնել, որ Միքայելի համար մնացել էր մի անձուկ անկյուն միայն, որը նա մաքրելով և սառն, խոնավ հատակի վրա մի կտոր հասիր տարածելով, այնտեղ պառկում էր: Նրա դոշակը այդ կոշտ և խարտոցի նման հյուսված հասիրն էր, որ սաստիկ ցավեցնում էր կողքերը. նրա բարձն իր հագուստն էր, որ հանում էր, ծալում էր և դնում գլխի տակը. նրա վերմակը աղայի հին քրքրված մուշտակն էր, որ հայտնի չէր, թե ինչ ժամանակներից էր մնացել, և որի վրա մազերի հետքերը մի քանի տեղ միայն երևում էին: Այդ ողորմելի անկողնի մեջ պառկում էր նա, քնում էր խորին, հանգիստ քնով, որովհետև միշտ հոգնած էր լինում:

Մի անգամ գիշերից բավական անցել էր, Մասիսյանի դատարկ տան մեջ տիրում էր խորին անապատական լռություն: Ամեն տեղ մութն էր, միայն Միքայելի խուղի մեջ դեռ լույս էր երևում: Նույն միջոցին մեկը ման էր գալիս պարտեզի մեջ և այնքան հանդարտ կերպով, կարծես զգուշանում էր, որ քայլերի խշխշոցը լսելի չլիներ: Անցնելով Միքայելի խուղի մոտից, նա նկատեց լույսի նեղ շառավիղը, որ դռնից դուրս ցոլանալով, տարածվել էր գետնի վրա: Նա գլուխը կռացրուց և ներս մտավ: Միքայելը պառկած էր իր հասիրի վրա և ձեռքը նեցուկ տալով երեսին, գլուխը վեր էր բարձրացրել բարձից: Նրա աչքերը նայում էին, բայց նա ամեննին չշարժվեցավ և կարծես չնկատեց, որ մեկը մտավ իր մոտ: Նա գտնվում էր մի այնպիսի ինքնամոռացության մեջ, երբ միտքը դադարում էր գործելուց, և հոգնած անդամների վրա տիրում էր մի տեսակ մեռելային թմրություն: Նրա մոտ բաց դրած էր իր դասա գիրքը:

— Է՜յ... հե՜յ... դեսը քշե՜ զառները, դեսը... — բացականչեց կիսաքուն Միքայելը:

— Խե՜ղճ տղա, նա երբեք իր զառները մոռանալ կարող չէ, — ասաց ներս մտնող պատանին:

Դա Ստեփանն էր:

Նա իր սովորության համեմատ եկել էր Միքայելի հետ պարապելու, նրա դասերին նայելու: Բարեսիրտ պատանին այս և այն կողմ մտիկ տվեց, որ մի հարմար տեղ գտնե նստելու և նստեց բամբակ զգելու ջարդված մեքենայի վրա: Միքայելը դեռ անշարժ, նույն դրության մեջ պառկած էր: Պատանին ձեռքով կամաց խթեց նրան, որ զարթնի:

— Խփի՛ր, խփի՛ր... թեկուզ սպանես, էլի ոչինչ չեմ ասի... — գոչեց Միքայելը:

— Նա զառանցության մեջ է, — խոսեց Ստեփանը: — Խե՜ղճ տղա, տեսնես ինչ է պատահել:

— Այդ ես եմ, Միքայել, զարթիր:

Միքայելը գլուխը բարձրացրեց և նստեց:

— Դու դարձյալ այդպես անհո՞գ կերպով ես քնած, հազար անգամ քեզ ասել եմ, որ կհիվանդանաս, — խոսեց Ստեփանը կարեկցությամբ նայելով, թե որպես նա պառկած էր մերկ հասիրի վրա:

— Ա՜խ, ո՞ւր էր, որ հիվանդանայի... որ մեռնեի... — մրմնջաց փոքրիկ սպասավորը ողորմելի ձայնով և սկսեց հեկեկալ:

— Ի՞նչ կա, ի՞նչ է պատահել, ինչո՞ւ ես լացում, — աշխատում էր հանգստացնել նրան Ստեփանը:

Միքայելը պատմեց աղայի այն օրվա բարբարոսական վարմունքը իր հետ, ցույց տվեց իր մարմնի վրա կապտած, սևացած տեղերը, որ առաջ էին եկել նրա փայտի հարվածներից, ասաց, որ իրան փակեցին խանութի ստորերկրյա սարդափում, այնտեղ ծեծեցին, ամբողջ օրը այնտեղ բանտարկված մնաց, կամենում էին գիշերն էլ թողնել, բայց ինքը շատ վախեցավ, հետո խանութի մեծ գործակատարը աղաչեց աղային, նրան ներեցին, և ավելացրուց, թե ինքը ոչ մի գործով հանցավոր չէ, իզուր տեղը ծեծեցին և շատ ծեծեցին... լավ էր, որ ուշքից գնաց և չէր զգում, թե որպես էին ծեծում...

— Անգո՜ւթ... — մռնչաց պատանին և սկսեց ցավակցաբար քննել Միքայելի մարմնի ծեծված տեղերը, հետո բոլորովին զայրացած, հարցրուց ինչ բանի համար այսպես նախատակեցին քեզ:

Միքայելը հայտնեց, թե աղան շատ անգամ նրան ասել էր, թե տանը ինչ որ պատահում էր, բոլորը իրան «խաբար տա», թե ի՞նչ են անում, ի՞նչ են ուտում, ո՞վ է գալիս, ո՞ւր են գնում, տիկինը ո՛ւմ հետ է խոսում, Ստեփանը որտեղ է ման գալիս և այլն. իսկ ինքը թեև ամեն բան իմանում էր, բայց չէր հայտնում, ասում էր, թե ոչինչ չգիտե, և երբ աղան մյուս աշակերտներից տեղեկանում էր, նրա վրա միշտ բարկանում էր, թե «լակոտ, դու ինչո՞ւ ես ինձ խաբում»: Իսկ այն օր տիկինը տվել էր նրան մեկ մանեթ և ասել էր. «Միքայել, շուտ վազիր բազարը, մի քիչ տանձ, խնձոր և ծիրան գնիր, Եփրեմ աղայի կնիկը գալու է մեր տունը»: Միքայելը գնացել և տիկնոջ պատվերը կատարել էր. աշակերտներից մեկը խաբար էր տվել, բայց ինքը ուրացավ, թե սուտ է, և դրա մասին նրան ծեծեցին:

— Ինչո՞ւ էիր ուրանում:

— Ես գիտեի, — պատասխանեց Միքայելը, — որ աղան պիտի գար տուն և խանումի հետ դալմադալ սարքեր, մտածեցի, թե ավելի լավ էր, որ ես ծեծ ուտեի, քան թե նա խանումին մի վատ խոսք ասեր:

— Ուրեմն դու խանումին սիրում ե՞ս:

— Միրում եմ, նա ինձ չի ծեծում, բայց աղան միշտ ծեծում է, միշտ ծեծում է... Ես այստեղ չեմ մնա, կփախչեմ, կգնամ, կկորչեմ, հերիք է որքան ծեծվեցա...

Պատանին աշխատում էր հանգստացնել նրան, խրատելով, որ այսպես բան չանե, թեև իրան լավ հայտնի էր նրա վիճակի դառնությունը, թեև ինքը գիտեր իր հոր անգթությունը, բայց փախչելը ոչինչ նպատակի չէր հասցնի, որովհետև նրան կրկին ետ կբերեն և ավելի խստությամբ կսկսի վարվել, որպես այդ պատահել էր մի քանի անգամ: Որովհետև Միքայելը մի տեսակ ստրուկ էր, մի տեսակ գրավական էր այն փողի փոխարեն, որ նրա հորեղբայրը պարտական էր աղային: Թե պետք էր առաջ մտածել, որ այս պարտքից ազատվեր նրա հորեղբայրը, այնուհետև Միքայելի ազատությունը կհեշտանար: Եվ ինքը, Ստեփանը, հույս ունի, որ շուտով իր միջոցները կներեն օգնելու նրա հորեղբորը, միայն մտածում է, թե Միքայելը իրանց տնից դուրս գալուց հետո ինչ գործով պիտի պարապվեր, որովհետև չէր ցանկանում, որ նա կրկին վերադառնար իր հայրենական տունը և գյուղական կյանք վարեր, այլ համոզված էր, որ եթե նա օրինավոր կրթություն ստանար, կարող էր ժամանակով մի նշանավոր մարդ դառնալ:

Բարեսիրտ պատանու խրատները, որքան և ազնիվ զգացմունքից բխած, որքան և մարդասիրական լինեին — դարձյալ այն րոպեում չէին կարող ազդել Միքայելի վրա, որ միայն իր վերքերի ցավն էր զգում, խորհելու և մտածելու ընդունակությունը կորցրել էր:

— Չէ՛, — ասաց նա, — ինչ որ էլ պատահելու լինի, կփախչեմ, գլուխս մի տեղ կթաքցնեմ, էլ չեմ գնա մեր գյուղը, որ այնտեղից ետ բերեն, կկորչեմ մի ուրիշ տեղ...

Ստեփանին ավելի վախեցնում էր փոքրիկ Միքայելի հուսահատությունը և ծանոթ լինելով նրա համարձակ և անվեհեր բնավորությանը, կասկածում էր, մի՛ գուցե խեղճ տղան մի փորձանքի մեջ գցեր իր անձը: Բայց չգիտեր, թե ինչ պետք էր անել: Երկու վիճակակիցներ — մեկը որդի, մյուսը սպասավոր — շատ լավ հասկանում էին միմյանց դրությունը, բայց որդին ավելի դժբախտ էր, քան թե սպասավորը, որովհետև ավելի զարգացած լինելով, նրա վրա ավելի սաստիկ ազդում էր բռնության կոպտությունը, բայց սպասավորի վրա րոպեական տպավորություն ուներ, և նրա մարմնի կապույտ ուռուցքների բժշկվելու հետ գուցե կանցներ և սրտի կսկիծը:

Ստեփանը երկար նստած բամբակի ջարդված մեքենայի վրա,

խրատում էր, մխիթարում էր դժբախտին, որին նա շատ սիրում էր, գտնելով նրա մեջ այնքան լավ հատկություններ, որ գուցե պիտի փչանային, պիտի աղավաղվեին այն ապականված մթնոլորտի մեջ, ուր նրան ձգել էր վիճակը: Նա խոսում էր խիստ տաք և ոգևորված կերպով, թե ինքը հավատացած է թե Միքայելը կհետևի իր խրատներին, չի հեռանա, այլ կմնա և կսովորի այն բոլորը, ինչ որ ինքը ցանկանում է նրան սովորացնել և ժամանակով լավ մարդ կդառնա: Միայն պետք է համբերել, պետք է դիմանալ, և գլխավորը՝ պետք է աշխատել: Ջիթային ճրագի աղոտ լույսը, ընկնելով եռանդոտ պատանու գունաթափ դեմքի վրա, տալիս էր նրա երեսի գեղեցիկ գծագրությանը մի առանձին վայելչություն: Նա խոսում էր առանց դադարելու, շուտ-շուտ ուղղելով գլխի խիտ մազերը, որ թափվում էին ընդարձակ ճակատի վրա:

Կարդալով և շատ կարդալով զանազան գրքեր, նրա գլխում խիստ շուտ ձևակերպվեցավ այն ընկերական լուսավոր գաղափարը, որ լցնում է մարդու սիրտը մի սրբազան զգացմունքով՝ սիրել, կարեկցել և օգնել նեղյալներին, վշտացածներին, հարստահարվածներին: Դառնալով հոր տունը, այնտեղ գտավ անախորժություններ և զզվանք միայն, մոր մշտահոս արտասուքը և քույրերի ճնշված վիճակը տեսավ: Տեսավ մի հայր, որ որպես խավարեցնում էր ընտանիքի բարօրությունը, որպես զրկում էր նրան ամեն վայելչություններից, որը որպես իր տունը շինել էր մի կատարյալ դժոխք, այնպես էլ իր առևտրական տունը դարձրել էր կատարյալ ավազականոց: Եվ զարմանալին այն էր, որ նրա հայրը, այդ հին ավազակը, նայում էր իր որդու վրա, որպես մի գողի վրա և թույլ չէր տալիս մինչև անգամ իր խանութը մտնելու: Այդ մարդը, որ այնքան համակրում էր գողերին և խաբեբաներին, նույնը կասկածում էր իր որդու մասին, որը բոլորովին հեռու էր այս տեսակ ախտերից: Այդ մի անբացատրելի հակասություն էր: Գողությունը, խաբեությունը նրա կարծիքով պախարակելի չէին լինի, եթե որդին գողանար ուրիշից, բայց երբ հոր փողերը ծախսում էր, առանց աշխատելու նրանց տեղը կրկնապատիկ լցնել, — դա գողություն էր:

Բարեսիրտ պատանին վերջացնելով իր խրատները, խորհուրդ տվեց Միքայելին չպառկել հասիրի վրա, թե գետնի խոնավությունից կարող էր ավելի հիվանդանալ նա, և խոստացավ, թե առավոտյան կտանե նրան բժշկի մոտ և մարմնի ծեծված տեղերը դարմանել կտա:

— Չէ, չեմ ուզի, — ձայն տվեց Միքայելը, — եթե աղան գիտենա, մի

ղալմաղալ էլ դրա վրա կսարքե, ինչպես որ արեց, երբ Գայանեի համար բժիշկ բերեցիք:

Միքայելի երկյուղը մասամբ իրավացի էր. աղան ահագին փոթորիկ բարձրացրեց, երբ առավոտյան իմացավ, թե Գայանեի համար բժիշկ էին բերել, և մինչև անգամ մարդ ուղարկեց, իմացում տվեց բժշկին, որ «չհամարձակվի» մյուս անգամ իր տունը մտնել:

— Այդ ոչինչ, — պատասխանեց Ստեփանը, — ես այնպես կսարքեմ, որ նա չի իմանա: Բայց հիմա պետք է քեզ համար մի մահճակալ պատրաստել:

Ստեփանը սկսեց քրքրել «խորթանոցի» մեջ ածած ափուր-չփուր բաները և գտավ մի կոտրած դռան կտոր, որի երկու տախտակներն էին մնացել, տախտակների մի ծայրը դրեց բամբակի մեքենայի վրա, իսկ մյուս ծայրը ամրացրեց պատուհանի մեջ. մահճակալը արդեն պատրաստ էր:

— Ահա դրա վրա կքնես այսուհետև, — ասաց նա Միքայելին:

— Բայց երբ աղան տեսնե՞, — հարցրուց Միքայելը վախկոտ ձայնով, — նա ասել է, որ այդ բաներին ձեռք չտամ, ոչ մեկը տեղից չշարժեմ:

— Առավոտյան կրկին իրանց տեղը կդնես, իսկ գիշերները այսպես կսարքես քեզ համար. հիմա խո սովորեցար... Դե, բարի գիշեր:

Պատանին հեռացավ:

ԺԴ

Անցավ երեք տարի ևս:

Միքայելը այժմ մեծացել, բավական շնորհալի տղա էր դարձել, բայց նրա վիճակի մեջ մի առանձին փոփոխություն չէր եղել: Մոտավորապես հինգ տարի կլիներ, որ նա ծառայում էր Մասիսյանի թե՛ տանը և թե՛ խանութում, և ամենալավ գործակատարներից մեկը կարելի էր համարել նրան, բայց տակավին ոչինչ վարձատրություն չէր գտել, թեև նրա հորեղբորը, Ավետ ապորը, խոստացել էին, թե խանութի աշակերտ դառնալուց հետո ռոճիկ կնշանակեն: Միքայելին դեռ անընդունակ էին համարում շատ բաների մեջ. նա երբեք չէր կարողանում սովորել, թե որպես պետք է հասկանալ «լավը» և որպես պետք էր հասկանալ «վատը»: Վաճառականները առանձին նշանախոսություններ ունեն, որպես ավազակները ունեն արգոթյան լեզու:

Վաճառականի ճարպիկությունների գաղտնիքը ըմբռնելու համար, վաճառականի արգոթը սովորելու համար, պետք է ասած, որ Միքայելը իրավ որ անընդունակ էր: Նա դեռ չգիտեր, թե որպես պետք է արշինը պտտացնել, որ, օրինակ, 0 արշին երկարություն ունեցող կտավը կարելի է լիներ -ի հավասար դուրս բերել. նա դեռ չգիտեր, թե կշիռների և չափերի մեջ ինչ տեսակ խարդախություններ պետք է բանեցնել: Եվ այս էր պատճառը, որ նրան անդադար լսել էր տալիս աղայի հանդիմանությունները՝ «հիմար, դու մարդ չես դառնա»... Այդ բոլորը ոչ թե նա չգիտեր, ոչ թե չէր կարող կատարել ավելի լավ և ավելի ճարպիկ կերպով, քան թե մյուս գործակատարները, բայց ատում էր, զզվում էր, անբարոյականություն էր համարում: Բնականից պարզ և չփչացած գյուղացի տղան, մի բարի բախտով հանդիպելով Ստեփանի նման ազնիվ պատանուն, նրա ազդեցության տակ, ավելի զարգացավ, ավելի մաքուր բնավորություն ստացավ: Լուսավոր որդին հաղթեց խավարասեր հորը, Միքայելի կրթության վերաբերմամբ:

Ստեփանը այժմ Մոսկվայի համալսարանի բժշկական մասում ուսանող էր: Միքայելը երբեք չէր կարող մոռանալ այն տխուր գիշերը, որի առավոտը պատանին պիտի ճանապարհ ընկներ: Նա զրկվում էր մի լավ բարեկամից, որ շատ անգամ մխիթարել էր նրա կյանքի դառն րոպեները, որ ներշնչել էր նրա մեջ այնքան բարի մտքեր: Նա նստած իր ողորմելի խուղի մեջ անքուն սպասում էր մի անգամ ևս տեսնել նրան իր մոտ, մի անգամ ևս լսել նրա խոսքերը: Հանկարծ Ստեփանը ներս մտավ, բերելով իր հետ մի փոքրիկ արկղիկ. «Քեզ համար է, Միքայել, ասաց նա, գրքեր են, դու այնքան սովորել ես, որ կարող ես կարդալ և հասկանալ, կարդա և շատ կարդա՛ այդ գրքերը»: Միքայելը ուրախությամբ ընդունեց թանկագին ընծան, և այն օրից գրքերի արկղը թաքցրել էր իր խուղի մեջ, և շատ անգամ ամբողջ գիշերներ անց էր կացնում ընթերցանությամբ, թեև շատ բան չէր հասկանում:

Մասիսյանի խանութի ծառայողների մեջ Միքայելը միակն էր, որ պանդուխտ էր, մյուսները քաղաքումս կամ ծնողներ, կամ ազգականներ ունեին և գիշերները իրանց տներն էին գնում: Նրանք միայն խանութի հետ գործ ունեին և ազատ էին աղայի տնային ծառայություններից: Այդ հոգսը մնացել էր Միքայելի վրա միայն, թեև նա այժմ բավական բարձր էր մի հասարակ սպասավոր լինելուց, և այն ստոր ծառայությունները, որ նրան անել էին տալիս, մինչև անգամ վիրավորական էր նրա համար: Տիկին Մարիամը շատ անգամ ասել էր իր ամուսնին, որ մի նոր սպասավոր վարձե, և Միքայելը ազատ մնա տնային ծառայություններից, բայց միշտ նրա խնդիրքը մնացել էր անկատար, ստանալով աղայի մերժողական պատասխան: «Ես մուֆթա հաց չունեմ, որ նրան ուտացնեմ. հոգին չի դուրս գա, թող տան բանն էլ անի, դուքանի բանն էլ»:

Բայց այդ «մուֆթա» հացը Միքայելի վրա շատ թանկ էր նստում: Չնայելով իր վրա բարդված անտանելի աշխատություններին, այն օրից, որ նա մտել էր Մասիսյանի տունը, և որից անցել էր հինգ տարի, այսքան տարվա ընթացքում նա ոչ միայն կոպեկ փող չէր ստացել աղայից, այլ նրա համար մի նոր հագուստ ևս չէին կարել տվել: Նա դեռևս հագնում էր տան հնոտիները, որ տիկին Մարիամը կարկատում և հարմարեցնում էր նրա համար: Բայց նա խանութում ստացած «շագիրդանաներից»5 հինգ տարվա ընթացքում ետ էր գցել մի փոքրիկ գումար, որ հասնում էր քսան ռուբլու, և այդ փողերով կարել էր տվել իր համար մի ձեռք հագուստ, որ դեռ մի անգամ ևս չէր հագել և այն հագուստով չէր երևացել աղայի աչքին, այլ ծածուկ պահում էր, որ զատկին իրանց գյուղը գնալու ժամանակ հագնե:

Մասիսյանը առհասարակ սիրում էր իր գործակատարներին վատ հագնված տեսնել. նրա կարծիքով հագուստը մերկությունը ծածկելու համար էր և ոչ թե վայելչության համար: Եվ մաշված հագուստով գործակատարը միշտ վայելում էր նրա առանձին հավատարմությունը. «փողի դադրը իմացող է», նկատում էր նա: Բացի դրանից, իր անձնական «եսի» տեսակետից կշռելով ամեն ուրիշ մարդու վարմունքը, նա խիստ անվայել էր համարում տեսնել մեկին, որ հետևում է նորաձևությունների, որ իր վրան-գլուխը զարդարում է, քանի որ ինքը, աղան, այնքան մեծ հարստության տերը, երբեք չէր փոխում իր հագուստի ձևերը, որպես չէր փոխում իր մարմնի կաշին: Մասիսյանի ճաշակին այն աստիճան սովորել էին գործակատարները, որ ամեն կերպով աշխատում էին հարմարվել: Նրանք ուրիշ քաղաքներում գեղեցիկ հագնվում էին, շռայլ ապրում էին, ոսկի ժամացույց էին կրում ոսկի շղթայով, կառքերով էին զբոսնում, բայց երբ պատահում էր վերադառնալ աղայի մոտ հաշվի կամ մի ուրիշ գործի համար, բոլորովին կերպարանափոխվում էին և հայտնվում էին մաշված հագուստով, ողորմելի — խոնարհական դեմքով և հին քոշերով: Մասիսյանը այն բնավորությունն ուներ, ինչ ուզում ես արա, միայն նրա աչքը չտեսնե: Ամեն բան նրա մեջ հաջորդաբար և մինը մյուսին համապատասխանող օրենքներով էր գնում. նա որպես չէր փոխում իր հին տան շինվածքի ձևը, որպես չէր փոխում իր ընտանիքի կազմակերպության ձևը, որպես չէր փոխում իր խանութում ընդունված առևտրական եղանակի ձևը, — այնպես էլ չէր փոխում իր հագուստի ձևը: Դա անշարժության կատարյալ հատկանիշն է: Մի մարդ, մի ժողովուրդ և վերջապես մի ամբողջ ազգ, երբ շուտ-շուտ է փոխում իր հագուստի ձևերը, այնպես էլ շուտ փոխում է իր հասարակական կյանքի ձևերը:

Միքայելի նոր հագուստ ունենալը թեև մի գաղտնիք էր, բայց տան մեջ շատերը գիտեին, գիտեր տիկինը, գիտեին և նրա երկու աղջիկները՝ Գայանեն և Հռիփսիմեն:

Այդ երկու անմեղ արարածները այժմ բավական փոխվել էին. Գայանեն էլ չէր հազում, առողջ էր, միայն տարիների հետ որքան նրա արտաքին կերպարանքը այլանդակվում էր, այնքան նրա բնավորությունը, հոգեկան հատկությունները գեղեցիկ կերպարանք էին ստանում: Հռիփսիմեն, ընդհակառակն, ձևակերպվել, սիրունացել և մի նազելի օրիորդի դեմք էր ստացել, բայց նա մնացել էր դարձյալ ծաղրող, դարձյալ արհամարհող և միևնույն հպարտը, որպես էր միշտ: Հպարտությունը հատուկ է սիրուն աղջիկներին: Բոլոր տանեցիք սիրում էին Միքայելին, բացի Հռիփսիմեից, նա դեռ պահպանել էր իր սառը հարաբերությունները դեպի գյուղացի «արջի քոթոթը», որի առաջին տարիների կյանքից պատմում էր շատ և շատ ծաղրական էպիզոդներ, երբ նա անկիրթ, անփորձ և անտաշ հայտնվեցավ նրանց տանը: Բայց Հռիփսիմեն այրվում և մինչև անգամ վիրավորվում էր, երբ Միքայելը նրա կատակներին պատասխանում էր իր արհամարհական լռությամբը:

Տան աղջկա սերը դեպի տան սպասավորը շատ անգամ սկսվում է կատակներից: Ծաղրել, ատել և պախարակել, դրանք մի տեսակ ցույցեր են, երբ դժվար էր համարձակ ասել «ես սիրում եմ քեզ», կամ «դու ինձ դուր ես գալիս»: Բայց Միքայելը այնքան հասած էր, որ չէր կարող չնկատել Հռիփսիմեի փոքրիկ խորամանկությունները, և երբ սառնությամբ էր վերաբերվում դեպի նրա կատակները, միշ՞տ լսում էր այսպիսի խոսքեր. «Ի՞նչ ես էդքան փքվում... ուզում ե՞ս գնամ տրեխներդ բերեմ... ես ջեր պահել եմ»... Եվ գնում, բերում, ցույց էր տալիս գյուղացու տրեխները, որ, հագած, առաջին անգամ Միքայելը նրանց տունը մտավ: Այդ մի կծու, հեգնություն էր Միքայելին հիշեցնելու համար նրա նախկին վիճակը և խորտակելու նրա հպարտությունը:

Վարդավառի տոնն էր: Փողոցներում երեխաները ջուր էին ածում միմյանց վրա, վազվզում էին, գոռում, գոչում էին. հարևան աղջիկները հավաքված դրացու տան պարտեզում երգում էին, «վիճակ էին գցում» և «ջան-գյուլում» էին երգում: Ամեն տեղ ուրախ և զվարթ փայլում էր կյանքը, ամեն տեղ մարդիկ անհոգ զվարճությամբ կատարում էին տոնական հանդեսը: Միայն Մասիսյանի տան մեջ ամեն ինչ նույնն էր, ոչինչ չէր փոխվել սովորականից: Ճաշից հետո երկու քույրերը՝ Գայանեն և Հռիփսիմեն, իրանց ամենօրյա հագուստներով ման էին գալիս պարտեզի մեջ. տիկին Մարիամը իր սենյակում խոսում էր մի կնոջ հետ, որի որդուն աղան բանտարկել էր տվել պարտքի համար, և նա եկել արտասվելով խնդրում էր, որ տիկինը բարեխոսե աղայի մոտ, նրա որդուն ազատեն բանտից. «Նա շատ ջահել է, անփորձ է, կմեռնի կսկծից, թե պարտքը նրա հոր պարտքն է, որ ոչինչ չէ թողել, և իրանք ուտելու հացի կարոտ են» և այլն: Խեղճ կինը առանց դադարելու խոսում էր, աղաչում էր և լաց էր լինում: Տիկին Մարիամը ցավում էր, որ ոչնչով նրան օգնել կարող չէ, թե ինքը աղայի գործերում միջամտելու համարձակություն չունի, ավելի լավ կաներ, եթե նա ուղղակի դիմեր աղային: Իսկ աղան տանը չէր:

Միքայելը օգուտ քաղելով տոն ավուր հանգստությունից, գնացել էր մի քանի ծանոթների հետ ման գալու, նա վերադարձավ բավական ուրախ տրամադրության մեջ և տեսնելով աղջիկներին պարտեզում, դիմեց նրանց մոտ: Երկուսն էլ լճակի մոտն էին: Գայանեն հացի փշրանք էր ձգում ձկներին, իսկ Հռիփսիմեն, մերկացնելով իր գեղեցիկ, կլորիկ թևքը, խաղում էր ջրի հետ, ափովը այս և այն կողմ ցրվելով:

— Էդ ի՞նչպես է, որ դուք չեք գնացել «ջան-գյուլում» երգելու, — հարցրուց Միքայելը մոտենալով աղջիկներին. — խաչը վկա, լավ չեք արել. ա՛խ, որքան աղջիկներ են հավաքված մեր հարևան Սարխոշենց պարտեզում, «վիճակ» են գցում. ես մի քանի տղերքի հետ գնացինք, մեզ ներս չթողեցին սատանաները...

— Հայրս չթողեց, որ մենք էլ գնայինք, — պատասխանեց Գայանեն տխուր կերպով:

Հռիփսիմեն նկատելով, որ Միքայելը և իր քույրը զբաղված են խոսակցությամբ և իր վրա չեն նայում, լճակից լեցրուց մի ահագին կուժ ջրով և հանկարծ վրա վազելով, բոլորը միանգամով թափեց Միքայելի վրա:

Միքայելը շփոթվեցավ: Հռիփսիմեն հեռվից ծիծաղում էր. «Լավ լողացար, վաղուց չէիր լողացել», իսկ Գայանեն հանգստացնում էր նրան, աշխատելով թրջված հագուստը ցամաքացնել:

— Վնաս չունի, վարդավառ է, էսպիսի ժամանակներում չեն բարկանում:

— Չէ՛, ես նրա համար չարեցի, որ վարդավառ է, — խոսեց Հռիփսիմեն, չդադարելով իր ուրախ ծիծաղից. — ես Միքայելին լեղացրի, որ գնա իր նոր շորերը հագնե, չէ՞ իմանում, որ էսօր տոն է:

Միքայելը ամոթահարվեցավ իր անտեղի վրդովմունքի պատճառով և դառնալով դեպի Հռիփսիմեն՝ հարցրուց.

— Դու ի՞նչ գիտես, որ ես նոր շորեր ունեմ:

— Գիտեմ... գիտեմ, թե որտեղ էլ պահել ես, ուզում ե՞ս գնամ դուրս բերեմ:

Եվ նա առանց Միքայելի պատասխանին սպասելու, սկսեց վազել դեպի նրա խուղը, որ շատ հեռու չէր. Միքայելը վազեց նրա ետևից, որ արգելե իր պահուստը երևան հանելուց. իսկ կաղլիկ Գայանեն չկարողանալով նրան հասնել, հեռվից կանչում էր իր քրոջը, որ ետ դառնա: Բայց Հռիփսիմեն արդեն գտնվում էր «խորթանոցի» մեջ և շտապով քրքրում էր այնտեղ ածած անպետք մթերքը, որի մեջ պահված էր Միքայելի նոր հագուստը:

Միքայելը բռնեց նրա ձեռքից, աշխատում էր արգելել, բայց Հռիփսիմեն ընդդիմանում էր: Երկուսն էլ երկար քաշքշում էին միմյանց: Այդ միջոցին մի քանի անգամ նրանց ձեռքերը հանդիպեցին միմյանց, մի քանի անգամ նրանց գլուխները շփվեցան միմյանց հետ, և ամեն անգամ երկուսի համար ևս անբացատրելի մի դող ցնցում էր նրանց քնքուշ ջղերը...

— Դու ինչո՞ւ ես ցանկանում, որ ես հագնված լինեմ, — հարցրուց Միքայելը, թույլ տալով, որ նա անե, ինչ որ ուզում է:

— Այս նոր շորերի մեջ դու լավ ես երևում, շատ լավ ես երևում... — ասաց փոքրիկ աղջիկը հազիվ լսելի ձայնով, որ կտրատվում էր սրտի բաբախումից:

— Որ էդպես է, քո խաթրու կհագնեմ, — պատասխանեց Միքայելը անմեղ ժպիտով:

— Դե՛, հագիր, ես գնում եմ:

Հռիփսիմեն դուրս եկավ փոքրիկ խուղից թշերը շառագունած, աչքերը վառվում էին խորին, անբացատրելի ուրախությամբ:

Մեծ քույրը տեսնելով նրան, մի անորոշ և մթին զգացմունք տիրեց նրա սրտին, այն զգացմունքը, որ վրդովեցնում է ավելի չափահաս և փորձված աղջկան, երբ նկատում է իրանից կրտսերի մեջ որևէ անվայել համարձակություն: Բայց Գայանեն Միքայելի մասին շատ լավ կարծիք ուներ. գիտեր նրա պարզամտությունը, գիտեր, որ նա փոքր հասակից իրենց տան մեջ սնվելով, մեծանալով, այն աստիճան ընտանացել էր, որ մի տեսակ քույր-եղբայրություն էր առաջ եկել նրա և Հռիփսիմեի մեջ: Բայց նախանձի նման մի բան նրան խռովեցնում էր, թե ինչու Միքայելը ավելի ուրախ էր լինում, երբ Հռիփսիմեն նրա հետ խոսում էր, թե ինչու նա այնպես շուտ կատարեց Հռիփսիմեի հաճությունը և հագավ իր նոր շորերը, որոնք նա ուխտել էր հագնել այն ժամանակ միայն, երբ գնալու կլիներ իրանց գյուղը:

Որքան Հռիփսիմեն շատախոս և թեթևամիտ էր, այնքան Գայանեն ծածկամիտ և լուռումունջ էր: Կարծես թե նա իր հասակից ավելի վաղ պառաված լիներ: Գուցե մարմնի բնական արատավորությունը սովորեցրուց նրան կենտրոնանալ իր մեջ, ինքն իր հետ մտածել, երբ արտաքին աշխարհը նրա վրա շատ փոքր ուշադրություն էր դարձնում: Այսպիսի աղջիկները մաղձոտ են լինում և միշտ ատելությամբ են նայում դեպի իրանց շրջապատը, բայց Գայանեն մի բացառություն էր կազմում: Նա չափից դուրս բարի և ներողամիտ աղջիկ էր և մի առանձին գութ ուներ դեպի Միքայելը, որի վիճակի մեջ գտնում էր բավական նմանություն իր հետ: Ամեն անգամ սեղանի վրա կամ մի ուրիշ ժամանակ, երբ նրան միրգ էին տալիս, իր բաժնի մի մասը պահում էր, «էդ էլ Միքայելի համար», ասում էր նա: Մայրը, եղբայրը և Հռիփսիմեն նայում էին միմյանց երեսին և ծիծաղում էին: Տանեցիք կատակի առարկա էին շինել Գայանեի բարեսրտությունը դեպի որբ և անբախտ տղան:

— Իր նշանածին չէ մոռանում, — ասում էր Հռիփսիմեն:

— Սիրահարված է, — ասում էր Ստեփանը:

— Ես Գայանեի փեսան պիտի խլեմ, — ավելացնում էր Հռիփսիմեն:

— Ա՜խ, ինչ կռիվ, ինչ ծամփետող կլինի ձեր մեջ, — վրա էր բերում Ստեփանը:

Գայանեն լռությամբ լսում էր այդ բոլորը, երբ չափը անց էին կացնում, նրա աչքերը լցվում էին արտասուքով:

— Ես կույս պիտի դառնամ, — ասում էր նա, — ինձ փեսա պետք չէ, թող Հռիփսիմեն ուրախանա...

— Ինչու ես կույս դառնում, — մեջ էր մտնում Ստեփանը, — լավն այն չէ՞, որ պսակվեք Միքայելի հետ, գնաք գյուղը, վար կվարեք, կով կպահեք:

— Դո՞ւ էլ ես ծիծաղում, Ստեփան, երբ այդպես է, ես դրանից հետո էլ Միքայելի հետ չեմ խոսի, — ասում էր Գայանեն և արտասվալի աչքերով հեռանում նրանց մոտից:

Տիկին Մարիամը լսում էր որդու և աղջիկների կռիվը, ծիծաղում էր. — Հանգստացիր, Գայանե, ինչո՞ւ ես բարկանում, Միքայելը մեր տան տղան է, օտար չէ:

Տան չորս պատերի մեջ փակված երկու քույրերը, որոնք ոչ մի օտար տղայի երես չէին տեսնում, շատ բնական է, որ իրանց խոսակցության և զգացմունքի առարկա շինեին տան սպասավորին: Եվ Մասիսյանի ընտանիքի մեջ վերոգրյալ խոսակցության նման վիճաբանություններ շատ անգամ դիպել էին Միքայելի ականջին, և նա այնուհետև իրան հեռու էր պահում աղջիկների հասարակությունից. թեև կատակները բոլորովին անմեղ և միամիտ սրտերից էին բխում, բայց Միքայելի մոտ տակավին մնացել էր գյուղացու ամաչկոտությունը:

ԺԵ

Մի անգամ Մասիսյանը Մոսկվայի իր գործակատարից նամակ ստացավ, որի մեջ խնդրում էր ուղարկել իր մոտ մի օգնական, որովհետև տկարության պատճառով ինքը մենակ չէր կարողանում գործերը օրինավոր կերպով կատարել: Այս նամակը մեծ դղրդոց զցեց Մասիսյանի խանութի գործակատարների մեջ, և նրանցից ամեն մեկը ցանկանում էր, որ իրան ուղարկեն: Բայց և ոչ մեկի ընդունակությունը չէր համապատասխանում նամակի բովանդակությանը, որովհետև նրա մեջ գրված էր, որ օգնականը, բացի հայերենից, պետք է «անպատճառ» գիտենա ռուսերեն գրել, կարդալ և խոսել: Մասիսյանի մոտ գտնված գործակատարների մեջ չկար այնպիսի մեկը, և նա մեծ մտատանջության մեջ էր, թե որտեղից կարող էր գտնել:

Մի երեկո այս մտածության մեջ ագան տուն դարձավ և իսկույն չմտավ իր սենյակը, այլ նստեց «իշոտիքի» վրա, որ դրած էր ընկուզենու հովանու տակ, և պահանջեց սառը ջուր, որ զովացնե իր ծարավը: Միքայելը իսկույն կատարեց նրա հրամանը և կանգնեց աղայից փոքր ինչ հեռու ոտքի վրա, սպասելով, չունի՞ արդյոք մի ուրիշ բան ևս հրամայելու:

— Կանչիր այստեղ խանումին, — դարձավ նա դեպի Միքայելը:

Քանի մի րոպեից հետո տիկին Մարիամը հայտնվեցավ իր ամուսնի մոտ, նա ևս Միքայելի նման կանգնած, սպասում էր լսել նրա հրամանը: Աղան նշան արեց, որ նստե: Տիկինը տեղավորվեցավ նրա մոտ «իշոտիքի» վրա: Աղան հայտնեց Մոսկվայի նամակի բովանդակությունը և կամենում էր լսել իր «խանումի» կարծիքը, թե ումը հարմար էր ուղարկել: Տիկին Մարիամին խիստ զարմացրուց այս մտերմությունը, որովհետև իր ամուսնական կյանքում այդ առաջին անգամն էր, որ աղան խորհրդակցում էր նրա հետ, այն ևս մի այնպիսի առարկայի վրա, որ բոլորովին անծանոթ էր իրան:

— Այդ ձեր գիտենալու բանն է, — պատասխանեց տիկինը, — ումը որ լավ եք համարում, ուղարկեցեք:

Միքայելը, որ հեռվից լսում էր նրանց խոսակցությունը, որ վաղուց առիթ էր որոնում իրան առաջարկելու, վստահությամբ մոտեցավ և ասաց.

— Ինձ ուղարկեցեք, աղա:

Աղան խոժոռ կերպով նայեց նրա վրա, ուզում էր բարկանալ, բայց ակամայից ծիծաղեց:

— Դու ի՞նչ գիտես, որ ուղարկեմ, լակոտ:

— Ես համ հայերեն, համ ռուսերեն գրել, կարդալ և խոսել գիտեմ, — պատասխանեց նա մի առանձին ինքնավստահությամբ:

— Դո՞ւ... դու ե՞րբ սովրեցար:

— Սովրեցա... ինձ ու ինձ սովրեցա... — ասաց նա, վախենալով հայտնել իր վարժապետի, Ստեփանի անունը:

Թե՛ տիկինը և թե՛ աղան երկուսն էլ մնացին զարմացած. Մասիսյանի տան մեջ ոչ ոքին հայտնի չէր, թե նա կարդալ գիտեր: Եվ իսկույն տիկնոջ գլխումը ծագեց այն միտքը, որ վաղուց նրան տանջում էր, որ ցանկանում էր Միքայելին առժամանակ հեռացնել իր տնից, վախենալով, մի գուցե Հռիփսիմեի հետ պատահեր այն, ինչ որ պատահեց իր աղջիկներից մեկի, Սոնայի հետ, որը սիրահարվելով գործակատարի վրա, փախավ հոր տնից և գյուղումը նրա հետ պսակվեցավ:

— Էլ ինչո՞ւ եք ուրիշին պտռում, — խոսեց տիկինը, — Միքայելից լավը չկա, ուղարկեցեք, թող գնա «մարդ» դառնա, մեր մեծացրած տղան է:

— Ռուսերեն գիրք ունե՞ս, — հարցրուց աղան:
— Ունեմ:
— Գնա բեր կարդա, տեսնեմ:
Միքայելը վազեց դեպի իր խուցը և ուրախությունից մոռացավ, որ գլուխը կռացնե նեղ դռնից ներս մտնելու համար և ճակատը սաստիկ զարկվեցավ դռան շրջանակի վերնափայտին: Բայց նա ուշադրություն չդարձրեց ցավի վրա և ներս մտավ: Նա բաց արեց արկղը, այն գրքերով լիքը նվիրական արկղը, որ ընծայել էր նրան Ստեփանը և վեր առեց գրքերից մեկը: Այն ժամանակ նա մտաբերեց բարեսիրտ պատանու խոսքերը՝ «կարդա՛, Միքայել, շա՛տ կարդա, մի օր հարկավոր կլինի քեզ կարդալը»: Այժմ նրա խոսքը կատարվեցավ, մտածում էր Միքայելը, և բոլոր սրտով ցանկանում էր թռչել Մոսկվա, մի անգամ ևս տեսնել իր սիրելուն:
Միքայելը բերեց ռուսերեն գիրքը և երկչոտ աշակերտի նման կանգնեց աղայի մոտ:
— Դե՛, հիմա կարդա՛, տեսնեմ:
Միքայելը սկսեց վարժ և կանոնավոր կերպով կարդալ, աղան ուշադրությամբ լսում էր, թեև մի բառ ևս չէր հասկանում:
— Դե՛, հիմա գրե՛:
— Ի՞նչ գրեմ:
— Գրե, որպես թե գրում ես Մոսկվայի գործակատարին. «Այս անգամ ուղարկված 200 հակ բամբակների մի մասը խալիս (զուտ) Ամերիկայի սերմից է, մնացածները խառն են տեղային բամբակի հետ, վերջին հակերի վրա առանձին նշաններ են դրված, որ դու մուշտարուն ցույց տալու ժամանակ ճանաչես և կարողանաս Ամերիկայի բամբակի տեղ անցկացնել»: Հիմա կարդա:
Միքայելը կարդաց:
— Գրեցի՞ր «առանձին նշաններ են դրված»:
— Գրեցի, «առանձին նշաններ են դրված»... — կրկին կարդաց Միքայելը և իր կողմից նկատեց. — վա՛յ թե մուշտարին «առանձին նշաններ» ունեցող հակերից մեկը բաց անել տա, հետո՞...
— Ձայնդ կտրի, լակոտ, Մոսկվայի գործակատարս քեզ նման հիմար չէ, նա կհասկանա, թե ինչպես պետք է սարքել բանը... — ասաց աղան բարկությամբ և դարձավ դեպի տիկինը:
— Ասում ես ուղարկիր, դե, ո՞նց ուղարկեմ, ես ճանաչում եմ էդ ավանակին, դա «մարդ» չի դառնա:
Բայց իսկապես ո՛չ բամբակ էր ուղարկված, ո՛չ Ամերիկայի

սերմից, ո՛չ տեղային սերմից և ո՛չ էլ «առանձին նշաններ» էին դրված խարդախված հակերի վրա, որ գործակատարը ճանաչելով չսխալվեր և կարողանար վատ բամբակը լավ հատկություն ունեցողի տեղ անցկացնել: Միայն աղան գրել էր տալիս այն, ինչ որ ստեղծել էր նրա երևակայությունը, մի նոր խաղ խաղալու համար Մոսկվայի բիրժայի վրա:

Միքայելը շատ փոշմանեց իր անզգույշ նկատողության մասին, և տիկին Մարիամը նույնպես դժգոհ մնաց նրա անփորձության համար, որով գրգռեց աղայի անվստահությունը, որը պահանջում էր անպայման հպատակություն այն բոլոր խարդախությունների մեջ, ինչ որ պահանջում էին նրա առևտրական շահերը:

Տիկինը մտածեց մի կերպով բանը շինել:

— Վնաս չունի, — ասաց նա, — ջեր տղա է, կգնա, կտեսնի, կսովորի:

— Ախար ի՞նչ կսովորի. այսքան տարի չսովորեց, դրանից հետո էլ ի՞նչ կարող է սովորել:

Միքայելը կանգնած լսում էր այդ բոլորը, որպես մի դատապարտյալ:

Նույն միջոցին ներս մտավ մի մարդ, կարտուզով, սև արխալուղով, որի վրայից հագել էր մի մոխրագույն մաշված սերթուկ երկայն ու լայն փեշերով և ոտներին հագել էր քոշեր սպիտակ գուլպաների վրա, որոնք կեղտոտությունից ցեխի գույն էին ստացել: Նա իր ձեռին բռնած ուներ մի հաստ փայտ, որ ինքն էր շինել:

— Սիմոն Յագորիչը եկավ, — ասեցին միաձայն, երբ տեսան նրան, իր հաստ փայտը տփտփացնելով ներս մտնելիս:

Դա աղայի ադվակատն էր, մի հին պոլիցիական չինովնիկ, որին դուրս էին արել ծառայությունից չափազանց արբեցության պատճառով, և եկել էր այն կնոջ գործի համար, որի որդին բանտարկված էր իր պարտքը աղային չվճարելու պատճառով:

— Լավ ժամանակ եկար, Սիմոն Յագորիչ, քեզ էի սպասում, — ասաց աղան:

— Ի՞նչպես չգայի, այդ անզգամը (բանտարկյալի մոր մասին էր խոսքը) զահլա է տանում, — պատասխանեց նա և եկավ նստեց նույն «իշոտիքի» վրա, աղայի մոտ:

Նա բավական հոգնած էր երևում և փոշոտած, կարտուզը գլխից առեց, թևքովը սրբեց ճակատի քրտինքը և ջիբից հանելով քթախոտի մեծ տուփը, մի բուռն «էնֆիա» վեր քաշեց դեպի իր ահագին քթի պնչածակերը, հետո ոգի և շունչ առնելով, զվարթացավ և բարերար տուփը «թավազա» անելով աղային, ասաց.

— Քաշիր, լավն է, աստված հասցրուց, էսօր գզլեցի մեկից, բանը շինեցի սուդումը...

Աղան ուշադրություն չդարձնելով նրա քաղաքավարության վրա, հարցրուց.

— Դու էն ասա՛, ի՞նչ արեցիր էն անզգամի հետ:

— Չե՞ս քաշում, լավն է ասում եմ: Ստամբոլի բուռնոթի է, աստված հասցրուց, շատ ժամանակ էր, որ պտռում էի:

— Է՜հ, քեփդ եկել է: Սիմոն Ցագորիչ, ասա՛, ի՜նչ արեցիր էն «անզգամի» հետ, — ասաց աղան մի փոքր պինդ ձայնով:

— Օրհնած, էլ ո՞ւր ես բարկանում, — պատասխանեց փաստաբանը պատառոտած հին աղլուխով թափ տալով բուռնոթու փոշին իր ընչանցքի վրայից, որ դեղնել և բուռնոթու գույն էր ստացել:

— Դե՛, արի, էսպիսի մարդու հետ խոսիր, — ասաց աղան գլուխը շարժելով. — ես ինչ եմ ասում, նա ինչ է պատասխանում: Ասա, ի՞նչպես վերջացրիր այն կնոջ հետ:

— Էլ ի՞նչպես պետք է վերջացնեի, հերն անիծեցի, ինչ որ ուներ, չուներ, բոլորը ծախել տվեցի:

Աղայի դեմքը պայծառացավ մի անբացատրելի ուրախությամբ:

— Փողե՞րը, — հարցրուց նա:

— Փողերը բերել եմ:

Փաստաբանը հանեց ջիբիցը մի շորի կտորի մեջ փաթաթած թղթադրամները և առանց համբարելու դողդոջուն ձեռքով տվեց աղային:

— Ա՜յ տղա, Միքայել, մի ստաքան արաղ բեր Սիմոն Ցագորիչին, այն մեծ ստաքանով, իմանում ե՞ս, — ասաց աղան և սկսեց համբարել փողերը:

— Օրհնած, մի քիչ շուտ ասեիր, դու չե՞ս իմանում, որ Սիմոն Ցագորիչը առանց էդ զահրումարի ապրիլ չի կարող, — խոսեց փաստաբանը և անհամբերությամբ սպասում էր կենսատու ըմպելիքին:

Բայց Միքայելը մի երկրորդ սխալ ևս գործեց, որ ոչ սակավ հրավիրեց իր վրա աղայի բարկությունը. նա հրամայեց «մեծ» ստաքանով բերել արաղը, բայց այդ «մեծ» բառը պետք էր հասկանալ «փոքրի» տեղ, որպես խանութումը «լավ» բառը գործ էր ածվում «վատի» տեղ. և բերեց նա ահագին ստաքանով արաղ և տվեց Սիմոն

Ցագորիչին: Դա կատարյալ սպիրտ էր առանց մի ուրիշ խառնուրդի, բայց նա միանգամով կուլ տվեց:

— Ա՜յ, սիրտս հովացավ, շատ ապրիս, — ասաց փաստաբանը դատարկած բաժակը ետ տալով Միքայելին:

Բայց աղան իր խոժոռ ակնարկությամբ արդեն հասկացրել էր Միքայելին նրա գործած մեծ սխալը, և այս անգամ խեղճ տղան բոլորովին հուսահատվեցավ, թե Մոսկվա գնալը երբեք չպիտի հաջողվեր իրան:

Բայց տիկին Մարիամին զբաղեցնում էր նույն րոպեում մի ուրիշ տխուր միտք, երբ տեսավ փաստաբանի բերած փողերի ծրարը, որ գոյացել էր այն «անզգամի» կայքը աճուրդով ծախել տալուց, այն ողորմելի կնոջ կայքը, որի որդին բանտարկված էր, որը քանի օր առաջ եկել էր իր մոտ և գթություն էր խնդրում, իսկ այժմ աղայի անգթությամբ մի ամբողջ ընտանիք պետք է մաշվեր և ոչնչանար դառն աղքատության մեջ:

— Շնորհակալ եմ, Սիմոն Ցագորիչ, — ասաց աղան և բաժանեց փողերի ծրարից մի տասն ռուբլիանոց կարմիր թուղթ և տվեց փաստաբանին: — Էս էլ քեզ փեշքաշ, որ սաղացրիր փողերս:

Սիմոն Ցագորիչը ընդունեց «փեշքաշը» այնպիսի մի խոնարհությամբ, քիչ էր մնացել, որ համբուրեր աղայի ձեռքը: Աղան առատաձեռն էր այնպիսի դեպքերում, որպես լավ որսորդները միշտ բաժին են հանում իրանց շներին վիրավորված երեի մսից:

Բայց Միքայելի խնդիրը դեռ մնացել էր անվճիռ: Տիկին Մարիամը նկատելով, որ փաստաբանի բերած փողերը աղային բավականին լավ տրամադրության մեջ բերեցին, մտածեց օգուտ քաղել այդ հանգամանքից և կրկին բարձրացնել Միքայելի Մոսկվա գնալու հարցը:

— Կարդացեք, Սիմոն Ցագորիչ, ի՞նչպես է գրած այդ նամակը, — ասաց նա, տալով՝ փաստաբանին Միքայելի մի քանի րոպե առաջ գրած նամակը:

Փաստաբանը հանեց ծոցից ահագին ակնոցները, զետեղեց ահագին քթի վրա և հանդիսավոր կերպով սկսեց կարդալ, կարծես թե կարդում էր մի ճառ. «Այս անգամ ուղարկված 200 հակ բամբակներից մի մասը»... և այլն:

— Գրա՞ծ է «առանձին նշաններ են դրված», — հարցրեց աղան, երբ փաստաբանը վերջացրեց ընթերցանությունը:

— Ինչպես չէ, գրած է. «վերջին հակերի վրա առանձեն նշաններ

են դրված»... և «առանձին նշաններ» բառի տակը խազ էր քաշած, — պատասխանեց փաստաբանը:

— Հավանո՞ւմ ես:

— Ո՞վ է գրել:

— Մեր Միքայելը:

— Հոգիս վկա լինի, որ ինձանից լավ է գրել, — ասաց փաստաբանը ձեռքը սրտին դնելով. — ես 22 տարի պոլիցումը գրագրություն եմ արել, 2 տարի Թ... մովրովի մոտ եմ գրագրություն արել, բայց իմ գիրը դրա մոտ մի կոպեկ չի արժենա:

Փաստաբանի չափազանց գովասանությունը մասամբ հետևանք էր այն ահագին ստաքանով արաղի, որ քանի րոպե առաջ Միքայելը խմացրել էր նրան, և կամենում էր դրանով վարձատրել սպասավորի մատուցած ծառայությունը: Այսուամենայնիվ, Սիմոն Ցագորիչի վկայությունը, որպես գիտնականի խոսքը, բավական լավ ներգործություն ունեցավ հարցի հօգուտ Միքայելի վճռվելու վրա, և աղան խոստացավ, որ անպատճառ կուղարկե նրան Մոսկվա:

Երեք օրից հետո, վաղ առավոտյան Մասիսյանի դռանը սպասում էր մի ճանապարհորդական սայլակ. դուրս եկավ Միքայելը իր նոր շորերը հագած, նրա հետ դուրս եկան աղան և տիկին Մարիամը: Միքայելը առաջ մոտեցավ տիկնոջը, համբուրեց նրա ձեռքը և ստացավ նրա մայրական օրհնությունը և հետո համբուրեց աղայի ձեռքը և ստացավ նրա հայրական «բարի խրատները», որպիսիները շատ անգամ լսել էր: Հետո նա խիստ ուրախ և պայծառ դեմքով նստեց սայլակի վրա: Սայլակը շարժվեցավ: Անցնելով Մասիսյանի տան աջ թևքից, հանկարծ վերևից մի բան ընկավ նրա սայլակի մեջ. դա մի փունջ ծաղիկ էր. ետ նայեց պատանին, տեսավ Գայանեն և Հռիփսիմեն կտուրի վրա կանգնած, նրան գլխով էին անում: Նա շատ ուրախացավ, բայց մի բան մնաց նրա համար անորոշ, թե երկու աղջիկներից որը ձգեց փունջը, և այդ միտքը նրան տանջել սկսեց...

ԵՐԿՐՈՐԴ ՄԱՍ

Ա

Անցել էր մոտավորապես մեկ տարի այն օրից, երբ Միքայելը ճանապարհ ընկավ դեպի Մոսկվա: Կիրակի օր էր: Մոսկվայի խուլ և ետ ընկած փողոցներից մեկում, հին տան մեջ, ուր վարձով տալիս էին կահավորված սենյակներ, մի պատանի, մաշված և գունաթափ դեմքով, գրասեղանի հանդեպ նստած, աշխատում էր: Նա, երևի, դեռ լվացված չէր, թեև օրից բավական անցել էր, և դեռ չսանրված խիտ մազերը թափել էին նրա մերկ պարանոցի վրա: Նա խալաթի տեղ հագած ուներ իր ձմեռվա հին պալտոն և հողաթափերի տեղ կրում էր իր կալոշները: Օրը մառախլապատ էր և սաստիկ ցուրտ, ձնային թեփուկները քամուց մաղվելով, զարկվում էին սենյակի սառած ապակիներին և տխուր, աններդաշնակ ձայներ էին հանում: Սենյակը վառած չէր, բայց պատանին երևի ցուրտ չէր զգում և եռանդով գրում էր: Երբեմն նա վառում էր իր փոքրիկ չիբուխը և կարծես նրա ծխովը աշխատում էր ջերմացնել իր սառած անդամները: Գրասեղանի վրա, որ բավական ընդարձակ էր, անկարգ կերպով ածած էին զանազան թղթեր, տետրակներ, գրքեր, լրագրի համարներ, որոնց մեկի վրա դիզած էր մի բռան չափ ծխախոտ: Բացի դրանից, նրանց հետ խառն կարելի էր տեսնել փոքրիկ սրվակներ զանազան մեծությամբ, որոնց մեջ ածած էին գույնզգույն փոշիներ և հեղուկներ, այլև մի քանի քիմիական և ֆիզիկական գործիքներ, ածուխի մեծ-մեծ կտորներ, որոնցով, երևի, նա փորձեր էր անում, և մի մարդկային կառափ:

Այդ բոլորը իր խառնափնթորությամբ նմանություն էր տալիս Ֆաուստի գրասեղանին:

Սենյակը բոլորովին մերկ էր. մի քանի աթոռներ, մի մահճակալ, մի լամպա, գրքերի աստիճանականը, ահա նրա բոլոր կարասիքը: Այստեղ ապրում էր Ե... գավառի առաջին հարուստի որդին, մի աղքատ ուսանող — Ստեփան Մասիսյանը:

Դուռը զարկեցին, ներս մտավ աղախինը:

— Մի պարոն հարցնում է ձեզ:

— Թո՛ղ մտնե, — ասաց պատանին անփույթ կերպով և շարունակեց իր պարապմունքը:

Ներս մտավ մի ուրիշ պատանի, բավական ճաշակով հագնված, և տեսնելով ուսանողին, ապշած կանգնած մնաց: Ուսանողը, գլուխը վեր բարձրացնելով, ոչ սակավ զարմացմամբ սկսեց նայել եկվորի վրա:

— Ա՜խ, այդ դուն ես, Միքայել, ինչպես փոխվել ես, հազիվ ճանաչեցի, — գոչեց նա և գրկեց եկվորին:

Միքայելը մի բառ անգամ խոսել չկարողացավ:

— Ո՞րտեղից որտեղ... դո՞ւ, Մոսկվայո՞ւմ... ի՞նչպես հայտնվեցար այստեղ,-հարցրուց ուսանողը, չթողնելով նրան իր գրկից:

— Դե՛, հիմա նստենք, պատմիր:

Նստեցին միմյանց հանդեպ: Միքայելը պատմեց, թե ինքը որպես օգնական ուղարկված էր նրա հոր գործակատարի մոտ, որը տկարության պատճառով մենակ չէր կարողանում կատարել գործերը: Մոտավորապես մի տարի կլինի, որ ինքը գտնվում է Մոսկվայում և այդ միջոցին միշտ ցանկացել է տեսնել Ստեփանին, բայց չէ կարողացել, որովհետև աղան սաստիկ հրաման էր գրել գործակատարին, որ ամեն կերպ արգելե Միքայելի հարաբերությունները իր որդու հետ, որ որդին միգուցե «փչացնե և խելքից հանե» իր ծառայողին: Բայց գործակատարը քանի օր առաջ մեռավ և նրան թաղել տալուց հետո իսկույն վազեց Ստեփանի մոտ:

— Շատ վատ մարդ էր, — ավելացրեց Միքայելը, — մի րոպե ևս աչքից չէր հեռացնում ինձ:

— Ես չեմ ճանաչում այդ անպիտանին, — պատասխանեց Ստեփանը արհամարհական կերպով. — դու այն ասա՛, հիմա ինչ ես շինում այստեղ:

Միքայելը հայտնեց, թե ինքը այժմ կատարում է մեռնող գործակատարի պաշտոնը. թե նա իր կենդանության ժամանակ գրել էր աղային, որ ես կարող եմ կառավարել նրան հանձնված գործերը, և արձակուրդ էր խնդրել, որ աղան թույլ տա նրան ժամանակավորապես վերադառնալ իր տունը առողջությունը ուղղելու համար, որովհետև Մոսկվայի օդը վնասում էր նրան, բայց աղան թույլ չտվեց և այնքան տանջվեցավ, մինչև մեռավ:

— Այս բոլոր փոփոխությունների մեջ այսքանը միայն լավ է, — խոսեց Ստեփանը, — որ դու այստեղ կմնաս, և ես առիթ կունենամ կրկին քեզ հետ պարապվելու: Դու խո չե՞ս թողել կարդալու սերը:

— Չէ՛, Ստեփան, — ասաց Միքայելը աշակերտի ամոթխածությամբ, — ես կարդում էի, միշտ կարդում էի այն գրքերը, որ դու ինձ տվեցիր:

Միքայելը զարմանում էր, որ նա իր հոր, մոր և քույրերի մասին ոչինչ չէր հարցնում և իրանց տան դրությունովը չէր հետաքրքրվում:

— Նամակ ստանո՞ւմ ես տնից, — հարցրուց նա:

— Ոչ, և չեմ ցանկանում ստանալ, — պատասխանեց Ստեփանը սառնությամբ. — ի՞նչ կա, բոլորը նույնը կլինի, ինչ որ տեսել եմ: Այնպես չէ՞:

— Այսպես է: Դու էլ չե՞ս գրում:

— Չեմ գրում:

Միքայելին ավելի անհանգստացնում էր Ստեփանի աղքատ կեցությունը, որ աչքի էր ընկնում չքավորության բոլոր դառնությամբ: Բացի դրանից, նա ամեննին առողջ չէր երևում. պատանեկության առույգ հասակի մեջ ուժաթափվել և մաշվել էր նա, որպես մի կմախք: Աշխատությունը, ծանր, անընդհատ աշխատությունը համարյա սպառել էր նրա մեջ կենդանական ամեն զորություն: Սենյակը, որի մեջ բնակվում էր նա, բոլորովին զրկված էր կրակից և ջերմությունից, որ իր խոնավությամբ մթին գերեզմանի նմանություն էր բերում, բավական էր սպանելու նրա առողջությունը: Սարսափելի է լինում ուսանողի դրությունը, երբ նա պետք է սովորե և պետք է միևնույն ժամանակ պատերազմե աղքատության հետ: Ամենաթանկագին ժամերը, որ պիտի նվիրված լինեին ընտրած մասնագիտությունը ուսումնասիրելու համար, մասամբ զոհվում են կողմնակի պարապմունքների, որ նա ծախսելու փող ունենա, որ նա քաղցած չմնա: Միքայելին չէին կարող նկատելի չլինել այս բոլորը, և նա խիստ մտերմությամբ հարցրուց.

— Ինչո՞վ ես ապրում:

— Ինչո՞վ, քի՞չ գործ կա, որով կարելի էր ապրել. դասեր եմ տալիս, թարգմանություններ եմ անում, աշխատակցում եմ մի լրագրի:

Միքայելը այժմ այնքան զարգացած էր, որ կարող էր հասկանալ, թե իր բարեկամի այս տեսակ երկրորդական պարապմունքները, խլելով նրանից շատ ժամանակ, կթուլացնեին նրա ուսման ընթացքը և, բացի դրանից, բոլորովին կխանգարեին նրա առողջությունը, եթե նա չկազդուրեր իրան հանգստությամբ օրվա մեջ գոնե մի երկու ժամ: Այս պատճառով առաջարկեց նրան ընդունել իրանից ամեն ամիս մի գումար, որ կարող էր ապահովացնել նրա ապրուստը:

— Այդ անկարելի է, — պատասխանեց Ստեփանը:

— Ինչո՞ւ, — հարցրեց Միքայելը զարմանալով:

— Ինձ ավելի փող պետք չէ: Բացի դրանից, քեզ հայտնի է, որ իմ հայրը չէր կամենա, եթե նրա փողերից կտային որդուն: Բայց եթե այդ բանը ծածուկ կանես դու, երբ նա կիասկանա (և անկարելի է, որ չիասկանա), այն ժամանակ կվնասես քո ասպարեզին:

— Ես իմ փողերից եմ տալու, ես այժմ ռոճիկ եմ ստանում, որը ինձ պետք չէ:

— Հետո պետք կլինի:

Միքայելը սկսեց ավելի թախանձել, որ ընդունե, անպատճառ ընդունե, ավելացնելով, թե ինքը շատ բանով պարտավոր է համարում իրան և ցանկանում է մի փոքր ծառայություն անել իր բարեկամին և շատ պիտի տխրի, եթե իր առաջարկությունը չնդունվի: Եվ հայտնեց, եթե Ստեփանը չէր ուզում ձրի նվեր ընդունել, կարող է մի ժամանակ ետ դարձնել, երբ ուսումը կվերջացնե, երբ ինքը փող կունենա:

Ստեփանը ուսանում էր բժշկական մասում և համոզված էր, թե իրան սպասում է լավ ապագա, թե կարող էր մի օր վերադարձնել իր ստացած գումարը: Մյուս կողմից, նա տեսնում էր, որ Միքայելի բարերարությունը բավական դյուրություն կտար իրան ավելի հաջողակ կերպով շարունակել իր ուսումը, որ պահանջում էր ավելի աշխատություն, մինչդեռ հացի համար եղած երկրորդական պարապմունքները զրկում էին նրան գլխավոր աշխատությունից: Բայց վախենում էր Միքայելին փորձանքի մեջ գցելուց, մանավանդ նա ինքը ասաց, թե աղան առաջուց գրած է եղել մեռնող գործակատարին, որ արգելե ամեն տեսակ հարաբերություն իր որդու և Միքայելի մեջ:

— Դժվար է, Միքայել, շատ դժվար է, — ասաց նա:

— Ոչինչ դժվարություն չկա, ես իմ ռոճիկի հետ կարող եմ վարվել, որպես ես կամենում եմ:

— Բանն այն է, որ չես կարող. միթե չե՞ս ճանաչում իմ հորը. դու ոչինչ սեփականություն չունես, քո անձն էլ մինչև անգամ նրան է պատկանում, քանի որ նրա ձեռքի տակն ես գտնվում:

Երկար խոսելուց հետո երկու բարեկամները բաժանվեցան, և փողի խնդիրը մնաց անվճիռ:

— Դու դարձյալ կգաս ինձ մոտ, այնպես չէ՞, — ասաց Ստեփանը նրան ճանապարհ գցելու միջոցին, — ես կտամ քեզ նոր գրքեր կարդալու համար:

— Կգամ և շուտ-շուտ կգամ:

Միքայելը թեև խոստացավ իր ռոճիկը տալ Ստեփանին, թեև

ամենայն սիրով ցանկանում էր օգնել նրան, բայց մի բան չէր մտածում, թե որքան դժվար էր իրագործել: Նա իր ռոճիկը չէր ստանում, այլ մնում էր աղայի մոտ աճելու համար:

«Որդի, գրում էր նրան Մասիսյանը, ռոճիկը եթե վեր առնես, ի՞նչ պիտի անես, կխարջես, կփչացնես. թող մնա ինձ մոտ, ես կպահեմ և կշահեցնեմ քեզ համար, և վերջի օրումը մի լավ թանխահ կշինեմ, հետո քեզ կտամ»: Հիմա Միքայելը ի՞նչ եղանակով կարող էր հասկացնել աղային, թե իր ռոճիկը իրան պետք էր, թե կամենում էր ամսե-ամիս ստանալ, որովհետև նա ծախսի կարոտություն չուներ, նրա բոլոր ծախսը, թե ուտելիքի, թե հագնելիքի և թե կացարանի համար ստացվում էր Մասիսյանի առևտրական տնից, որի մասին նշանակված էր մի որոշ գումար:

Արևելքում վաճառականը և վաճառականությունը միշտ ունեցել են հասարակության աչքում պատվավոր նշանակություն: Արևելյան վեպերի և առասպելների մեջ «խոջաների» անունները համարյա խալիֆաների անունների չափ հարգելի տեղ են բռնել, որպես առաքինության և արդարության օրինակի: Եվ հայերը, որպես ասիական վաճառականներ, պետք է անմաս չլինեին այն ազնիվ հատկություններից, որ ունեցել են իրանց հետ հարաբերություն ունեցող մյուս ազգերն, որպիսիներ եղել են պարսիկները, ասորեստանցիք և մանավանդ արաբները:

Եվ իրավ, հայ վաճառականների մեջ դեռևս մնացել են մի քանի գեղեցիկ սովորություններ, որոնք տակավին չեն կորցրել իրանց նահապետական ձևը: Դրանցից մեկն է վաճառականի մոտ ծառայող գործակատարի որդեգրությունը: Տեսնում ես մի տղա, շատ անգամ ստոր, աղքատ ընտանիքից, շատ անգամ բոլորովին որբ, մտնում է վաճառականի մոտ. բավական է, որ նրա աղան նկատե, թե տղան շնորհք ունի, ընդունակ է առաջ գնալու, սկսում է այնուհետև նրա վրա առանձին խնամք տանել: Թեև նշանակում է ռոճիկ, բայց փողը նրա ձեռքը չէ տալիս, պահում է իր մոտ, շահեցնում է, մինչև գործակատարը առևտուրի մեջ ավելի վարժվելով, զարգանում է և այնուհետև իր աղայի օգնությամբ իր համար առանձին վաճառականություն է սկսում: Աղան միանգամով վճարում է նրա շատ տարիների ռոճիկը, որ իր առևտուրի մեջ շահեցրել էր, և իբրև վարձ նրա հավատարիմ ծառայության, իրանից էլ մի բան ավելացնում է, և նա ունենում է մի դրամագլուխ, որով կարող էր սկսած գործը շարունակել: Նա ստանում է և կրեդիտ իր բարերարից, որով հետզհետե ընդարձակում է իր վաճառականությունը: Այս տեսակ գործակատարները համարվում են աղայի որդեգիրները: Աղան իր համար փառք և պատիվ է համարում, որ կարողացավ հասցնել մի «մարդ»: Այդ «մարդը» կոչվում է աղայի «չըրաղ», այսինքն՝ մի ճրագ, որ վառեց աղան մի աղքատ ընտանիքի սև օրին լույս տալու համար: Եվ ամեն մի աղա այնքան ավելի հարգելի է լինում իր հասարակության մեջ, որքան շատ թվով հասցնում է «չըրաղներ»:

Բայց Մասիսյանը ավելի գործնական կետից էր նայում հիշյալ սովորության վրա: Նա էլ իր գործակատարների ռոճիկը, կամ ամբողջապես և կամ մի մասը, իր մոտ էր պահում, խոստանալով շահեցնել և վերջը հնար տալ նրանց առանձին առևտուր սկսելու: Իսկ այս մի խորամանկ միջոց էր գործակատարին միշտ կապված պահելու իր հետ կամ միշտ նրա սանձը իր ձեռքում պահելու համար: Ռոճիկը իր մոտ պահելով, Մասիսյանը միշտ ուներ իր ձեռքում մի գրավական, մի երաշխավորություն գործակատարի կողմից, որ ստիպեցնում էր նրան անպայման հնազանդ լինել: Որովհետև մի անհավատարմություն նկատածին պես աղան կարող էր իսկույն նրան դուրս անել և ողորմելի գործակատարի ամբողջ տարիների ծառայության վարձը վեր առնել որպես տուգանք: Եվ շատ անգամ բոլորովին անմեղ մի գործակատարի մեղադրում էր նրա անհավատարմության մեջ և կտրում էր ռոճիկը: Եվ դրանով պետք է բացատրել Մասիսյանի առևտրական տան գործակատարների անդադար փոփոխությունը:

Վերադառնալով Ստեփանի մոտից, Միքայելը հենց այն օրը գրեց աղային, խնդրելով, որ իրան թույլ տա ամսե-ամիս վեր առնել իր ռոճիկը, պատճառ բերելով, թե նպատակ ունի գնել վիճակախաղի տոմսակներ և իր բախտը փորձել այդ բանի մեջ: Նա ստացավ մերժողական պատասխան. աղան հայտնում էր, թե դա «սարսաղություն» է, թե ինքն է նրա բախտը, թե ամեն բան իրանից պետք է սպասե և խորհուրդ էր տալիս իր խրատներին հետևել, որ վերջը կարողանա օրինավոր «մարդ» դառնալ: Այս պատասխանը սաստիկ զայրացրեց Միքայելին, և պատրաստ էր հայտնել աղային, թե բոլորովին կթողնե իր գործակատարությունը, եթե աղան չհոժարի ընդունելու նրա խնդիրքը: Բայց նա չգրեց: Թեև Միքայելը վերջին ժամանակներում բոլորովին ճանաչել էր Մասիսյանի հոգին, թեև ամենևին չէր հավատում նրա խոստմունքներին, այնուամենայնիվ նրանից հեռանալ նս չէր կարող, ոչ այն պատճառով, որ գուցե կզրկվեր աղայի մոտ ունեցած իր փողերից, ո՛չ, բայց կար մի առանձին պատճառ, որ կապում էր նրան որպես Մասիսյանի ընտանիքի, նույնպես և նրա գործերի հետ: Միքայելը դեռևս չէր մոռացել ծաղիկների այն փունջը, որ ձգեցին նրա սայլակի մեջ, երբ նա հեռանում էր Մասիսյանի տնից...

Բ

Միքայելը կենում էր Մոսկվայի բիրժայից ոչ այնքան հեռու մի աղքատ ընտանիքի մեջ, ուր տվել էին նրան մի փոքրիկ սենյակ, ուտելիքը և սպասավորությունը իրանց վրա ընդունելով: Փոքրիկ, կոկիկ բնակարանը իր հասարակ և միշտ մաքուր պահված կարասիներով բոլորովին համապատասխանում էր Միքայելի համեստ բնավորությանը: Այստեղ հանգիստ և ազատ էր զգում նա իրան և երբեմն նստած լուսամուտի հանդեպ, նայում էր դեպի փողոցեն անցնող խայտաճամուկ ամբոխի հոսանքը, տեսնում էր իր առջնից շարված ահագին տները և զարմանում էր, երևակայելով, թե ինքը գտնվում է մի կախարդված աշխարհում, որ իր համար նոր էր, որ իր համար անծանոթ էր: Այսպիսի րոպեները շատ անգամ նրան հիշել էին տալիս հայրենիքը. նրա միտքը թռչում էր հեռու և հեռու դեպի Արաքսի ափերը, տեսնում էր այնտեղ իրան հովվական ցուպը ձեռին, տրեխները հագած, ահագին մորթե գդակը գլխին, քշում էր գառները դեպի խոտավետ արոտատեղերը: Ի՞նչ մեծ տարբերություն անցյալի և ներկայի մեջ, հովիվ Կալոյի և բորսայի հերոս Միքայելի մեջ:

Մի երեկո հայտնվեցավ նրա մոտ Ստեփանը, որ բերում էր իր հետ մի ահագին կապ գրքերի. նա դրեց սեղանի վրա իր բեռը և ընկավ բազկաթոռի մեջ: Պատանին սաստիկ հոգնած էր երևում, բայց նրա գունաթափ դեմքը փայլում էր ուրախությամբ: Միքայելը պատմեց նրան, թե ինչ պատասխան ստացավ աղայից իր ռոճիկի մասին:

— Ես ուրիշ կերպ չէի սպասում, — պատասխանեց Ստեփանը արհամարհանքով, — այդ ոչինչ, մոտ եկ, քեզ ցույց տամ, թե ինչ գրքեր են դրանք:

Միքայելը մոտեցավ գրասեղանին և աշակերտի հետաքրքրությամբ սկսեց նայել գրքերի վրա:

— Դրանից, — ցույց էր տալիս Ստեփանը թերթելով գիրքը, — դու կծանոթանաս ֆինանսական և բանկային գործառնության հետ. այդ մյուսը քեզ կծանոթացնե զանազան տեսակ հում բերքերի հետ, որ արդյունաբերվում են այլևայլ երկրներում, իսկ այդ երրորդից կծանոթանաս գործարանների և առհասարակ գործարանական արհեստագործության հետ: Բայց այդ չորրորդը՝ մի գեղեցիկ վեպ է՝ կարդա՛, երբ կձանձրանաս առաջիններից՝ դա կկրթե քո հոգին և ճաշակը:

Միքայելը ուրախ-ուրախ վեր էր առնում դեռ չկտրված գրքերը, նայում էր և կրկին դնում գրասեղանի վրա:

— Մոռացա ասել քեզ, — շարունակեց Ստեփանը, — ես արդեն թույլտվություն ստացա քո մասին, որ իբրև ազատ լսող դու կարողանաս հաճախել այստեղի առևտրական դպրոցը, շաբաթը երկու անգամ. ժամանակ կունենա՞ս:

— Շաբաթը երկու անգամ, — կրկնեց Միքայելը մտածելով, — ինչու չէ, ժամանակ կունենամ:

— Շատ գեղեցիկ, ուրեմն ես էգուց առավոտյան կգամ քեզ կտանեմ և կհանձնեմ դպրոցի տեսչին:

Նա վեր կացավ:

— Ցտեսություն, առավոտյան ութ ժամին քեզ մոտ կլինեմ:

— Ո՞ւր ես շտապում, մի փոքր սպասիր, իսկույն թեյ կտան, — խնդրում էր Միքայելը:

— Չեմ կարող, ինձ մի քանի տեղ ևս պետք է անցնել:

Նա հեռացավ:

— Որքա՜ն բարի է նա, — մտածում էր Միքայելը Ստեփանի հեռանալուց հետո, — բայց որքան բարի է, այնքան էլ հպարտ է: Ես ձրի չպիտի ընդունեմ նրա բարերարությունը. մեր երկուսի վիճակը շատ նման է միմյանց. նա փողի աղքատ է, իսկ ես-կրթության: Պետք է լրացնենք մեկս մյուսի կարոտությունը. եթե նա ինձանից ոչինչ ծառայություն չի ընդունի, դրանով կվիրավորե ինձ և առիթ կտա ինձ ևս չընդունել այն հոգատարությունը, որ նա ունի իմ մասին: Բայց ի՞նչ եղանակով օգնել...

Վերջին հարցը Միքայելին մտատանջության մեջ ձգեց: Նա չէր ցանկանում անազնիվ լինել, եթե ոչ շատ հեշտ էր ամեն տարի մի չորս կամ հինգ հարյուր ռուբլի տալ Ստեփանին և այնպես անցկացնել Մասիսյանի հաշիվների մեջ, որ նա ոչինչ չհասկանար: Բայց կամենում էր իր սեփական փողից տալ և այդ փողը նա չուներ: Նրա ռոճիկը, որպես նրա անձը, աղան ցանկանում էր իր ձեռքում պահել:

— Ես պետք է ցույց տամ այդ հիմար ծերուկին, որ նրա տված ռոճիկի կարոտություն չունեմ, որ ես ուրիշ կերպով էլ կարող եմ փող վաստակել, — մտածեց նա և մոտեցավ գրասեղանին, սկսեց գրել մի նամակ:

Միքայելը Մոսկվայի բիրժայի վրա այնքան անուն, այնքան վարկ և հավատարմություն էր ստացել, որ վաճառականներից շատերը, որոնք այնտեղ գործակատարներ չունեին, առաջարկում էին նրան կոմիսիոնով զանազան հանձնարարություններ կատարել: Նա հաշվում էր, որ այս կերպով կարող էր բավական գումար վաստակել, բայց որպեսզի իր աղայից ծածուկ չմնա, հայտնեց նրան նամակով:

Այս նամակի ոճը և մտքերի արտահայտության ձևը այլևս չէին պայմանավորվում ծառայողի երկչոտ և խոնարհական ոգու ներշնչությամբ. նա բովանդակում էր իր մեջ ազատ և անկախ մարդու խոսքը: Միքայելը հայտնում էր, թե ամեն կողմից իրան առաջարկում են զանազան առևտրական հանձնարարություններ կոմիսիոնով, թե ինքը կարող էր բոլորի պահանջներին բավականություն տալ առանց Մասիսյանի գործի ընթացքը թուլացնելու կամ նրա շահերին վնասելու: Գոյացած արդյունքի մասին նա հայտնում էր, թե մի մասը ինքը կվերառնի, որպես իր աշխատության վարձատրություն, իսկ մյուս մասը կմտցնի Մասիսյանի հաշվի մեջ, որպես նրա օգուտը: Նամակը վերջացնում էր, ավելացնելով, եթե աղան կընդդիմանար իր այս ձեռնարկությանը, այն ժամանակ ինքը ստիպված կլինի հրաժարվել նրա գործակատարությունից և իր համար առևտրական ազատ կոմիսիոների պաշտոն կատարել:

Մասիսյանին սկզբում վրդովեցրավ այս նամակը. առաջին անգամ էր, որ նրա գործակատարը, նրա ստրուկը վստահանում էր նրա հետ այս աստիճան համարձակ լինել: Բայց ի՞նչ կարող էր անել: Գործը դժվար տեղ էր հասցրել: «Ես գիտեի, մռնչում էր նա, որ այն անիծածը կբորբոքե նրան»... Այս խոսքերով ակնարկում էր նա Ստեփանին, մտածելով, թե անկարելի էր, որ Ստեփանը հանգուցյալ գործակատարի մահից հետո հարաբերություն չկսեր Միքայելի հետ, նրանից փող պոկելու նպատակով: Բայց նրա վրդովմունքը մի փոքր մեղմացավ, երբ ավելի լավ մտածեց նամակի բովանդակության վրա: Մասիսյանը այն տեսակ մարդերից էր, երբ շահ կար աչքի առջև, նա մյուս վիրավորանքները շուտով մոռանում էր: Միքայելը հայտնում էր, որ կոմիսիոներությունից գոյացած արդյունքի մի մասը կանցկացնե աղայի հաշվի մեջ. ինչո՞ւ զրկել իրան այդ օգտից: Բայց մյուս կողմից աղան մտածում էր, որ Միքայելը ինքն էլ կշահվի, ինքն էլ փողի տեր կդառնա, այդ նրան հաճելի չէր կարող լինել, որովհետև նա սիրում էր գործակատարներին միշտ աղքատ տեսնել և աղքատության մեջ պտտում էր նրանց հնազանդությունը: Ի՞նչպես պետք էր հաշտեցնել այդ երկու ծայրերը: Իրան զրկե՞լ օգտից, որ նա էլ զրկված լինի, վճռեց Մասիսյանը: Այդ անկարելի էր. Միքայելը հայտնում էր, եթե աղան չհամաձայնվի իր պայմանների հետ, ինքը ստիպված կլինի հրաժարվել նրա գործակատարությունից և իր համար առանձին գործ սկսել: Բայց կորցնել Միքայելի նման մի գործակատար դժվար էր աղայի համար. ոչ ոք չկար, որ նրա տեղը բռներ: Մասիսյանը ակամայից հայտնեց իր հոժարությունը, բայց մտքումը դրեց իր ժամանակին ուրիշ կերպով պատժել նրան...

Որքան Միքայելի նամակը խիստ էր, այնքան աղայի նամակը մեղմ էր: Նա հայտնում էր իր հայրական ուրախությունը նրա հառաջադիմության մասին, բարեմաղթում էր ավելի ևս հաջողակ և բախտավոր լինել, թե իր համար պարծանք էր համարում, որ «իր հասցրած» աշակերտը վերջապես «մարդ» է դառնում, և ավարտում էր նամակը, խորհուրդ տալով, որ Միքայելը ավելի լավ կանե, եթե իր կոմիսիոներությունից գոյացած արդյունքից այն մասն ևս, որ իրան է պատկանելու, մտցնե աղայի առևտրական գործի մեջ և վերջը տոկոսով միասին ստանա իր ռոճիկի հետ, երբ աղան նրա համար մի առանձին առևտրական տուն կբացանե:

— Դու ինձ այլևս չես կարող խաբել, — ասաց ժպտալով Միքայելը, երբ կարդաց աղայի նամակի վերջին տողերը. — ես քեզ արդեն ճանաչում եմ:

Գ

Միքայելի աշխատությունները այժմ ավելի ծանրացան. նա բացի Մասիսյանի գործերից կատարում էր այժմ ուրիշ վաճառականների բազմաթիվ հանձնարարություններ, շաբաթը երկու անգամ հաճախում էր առևտրական դպրոցը դասեր լսելու, առիթ էր գտնում այս և այն գործարանները տեսնելու և նրանց կազմակերպության հետ ծանոթանալու, իսկ տանը պարապում էր ընթերցանությամբ և շատ փոքր ժամանակ ուներ հանգստանալու: Այս բոլորը այնքան խորթ, այնքան օտարոտի էին երևում տեղային հայ վաճառականներին, որ Միքայելի վարմունքը ընդհանուր խոսակցության և բամբասանքի նյութ էր դարձել նախանձոտների բերանում: Մի քանիսը առանձին նամակներով հայտնեցին աղային, թե ինչ «մոլորությունների» մեջ էր ընկել նրա գործակատարը: Բայց աղան ուշադրություն չդարձրեց նրանց մատնություններին, երբ նոր տարվա սկզբում ներկայացրած ընդհանուր հաշվի ցուցակի մեջ գտավ մի խոշոր թվանշան — 5000 ռուբլի, որ Միքայելը բաժին էր հանել աղային իր կոմիսիոներական գործակատարության արդյունքից: Նա ստանում էր աղայից ռոճիկ 000 ռուբլի միայն և նրա բոլոր գործերը կատարելուց հետո 5000 ռուբլի օգուտ էր տալիս, ինչո՞ւ չպիտի գոհ լիներ աղան, երբ շատ էլ ցանկանար, դարձյալ չէր կարող ոչինչ ճնշում գործ դնել Միքայելի վրա, որ այժմ մի կերպ անկախ դիրք էր հիմնել իր համար:

Մոսկվայում կային ամեն կողմից հայ վաճառականներ. Հաշտարխանից, Նոր-Նախիջևանից, Թիֆլիսից, Ղարաբաղից, Երևանից, Ագուլիսից և մինչև անգամ Թավրիզից: Դրանց օրվա ամեն մի ժամում կարելի էր գտնել բիրժայի առջև, թեև բիրժան փակված լիներ, թեև գործը այնտեղ դադարած լիներ: Որպես մոլեռանդ բրահման, հայ վաճառականը երբեք չէ հեռանում այդ առևտրական տաճարից և մի առանձին զվարճություն է զգում, նայելով նրա փակված դռների վրա: Բայց Միքայելը սովորություն չուներ հայտնվել այնտեղ կեսօրից հետո, երբ գործը դադարած էր, և այդ շատ բարկացնում էր վաճառականներին, որ վերագրում էին նրա հպարտությանը: Բայց նա առհասարակ խորշում էր այդ վայրախոս և դատարկապորտ հասարակությունից, որ մի ուրիշ զբաղմունք չէր ճանաչում, որ իր հայկական նեղ շրջանից չէր դուրս գալիս, և հավաքվելով այնտեղ, կամ զբաղված էին լինում կոշտ-կոպիտ կատակներով և կամ կեղտոտ բամբասանքներով էին պարապում: Հայ վաճառականը շնորհք չունի, որ իր ժամանակը այնպես կարգադրե, որ գործի ժամանակը գործ կատարե, հանգստության ժամանակը հանգստանա, իսկ պարապ ժամանակը մի ուրիշ բան սովորե: Բացի իր ծանոթ վաճառականությունից, ոչ մի ուրիշ գործ չէ հետաքրքրում նրան. բացի իր հայկական նեղ շրջանից, նա օտար հասարակություն չէ ճանաչում: Եվ այդ է պատճառը, որ նա միշտ մնում է միակողմանի, անտաշ, անկիրթ և ուր որ գնում է, դարձյալ վերադառնում է իր հայրենիքը նույն ոգով, նույն սրտով և նույն բնավորությամբ, որպես դուրս էր եկել:

Մոսկվայում, որպես ամեն տեղ, մի երկրի հայ վաճառականը սաստիկ ատելություն ուներ դեպի մի օտար երկրացին ընդհանրապես, օրինակ, ղարաբաղցին ատում էր զոկին, զոկը՝ թիֆլիսեցուն և այլն: Իսկ միևնույն երկրի վաճառականը ատում էր իր երկրացուն մասնավորապես, օրինակ, մի հաշտարխանցի մյուս հաշտարխանցուն չէր կարող համբերել: Ամեն մեկը պատրաստ էր վնասել իր ընկերին, թեև գիտենար, որ օտարին 0 կոպեկ վնաս տալով ինքը 20 կոպեկ պիտի վնասվեր: Խոսքի անկեղծություն չկար նրանց մեջ. բոլորը մեկ-մեկու խաբում էին, թեև բոլորն էլ ցույց էին տալիս միմյանց սաստիկ մտերմություն: Դատարկ կյանքը, անգործությունը շինել էր նրանցից մի տեսակ վայրահաչներ, որ մինը մյուսին կծելու սովորություն ուներ:

Տեսնում ես, հայ վաճառականների հասարակությունը խմբված է բիրժայի առջև, ամեն տեսակ ասիական և եվրոպական հագուստներով. նրանք բարձր ձայնով խոսում են, ծիծաղում են, հռհռում են, ամեննին չնեղվելով, թե իրանց վրա կարող էին ուշադրություն դարձնել, թե հրապարակի վրա այդ անվայելուչ էր: Նրանք պատմում են միմյանց զանազան տեսակ անեկդոտներ կամ պատահած անցքեր, որ ցույց են տալիս ամեն մի երկրացու հատկությունը:

— Գիտե՞ք, մի անգամ «ծառազարդի» տոնին գնացել էինք եկեղեցի, — պատմում էր մի զոկ խորամանկ դեմքով և շիլ աչքերով, — երբ ժամը վերջացավ, դուրս եկանք եկեղեցու բակը, այնտեղ խմբով կանգնած, մտիկ էինք տալիս կնիկներին, մին է՛լ տեսնենք, բոլոր զոկերը մոտեցան ղարաբաղցի պարոն Ն...ին, և նրա ձեռքը բռնելով, ասեցին. «շնորհավոր տոնակատարություն»: Ղարաբաղցին զարմացած հարցրուց. — «Ի՞նչ տոնախմբություն, այսօր իմ տոնը չէ»: — «Ինչպե՞ս չէ, — ասաց մի զոկ, — դու չե՞ս իմանում, որ այսօր Հիսուս Քրիստոս էշի վրա նստած, Երուսաղեմ մտավ»:

Բոլորը ծիծաղում, հռհռում են զոկի հիմար սրախոսության վրա, որովհետև ղարաբաղցուն էշ մականուն էին տալիս, և Քրիստոսը էշով էր Երուսաղեմ մտել, ուրեմն այն օրը պետք է ղարաբաղցու տոնախմբությունը լիներ:

— Սխալվում եք, — ասում է մի վիրավորված ղարաբաղցի, — այդ անունը իզուր են կպցրել մեզ. հայերի մեջ ամենախելոքը էլի ղարաբաղցին է, թեև նա զոկի սատանությունը չունի. բայց սատանան երբեմն երկու ոտքով է թակարդի մեջ ընկնում: Լսեցեք, ձեզ պատմեմ, թե ինչ պատահեց մի անգամ մի զոկի հետ այստեղ:

— Պատմեցեք, պատմեցեք, — լսելի է լինում ամեն կողմից:

— Մի անգամ մի զոկ ծախել էր մի ռսի 00 հակ բամբակ, — ասաց ղարաբաղցին, — ցույց տալու համար նա բաց արեց մի քանի հակեր, որոնք, իհարկե, մաքուր տեսակիցն էին. մի ուրիշ զոկ, զոկերի սովորությանը համեմատ, մատնեց ընկերին, մուշտարուն հայտնելով, թե բոլոր հակերը ցույց տված օրինակի համեմատ չեն: Մուշտարին ստիպվեցավ բաց անել տալ ուրիշ շատ հակեր. տեր աստված, ի՞նչ ասես չէր դուրս գալիս հակերի միջից. մաշված ավելներ, փայտե կոտրած գդալներ, հին քոշեր, փալասի կտորներ և հանկարծ դուրս է գալիս մի հակի միջից էշի մի ահագին փալան: Այս անգամ ռուսը այլևս համբերել չկարողացավ, և դառնալով դեպի զոկը, ասաց. «Այդ երևի, ձեր հոր վերարկուն է»...Զոկը առանց կարմրելու պատասխանեց. — «Мая атец болшой кухни син» (ուզեց ասել, թե իմ հայրը մեծ օջախի որդի է), если он ешак бл, мне такой товар не бл. (այսինքն՝ եթե նա էշ լիներ, ես այսքան ապրանք չէի ունենա):

Զոկերը բավական կոտրվեցան ղարաբաղցու պատմությունով, բայց դարձյալ աշխատում էին հաստատել, թե իրանց հայրենակցի արածը մի խելոքություն էր, թե էշի հին փալանը ոչինչ արժեք չունի, բայց եթե նրան հաջողվեր բամբակի տեղ անցկացնել, բավական կշահվեր և այլն, և միևնույն ժամանակ պնդում էին, թե էշ մականունը միմիայն ղարաբաղցուն է հատկանիշ, և իբրև փաստ պատմում էին զանազան անեկդոտներ:

— Մի անգամ սաստիկ կարկուտի ժամանակ, — ասում էր մի զոկ, — Ղարաբաղում գյուղացիները հավաքվում են, ասելով, թե մեր արտերին ինչ լինում է, թող լինի, գնանք գոնե տանուտերի արտը ազատենք: Եվ ամեն մեկը վեր է առնում իր տնից, որը մի փալաս, որը մի կապերտ, որը մի յորղան, որը իր յափունչին, վազում են դեպի տանուտերի արտը, և փռում են նրա վրա. ցորենի հասկերը գյուղացիների ոտքի տակ ջարդվում են, տրորվում են և գետնին հավասար են դառնում: Այդ էշություն չէ՞, — հարցնում է զոկը, դառնալով դեպի ղարաբաղցին:

— Բայց այն մոռացե՞լ եք, — պատասխանում է ղարաբաղցին, — որ զոկը պանիրը դնում է բանկայի մեջ, դրսից հացը քսում է բանկային և ուտում, երևակայելով, թե պանիր է ուտում: Մի անգամ որդին գալիս է տեսնում է դուքնի դուռը փակ է, հացը քսում է դռանը և այնպես ուտում. հայրը վրա է հասնում. — «Ի՞նչ ես անում», — հարցնում է նա: — «Պանիր եմ ուտում, հայր», — պատասխանում է որդին: — «Փչացած, չէի՞ր կարող համբերել, մինչև ես գայի, հիմա բոլոր պանիրը կերած կլինես», — ասում է հայրը և սկսում է որդուն ծեծել:

Հետո պատմում են այն առակը, թե ինչպես ղարաբաղցի գյուղացիները «ղավուրման» ցանել էին արտումը, որ ոչխար բուսներ, և քանի օրից հետո գնացել, տեսել էին, որ մրջիմները հավաքվել են ցանված ղավուրմայի վրա, և ուրախանալով ասել էին. «Հիմա որ պստիկ են այսքան են, երբ մեծանան, ոչխարի սուրուներ կունենանք»:

Նույն միջոցին մի հաշտարխանցի մեջ է մտնում, կամենում է խոսել:

— Դու սուս կա՛ց, — ասում են նրան, — հաշտարխանցին հենց որ խոսեց, ղալմաղալ կսարքե. հաշտարխանցին միշտ «պրաշենիան» ծոքումը պատրաստ ունե: Մի անգամ մի հաշտարխանցի գտնում է մի ծրար լիքը թղթադրամով. «Փո՛ւ, — ասում է, — ես կարծում էի կռվի թղթեր են»:

Նոր-Նախիջևանցին կամենում է պաշտպանել հաշտարխանցուն:

— Դուք երկուքդ մի հարազատ հոր որդիք եք, — պատասխանում են նրան, — այն զանազանությամբ միայն, որ հաշտարխանցին իստակ ռսացել է, բայց Նոր-Նախիջևանցին դեռ ոչ ռուս է, և ոչ թաթար:

Մեջ է մտնում թիֆլիսեցին:

Նրան ասում են, — վրացին խո խելք չունի, բայց թիֆլիսեցին մի հավի խելք ունի: Մի թիֆլիսեցի Կ.Պոլսում շատ էր ցանկանում կարմիր լոբի ուտել և չէր գտնում. ընկերները նրան ծաղրելու համար առնում են մի քիչ սպիտակ լոբի, ներկում են և տալիս են նրան. լոբին տաք ջրի մեջ իր ներկը կորցնում է և կրկին առաջին գույնն է ստանում: Մյուս օրը թիֆլիսեցին գրում է իր կնոջը. «Այստեղ կարմիր լոբին շատ վատն է, հենց որ ջրի մեջ գցում ես, սպիտակում է»:

Այս տեսակ հիմար կատակներ էին մեր վաճառականների ամենօրյա խոսակցության առարկան, երբ հավաքվում էին բիրժայի առջև կես օրից հետո, այս տեսակ դատարկախոսություններով նրանք մաշում էին իրանց ժամանակը: Մի մարդ, որ չէր երևում նրանց մեջ, դա էր Միքայելը:

Դ

Մոսկվայի հայ վաճառականը առհասարակ իրան հեռու է

պահում հայ ուսանողներից, որոնք մեծ բազմությամբ գտնվում են այդ քաղաքում, թեև ուսանողը նրա բարեկամը կամ մոտ ազգականը լիներ: Վաճառականը ատում է ուսանողի ուրախ և վատնող հասարակությունը, որը շատ անգամ նրանից փող է առնում, երբեք վերադարձնելու մասին չմտածելով: Միայն Միքայելն էր, որ հարաբերություն ուներ ուսանողների հետ և Ստեփանի միջոցով շատերի հետ ծանոթ էր: Ինչպես նրա հորեղբայր Ավետը գյուղացիների մոտ այնքան հարգանք էր վայելում, որ բոլորը նրան «ապեր» էին կոչում, այնպես էլ Միքայելը միևնույն կոչումն էր ստացել ուսանողներից: Հարկավոր էր բարեգործական նպատակով մի ներկայացում տալ, հարկավոր էր մի աղքատ կամ հիվանդ ուսանողի համար հանգանակություն հավաքել, — Դիմենք «ապորը», — ասում էին ուսանողները, — նա վաճառականներից մի բան կզգլե:

Մի գիշեր Միքայելի փոքրիկ սենյակը սովորականից ավելի կենդանացած էր, հավաքված էին մի քանի երիտասարդ վաճառականներ, ծխում էին և խոսում էին: Ճրագի աղոտ շառավիղները հազիվ լուսավորում էին փոքրիկ սենյակի մառախուղը, որ թանձրացած էր ծխից և թեյի մեքենայից բարձրացող շոգիներից, որը եփ էր գալիս սեղանի վրա: Ինքը Միքայելը ածում էր գավաթները և մատուցանում էր իր հյուրերին:

— Ինչ որ ուզում ես, աաա, քեզ մոտ միշտ տխուր է լինում, — ասաց Միքայելի հյուրերից մեկը:

— Ինչո՞ւ, — հարցրուց նա ժպտալով:

— Նրա համար, որ ոչ կարտ կա, ոչ նարդի կա, մի խոսքով՝ խաղալու ոչինչ չկա:

— Խաղացեք, ձեզ ո՞վ է արգելում:

— Ի՞նչպես խաղանք, երբ դու չես խաղում:

— Ես էլ կմասնակցեմ:

— Փողով: Մենք առանց փողի չենք խաղում:

— Եվ մեծ փողով, — մեջ մտավ հյուրերից մի ուրիշը:

— Ինչո՞ւ անպատճառ մեծ փողով, երբ ժամանակ անցկացնելու համար է, — պատասխանեց Միքայելը:

— Ժամանակ անցկացնելը ո՞րն է, — խոսեց առաջինը արհամարհանքով, — մեզ մոտ ամեն գիշեր հազարներ են խաղում:

Դուռը բաց եղավ, խոսակցությունը ընդհատվեցավ: Մի պատանի, կանգնած շեմքի վրա, ձայն տվեց իր ընկերներին.

— Մտեք, նրանք շատ են այստեղ... Վերջապես գտանք...

Ներս մտան երեք ուսանողներ: Նրանցից մեկը դրեց սեղանի վրա մի թերթ թուղթ և դառնալով դեպի Միքայելի հյուրերը, խոսեց ճառական եղանակով.

— Պարոններ, այդ նվիրատվությունը մի այնպիսի բարի նպատակի համար է, որ ամեն մի հայ, որի սրտումը մնացել է զգացմունքի մի կաթիլ անգամ դեպի տաճկաստանցի մեր եղբայրները, դեպի նրանց կրած հարստահարություններն ու տառապանքը, չպիտի զլանա իր օժանդակությունը, ուստի խնդրում եմ՝ ձեզանից ամեն մեկը, որքան կարող է թող ստորագրե:

Կարծես վաճառականների գլխին սառը ջուր ածեցին:

— Է՛հ, զահլա տարան իրանց ստորագրություններով... — ասաց նրանցից մեկը գլուխը մի կողմ շրջելով:

— Մենք ո՞ւր... տաճկաստանցին ո՞ւր... — խոսեց մյուսը արհամարհանքով, — մեր երեխեքի դարդը չենք կարողանում քաշել:

— Ի՞նչ բանի համար է ստորագրությունը, — հարցրեց մի ուրիշը կասկածավոր կերպով:

Ուսանողները մնացին շվարած:

— Միևնույն է ձեզ, թե ինչ բանի համար, — պատասխանեց նրանցից մեկը վշտացած ձայնով. — բայց քանի որ դուք այսպես սառն կերպով ընդունեցիք մեր առաջարկությունը, կարծեմ հարկավոր էլ չէ, որ իմանաք, թե ինչ բանի համար է:

Միքայելը ոչինչ չխոսեց. նրան հայտնի էր իր հյուրերի անտարբերությունը:

Ուսանողները հեռացան: Միքայելը գնաց նրանց ճանապարհ ցցելու:

— Ահա մեր դրամատերերը՝ մեր նյութական զորությունը. ի՞նչ կարելի է հուսալ այդ անսիրտ դիակներից... — ասաց ուսանողներից մեկը:

— Փո՛ւ, գրողը տանե ձեզ...

Նրանք հասան սանդուղքներին, որ ցած էր տանում դեպի տան գլխավոր մուտքը: Այնտեղ Միքայելը հարցրեց.

— Ի՞նչ նպատակի համար է ստորագրությունը:

Ուսանողները մտածության մեջ ընկան. և րոպեական լռությունից հետո նրանցից մեկը պատասխանեց.

— Դա մի գաղտնիք է... բայց ձեզնից ծածկել պետք չէ... դուք մերն եք... Գիտեք, որ Կ. Պոլսի պատրիարքի նվիրակներից մեկն արդեն գտնվում է Պետերբուրգում, իսկ մյուսը Լոնդոնում, Տաճկաստանի հայոց խնդիրքը մի մազից է կախված. գործելու ժամանակ է. մենք պատրաստում ենք մի երիտասարդ արտասահման ուղարկելու համար, որ այնտեղ պրոպագանդ անե մամուլի միջոցով:

Միքայելի դեմքն ընդունեց խիստ ուրախ արտահայտություն:

— Դա շատ գեղեցիկ միտք է, — ասաց նա: — Ո՞վ է գնացողը:

— Ձեր բարեկամը, պարոն Ս. Մասիսյանը:

— Զարմանում եմ, որ նա այդ մասին ինձ ոչինչ չի հայտնել:

— Նա չափազանց ծածկամիտ մարդ է: Նա ցանկանում էր, որ դուք գիտենայիք հետո, երբ ինքը գնացած կլիներ:

— Այդ միևնույն է, — խոսեց Միքայելը, — ասեցեք Ստեփանին, թող ինձ մոտ մտնե, ես կկարգադրեմ՝ ինչ որ պետք է նրա ճանապարհորդության համար:

Ուսանողները սեղմեցին Միքայելի ձեռքը և հեռացան: Վերադառնալով իր հյուրերի մոտ, Միքայելը նրանց ոչինչ չհայտնեց. բայց շատ վրդովվեցավ, երբ նկատեց, որ նրանք տակավին ծաղրում էին ուսանողներին և տակավին պախարկում էին նրանց վարմունքը:

— Երնի ջիբների խարջլուխը պրծել է, — ասում էր մեկը:

— Իրանք քաղցած մեռնում են, բայց տաճկաստանցիների դարդն են քաշում, — ասում էր մյուսը:

— Ախար հանգստություն չունենք այդ մուրացկանների ձեռքից, — խոսեց մի ուրիշը. — քանի օր առաջ մոտեցնում են մի թերթ, «ստորագրեցեք մի բան, ասում են, հօգուտ Ալաշկերտի գաղթականների»: Հենց որ լսեցի, իծաներս հավաքվեցան, բերանս բաց արեցի. տո՛ հեռացեք, ասեցի, ձեր էլ... ալաշկերտցու էլ...

Միքայելը այլևս համբերել չկարողացավ:

— Չէ կարելի այսպես անզգությամբ վերաբերվել դեպի ազգային գործերը, — ասաց նա վրդոված ձայնով. — ազգի յուրաքանչյուր անդամը պարտավոր է իր կարողության չափով նպաստել ընդհանրությանը. մենք փող ունենք, պետք է փողով օգնենք. նրանք (ուսանողները) խելք ու գիտություն ունեն, պետք է խոսքով օգնեն. մի ուրիշը սիրտ ունի, պետք է զորավոր բազուկներով օգնի. ամեն մի հայ իր ունեցվածքից չպիտի խնայե, և երբ բոլորը այսպես կվարվեն, այն ժամանակ տաճկաստանցի հայը կարող կլինի ազատ շունչ քաշել:

— Լավ, լավ, — նրա խոսքը կտրեց հյուրերից մեկը. — ազգային գործերը մի կողմ դրեք, մենք մեր բանի վրա մտածենք: Բերեք կարտերը:

— Ես, իրավն ասեմ, այժմ խաղալու ամենևին ախորժակ չունեմ, — պատասխանեց Միքայելը:

— Այդ խոսքով կամենում եք ասել, թե վեր կացեք և գնացեք: Մենք այստեղ քարոզներ լսելու համար չենք եկել, — խոսեց հյուրերից մեկը, կանգնելով:

— Եթե իմ տունը ձեզ ձանձրացնում է, համեցեք, ձեզ զոռով այստեղ ոչ ոք չի պահում:

Հյուրերը դժգոհությամբ հեռացան. մնացին նրանցից երկուսը միայն: Դրանք երիտասարդ վաճառականներ էին, այն տեսակներից, որոնք թեև մի բան հասկանում են, բայց դեռ նահապետական պատկառանքով համարձակություն չունեն հակառակել իրանցից հասակավորներին, թեև վերջինների հայտնած միտքը բոլորովին սխալ կամ վնասակար լիներ, և այս պատճառով բոլոր խոսակցության ժամանակ նրանք լուռ էին: Բայց երբ մենակ մնացին Միքայելի հետ, լեզուները բացվեցան:

— Ա՜խ, որքան մեռած, որքան անկարեկից սրտեր ունեն այդ մարդիկը, — ասաց նրանցից մեկը. — ոչինչ չէ գրավում նրանց, ոչինչով չեն հետաքրքրվում, ինչ որ իրանց շահերի կամ իրանց գործերի սահմանից դուրս է: Ազգ, ազգակից և ընդհանուր մարդկությունը դրանց համար նշանակություն չունեն, երբ նրանցից որևիցե օգուտ չեն սպասում, և ամեն բանի վրա նայում են առևտրական կետից:

Միքայելը, որ նույն րոպեում խիստ գրգռված դրության մեջ էր գտնվում, վեր բարձրացավ դիվանից, որի վրա պառկած էր, և բավական տաք կերպով պատասխանեց.

— Գոնե այսքան գիտենային, գոնե օրինավոր առևտրականներ լինեին, բայց հավատացնում եմ ձեզ, որ այդ էլ չգիտեն: Հին սերունդը ավելի լավ էր տանում իր առետրական գործերը, քան թե նորը, որը զանազանվում է այսքանով միայն, որ իր հայրերի ասիական փափախի տեղ կրում է եվրոպական շլյապա, առանց եվրոպացու գլուխը ունենալու: Հին սերունդը թեև տգետ էր, թեև խիստ սահմանափակ տեղեկություններ ուներ վաճառականության մասին, բայց գոնե այնքան հանդուգն չէր, որ առևտուր սկսեր իրանցից ավելի հմուտ ազգերի հետ. նա ընտրում էր այնպիսի ժողովուրդներ, որ իրանից ավելի տգետ էին և կարողանում էր խաբել նրանց: Բայց նոր սերունդը այդ զգուշությունն էլ չունի և չնայելով իր տգիտությանը, սկսել է առևտուր անել ավելի վարժված և ավելի հմտություններ ունեցող ազգերի հետ (և ինչո՞վ կարող է մրցություն անել) և դրա համար էլ միշտ խաբվում է, միշտ կորցնում է: Նա գործ ունի եվրոպացու հետ, առանց նախապես եվրոպացու խորամանկություններին տեղյակ լինելու:

Միքայելի դատողությունները խիստ երևեցան, և նրա երիտասարդ հյուրերից մեկը պատասխանեց.

— Այսուամենայնիվ բացառություններ կան:

— Բացառությունները շատ աննշան են: Եթե մնացել է մեր հայերի մեջ հարստություն, դա ըստ մեծի մասին հայրերի վաստակածն է. որդիքը չկարողացան պահպանել հայրերից ստացած ժառանգությունը: Ես կարող եմ մատներով համբարել, թե քանի-քանի տներ սնանկացան այս մի քանի տարվա ընթացքում, սնանկությունը այնքան ավելի շուտ էր վրա հասնում, երբ որդիքը առևտուր էին սկսում ավելի քաղաքակրթված ժողովուրդների հետ. օրինակ, համարյա մեր բոլոր վաճառականները ոչնչացան, որոնք գործ սկսեցին Մարսելիայի և Մանչեսթրի հետ, իսկ Ռուսաստանում նրանք դիմանում են, և կարելի է ասել շահվում են, որովհետև ռուս վաճառականի հասկացողության աստիճանը չէ բարձրանում հայերից և մինչև անգամ ստոր է:

Միքայելի խոսակիցները մտածության մեջ ընկան. նրանք լսում էին բոլորովին իրանց համար նոր մտքեր:

— Մեր մեջ առհասարակ պակասում է այն բանը, ինչ որ կոչվում է վաճառականական գիտություն, — շարունակեց նա: — Մեր մեջ ամեն մի ձեռնարկություն կատարվում է ոչ թե առաջուց խորհած և կարգադրված պատրաստականությամբ, այլ անգիտակցաբար, մինը մյուսի օրինակին հետևելով: Տեսնում ես, մեկը սկսում է բամբակ գնել, իսկույն մյուսները սկսում են գնել միևնույն մթերքը, առանց որևիցե որոշ հաշիվ աչքի առջև ունենալու: Մեկը սկսում է մետաքս գնել, շուտով մի մեծ բազմություն հետևում է նրա օրինակին: Եթե հարցնելու լինես այդ պարոններից՝ ի՞նչու եք առնում, որտե՞ղ պիտի ուղարկեք, նրանք կպատասխանեն. «Կիրակոսը և Մարտիրոսը առնում են, մենք էլ պետք է առնենք, մենք խո նրանցից պակաս չենք»:

— Այդ կատարելապես ուղիղ է:

— Մի բան, որ ժառանգեց նոր սերունդը և որ պահպանում է ամենայն ճշտությամբ, դա է հայրերի խաբեբայությունը: Վաճառականությունը ավելի ընկնում է այն ժամանակ, երբ խաբեբայությունը ընդունվում է որպես գլխավոր պայման: Այժմ թե՛ եվրոպական և թե՛ Ռուսաստանի առևտրական հրապարակների վրա մեր երկրի արդյունաբերության անունը կոտրված է, որովհետև բամբակի մեջ, բուրդի մեջ և մինչև անգամ մետաքսի մեջ ինչ ասես խառնում են: Ոչ ոք չէ հավատում մեզ: Մեր մթերքը առանց բաց անելու, առանց բոլորը աչքից անցկացնելու, չեն գնում. մինչդեռ եվրոպացին մի փոքրիկ օրինակ ցույց տալով, հարյուրավոր կապված հակեր է վաճառում, և բոլորը դուրս են գալիս ցույց տված օրինակի համեմատ և միևնույն տեսակից:

Միքայելը երկար խոսում էր վաճառականական խարդախությունների վրա և երևան էր հանում հայ վաճառականի բոլոր կեղտերը, որով ապականված է նա, ավելացնելով, թե այդ կեղտը տարածվում է ամբողջ հայ ազգի վրա, որովհետև օտարազգին մեզ ճանաչում է վաճառականների երեսով, որոնք թափառում են երկրագնդի ամեն կողմերում, և մի քանի անպիտանների պատճառով վատ կարծիք է կազմում ամբողջ ազգի մասին, մինչդեռ նրա մեծամասնությունը, որ բաղկացած է արհեստավորներից և երկրագործներից, խիստ բարի և բարոյական մարդիկ են:

— Հիմա տեսեք, ինչ բարիք կարելի է սպասել այդ փչացած և անբարոյականացած հասարակությունից, որի համար ոչինչ բան սուրբ չկա, — ավելացրեց նա, — և մենք զարմանում ենք, վրդովում ենք, երբ տեսնում ենք հայ վաճառականի անկարեկցությունը դեպի տաճկաբնակ իրանց եղբայրների տառապանքները մահմեդական լծի ներքո:

Արդեն կես գիշերից անցել էր, երբ Միքայելի մնացած երկու հյուրերն էլ հեռացան, և նա մնաց մենակ: Նա փորձ փորձեց իսկույն պառկել և քնել, բայց չկարողացավ. մի հոգեկան խռովություն անհանգստացնում էր նրան: Նա սկսեց լուռ անցուդարձ անել իր փոքրիկ սենյակի մեջ: Նրա միտքը զբաղված էր նույն րոպեում Ստեփանով. այդ ազնիվ և միշտ ծածկամիտ պատանին այժմ հանձն էր առել մի նպատակահարմար ձեռնարկություն, որին չէր կարելի չհամակրել: Բայց ինչու ծածուկ էր պահել իրանից, մտածում էր Միքայելը, միթե չէ՞ր հավատում իրան, մի՞թե ինքը արժան չէր նրա մտերմությանը: «Ոչ, ոչ, նա ավելի հպարտ է, քան թե կարելի էր, նա խորշում է օգնող ձեռքից, որպես օձից... բայց իմ վերաբերությա՛մբ... դա վիրավորական է»...

Ե

Բնակարանը, որի մեջ կենում էր Միքայելը, բաղկանում էր երկու

սենյակներից և մի խոհարանից, որ միևնույն ժամանակ ծառայում էր որպես մառան: Սենյակներից մեկի մեջ ապրում էր մի գերմանացի աղքատ ընտանիք, իսկ մյուսի մեջ՝ Միքայելը: Դա այն թշվառ ընտանիքներից մեկն էր, որ զրկվելով աշխատող ձեռքից՝ տան տղամարդից, ապրուստի հոգսը մնում էր հանգուցյալի կնոջ վրա: Անբախտ այրիին փոքր չէր օգնում նրա չափահաս աղջիկը, աշխատասեր Իդան, որոնք բացի իրանցից պետք է կերակրեին երկու փոքրիկ երեխաներ: Ընտանիքի հայրը դերձակ էր, որի մեռնելուց հետո նրա ամբողջ խանութը վաճառվեցավ պարտքի փոխարեն: Իդան կարեր էր վեր առնում մի ֆրանսիական մոդնի մագազինից և մոր հետ միասին կարում էին: Միքայելի, որպես «տնվորի», կենակցությունը մեծ մասով թեթևացնում էր խեղճ ընտանիքի տնտեսական ծանրությունը, և այս պատճառով նրա վրա լավ խնամք էին տանում, տալով մի առանձին կահավորված սենյակ, կերակուր և սպասավորություն:

Մի առավոտ Միքայելը, գրասեղանի մոտ նստած, շտապով նամակներ էր գրում փոստային հասցնելու համար, Իդան սուրճ ներս բերեց և դնելով նրա մոտ փոքրիկ կլորիկ սեղանի վրա, հարցրեց.

— Դուք շուտո՞վ կդուրս գնաք:

— Ի՞նչու եք հարցնում:

— Ես կամենում էի կարգի դնել ձեր սենյակը: Հետո ժամանակ չեմ ունենա:

— Ինձ մնում է դեռ հինգ-վեց նամակներ գրել, — ասաց Միքայելը շարունակելով իր գործը. — դուք կարող եք, ինչ որ ուզում եք անել:

— Ես գուցե կխանգարեի ձեր պարապմունքը:

— Ընդհակառակն... Ոչ:

Իդան բարձրահասակ և վայելչակազմ մի օրիորդ էր թավախիտ, շիկագույն գիսակներով և պայծառ համակրական դեմքով. նրա ծավի աչքերը կրում էին իրանց մեջ կապուտակ երկնքի և՛ փայլը, և՛ գեղեցկությունը: Նա այն առավոտ սովորականից ավելի ուրախ էր երևում, և չնայելով որ Միքայելը զբաղված էր, անդադար ընդհատում էր նրա պարապմունքը զանազան հարցերով:

— Ա՜խ, որքան անփույթ եք դուք, ձեզ մոտ ոչ մի բան իր տեղը չէ մնում, ամեն ինչ թավալվում է հատակի վրա, — խոսում էր մանկահասակ օրիորդը, մաքրելով և կարգի դնելով սենյակի իրեղենները:

— Այդ, երևի, ձեզ շատ հոգս է պատճառում, Իդա, ես կաշխատեմ

այսուհետև ավելի մաքրասեր լինել, — պատասխանեց Միքայելը ժպտալով:

— Ո՛չ, ինձ հոգս չէ պատճառում, միայն ես սիրում եմ ձեր սենյակը միշտ սարքած տեսնել, — ասաց օրիորդը փոքր ինչ շառագունելով:

— Դուք շատ բարի եք, Իդա:

Օրիորդը վերջացնելով իր գործը, մոտեցավ Միքայելին և ձեռքը դնելով նրա ուսի վրա, սկսեց նրա ետևից գլուխը կռացրած նայել տողերի ընթացքին, թե որպես գրում էր նա, և որպես նրա գրիչը արագ վազում էր փոստայի սպիտակ թերթի վրա:

— Ինչպես ծուռումուռ տառեր են, — ասաց նա իր տեղից շարժվելով և սիրուն գլուխը թեքելով մի արդեն վերջացրած և սեղանի վրա դրած նամակի վրա: — Ամեն օր քանի՞ նամակ եք գրում:

— Երբեմն տասն և երբեմն ավելի:

— Եվ դրա համար էլ ամբողջ գիշերը չեք քնում:

— Դուք ի՞նչ գիտեք:

— Ես գիտեմ... ես շատ անգամ նկատում եմ, որ մինչև լույս ձեր սենյակում ճրագը վառվում է և լսելի է լինում ձեր քայլերի ձայնը: Ես էլ խիստ սակավ եմ քնում...

Միքայելը ոչինչ չպատասխանեց: Օրիորդը, երևի, փոշմանեց իր միամիտ նկատողությունից և վեր առնելով նամակներից մեկը ասաց.

— Ես ոչինչ չեմ ջոկում, ոչ մի ազգի տառերի նման չեն, բայց գեղեցիկ են: Ես շատ կցանկանայի սովորել այդ տառերը և այն լեզուն, որով գրում եք:

— Ձեր ինչի՞ն է պետք:

— Գուցե մի օր հարկավոր կլինի... — պատասխանեց օրիորդը ուրախ ժպիտով և դուրս վազեց սենյակից: Նա այլևս ետ չնայեց, կարծես ամաչեց իր ասած խոսքերից և, որպես հանցավոր, աշխատեց շուտ հեռանալ:

Միքայելի գրիչը մի քանի րոպե դադարեց գրելուց. նրան տիրեց մի տեսակ հոգեկան խռովություն. «Խե՛ղճ աղջիկ... — մտածեց նա մի առանձին ցավակցությամբ, — ես ինչո՞վ կարող եմ փարատել քո սրտի դարդը»... Միքայելը վաղուց նկատել էր, որ Իդան հետաքրքրվում է իրանով, որ նա շատ անգամ գիշերներն անքուն է մնում, երբ ինքը իր սենյակում զբաղված էր և շատ անգամ մոտենում է նրա լուսամուտներին, որ տեսնե, արդյոք քնա՞ծ է իրանց տնվորը թե ո՛չ: Այս բոլորը Միքայելը համարում էր մանուկ աղջկա այն հետաքրքրությունը, որ աշխատում է ամեն բան գիտենալ, որպես չի կարող համբերել մինչև չգիտենա, թե իր մոր կողպած պահարանի մեջ ինչ էր թաքցրած: Բայց այսօր նա պարզ հայտնեց իր սրտի գաղտնիքը, որին չէր սպասում Միքայելը: Նա ցանկանում էր սովորել Միքայելի ազգի լեզուն և գրելը, այն մտքով, «գուցե մի օր հարկավոր կլինեին»... Իդան հանաք չէր անում, նա բավական ծանրամիտ աղջիկ էր: Նա մտածում էր սովարել հայի լեզուն և հայի դպրությունը, մի հայ սիրելու համար: Իսկ ո՞վ էր այդ հայը: Իդան սիրում էր Միքայելին, բայց ո՞րպես պետք էր պատասխանել նրա սերին. — ահա այդ միտքն էր, որ սկսեց տանջել Միքայելին:

Միքայելը իր սրտում չէր գտնում ոչ մի համապատասխան զգացմունք դեպի գեղեցիկ օրիորդի սերը: Նա միայն հարգում էր նրան որպես մի պատվասեր օրիորդ, որպես աշխատասեր աղջիկ, որ իր վրա էր առել անբախտ ընտանիքի ապրուստի բոլոր հոգսերը: Միքայելը կարող էր համակրել նրան, բայց սիրե՞լ — հազիվ թե:

Միքայելը ինքն էլ չհասկացավ, թե որպես վերջացրեց իր նամակները: Նա շտապով ծրարեց, կնքեց և վեր առնելով, կամենում էր դուրս գալ իր սենյակից, հանկարծ ներս մտավ Ստեփանը: Նա սառն ու անխռով կերպով, որպես միշտ, ձեռք տվեց Միքայելին և գնաց նստեց բազկաթոռի վրա, ուր սովորաբար նստում էր, երբ Միքայելի մոտ էր գալիս:

— Ես եկա քեզ մոտ մի կարևոր գործի համար, — ասաց նա թույլ ձայնով:

— Գիտեմ, — պատասխանեց Միքայելը, — ինձ արդեն հայտնի է քո նպատակը. դու կստանաս ինձանից, որքան պետք է քո արտասահմանի ճանապարհորդության համար:

— Այդ չէ, — ասաց Ստեփանը հանգիստ կերպով. — կարդա այդ հեռագիրը:

Միքայելը սկսեց կարդալ մի երկար հեռագրալուր, որ բաղկացած էր ավելի քան քսան տողից: Նա իսկույն գունաթափվեցավ: Հեռագիրը հաղորդված էր Ստեփանի անունով և բովանդակում էր հետևյալ տողերը. «Ձեր հայրը վախճանվեցավ հանկարծակի կաթվածահարությամբ, շտապեցեք, առանց ժամանակ կորցնելու, հասնել այստեղ: Նրա գործերը բոլորովին խառն դրության մեջ են. մեծ կորուստ է սպառնում մեր կայքին, եթե շուտափույթ հոգատարություն չլինի: Ստացեք նախապես Միքայելի հաշիվները և

Մոսկվայի առևտրական տունը փակեցեք»... և այլն: Ստորագրված էր «Մարիամ»:

Միքայելը բոլորովին սառած մնաց: Նրան, ավելի քան Ստեփանին, հայտնի էր այդ անբախտության սարսափելի հետևանքները:

— Ես պատրաստ եմ այս րոպեիս հանձնել քեզ իմ ձեռքում գտնված գործերի բոլոր հաշիվները: Միայն դու աշխատիր չուշանալ այստեղ, — ասաց նա, դուրս բերելով գրասեղանի պահարանից ահագին հաշվետոմարներ:

— Ես պատրաստվում եմ գնալ արտասահման, — պատասխանեց Ստեփանը իր սովորական սառնասրտությամբ: — Ինձ կանչում է այնտեղ մի ավելի մեծ պարտավորություն, քան թե իմ հոր գործերը:

— Ես քեզ հետ համաձայն եմ, — խոսեց Միքայելը. — բայց մտածիր, որ դու բոլորովին կանխախտացնես քո մորը, քո քույրերին և քեզ: Հեռագրի միտքը բոլորովին ուղիղ է, որ ձեր ժառանգությանը սպառնում է մեծ կորուստ: Ինձ բավական հայտնի է, թե հանգուցյալը որպես էր վարում իր գործերը: Նա իր բոլոր հաշիվները իր գլխումն ուներ, հիմա որ վախճանվեցավ, բոլորն իր հետ տարավ: Այժմ ամեն ինչ մնացած կլինի ավազակ գործակատարների ձեռքում, շատ հասկանալի է հետևանքը...

— Այդ ավազակները նա ինքն է պատրաստել իր համար, — խոսեց Ստեփանը զզվանքով. — «հեղեղի բերածը էլի հեղեղը կտանե»... Ուրիշ կերպ լինել կարող չէր...

Միքայելը չգիտեր ինչ անել: Նրան հայտնի էր Ստեփանի հաստատամտությունը, բայց, մյուս կողմից, տեսնում էր վնասը, որ կարող էր գալ նրա համառությունից: Նա փորձ փորձեց մի կերպ համոզել իր բարեկամին, որ կատարե մոր խնդիրքը, որը այնքան ցավալի սրտով դիմում էր որդու օգնության:

— Ավելի լավ չէ՞ր լինի, — ասաց նա, — որ դու հետաձգեիր արտասահմանի ճանապարհորդությունը, մինչև կարգի կդնեիր քո հոր գործերը:

— Անկարելի է:

— Ուրեմն ի՞նչ պետք է արած:

— Ես դրա համար էլ քեզ մոտ եկա, լսիր, Միքայել, ինձ համար ոչինչ նշանակություն չունի իմ մոր կանչելը, երբ լսում եմ հազարավոր մայրերի ձայնը, որոնք Թուրքիայից մեզ ձեռք են մեկնում և օգնություն են խնդրում: Ես պիտի գնամ, պիտի ճանապարհորդեմ ամբողջ Եվրոպա և ինչ կարող եմ, կկատարեմ: Իսկ ինչ որ վերաբերում է իմ հոր գործերին, ես մի այսպիսի կրիտիկական րոպեում չունեմ մի ուրիշ բարեկամ բացի քեզանից: Ես հույս եմ դնում քո բարեսրտության վրա. դու կարող ես ավելի լավ կատարել այն բոլորը, ինչ որ ես կդժվարանայի անել: Դու կստանաս ինձանից կատարյալ հավատարմաթուղթ և շուտով ճանապարհ կընկնես: Համաձա՞յն ես:

Միքայելը տեսնելով, որ ուրիշ ելք չկար, որ իր բարեկամի ժառանգությունը կարող էր բոլորովին ոչնչանալ անհավատարիմ ձեռքում, ընդունեց առաջարկությունը:

— Ուրեմն ժամանակ կորցնել պետք չէ, — ասաց Ստեփանը ուրախ դեմքով. — այս րոպեիս գնանք նոտարի մոտ, ես կտամ քեզ հարկավոր թղթերը:

Նույն ավուր գիշերային պահուն Միքայելը պատրաստում էր իր ճանապարհային չեմոդանը և հավաքում էր իր սենյակի իրեղենները: Եվ նույն րոպեում նրան զբաղեցնում էր այն միտքը, թե ինչ պետք էր ասել Իդային, որպես պետք էր հայտնել նրան: Գիտեր, որ խեղճ աղջիկը շատ պիտի տխրի, երբ կլսի նրա գնալը: Եվ իրան, Միքայելին, ոչ սակավ ծանր էր բաժանվելը այդ բարի և խաղաղ ընտանիքից, որի հետ այնքան ընտելացել էր նա, ուր անց էր կացրել այնքան ախորժելի ժամեր և ուր գտել էր այնքան քնքուշ խնամատարություն: Բայց ինչո՞ւ չէր հայտնվում Իդան. ամեն օր այս ժամին նա թեյ էր ներս բերում, իսկ այժմ ո՞րտեղ էր նա:

Ներս մտավ նրա մայրը:

— Ո՞ւր մնացիք, պարոն, — ասաց նա հետաքրքիր կերպով աչք ձգելով բաց չեմոդանի վրա. — այսօր ճաշին երկար սպասել տվեցիք մեզ:

— Զբաղված էի, — պատասխանեց Միքայելը, — ո՞ւր է Իդան, չէ երևում:

— Նա ինչ-որ իր հալումը չէ այսօր, — ասաց պառավը վշտացած կերպով, — առավոտյան գանգատվում էր, թե գլուխս ցավում է, ամբողջ օրը ոչ կերել և ոչ խմել է, հիմա էլ պառկած է: Տեր աստված, ի՛նչ կլինի մեզ հետ, եթե նա հիվանդանա:

Եվ ողորմելի պառավի խորշոմներով պատած աչքերում երևացին արտասուքի կաթիլներ: Միքայելի վրա սաստիկ ներգործություն ունեցան նրա խոսքերը, և մտածեց իսկույն վազել բժիշկ հրավիրելու:

— Իսկ դուք պատրաստվում եք, պարոն, երևի մի տե՞ղ ունեք գնալու, — հարցրեց պառավը փոքր ինչ հանգստանալուց հետո:

— Այո՛, մայրիկ, ես պատրաստվում եմ գնալ իմ հայրենիքը:

— Ե՞րբ:

— Էգուց վաղ-առավոտյան:

Խեղճ պառավը բոլորովին սառած մնաց:

— Ցավալի է, շատ ցավալի է, — ասաց նա դողդոջուն ձայնով, — մեզ հեշտ չի լինի բաժանվել ձեզանից. մենք այնքան սովորել էինք միմյանց, ինչպես որդի սիրում էինք ձեզ: Հիմա պիտի գնաք...

— Ո՞վ գիտե, գուցե շուտով կվերադառնամ, — մխիթարում էր նրան Միքայելը:

— Թող աստված հաջողություն տա ձեզ, որդի, գնացեք, ուրախացրեք ձեր ծնողներին:

Պառավը չգիտեր, որ Միքայելը զուրկ է ծնողներից, որ նա որբ է մնացել հենց երեխայության ժամանակից:

— Ի՞նչ պետք է անել Իդայի հետ, — հարցրեց նա, — կարելի է նա ծանր հիվանդ է, կարելի է բժիշկի պետք ունի:

— Աստված գիտե, որդի, նա ոչինչ չէ ասում, այդ նրա հին սովորությունն է. տեսնում ես, գունատվել, դեղնել է ինչպես աշնան տերև, բայց չէ ասում, թե որտեղն է ցավում և տանում է իր հիվանդությունը միշտ ոտքի վրա և չի էլ դադարում գործելուց:

— Կարելի՞ է մտնել նրա մոտ:

— Ինչո՞ւ չէ, գնանք:

Միքայելը պառավի հետ ներս մտան կից սենյակը, ուր մանկահասակ օրիորդը առանց հանվելու պառկած էր վարագույրներով առագաստավորված մահճակալի վրա: Մայրը ետ քաշեց վարագույրը, և ճրագի լույսը ընկավ նրա բորբոքված դեմքի վրա, որ վառվում էր տենդային շառագունությամբ, իսկ աչքերի մեջ փայլում էր անբացատրելի կրակ:

— Ի՞նչ է պատահել ձեզ հետ, Իդա, — հարցրեց Միքայելը, սաստիկ սարսափ զգալով իր մարմնի վրա:

— Ոչինչ, — պատասխանեց օրիորդը թույլ ձայնով, — փոքր ինչ տաքություն եմ զգում, և գլուխս կրկին սկսեց ցավել, բայց կանցնի, այսպես շատ անգամ է պատահում ինձ հետ:

Նա դարձյալ գլուխը դրեց բարձի վրա, կարծես կամենում էր ցույց տալ, թե պետք էր իրան հանգիստ թողնել: Մայրը ձեռքից բաց թողեց վարագույրը, և նա ծածկվեցավ խորհրդավոր առագաստների ետքում:

— Նա ծանր հիվանդ է, — դարձավ Միքայելը դեպի շվարած մայրը. — ես իսկույն բժիշկ կիրավիրեմ: Միայն դուք մի հայտնեցեք, թե առավոտյան ես գնալու եմ, — ավելացրեց նա:

— Ես գիտեմ... ես բոլորը գիտեմ... — լսելի եղավ վարագույրի ետևից հիվանդի թույլ ձայնը և նրան հետևեց լացի տխուր հեկեկանք:

Միքայելը չլսեց այդ և առանց ժամանակ կորցնելու հեռացավ. իսկ պառավ մայրը մոտեցավ իր դստերը և սկսեց հանգստացնել նրան:

Կես ժամից հետո եկավ բժիշկը. նա հայտնեց, թե օրիորդի հիվանդությունը շատ երկյուղալի չէր, թե դա մի թեթև տաքություն էր, որ շուտով կանցներ, միայն պետք էր անխնամ չթողնել, եթե ոչ, կարող էր սաստկանալ: Նա մի քանի պատվերներ տվեց, դեղեր գրեց և հեռացավ:

Այժմ Միքայելին պետք էր վազել ապտեկը, որովհետև տան մեջ այս ծառայությունը կատարող ուրիշ մեկը չկար:

Գիշերը հիվանդը անցկացրեց տենդային զառանցության մեջ, իսկ առավոտյան լուսաբացին մոտ հանգստացավ և քնեց: Բոլոր ժամանակը հիվանդի մայրը և Միքայելը գտնվում էին նրա մոտ:

— Հիմա դուք գնացեք, պարոն, նա քնեց, — ասաց պառավը հազիվ լսելի ձայնով, — շնորհակալ եմ ձեր բարեսրտության համար, գնացեք, պատրաստվեցեք, դուք ճանապարհորդ եք:

Մտնելով իր սենյակը, Միքայելը սկսեց անհանգիստ կերպով անցուդարձ անել, նա գտնվում էր սաստիկ խռովության մեջ: Իր կյանքում նա երբեք մի այդպիսի դժվարին, անհնար և անել դրության չէր հանդիպել: Երկու զգացմունքներ նրա մեջ մաքառում էին միմյանց հետ: Մի կողմից իր ամենասիրելի բարեկամը, Ստեփանը, դրել էր նրա վրա մի ծանր պարտականություն. Մասիսյանների ընտանիքի բախտը և դժբախտությունը այժմ կախված էր նրա կամքից. նա պիտի գնար և պիտի կարգի դներ հանգուցյալ աղայի ավերված գործերը. մի ամենաթեթև անհոգություն կարող էր զրկել նրա ընտանիքը օրական հացից: Իսկ մյուս կողմից, մի նազելի արարած այժմ հիվանդ դրած էր անկողնի մեջ, նրան ձգել անխնամ, նրան թողնել անօգնական, այդ նույնպես դժվարին էր:

Ի՞նչպես պետք էր հաշտեցնել այդ երկու դժվարությունները՝ բարեկամի սերը և կնոջ սերը, ո՞րը պետք էր նախադասել: Բայց մի՞թե Միքայելը սիրում էր նրան: Ամբողջ հինգ տարի նա կենում էր այս տան մեջ, երբեք մի այնպիսի զգացմունք չէր վրդովել նրա սիրտը, և երբեք ինքը՝ օրիորդը սիրո մի ամենաթեթև արտահայտություն չէր ցույց տվել նրան: Բայց այն րոպեից, երբ լսեց, թե նա հիվանդ է, հենց այն գիշեր, երբ լսեց անկողնի վարագույրների ետևից նրա լաց լինելու ձայնը իր գնալու մասին, իսկույն մի խորին, անբացատրելի զգացմունք սկսեց խռովել նրա սիրտը: Ի՞նչ էր այդ, սե՞ր, թե մի խաբուսիկ կիրք կամ թե կարեկցության զգացմունք, որ նա ուներ դեպի ամեն նեղյալները, որոնց պետք էր օգնության ձեռք մեկնել: Այդ չէր կարողանում որոշել Միքայելը, նա այդ հոգեկան մթին և անվերծանելի խնդիրները լուծելու համար խիստ անփորձ էր:

Երկար նա անքուն անցուդարձ էր անում իր փոքրիկ բնակարանի մեջ, երկար ծանր մտածություններ զբաղեցնում էին նրա բորբոքված երևակայությունը, մինչև ժամատներից լսելի եղավ առավոտյան զանգակի ձայնը: Գիշերը աննկատելի կերպով անցել էր: Հանկարծ նրա աչքը ընկավ կապված և բոլորովին պատրաստ չեմոդանի վրա: Այդ անշունչ և խուլ առարկան կարծես, սկսեց խոսել նրա հետ, կարծես ազդեց նրա վրա, ցույց տալով մի անհրաժեշտություն, որից փախչելը անհնարին էր: Դա միևնույն չեմոդանն էր, որ առաջին անգամ դրած ճանապարհային սայլակի վրա նա հեռացավ Մասիսյանների տնից. դա հիշեցրեց նրան այն փունջ ծաղիկը, որ երկու աղջիկները աղայի տան կտուրից ձգեցին նրա սայլակի մեջ... և իսկույն Գայանեի և Հռիփսիմեի նազելի դեմքերը պատկերացան նրա երևակայության մեջ...

Նույն միջոցին փողոցից լսելի եղավ կառքի դղրդոցը, և քանի րոպեից հետո Միքայելի սենյակի շեմքի վրա հայտնվեցավ կառապանը:

— Պարոն, — ասաց նա գլուխ տալով. — դուք հրամայեցիք առավոտյան շուտ գալ, ներեցեք, որ մի քիչ ուշացա:

— Լավ, վեր առ այդ չեմոդանը, դուրս տար, մի փոքր սպասիր, ես շատ չեմ ուշանա, — ասաց Միքայելը րոպեական մտածությունից հետո:

Դա նույն կառապանն էր, որին վարձել էր Միքայելը գիշերը բժշկի մոտ գնալու ժամանակ և որին պատվիրել էր վաղ-առավոտյան գալ և իրան տանել երկաթուղու կայարանը:

Հասել էր վճռական ժամը: Միքայելը մի քանի րոպե ևս վարանեցավ, հետո մոտեցավ գրասեղանին, վեր առեց մի կտոր թուղթ և գրեց հետևյալ տողերը.

«Մնաք բարյավ, Իդա, ընդունեցեք այդ փոքրիկ նվերը, որպես

եղբայրական սիրո մի նշան: Դա պետք կգա ձեզ կարոտության ժամերում, երբ դուք կպատրաստվեք տնօրինել ձեր բախտը և ապագան...»

Նա ստորագրեց նամակը և դնելով նրա հետ թղթադրամների մի հաստ ծալք, կնքեց և դուրս եկավ: Մտնելով հիվանդի սենյակը, նա գտավ պառավին դեռ նստած իր դստեր անկողնի մոտ:

— Ես եկա ձեզ մնաս բարյավ ասելու, տիկին:

— Դուք արդեն գնում եք, — ձայն տվեց պառավը շփոթվելով: — Կամենո՞ւմ եք, զարթեցնեմ Իդային:

— Մի անհանգստացնեք, այդ կարող է վնասել նրան:

— Ա՜խ, նա որքան կտխրի, երբ կզարթնի և կտեսնի, որ դուք գնացել եք:

— Իդան շատ բարի է, նա կների իմ անքաղաքավարությունը, — ասաց Միքայելը ձեռքը տանելով դեպի ծոցը և դուրս բերելով հաստ ծրարը. — խնդրեմ, հանձնեցեք նրան այս նամակը:

Միքայելը վերջին անգամ մոտեցավ հիվանդին, երբ նա դեռ քնած էր: Ոչինչ այնքան հափշտակիչ և կախարդապես հրապուրող չէր կարող լինել, որպես այն քնքուշ և սքանչելի մարմինը, որ դրած էր անկողնի մեջ: Հարուստ և թավախիտ գիսակները կիսով չափ ծածկել էին նրա գունաթափ դեմքը, իսկ նուրբ, կիսաբաց շրթունքը, կարծես թե շշնջում էին հազարավոր գեղեցիկ խոսքեր... Նույն միջոցին նրա մերկ ձեռքը ընկած էր վերմակից դուրս, որպես մի բարեկամական ձեռք, որ պատրաստ էր անջատման ողջույնը ընդունելու: Միքայելը զգուշությամբ բարձրացրեց այդ ձեռքը, սեղմեց իր շրթունքին, և, վերջին անգամ հայացք ձգելով նազելի դեմքի վրա, հեռացավ:

Պառավը եկավ նրա հետ մինչև տան դուռը և օրհնելով ճանապարհ դրեց:

Նույն ավուր առավոտ մի ուրիշ երիտասարդ ևս, շրջապատված մի քանի ուսանողներով, ճանապարհ ընկավ դեպի Անգլիա: Ուսանողները համբուրվեցին նրա հետ և ճանապարհ դրին այս խոսքերով. «Գնա՛, հայրենիքի զավա՛կ, թող Վարդանի և Ներսեսի ոգին օգնե քեզ...»:

Զ

Պետրոս Մասիսյանի հանկարծահաս մահը խիստ ցավալի

ներգործություն ունեցավ նրա անբախտ ընտանիքի վրա: Տիկին Մարիամը շվարած, խելքը կորցրած, չգիտեր, թե ինչ պետք էր անել: Ընտանիքը ոչ մի օրինավոր բարեկամ չուներ: Հանգուցյալի մերժող, բացասող և եսական բնավորությունը նրան այն աստիճան առանձնացրել էր, որ մեռնելուց հետո մի մարդ չգտնվեցավ, որ նրա անփորձ, անտեղյակ ժառանգներին բարի խորհուրդներ տար անտեր մնացած կայքի մասին: Ինքը, տիկին Մարիամ, թեև խելացի և հասկացող կին էր, բայց տղամարդի խստությունը նրան այն վիճակի մեջ էր դրել, որ ամբողջ իր ամուսնական կյանքում, տան չորս պատերից դուրս, չգիտեր թե իր տղամարդը ինչով է զբաղված կամ նրա գործերը ինչ դրության մեջ են: Եվ այս պատճառով, երբ վախճանվեցավ նա, որ ամեն բանի վրա իշխում էր, որ ամեն ինչ կենտրոնացրել էր իր ձեռքում, որ, բացի իրանից, մի ուրիշ տեր չէր ճանաչում, որի կինը, որդին, զավակներն անգամ իր համար օտարներ էին, երբ վախճանվեցավ այդ բռնակալ միապետը, այնուհետև սկսեցին տիրել այն մարդիկը, որոնք հանգուցյալի ձեռքի հաջողակ գործիքներն էին, որոնք կրթված, վարժված և կատարելագործված էին նրա դաստիարակության համեմատ, — գողության և խաբեության մեջ...

Մասիսյանի տան միակ բարեկամը մնացել էր Սիմոն Յագորիչը, աղայի մահից հետո ասպարեզը բացվեցավ այդ պոլիցիական հին ավազակի առջևը. նա, որ առաջ աղայի փաստաբանն էր և վարում էր նրա դատաստանական գործերը, այժմ դարձել էր տիկին Մարիամի գլխավոր խորհրդատուն:

Մի գիշեր տիկին Մարիամը և իր երկու աղջիկները՝ Գայանեն և Հռիփսիմեն, բոլորն էլ սև հագած, հավաքվել էին իրանց սենյակում: Սիմոն Յագորիչը նստած էր ճրագի մոտ և ահագին ակնոցները հագցրած ահագին քթի վրա, ձեռքումը բռնած ուներ մի կտոր թուղթ, որը երբեմն մոտեցնում էր աչքերին, երբեմն հեռացնում էր և երբեմն ծնկի վրա դնելով թուղթը, խորին մտածության մեջ էր ընկնում: Նա նմանում էր մի հնագետի, որ նստած լուռ, կիսամաշ արձանագրության առջև, աշխատում է կարդալ անվերծանելի հիերոգլիֆները: Դա մի հեռագիր էր: Տիկին Մարիամը և նրա աղջիկները անհամբերությամբ սպասում էին Սիմոն Յագորիչի բացատրությանը, որովհետև, այդ հեռագրիցն էր կախված նրանց թե՛ ուրախությունը և թե՛ տրտմությունը:

Հեռագրի բովանդակությունը խիստ պարզ էր և բաղկանում էր մի

քանի տողերից միայն. «Իմ գալը անկարելի է, ես ճանապարհ դրեցի Միքայելին, նա կկարգադրե բոլոր գործերը, որպես հարկն է»: Ստորագրված էր՝ «Ստեփան Մասիսյան»:

Հեռագրի սառն, կարճ և լակոնական բովանդակությունը անբավականացուցիչ էր տիկին Մարիամին. մոր հետաքրքրությունը չէր կարող գոհանալ այս մի քանի անսիրտ խոսքերով. «իմ գալը անկարելի է», — հաղորդում էր որդին. ինչո՞ւ համար անկարելի է, ի՞նչ էր պատահել, — ահա այս հարցերը սկսեցին տանջել մորը: Մայրը մի ուրիշ պատճառի մասին մտածել չէր կարող, բացի նրանից, թե որդին հիվանդ պետք է լիներ, որ չէր կարողացել կատարել նրա խնդիրքը:

— Ա՜խ, ինչ կլինի պատահած, — ասում էր նա ցավալի ձայնով Ստեփանս բարի էր, շատ բարի, նա ինձ մենակ չէր թողնի. ա՜խ, տեր աստված, ի՞նչ կլինի պատահած...

Սիմոն Ցագորիչը հանգստացնում էր նրան:

— Օրհնած, հալբաթ մի բան կլինի պատահած, որ չի կարողացել գալ:

Գայանեն և Հռիփսիմեն թեև նույնպես տխրեցին իրանց եղբոր մասին, բայց սրտով ուրախ էին, որ մյուս անգամ կտեսնեն Միքայելին: Մի քանի տարվա ընթացքում նրա մասին լսել էին այնքան շատ բաներ, որ Միքայելը դարձել էր նրանց համար մի տեսակ առասպելական արարած:

Բայց Սիմոն Ցագորիչի վրդովմունքին չափ չկար. նա հույս ուներ, եթե Ստեփանը գալ չկարողանար, անպատճառ իրան կնշանակե գլխավոր հավատարմատար: Այժմ նրա ծրագիրը փոխվեցավ: Նա ավելի շահավետ էր համարում գործ ունենալ անփորձ և անփույթ Ստեփանի հետ, քան թե հմուտ Միքայելի հետ, որի «սատանայությունները» վաղուց հայտնի էին նրան: Այդ հին գայլը մտքումը դրած ուներ մի մեծ ճարակ ստանալ հանգուցյալ աղայի կայքից, որից ամեն մարդ իր կողմն էր քաշում:

Նա մտքով դարձավ դեպի հանգուցյալի հիշատակը և այսպես դուրս թափեց իր տհաճությունը Միքայելի մասին.

— Հոգիդ թող լուսի մեջ լինի, Պետրոս աղա, — ձայն արձակեց նա երեսը խաչակնքելով, — դու էիր իմանում, թե Սիմոն Ցագորիչը ինչ մարդ է... ամեն բանի մեջ նրա հետ մասլահաթ էիր անում, վեքսիլները տալիս էիր և ասում, Սիմոն Ցագորիչ, ինչպես խելքդ կկտրե, էնպես արա, տանում էի, մի քանի օրվա մեջ փողերը սաղացնում էի. բայց հիմա իմ երեսին էլ չեն ուզում մտիկ տալ... աստված միայն գիտե, թե ո՜րքան եմ չարչարվել ես այս տան շահերի համար...

— Սիմոն Ցագրիչ, դու էլի մերն ես, — պատասխանեց նրան տիկինը, սիրտ տալով: — Դու էլի կմնաս քո գործին և ամեն բան քո խորհուրդովը կկատարվի:

Ծերունի փաստաբանը ընդունեց խիստ միամիտ կերպարանք և կարեկցությամբ հայտնեց.

— Աստված է վկա, որ իմ սիրտը ցավում է. ես իմ օրը անց եմ կացրել, այսօր կամ էգուց կարելի է մեռնեմ, հիմա փողն ու հողը ինձ համար դիփ մեկ են. աշխարհիցս ի՞նչ եմ տանելու. մի պատանք ինձ համար բավական է... Բայց իմ սիրտը, տես, դրանց համար է ցավում (նա ցույց տվեց Գայանեի և Հռիփսիմեի վրա), դրանց համար եմ աշխատում... Ստեփանը, ոնց որ լինի, տղա է, իր գլուխը կպահե, բայց դրանք աղջիկներ են...

Տիկին Մարիամը զարմացած լսում էր ծերունի խաբեբայի խոսքերը. նա հասկանալ չէր կարողանում, թե ինչ է նրա միտքը:

— Հիմա եթե հանգուցյալ աղան գերեզմանից աչքերը բաց աներ և տեսներ այս բոլորը, խեղճ մարդու սիրտը կտրաքեր բարկությունից: Ա՜խ, աստված, ո՞վքեր են կանգնած նրա գործերի գլխին, մի ծծկեր տղա, որը սևը սպիտակից ջոկել չէ իմանում... (Նա ակնարկում էր Միքայելին): Ես Սիմոն Ցագրիչն եմ, ողջ քաղաքը ինձ ճանաչում է. 22 տարի պոլիցիայում գրագրություն եմ արել, 5 տարի Թ... մովրովի մոտ եմ եղել. մազերս սպիտակել են սուդերումը ման գալով, ամեն զակոնները «հայր մերի» նման իմանում եմ. բայց ինձ էլ բանի տեղ չեն դնում...

Սիմոն Ցագրիչը, ինչպես ամեն խորամանկ մարդիկ, սովորություն ուներ միշտ իր «ետնի միտքը» լեզվի տակին պահել, պարզ չխոսել: Բայց տիկին Մարիամը նկատում էր, որ նա մի բան ասել էր ուզում, միայն կամ չէր վստահանում, կամ թողնում էր, որ տիկինը ինքը հասկանա և առաջարկե նրան:

— Ի՞նչ եք կամենում, Սիմոն Ցագրիչ, — հարցրեց նա համբերությունը հատնելով:

Ծերունին, մի բուռն ծխախոտի փոշի վեր քաշելով իր քթի պնչածակերից, ոգևորվեցավ, սիրտ առեց և մի քանի անգամ հազալով, կրկին վեր առեց հեռագիրը, և նորից սկսեց բացատրել նրա իմաստը:

— Գիտե՞ք ի՞նչ կա, տիկին, այս հեռագրով Ստեփանը իմացում է տալիս ձեզ, որ իր փոխարեն ուղարկում է Միքայելին հոր գործերը կարգի դնելու համար. կնշանակե, նա իր կողմից տվել է Միքայելին մի թուղթ, որին ասում են դավերնոստ: Բայց օրենքով նա իրավունք չուներ իր մոր կամ քույրերի կողմից տալ մի այսպիսի թուղթ. նա կարող էր միայն իր կողմից տալ: Եվ այսպես էլ կլինի: Հիմա մնում է, որ դուք ձեր կողմից և ձեր աղջիկների կողմից մի այսպիսի թուղթ տաք ինձ, այն ժամանակ կտեսնեք Սիմոն Ցագորիչը ինչեր կանե ձեզ համար և ոնց ամեն բանը տեղնի տեղը կաարքե...

Տիկին Մարիամը մտածության մեջ ընկավ և րոպեական լռությունից հետո պատասխանեց.

— Տեսնենք... թող Միքայելը գա, կմտածենք...

— Չէ՛, դուք չեք իմանում, տիկին, մտածեցեք, լավ մտածեցեք, — նրա խոսքը կտրեց ծերունի խաբեբան ծանր եղանակով. — այնտեղ, փողոցում ձեր մարդու խանութները «փեչատել» են, դուք տանը հանգիստ նստած եք: Մարդ կուզե, որ եղած-չեղածը ազատե... Իմանում ե՞ք:

Հանգուցյալ աղայի խանութները կնքելը մի լոկ օրինական ձև էր, մի լոկ կառավարչական նախազգուշություն էր, մինչև նրա ժառանգները հայտնվեին, բայց Սիմոն Ցագորիչը մի այնպիսի նշանակություն տվեց, որ անտեղյակ տիկին Մարիամին բոլորովին սարսափի մեջ գցեց: Տիկինը խանութի կնքվելը հասկանում էր այն մտքով միայն, երբ պետք էր նրա միջի կայքը աճուրդով ծախել կամ գրավել: Եվ այս պատճառով նրա վրա մեծ ազդեցություն ունեցավ Սիմոն Ցագորիչի այն խոսքը, թե «մարդ պետք է, որ եղած-չեղածը ազատե» և այդ մարդը ինքն էր:

— Ի՞նչպիսի թուղթ պետք է, Սիմոն Ցագորիչ, — հարցրեց նա:

— Դրա «զակոնը» ես եմ իմանում, իմ բանն է, — պատասխանեց նա հպարտությամբ, — առավոտյան կգնանք նոտարիուսի մոտ, ես այնտեղ գրել կտամ և բանը կվերջացնեմ:

— Հետո խանութների «փեչատը» կվերցնեն, այնպես չէ՞:

— Մեկ օրումը վերցնել կտամ, դուք ջեր Սիմոն Ցագորիչին չեք ճանաչում:

Տիկինը համաձայնվեցավ, որ նրան կտա բոլոր հարկավորած թղթերը, միայն թե «իր երեխեքի հացը չկտրեին», և Սիմոն Ցագորիչը ուրախ, ինքնաբավական դեմքով վեր կացավ և կամենում էր հեռանալ, ասելով.

— Ես էգուց առավոտյան կգամ և ձեզ կտանեմ նոտարիուսի մոտ:

— Սպասիր, Սիմոն Յագորիչ, — կանգնեցրեց նրան տիկինը. — դուք մի բան չխմեցիք:

— Դե բերեք, օրհնած, բերանս էլ թրջեմ, էնքան խոսեցի, որ բողազս չորացավ:

— Հռիփսիմե, — դարձավ տիկինը դեպի աղջիկը, — Սիմոն Յագորիչին մի բաժակ արաղ համեցեք արեք:

Հռիփսիմեն կատարեց մոր հրամանը, և պոլիցիական հին արբեցողը, խմելով իր սիրած ըմպելին, օրհնեց և հեռացավ:

Դրսումը սաստիկ մութն էր, այնպես, որ ինչպես ասում են, եթե մատդ կոխեիր մեկի աչքը, չէր տեսնի: Սիմոն Յագորիչին խավարի միջից մոտեցան մի քանի հոգի, որոնք, կարծես, նրան սպասում էին: Նրանց մեջ սկսվեցավ մի այսպիսի գաղտնի խոսակցություն:

— Եթե պոլիցիան ուշադրություն կդարձնե, այն ժամանակ մենք կորած ենք...

— Մեզ կարող են մատնել ևս...

— Ավելի լավ կլիներ, որ խանութի ետևի անհայտ դուռը նույնպես կնքեին, որպես մյուսները...

— Այժմ նա ոչինչ բանի չէ ծառայում... ամեն բան վերջացած է...

— Դուք գնացեք, անհոգ կացեք, — պատասխանեց Սիմոն Յագորիչը իր խոսակիցներին: — Ես ամեն բան սարքել եմ, ինչ որ պետք է...

Խոսող խումբը իրանց սև մտածությունների հետ անհետացան գիշերային մթության մեջ: Դրանք հանգուցյալ աղայի խանութի գործակատարներն էին...

Սիմոն Յագորիչի գնալուց հետո տիկին Մարիամի սենյակը մտան երկու կին դրացիներից, որոնք եկել էին նրան մխիթարելու համար: Նրանցից մեկը պառավ էր, մյուսը մանկահասակ, որ բավական թարմ և սիրուն դեմք ուներ:

Սովորական խոսակցություններից հետո, որ առհասարակ գործ են դնում սգավորներին մխիթարելու համար, հյուրերից մեկը, պառավը, դարձավ դեպի տիկին Մարիամը այս հարցով.

— Ախար պատմիր, մեկ տեսնեմ, ինչպես պատահեց այդ ցավալի դեպքը:

Պառավի հարցմունքը հանգուցյալ աղայի վախճանի մասին էր. տիկին Մարիամը հարյուր անգամ պատմել էր նրա հրաշալի մահվան պատմությունը, այժմ ստիպվեցավ լցուցանել և իր նոր հյուրերի հետաքրքրությունը:

— Գիշերից բավական անցել էր, — ասաց նա, — Գայանեն և Հռիփսիմեն վաղուց քնած էին, աղայի սենյակում ճրագ չէր երևում. նա էլ քնած էր. ես միայն մնացել էի անքուն, կարծես մի բան, որը ինքս էլ չեմ իմանում թե ինչ էր, խռովեցնում էր ինձ և անհանգիստ էր անում: Աքաղաղները վաղուց սկսել էին կանչել. ես տակավին նստած էի ճրագի մոտ և կարկատում էի նրա (աղայի) գուլպաները: Հանկարծ լսում եմ նրա սենյակից մի խուլ ձայն, որ կրկնվեցավ մի քանի անգամ: Միրտս սկսեց դողդողալ, և իսկույն վազեցի նրա մոտ: Տեսնում եմ, խեղճը իր քնած տեղից դուրս է եկել և ընկել է թախտի վրա: Նա սարսափելի խռովության մեջ էր: Երբ ինձ տեսավ, վեր կացավ, նստեց: Ես զարհուրեցա, երբ նկատեցի նրա դեմքը. բոլորովին փոխվել էր, այլանդակվել էր և մահվան գույն էր ստացել, իսկ աչքերի մեջ վառվում էր սոսկալի կրակ:

— Տունս քանդվեցավ... — ձայն տվեց նա ողորմելի կերպով:

— Ի՞նչ է պատահել, — հարցրի ես սարսափելով և մոտեցա նրա ձեռքերը բռնեցի, որոնցով անխնա ծեծում էր իր գլուխը և փետում էր մազերը:

Ես մտածեցի, թե նա ցնորված պետք է լինի. նրա բոլոր շարժումները, խոսքերը ցույց էին տալիս, թե այլևս չի իշխում իր վրա: Բայց շուտով հանգստացավ և դարձյալ կրկնեց միևնույն խոսքերը.

— Մեր տունը քանդվեցավ... մենք կորած ենք... — աչքերը ծածկեց ձեռքով, սկսեց լաց լինել:

— Ի՞նչ կա, ի՞նչ է պատահել, — մյուս անգամ հարցնում եմ ես:

— Էլ ինչ պետք է լինի, «ոսկի աքաղաղը» մեռավ... — պատասխանեց նա խորին տխրությամբ:

— Ի՞նչպես թե մեռավ:

— Մեռավ... իմ աչքով տեսա:

— Ես դարձյալ մտածեցի, թե խելքից գնացած պետք է լինի, որովհետև այսպիսի ցնորքներ վերջին տարիներում շատ անգամ պատահում էին նրա հետ:

Ես փոքր ինչ հանգստացրի նրան և խնդրեցի, որ պատմե, թե ե՞րբ տեսավ կամ ի՞նչպես մեռավ «ոսկի աքաղաղը»:

Նա պատմեց, թե տեսավ, որ «ոսկի աքաղաղը» երևեցավ նրան իր ոսկի հավի հետ, իրանց ոսկի ճտերով. նրանք պտտում էին տան պարտեզի մեջ, թրթռում էին և զվարճանում: Հանկարծ օդի միջից վրա հասան մի քանի ուրուրներ: Խեղճ հավը իր աքաղաղի հետ երկար պատերազմում էին ուրուրների հետ, որ ազատեն իրանց ձտերը նրանց ճանկերից, բայց ազատել չկարողացան. բոլորին հափշտակեցին, տարան, և ոսկի հավը «ոսկի աքաղաղի» հետ պատառ-պատառ անելով, թողեցին թռան և կրկին անհետացան ուրուրները օդի մեջ:

— Դու, երևի, երազ ես տեսել, — պատասխանեցի ես, աշխատելով մխիթարել նրան:

— Երա՞զ... երազը ո՞րն է... ես իմ աչքով տեսա... և «ոսկի աքաղաղից» մնաց ինձ մի փետուր միայն... տե՛ս, տես, ինչպես արյունոտ է... դեռ արյունը չէ ցամաքել...

Եվ նա ձեռը մեկնեց դեպի ինձ, որպես թե ցույց էր տալիս այն ոսկի փետուրը, որ մնացել էր նրան «ոսկի աքաղաղից», բայց ես նրա ձեռքում ոչինչ չտեսա: Նույն միջոցին կրկին տիրեց նրան սարսափելի խռովություն, կրկին նա ալեկոծության մեջ ընկավ: Հետո փոքր առ փոքր հանգստացավ: Հանկարծ դողդողաց ամբողջ մարմնով, երեսը կծկվեցավ, աչքերը փակեց, «մեր տունը քանդվեցավ»... — գոչեց վերջին անգամ, թուլացավ և ընկավ գետնի վրա...

Տիկին Մարիամի պատմությունը սարսափ զգեց լողների վրա, Գայանեն և Հռիփսիմեն լաց էին լինում, և նրա հյուրերը նույնպես չկարողացան զսպել իրանց արտասուքը:

— Ի՞նչ էր այդ «ոսկի աքաղաղը», — հարցրեց նրանցից մեկը:

— Նա մեր տան բախտն էր, մեր բոլոր հարստությունը նրանից էր կախված, — պատասխանեց տիկին Մարիամը:

Տիկինը ոչ սակավ սնահավատ էր, քան թե հանգուցյալ աղան. առհասարակ Մասիսյանների ամբողջ ընտանիքը հավատում էր «ոսկի աքաղաղի» բարերար ազդեցությանը, բացի Ստեփանից:

— Այդ իրավ է, — հաստատեց տիկնոջ խոսքը կնիկներից մեկը. — ամեն տան բախտը մի-մի բանի վրա հիմնված է լինում. երբ նա անհետանում է, բախտավորությունն էլ իր հետ է տանում: Ես ճանաչում եմ մեր քաղաքացիներից մեկին, որի համար պատմում էին, թե նրա տան մեջ բնակվում էր մի օձ, որ ամեն գիշեր ածում էր իր բույնի առջև սխտորի կճեպներ. տանեցիքը հավաքում էին, պահում և առավոտյան տեսնում էին, որ բոլոր կճեպները զուտ ոսկի էին դարձել: Մի անգամ տանեցիներից մեկը, որ հիմար էր, խփեց, կտրեց օձի ձագերից մեկի պոչը, օձը բարկացավ, էլ այնուհետև չերևեցավ, նրանք զրկվեցան ոսկուց և սկսեցին հետզհետե աղքատանալ:

Տիկին Մարիամը և իր հյուրերը երկար խոսում էին այս տեսակ

սնահավատությունների վրա, և գիշերը աննկատելի կերպով անցնում էր: Հետո նրանք կրկին դարձան դեպի աղայի խորհոդավոր մահը:

— Բայց ի՞նչ ասաց բժիշկը, երբ մյուս օրը եկավ մարմինը քննեց, — հարցրեց կնիկներից մեկը:

— Նա պատասխանեց, թե կաթվածք է ստացել, — պատասխանեց տիկին Մարիամը:

— Հո՛ղը նրանց գլխին, նրանք ի՛նչ են հասկանում այս տեսակ բաները...

Է

Միքայելը, ավելի քան հինգ տարի բացակա լինելով Մասիսյանների տնից, վերջապես վերադարձավ այնտեղ: Այս հինգ տարվա ընթացքում նա գլխավորապես բնակվել էր Մոսկվայում, ամեն տարի ներկա էր գտնվել Նիժնի-Նովգորոդի տոնավաճառին և մի քանի անգամ գնացել էր Մարսելիա, որտեղից ճանապարհորդել էր զանազան եվրոպական քաղաքներ:

Նրա կրկին հայտնվելը Մասիսյանների տանը նույնպիսի հետաքրքրություն շարժեց, որպես եղավ նրա առաջին հայտնվելու ժամանակ, երբ դեռ նոր էր բերված գյուղից: Առաջ գյուղից նա եկավ այստեղ գյուղական կոշտությամբ, որի ամեն մի խոսքը, ամեն մի շարժմունքը ծաղրածության առարկա էր դառնում ամբողջ ընտանիքի համար, իսկ այժմ նա վերադառնալով, բոլորովին ուրիշ մարդ էր դարձել, կրթված, տաշված և կոկված, այժմ նրա ամեն մի վարմունքը, ամեն մի խոսքը հրավիրում էր իր վրա պատկառանք և համակրություն:

Այս հինգ տարվա ընթացքում Մասիսյանների տան մեջ շատ բան փոխվել էր, ինչպես փոխվել էր և ինքը՝ Միքայելը: Տիկին Մարիամը բավական ծերացել էր. հոգսը, տխրությունը և տանջանքը բոլորովին մաշել էին նրան: Գայանեն այժմ նմանում էր կուսանոցի պառավ ապաշխարողի, որին պակաս էին «տերողորմյան» և սև հագուստը: Իսկ Հռիփսիմեն ավելի ձևակերպվել էր, ավելի վայելչակազմ հասակ էր ստացել և ավելի գեղեցկացել էր: Նրա մանկական համառ կամապաշտությունը այժմ տեղի էր տվել խիստ նազելի և փափուկ քնքշության: Նա գտնվում էր այժմ այն բախտավոր հասակում, որին կարելի էր սիրել և որից կարելի էր սիրվել:

Տան մեջ ոչինչ չէր փոխվել, ամեն ինչ գտանվում էր իր հին ձևի մեջ, ամեն ինչ իր տեղն էր միայն մի բան պակաս էր, և դա էր — աղան:

Մի շաբաթ անցել էր, ինչ որ Միքայելը հասել էր Ե… քաղաքը, և այս մի շաբաթում Մասիսյանների համար նա համարյա աննկատելի մնաց: Ամբողջ օրը զբաղված էր հանգուցյալ աղայի գործերով: Առավոտյան վաղ դուրս էր գնում և վերադառնում էր գիշերը շատ ուշ, բոլորովին հոգնած, և երբեմն այն աստիճան վրդովված, որ անկարելի էր նրա հետ խոսել կամ տեսնվել: Նրա համար պատրաստել էին այն սենյակը, ուր մի ժամանակ բնակվում էր Ստեփանը: Ամեն անգամ, երբ տուն էր դառնում նա, տիկին Մարիամը անհամբերությամբ մտնում էր նրա մոտ և հարցնում.

— Ի՞նչ շինեցիք:

— Դեռ ոչինչ… — լինում էր Միքայելի սովորական պատասխանը:

Մի գիշեր գրում էր նա այս երկար նամակը Ստեփանին.

«Ես գտա ձեր հոր գործերը այն դրության մեջ, որպես նախագուշակում էի: Խանութները համարյա դատարկված էին, և այն ապրանքները, որոնք փոքրիշատե արժեք ունեին, հափշտակված էին: Գիտեք ո՞ւմ ձեռքով. ձեր հոր հավատարիմների, գործակատարների ձեռքով: Աղայի հանկարծակի մահը հնար էր տվել այդ ավազակներին կատարել իրանց փափագը, իսկ տեղական վարչության անհոգությունը ավելի դյուրություն էր ընծայել հափշտակության գործին:

Ես ոչ ոքի չեմ մեղադրում: «Խելացի մարդը կգողանա» — ասում էր ինձ հաճախ հանգուցյալ աղան և գողությունը ընդունում էր որպես գլխավոր պայման կյանքի մեջ: Եվ այս մտքով պատրաստեց իր ձեռքի տակ եղող մարդերից կատարյալ գողեր, վարժված և փորձված գողեր, բայց չէր հասկանում ողորմելին, որ այն զենքը, որ նա պատրաստում էր օտարների համար, մի օր ավելի սարսափելի կերպով կդառնար դեպի ինքը…

Ես պետք է հանդիպեի շատ արգելքների, մինչև կարողանայի ուղղել և կարգի դնել ձեր հոր ավերված գործերը: Ամեն ինչ այնպես խճճված է, ամեն բանի մեջ այնպիսի անլուծանելի հանգույցներ են զցել, որ հազիվ թե կարելի էր բաց անել: Եվ դժվարինն այն է, որ այս բոլորի հետ կապված են այնպիսի քրեական հանցանքներ, որ եթե պարզվելու լինեին կատարված չարագործությունները, շատերը պետք է ճանապարհի դրվեին դեպի Սիբիր, որը, կարծեմ, ոչ ձեզ և ոչ ինձ հաճելի կլիներ:

Երևակայեցեք մի այսպիսի խաբեություն. ձեր հայրը իր կենդանության ժամանակ ուներ մի փաստաբան (դուք չեք ճանաչում այդ անպիտանին), մի մարդ, ինչպես ասում են, որ ամեն ծակ մտել և դուրս էր եկել, մի «չաթուքեսան», որ իր կյանքի մեծ մասը փտեցրել ու մաշել էր ստոր ծառայությունների մեջ, ուր հաճախ գործվում են անիրավություններ, ուր ծառայողը, որքան էլ ազնիվ լիներ, չէր կարող չսովորել զանազան տեսակ խաբեություններ: Այդ մարդը ձեր հոր փաստաբանն էր, որ անխղճաբար կողոպտում էր նրա պարտականներին, իսկ աղայի մահից հետո, խելքից հանելով ձեր միամիտ մորը, դառնում է նրա և ձեր քույրերի կողմից հավատարմատար, այլև խնամակալ անչափահաս աղջիկների վրա: Ոչխարի հոտը հանձնվում է գայլի ձեռքը: Այնուհետև այս ավազակը, միանալով գործակատարների հետ, կատարում է ձեր հոր կայքի վերաբերությամբ աննկարագրելի անիրավություններ:

Մի փոքրիկ գաղափար տալու համար գործված չարությունների մասին, բավական է հիշել մի քանի փաստեր. շատ մարդկանց ձեռքում երևում են կեղծ պարտամուրհակներ, իբր թե ձեր հորից տված, որոնցով պարտավորվում է նա վճարել բավական խոշոր գումարներ այս և այն անձանց: Ինձ հայտնի է, որ հանգուցյալ աղան փողի կարոտություն չուներ և ոչ ոքից պարտքով փող չէր առնում: Բայց ո՞րտեղից հայտնվեցավ այդ պարտամուրհակները: Այդ բոլորը շինել և սարքել էին գործակատարները. նրանցից ամեն մեկը գիտեր իր ձեռագիրը ձեր հոր ստորագրությանը նմանացնել: Մեզ հայտնի է, որ հանգուցյալ աղան անգրագետ մարդ էր և, բացի իր անունը ստորագրելուց, ուրիշ ոչինչ չգիտեր, իսկ անգրագետ մարդու ստորագրությանը նմանացնելը շատ հեշտ է: Բանն այն է, որ հիշյալ պարտամուրհակները ներկայացրել են դատարանը պահանջման համար, և որբերի խնամակալը, միևնույն ժամանակ ձեր մոր փաստաբանն ու հավատարմատարը հաստատել է կեղծ պարտամուրհակների վավերականությունը:

Քրքրել այս բոլորը և երևան հանել գործված անիրավությունները, որքան դժվար են, այնքան էլ հեշտ են, միայն, որպես հիշեցի վերևում, գործերի հետ կապված են մեծ քրեական հանցանքներ, որ շատերի կորստյան պատճառ կլինեն: Ես թողում եմ ձեր վճռին և կսպասեմ ձեր հրահանգներին:

Ես դեռ հիշում եմ այն խոսքերը, որ ինձ ասեցիք Մոսկվայում, «հեղեղի բերածը էլի հեղեղը կտանե»... Այսպես էլ եղել է:

Հանգուցյալը իր հարստությունը այնպիսի անհաստատ և խարխուլ հիմքերի վրա էր դրած, որ ուրիշ կերպ սպասել չէր կարելի. պետք է նրա մահից հետո ամեն ինչ ոչնչանար, և ամեն ինչ ցնդվեր օդի մեջ... Ձեր մայրը ոչ մի գործից տեղեկություն չունի. նա, որ իր ամուսնի մահից հետո պետք է տեր լիներ և պետք է պահպաներ նրա թողած ժառանգությունը, իր անփորձությունից, իր տգիտությունից մատնել է բոլորը գազանների բերանը: Եվ ինչո՞վ է մեղավոր նա: Կինը, որ իր ամուսնի կենդանության ժամանակ նրա ընկերը և գործակիցը չէ համարվում, որին փակում են տան չորս պատերի մեջ, որը չգիտե, թե ինչ է շինում իր մարդը դրսում, երբ հասնում է վերջինի մահը, շատ հասկանալի է, որ ամեն ինչ կմնա օտարների ձեռքում: Ձեր հայրը ինքն էր պատրաստել իր կործանումը... Գոնե մնացած լինեին օրինավոր հաշվետոմարներ, այդ էլ չկա. և եղածները մեջտեղից առնված են...»:

Հետո նկարագրում էր աղայի մահը և նրա տեսիլքը «ոսկի աքաղաղի» մասին, և թե այդ բախտավորության և հարստության աներևույթ պաշտպանից մնացել էր աղայի ձեռքում մի ոսկի փետուր միայն...

Եվ համեմատելով այդ տեսիլքի երազական ալեգորիան իրականության հետ, նամակագիրը ավելացնում էր. — «Ոսկի աքաղաղից» մնաց ձեր հոր ձեռքում մի ոսկի փետուր միայն... այնպես էլ «ոսկի աքաղաղի» արտադրած հարստությունից կմնա նրա ժառանգների ձեռքում մի փոքրիկ մասը միայն... Բայց ի՞նչ էր իսկապես այդ «ոսկի աքաղաղը», որ իշխում էր ձեր ընտանիքի բախտավորության վրա, որ իր բարերար ազդեցությամբ հաջողեցնում էր ձեր հոր գործերը, ուրիշ ոչինչ, բայց միայն խաբեությունը, խորամանկությունը, խարդախությունը, անազնվությունը և այլ անբարոյական հատկություններ, որոնք մարմնացած և մի աներևույթ ոգու կերպարանք ստացած, տիրում էին գործերի վրա... Մեռավ հմուտ գործադրողը. նրա հետ և մեռավ «ոսկի աքաղաղը»... ես այսպես եմ բացատրում ձեր տոհմային հին ավանդության իմաստը, թող սնահավատները այլապես մտածեն»:

Իր նամակի վերջում Միքայելը տեղեկություն էր տալիս Ստեփանի մոր և քույրերի մասին և երկար խոսում էր Հռիփսիմեի մասին, թե որքան գեղեցկացել էր նա և որքան շնորհալի աղջիկ էր դարձել և այլն:

Նամակը կնքում էր նա, երբ ներս մտավ տիկին Մարիամը. նա տխուր դեմքով եկավ, նստեց Միքայելի մոտ:

— Գրեցի՞ք Ստեփանին, որ շուտ գա, չուշանա, — հարցրեց նա:

— Իմ գրելը ավելորդ էր, նա կգա, երբ իր գործերը կվերջացնե, — պատասխանեց Միքայելը:

— Ա՜խ, ի՞նչ կլինի մեր վերջը մինչև նրա գալը...

— Ես կարծում եմ, որ շատ լավ կլինի. Ստեփանը ինքը ձեզ համար մի մեծ հարստություն է, ուրիշ ի՞նչ եք ուզում. բախտավորություն է այնպիսի որդի ունենալ:

— Ես ձեր խոսքերին հավատում եմ, — պատասխանեց տիկինը մի փոքր մխիթարվելով. — ես կցանկանայի աղքատ լինել, օրական հացի կարոտ լինել, միայն նա ինձ մոտ գտնվեր... ես վախենում եմ մեռնել առանց նրան տեսնելու...

— Կտեսնեք, շուտով կտեսնեք, տիկին, նա ձեզ կարոտ չի թողնի:

— Մեր մասին ի՞նչ գրեցիք...

— Շատ բան գրեցի... ամեն ինչ գրեցի...

— Գրեցի՞ք, որ «ոսկի աքաղաղը» մեռավ:

— Գրեցի...

— Ա՜խ, այդ ինչ դժբախտություն է... — հառաչելով գոչեց և թաշկինակը սեղմեց աչքերին:

— Բայց Ստեփանը մի նոր բախտ, մի նոր «ոսկի աքաղաղ» կստեղծի ձեզ համար, որը այն չի լինի, ինչ որ էր առաջ... — պատասխանեց Միքայելը:

Տիկինը ուրախացած դուրս գնաց:

Այն օրից, որ եկել էր Միքայելը, Գայանեն և Հռիփսիմեն մի անգամ ևս առիթ չէին ունեցել տեսնվելու և խոսելու նրա հետ. երբեմն հեռվից միայն տեսնում էին, բայց հենց որ նա մոտենում էր, նրանք փախչում, մտնում էին իրանց սենյակը: Միքայելը չէր զարմանում այդ օտարոտի վարմունքի վրա, որովհետև իր երկրի սովորությունն իրան վաղուց հայտնի էր: Տարիներով միասին ապրած, միասին մեծացած, երկու քույրերն և ընտանեցած Միքայելը այժմ այն աստիճան խորթացել և օտարացել էին, որ չէին կամենում ճանաչել միմյանց: Իսկ այդ խորթությունը առաջ չէր գալիս Միքայելի մի քանի տարվա բացակայությունից, այլ նրանից, որ նա այժմ բավական աճել և չափահաս էր դարձել, և երկու աղջիկներն ևս գտնվում էին այն հասակում, որ նրանց այժմ անպատշաճ էր թողնել օտար տղամարդի մոտ: Եվ այս պատճառով, հենց առաջին օրը, երբ եկավ Միքայելը, նրանց մայրը պատվիրեց աղջիկներին.

— Գիտե՞ք ինչ կա, թեև Միքայելը ձեր եղբոր տեղն է, բայց հիմա

դուք մեծ աղջիկներ եք դարձել, ձեր հասակում ամոթ է, որ աղջիկը մեծ տղի հետ խոսե:

Երկու քույրերը մի քանի օր պահեցին հիշյալ պատվերը, բայց հետո նրանց մեջ սկսվեցավ մի այսպիսի խոսակցություն, որ շատ նման էր բողոքի:

— Գիտե՞ս, Գայանե, այսօր Միքայելը գալիս էր դրսից, ես կանգնած էի փողոցի դռան մոտ, դուռը զարկեց, ես բաց արի, «բարով, Հռիփսիմե», ասաց ինձ ժպտալով, բայց ես ոչինչ չպատասխանեցի: Նա գլուխը քարշ գցեց և անցկեցավ, գնաց իր սենյակը: Հետո ես ա՛յնքան ամաչեցի, ա՛յնքան ամաչեցի... ա՜խ, հիմա ի՞նչ կմտածե նա. չի՞ ասի՝ այս աղջիկը իստակ հիմար է:

— Չի ասի, — պատասխանեց Գայանեն սառնությամբ, — նա մեր երկրի սովորությունը լավ է իմանում:

— Ի՞նչ սովորություն, — հարցրեց Հռիփսիմեն մի փոքր զայրացած կերպով. — մի՞թե Միքայելը մեզ համար օտար է, ինչո՞ւ չպետք է խոսենք նրա հետ:

— Օտար չէ, Հռիփսիմե, քույրիկ, բայց ի՞նչ կասեն ուրիշները:

— Ի՞նչ պիտի ասեն, ո՞վ ինչ գործ ունի, եթե մենք մեր տան մեջ կխոսենք մեր տան տղի հետ:

Գայանեն նկատելով քրոջ վրդովմունքը, որ առաջ էր եկել այն օրվա Միքայելի հետ հանդիպելուց, իր խոսքերի մեջ ընդունեց ավելի խրատական ձև, պատասխանելով.

— Ճշմարիտ է, մենք մեր տան մեջ ում հետ որ խոսելու լինենք, այդ ոչ ոքի չէ վերաբերում, բայց դու չե՞ս իմանում, որ տան պատերն էլ ականջ ունեն, ինչ որ լսեն, խաբարը, որտեղ ասես, կտանեն:

— Հա՛ թող տանեն, ի՞նչ կա:

— Այն ժամանակ մեր անունը կկոտրվի, հազար տեսակ բամբասանքներ կշարադրեն մեր մասին:

— Ախար Միքայելը մեր եղբոր տեղն է:

— Հա՛ թող լինի, օտար հոր որդի է:

— Ուղիղն ասեմ քեզ, Գայանե, ես շատ եմ ուզում, որ խոսեմ Միքայելի հետ. տեսնո՞ւմ ես, ինչ շնորհքով տղա է դարձել:

— Տեսնում եմ... — պատասխանեց Գայանեն խորհրդավոր ձայնով:

— Ես կարծում եմ՝ նրա հատը չկա մեր քաղաքում:

— Չկա...

Այս խոսակցության միջոցին վրա հասավ նրանց մայրը, և երկու քույրերը իսկույն լռեցին:

Ը

Անցավ ձմեռը, անցավ գարունը, անցավ վեց ամիս այն օրից, որ վախճանվել էր աղան: Օրը կիրակի էր: Այն օրը նշանավոր էր Մասիսյանների համար նրանով, որ այսօր պետք է նրանք դուրս գային սգից, պետք է փոխեին իրանց սևերը և հագնեին սովորական հագուստ: Իսկ Միքայելի համար նշանավոր էր նրանով, որ Գայանեն և Հռիփսիմեն այսօր առաջին անգամ պետք է հագնեին այն հագուստը, որ ինքը կարել էր տվել նրանց համար և բերել էր Մոսկվայից:

Կնիկների մի բազմություն առավոտյան վաղ եկել էին Մասիսյանների տանը կատարելու հիշյալ ծեսը. նրանց սևերը փոխեցին, հետո եկեղեցի տարան, այնուհետև գնացին հանգուցյալ աղայի գերեզմանի վրա հոգեհանգիստ կատարելու: Գերեզմանատանից գնացին Մասիսյանների այգին, որ հեռու չէր այնտեղից, որովհետև վճռված էր այգում ճաշել: Գայանեն և Հռիփսիմեն իրանց նոր հագուստի մեջ հիանալի էին: Կնիկների հասարակության մեջ բացի Միքայելից մի ուրիշ տղամարդ չկար. նա էլ հեռվից-հեռու էր գնում և նրանց խմբի մեջ չէր խառնվում:

Մտնելով այգին, հյուրերը հավաքվեցին ճյուղերից հյուսված տաղավարի մեջ, որ հովանավորված էր ծիրանի ահագին ծառերով: Այնտեղ տիկին Մարիամը սկսեց զբաղվել կերակուրների պատրաստությամբ, և հասակավոր հյուրերից մի քանիսը, որպես ընդունված է տնից դուրս ճաշելու ժամանակ, սկսեցին օգնել նրան, իսկ ոմանք, որոնք մանկահասակներ էին, գնացին այգին պտտելու և միրգ ուտելու, մինչև սեղանը պատրաստ կլիներ: Բայց Գայանեն և Հռիփսիմեն, մի խումբ աղջիկների հետ միացած, բաժանվեցան կնիկներից և սկսեցին այգու մի ուրիշ կողմը զբոսնել:

Միքայելին զգալի եղավ իր դրության անտանելիությունը. ոչ ոք չէր մոտենում նրան բացի պառավ կնիկներից, որովհետև նա տղամարդ էր, որովհետև ջահել աղջիկների և մանկահասակ հարսների հարակցությունը նրա հետ անպատշաճ էր: Նա առանձնացավ այգու մի հեռավոր կողմը և այնտեղ գտավ ծերունի այգեպանին:

— Բարև, Խաչո:

— Աստծո բարին քեզ, աղա:

— Ծառերի պտուղները այս տարի սակավ են երևում, այնպես չէ՞, Խաչո:

— Մեր մեղքից խաղողն էլ պակաս է, աղա, — պատասխանեց այգեպանը ներքին դժգոհությամբ:

— Ի՞նչ է պատճառը:

— Ո՞վ է իմանում... աստված գիտե... բայց ես իմ կարճ խելքով այսքան գիտեմ, որ այն օրից, երբ Պետրոս աղան վախճանվեցավ, աստծո խեր-բարաքյաթը այս այգուց վերացավ: Բայց առաջ պետք էր տեսնել, կատարյալ դրախտ էր այդ այգին. ծառերի ճղները այնքան ծանրանում էին պտուղներից, որ պետք էր ամենի տակին նեցուկ տալ, որ չկոտրվեին. խաղողը խո չափ չուներ. ամեն եկող-գնացող ուտում էր, տանում էր, էլի մնացածով ամեն տարի հարյուր կարասից ավելի գինի էինք լցնում, բայց հիմա ի՞նչ կա...

— Ես կարծում եմ, — պատասխանեց Միքայելը, — այս բոլորը նրանից է, որ այս տարի ծառերի տակը չես բրել տվել, Խաչո, խաղողի որթերն էլ, տեսնում ես, խոտի մեջ կորել են, քաղհան չես անել տվել:

— Չէ, աղա, դրանից չէ:

— Ապա ինչի՞ց է:

— Դու, երևի, չե՞ս լսել այն դժբախտությունը:

— Ո՞ր դժբախտությունը:

— «Ոսկի աքաղաղի» մահը...

— Լսել եմ...

— Հիմա իմացա՞ր, նրանից է: Նա երբ մեռավ, ամեն բան տակնուվրա եղավ, ոչ ծառն է պտուղ տալիս, ոչ որթը՝ խաղող. կարկուտը մեկ կողմից, թրթուրը մյուս կողմից սկսեցին փչացնել բոլորը:

Միքայելը ոչինչ չպատասխանեց:

— Ավելի քան քսան տարի ես այս այգում ծառայում եմ, — շարունակեց ծերունի այգեպանը. — բոլոր ծառերին այնպես եմ սիրում, որպես իմ զավակներիս. տես, այս մատներովս եմ պահել, մշակել և հասցրել բոլորը (նա ցույց տվեց իր կոշտացած մատները), բայց հիմա, ուղիղն ասած, սիրտ չէ մնացել ինձանում, ամեն բան աչքիցս ընկել է, մանավանդ այն օրից, երբ ականջիս հասավ այն ցավալի լուրը...

— Ի՞նչ լուր:

— Ասում են, այս այգին պիտի ծախվի պարտքի տեղ. հենց որ լսեցի, կարծես սրտումս մի դանակ ցցեցին: Ո՞վ էր տեսել մի այսպիսի բան: Հանգուցյալ աղայի հարստությունը այնքան շատ էր, որ եթե Արազի առջևը լցնեիր, ջուրը կկանգնացներ. ի՞նչ եղավ, ո՞րտեղ կորավ, որ հիմա այգին էլ են ծախում:

— Չի ծախվի, Խաչո, դարդ մի արա, — մխիթարում էր նրան Միքայելը:

— Ա՜խ, Խաչոն կմեռնի, եթե այս այգին ծախվի, — պատասխանեց նա հառաչանքով և կոշտացած ձեռքով սկսեց սրբել աչքերի արտասուքը:

Խաչոյի տխրությունն առանց պատճառի չէր. այգու վրա արդեն կապանք էր դրված պարտքի փոխարեն վաճառելու համար, բայց Միքայելի աշխատությամբ աճուրդը մի քանի ամսով ետ էր ձգած:

Միքայելը, ոչ սակավ տրտում, քան թե ծերունի այգեպանը, մի քանի մխիթարական խոսքեր ասավ նրան և հեռացավ:

Այսուամենայնիվ, այգումը ամեն ինչ անդորր էր և զվարճալի. օդի խաղաղության մեջ մի տերև անգամ չէր շարժվում. իսկ արեգակի այրող ճառագայթները ոսկեղեն կայծերով, թափվելով տերևախիտ ծառերի վրա, չէին անցնում նրանց անթափանցիկ և կանաչազարդ կամարներից: Նրանց հովանու տակ զովասուն օդը խիստ թարմ ու կազդուրիչ էր: Այստեղ առանձնացած երգեցիկ թռչունները ուրախ-ուրախ թռչկոտում էին մի ոստից դեպի մյուսը, և օդի խուլ լռության մեջ լսելի էր լինում նրանց քաղցր ձայնը: Բայց գեղեցիկ բնության թովիչ հրապույրը ամենևին չէր ազդում Միքայելի վրա, ամենևին չէր գրավում նրան: Նա մոլորվածի նման խիստ տխուր էր, ինքնամոռացության մեջ, պտտում էր ծառազարդ ճեմելիքներով և նրա աչքերը անխորհուրդ կերպով նայում էին տունկերի ուղիղ շարքերի վրա, որոնք երկու կողմից կազմում էին, կարծես, կանաչազարդ պատեր:

Նա տեսավ հեռվից աղջիկների խումբը, որոնք անտառային հավերժահարսանց նման վազվզում էին, ճախրում էին և զվարճանում էին ծառերի մեջ: Նա մի կողմ քաշվեցավ, որ իրան չտեսնեն: Ուրախ խմբից երկուսը բաժանվելով, հանդարտ քայլերով անցնում էին նրա մոտից: Նրանք որոնում էին խոտի մեջ թաքնված երեքթերթիկներ և աշխատում էին գտնել չորս թերթ ունեցողը: Մեկը Հռիփսիմեն էր, մյուսը անծանոթ աղջիկ:

— Ինչո՞ւ համար ես այսքան պտռում, — հարցրեց անծանոթը:

— Ա՜խ, թե գտնեի... — պատասխանեց Հռիփսիմեն, չդադարելով իր քնքշիկ ձեռքերով քրքրել խոտերը:

— Ախր ասա՝ ի՞նչ պիտի անես:

— Ուզում եմ բախտս փորձել:

Անծանոթ աղջկա դեմքի վրա երևաց մի հեգնական ժպիտ, և խուլ անկնարկությամբ պատասխանեց.

— Դու արդեն քո բախտին հասել ես... էլ ի՞նչ պետք է...

— Չէ, Նազանի, սուտ են խոսում, — ասաց Հռիփսիմեն շառագունելով:

— Սուտը ո՞րն է, ողջ քաղաքում խոսում են...

— Ի՞նչ են խոսում:

— Ասում են, որ ձեր տան տղան, ի՞նչ է անունը, հա՛, Միքայելը քեզ սիրում է:

— Չեմ իմանում, Նազանի, խաչը վկա, չեմ իմանում:

— Բայց դու սիրո՞ւմ ես:

— Ես...

«Եսի» պատասխանը Միքայելը չլսեց: Նրանք անցան: Բայց այս խոսակցությունը սաստիկ ազդեց Միքայելի վրա: Մինչև այն օր հանգուցյալ աղայի գործերը և նրա անբախտացած ընտանիքի հոգսերը այն աստիճան զբաղեցրել էին Միքայելին, որ նա երբեք ժամանակ չէր ունեցել խոսելու իր հոգու և սրտի հետ: Մինչև այնօր նա մի անգամ ևս չէր հետաքրքրվել Հռիփսիմեով, միանգամ ևս, ինչպես ասում են, մուշտարու աչքով չէր նայել նրա վրա: Բայց այսօր նա առաջին անգամ տեսավ նրան, որպես պետք էր. այսօր Հռիփսիմեն երևաց նրան իր գեղեցկության բոլոր հրապուրանքով, այսօր նա կախարդելու չափ աննման էր:

Կեսօրից բավական անցել էր. ժամանակ էր ճաշելու. և ամեն կողմից աղջիկների ու կնիկների բազմությունը սկսեցին հավաքվել տաղավարի մոտ, ուր պատրաստ էր սեղանը: Միքայելը սպասում էր երկու ծանոթների, որոնք խոսք էին տվել գալ այգին և նրա հետ միասին ճաշել: Վերջապես հայտնվեցան նրանք: Միքայելը իր քայլերը ուղղեց դեպի նրանց կողմը: Նրանք երկու աստիճանավոր էին, որ ծառայում էին դատարանում:

— Մենք ուշացանք, այնպես չէ՞, — ասաց նրանցից մեկը սեղմելով Միքայելի ձեռքը:

— Շատ չեք ուշացել, կնիկները դեռ նոր են նստել սեղան, — պատասխանեց Միքայելը, ձեռքը մեկնելով դեպի տաղավարի կողմը և ցույց տալով նրանց:

— Օ՜-հո, ինչ ահագին բազմություն է, — բացականչեց աստիճանավորներից մեկը, — բամենք նրանց հետ չե՞նք ճաշելու:

— Շատ ցանկալի կլիներ, բայց ո՞վ կթողնե, — ասաց Միքայելը, և միևնույն ժամանակ նրա տխուր դեմքի վրա երևացան մի տեսակ ցնցումներ:

— Ասացեք, խնդրեմ, այս ի՞նչ բանի նման կլինի, երբ մենք առանձին պիտի ուտենք, նրանք առանձին:

— Իմ կարծիքով, մի առանձին հաճույքն էլ չէ կարելի զգալ մեր կանանց հասարակությունից. ի՞նչ կարող ես խոսել. ոչ դու նրանց կհասկանաս, ոչ նրանք քեզ. պիտի լուռումունջ նստես ու նայես երեսներին: Մենք ավելի կխանգարենք նրանց քեֆը, եթե խառնվելու լինենք նրանց մեջ:

Այսպես խոսելով, Միքայելը հյուրերի հետ դիմեցին ահագ տանձենու տակը, ուր նրանց համար առանձին սեղան էր պատրաստված: Ծերունի այգեպանը սպասավորի պաշտոն էր կատարում:

Սեղանի վրա խոսակցությունը ըստ մեծի մասին Մասիսյանի մահվան, «ոսկի աքաղաղի», Սիմոն Ցագորիչի և աղայի գործակատարների չարագործությունների մասին էր, որոնք այն ժամանակ հասարակաց խոսակցության առարկա էին դարձել:

— Գիտե՞ք, Միքայել, — ասաց ծառայողներից մեկը. — նրանց չորսին էլ այսօր կալանավորեցին, այժմ բանտումն են:

Խոսքը Սիմոն Ցագորիչի և Մասիսյանի երեք գործակատարների մասին էր:

— Այժմ շատ ուշ է... — պատասխանեց Միքայելը սառնությամբ: — Դրան ասում են «հարսանիքից հետո երաժշտություն», որովհետև կողոպտած ապրանքների մեծ մասը արդեն ոչնչացրել են:

— Բայց նրանք Սիբիր կկորչեն:

— Ի՞նչ օգուտ, դրանով Մասիսյանի զավակների փորը չի կշտանա:

— Զարմանալի է, ես մինչև այսօր երևակայել չեմ կարող այս տեսակ ավազակություն:

— Զարմանալին այն է, որ ավազակները այսքան ժամանակ պաշտոնավարում էին... — պատասխանեց Միքայելը դառն վրդովմունքով: — Ես այնքան չեմ ցավում, որ այդ չարագործները դատարկեցին Մասիսյանի հարուստ կրպակները, բայց ամենամեծ կորուստն այն է, որ գողացան մի արկղ լի պարտամուրհակներով և, չնչին վարձատրություններ ստանալով, տվեցին Մասիսյանի պարտականներին այլևս չեմ խոսում այն բանի վրա, որ հանգուցյալի անունով կեղծ պարտամուրհակներ շինեցին և տվեցին այս և այն խաբեբայի ձեռքը: Այս գործը մի այնպիսի բաղադրյալ քրեական գործ է, որ եթե օրինավոր կերպով քննվելու լինի, շատերը կմերկացվեն, որոնց վրա դեռևս ոչ ոք կասկած չէ տանում...

— Իսկ այդ անպիտանները ի՞նչ արեցին այնքան փողերը:

— Չե՞ք լսել՝ «գողը գողից գողացավ, աստված տեսավ, զարմացավ»: Փողերը տվեցին իրանց նման գողերին, որոնք նրանց պաշտպանում էին... Մասիսյանի տունը քանդվեցավ և նրանից տասը-քսան տուն շինվեցավ...

— Ուրեմն այդ ընտանիքը բոլորովին կաղքատանա:

— Դեռևս չգիտեմ... — եղավ Միքայելի խոսքը:

Ճաշից հետո Միքայելի հյուրերը ցանկացան լողանալ գետի մեջ, որ հոսում էր այգու կողքից: Ինքը ևս նրանց հետ գնաց, թեև լողանալու ցանկություն չուներ: Նույն միջոցին կնիկները նույնպես վերջացրել էին իրանց ճաշը, նրանք էլ տարածվեցան այգու մեջ և սկսեցին զբոսանք անել:

Միքայելը հասնելով գետի ափը, բաժանվեցավ իր ընկերներից: Նա պառկեց խոտերի վրա, հովանավոր ընկուզենու տակին, և լուռ մտախոհության մեջ մտիկ էր տալիս գետի հոսանքին, տեսնում էր, թե որպես ջրի կոհակները զարկվելով ժայռերին, փրփրալով և կատաղելով, առաջ էին վազում:

Այս գետին նայելով, Միքայելը մտաբերում էր Արաքսը, որի ափերի մոտ անցուցել էր իր մանկության ամենագեղեցիկ օրերը, մտաբերում էր իր ընկերներին, այն սիրելի և բարեսիրտ ընկերներին, որոնց հետ այնքան երջանիկ էր, Շուշան տատին և Ավետ ապորը, որոնք վաղուց գերեզման էին դրած... Եվ մանկության օրերը երազի նման գալիս ու անցնում էին նրա հիշողության մեջ, որպես իր մոտից անցնող գետի սրընթաց հոսանքը, որ արտահայտում էր մի աղմկալի կյանք...

Այգու այդ մասը, բոլորովին սահմանափակվում էր գետով, և ծառերը տեղ-տեղ կպած էին եզերքին: Հանկարծ նրա ականջին զարկեց մի ճիչ, որ խառնվեցավ խուլ աղաղակների հետ: Կայծակի արագությամբ վեր թռավ իր տեղից և վազեց դեպի կոչող ձայնը, որ վտանգ էր գուշակում: Նրա առջև հանդիսացավ մի այսպիսի տեսարան. մի քանի աղջիկներ սարսափած, ուշակորույս եղած կուչ էին եկել թփերի մեջ... Հռիփսիմեն ընկած էր գետին... և մի ահագին կատաղած շուն առել էր նրան իր թաթերի մեջ... Որթերի տակին նեցուկ տված ցիցերից մեկը դուրս քաշելը և կատաղած գազանի գլխին խփելը մի րոպեի գործ եղավ, երկրորդ զարկին շունը գլորվեցավ և անշարժ մնաց:

Օրիորդը անվնաս էր, միայն նրա աջ թևի վրա երևում էր թեթև

կեղեքվածք, որից դուրս ցայտող արյունը կարմիր բծերով ներկել էր նրա ամառային հագուստի թեքը: Միքայելը գիտեր, թե որքան վտանգավոր բան էր կատաղած շան կծելը, առանց ժամանակ կորցնելու, գրկեց ուշակորույս աղջկան և հասցրեց մոր մոտ, որի դրությունը ոչ սակավ ցավալի էր, երբ լսեց իր դստեր հետ պատահածը:

Բոլոր հյուրերի վրա տիրեց սարսափ, և ամեն մեկը շտապում էր տուն դառնալ: Հռիփսիմեին դրեցին ձիան վրա և իսկույն տարան քաղաք:

Թ

Հռիփսիմեի վերքը անվնաս էր. բժշկի հետազոտությունից երևաց, որ նա առաջ էր եկել շան ճանկռտելուց և ոչ կծելուց: Մի շաբաթից հետո նա կարողացավ ոտքի կանգնել, բայց տակավին իրան թույլ էր զգում. դեմքը գունաթափվել էր, և աչքերի մեջ փայլում էր, կարծես, մի տեսակ շրջմոլիկ հուր:

Հռիփսիմեի թեքի վերքը բժշկվեցավ, բայց նրա փոխարեն բացվեցավ մի ուրիշ վերք անմեղ աղջկա սրտումը, մի վերք, որ առաջ է գալիս Աստղիկի որդու սուր սլաքից...

Մինչև այն օր անխոցելի էր մնացել Հռիփսիմեի սիրտը, իսկ այժմ սկսեց տանջել նրան մի անորոշ, մթին զգացմունք, որ ինքն էլ չգիտեր, թե որպես պետք էր բացատրել: Նա միշտ տխուր էր, միշտ լուռ էր և միշտ աշխատում էր փախչել ընկերությունից և առանձնանալ, և շատ անգամ ակամա արտասուքը թաց էր անում նրա գեղեցիկ, սևորակ աչքերը:

Տիկին Մարիամը չէր կարող չնկատել իր սիրելի դստեր հանկարծակի փոփոխությունը. «Ի՞նչ է պատահել քեզ, աղչի», — հարցնում էր նա: «Ոչինչ»... — լինում էր Հռիփսիմեի սովորական պատասխանը:

Քույրերը ավելի մտերիմ են լինում և շատ անգամ բաց են անում միմյանց առջև իրանց սրտերը: Այն գաղտնիքը, որին չկարողացավ հասնել մայրը, աշխատեց բաց անել երեց քույրը՝ Գայանեն:

— Այդ ի՞նչ է, Հռիփսիմե, աշնան տերևի նման օրըստօրե դեղնում ես, — մի օր հարցրեց նա, երբ միասին նստած էին իրանց տան պարտեզում:

— Ես էլ չեմ իմանում, քույրիկ, — պատասխանեց Հռիփսիմեն, գլուխը դեպի ցած խոնարհեցնելով:

— Չէ, մի բան կա, դու չես ուզում ինձ ասել. մի բան կա, ես իմանում եմ...

Հռիփսիմեն ոչինչ չպատասխանեց և տակավին գլուխը քարշ զցած, մատներով խաղում էր խոտերի հետ, աշխատելով ցրվել իր սրտի ամբոխմունքը...

— Դու խո ոչինչ չես ուզում ինձ ասել, Հռիփսիմե, հենց գիտես, որ ես չեմ իմանում, — խոսեց Գայանեն կատակի ձև տալով իր խոսքերին, — ուզո՞ւմ ես բոլորը ասեմ:

— Ի՞նչ ասես:

— Ասեմ, թե ինչու ես այսպես մաշվում:

— Չեմ ուզում լսել, ոչինչ մի՛ ասա, — պատասխանեց Հռիփսիմեն, վեր կացավ և կամենում էր հեռանալ:

— Նստի՛ր, մի գնա՛, — բռնեց նրա ձեռքից Գայանեն:

Հռիփսիմեն դարձյալ նստեց քրոջ մոտ: Գայանեն շարունակեց.

— Հռիփսիմե, քույրիկ, ինչո՞ւ ես ամաչում, ինչո՞ւ ես թաքցնում ինձանից քո ցավը, ես իմանում եմ, որ դու մեկին սիրում ես...

Հռիփսիմեն դարձյալ լուռ մնաց, միայն նրա գունաթափ դեմքի վրա երևաց թեթև կարմրություն, նրա աչքերը վառվեցան և այդ նազելի, անխոս աչքերը ամեն ինչ հայտնեցին հետաքրքիր քրոջը: Գայանեն գրկեց նրան և համբուրեց: Կրտսեր քույրը գլուխը չբարձրացրեց իր մտերմի գրկից և սկսեց խուլ կերպով լաց լինել:

Երբ մի փոքր հանգստացավ, խոսեց նա:

— Քույրիկ, խաչը վկա, որ չեմ իմ անում, արդյոք սիրում եմ թե ոչ: Բայց այն օրից, երբ պատահեց այն անցքը, երբ կատաղած շունը քիչ էր մնացել, որ ինձ պետք է պատառ-պատառ աներ, ես հանգիստ չեմ: Թե արթուն եմ լինում և թե քնած, միշտ նրան եմ տեսնում... և միշտ նրա հետ խոսում...

— Բայց արթուն ժամանակը նրա հետ չես խոսում, — նկատեց մեծ քույրը ժպտելով:

— Մտքումս խոսում եմ... — պատասխանեց Հռիփսիմեն, — բայց հենց որ տեսնում եմ նրան, ուզում եմ խոսել, մի բան ասել, լեզուս կապվում է, չեմ իմանում, թե ինչ պետք է ասել... Կարծես նա էլ ինձանից փախչում է, և այդ ավելի է տանջում ինձ... Տեսնո՞ւմ ես, վերջին օրերում նա խիստ ուշ է վերադառնում տուն և եկածին պես մտնում է իր սենյակը և դռները փակում: Առավոտյան խռ նրա երեսը չես տեսնի...

Երկու քույրերի խոսակցությունը Միքայելի մասին էր: Նրանք երկար և երկար խոսում էին այսպես, մինչև երեկոյան վերջալույսը սկսեց հետզհետե աղոտանալ, և ծառախիտ պարտեզի մեջ տիրեց գիշերային մթությունը: Նա ամառային այն խաղաղ և փափուկ գիշերներից մեկն էր, երբ ցերեկվա խեղդող տոթից հետո մարդը կազդուրվում է, ազատ է շնչում, զգալով մի տեսակ ոգևորիչ զվարճություն: Երկու քույրերը դեռ նստած խոսում էին: Բայց չէին նկատում, որ մեկը ծառի ետևից լսում էր նրանց:

— Գնանք տուն, — ասաց Գայանեն կանգնելով:

— Դեռ վաղ է, մի փոքր ման գանք, շատ նստեցինք, — պատասխանեց Հռիփսիմեն ներքին վրդովմունքով:

Նրանք սկսեցին պտտել պարտեզի ճեմելիքների մեջ, ուր այժմ լուսինը ծառերի սաղարթախիտ ոստերի միջից թափում էր իր արծաթափայլ լույսը: Իսկ այն անձնավորությունը, որ ծառի ետևում թաքնված լսում էր երկու քույրերի խոսակցությունը, շարժվեցավ իր կանգնած տեղից և հանդարտ քայլերը ուղղեց դեպի տիկին Մարիամի սենյակը:

Այդ անձնավորությունը Մասիսյանի ընտանիքից կտրված, տարիներով հեռացած և աչքից ընկած անդամներից մեկն էր, որ երկար անջատումից վերջը երկու անգամ միայն հայտնվեցավ այս տան մեջ. առաջին անգամ, երբ կատարվում էր հանգուցյալ աղայի թաղման հանդեսը, երկրորդ անգամ, երբ Հռիփսիմեն հիվանդ էր: Դա այն դժբախտ զավակն էր, որի մասին աղան խոսելիս երբեք անունը չէր հիշում՝ իր բերանը չպղծելու համար, այլ միշտ ակնարկում էր այսպիսի անտարբերությամբ՝ «այն անզգամը»... Դա տիկին Մարիամի այն աղջիկն էր, որին կոչում էին Նունե, որը հասակն առնելով, երբ նկատեց, թե հայրը իրան մարդու տալու վրա չէ մտածում, երկար տանջվելեն հետո, վերջապես սիրահարվեցավ իր հոր գործակատարներից մեկի վրա և տնից փախչելով, գյուղում պսակվեցավ նրա հետ:

Մտնելով մոր սենյակը, Նունեն գտավ նրան մենակ: Ճրագի լույսը ընկնելով նրա գեղեցիկ կազմված և ուղղաձիգ հասակի վրա, երևան հանեց նազելի պատկերը: Որպի՞սի զարմանալի նմանություն նրա և Հռիփսիմեի մեջ. Հռիփսիմեն, այդ փոքր ինչ հնացած, փոքր ինչ մաշված օրիգինալի ճիշտ պատճենն էր, միայն ավելի թարմ և ավելի զվարթ, քան թե իր երեց քույրը:

Նունեն պատմեց մորը Գայանեի և Հռիփսիմեի խոսակցությունը, որ լսել էր պարտեզում:

— Ես այդ նկատում էի... — ասաց մայրը, երբ նրա աղջիկը վերջացրեց իր պատմությունը: — Բայց ի՞նչ պետք է արած:

— Այսքանը պարզ է, որ Հռիփսիմեն սիրահարված է, — խոսեց Նունեն ավելի մերձ նստելով իր մոր մոտ և ձայնը մեղմացնելով. — հիմա պետք է գիտենալ՝ արդյոք Միքայելն էլ նույնպես սիրո՞ւմ է նրան, թե ո՛չ:

— Ի՞նչ կերպով գիտենալ, — հարցրեց մայրը: — Միքայելը խիստ ծածկամիտ տղա է, նրանից շուտով բան հասկանալ չի կարելի:

— Սերը ծածկել չէ կարելի. նա ինքն իրան կհայտնվի. որքան էլ մարդ ծածկամիտ լինի, իրան պահել չէ կարող: Լսիր, մայրիկ, պետք է աշխատել անպատճառ այս բանը գլուխ բերել...

Մի քանի րոպեի մեջ ուրախությունը և տրտմությունը փոփոխակի կերպով արտահայտվում էին տիկին Մարիամի բազմահոգ դեմքի վրա. նրա սիրտը բաբախում էր, որպես մի տերև, որ դողդողում է քամուց:

— Միթե կարելի՞ է բանը գլուխ բերել, — հարցրեց նա, ինքն էլ իր խոսքերին չհավատալով: — Ես, իրավն ասած, Նունե, բոլորովին շվարած եմ, չեմ իմանում, թե ինչ պետք է անել... Ա՜խ, եթե — տերը մի արասցե — Հռիփսիմեն իր բաղձանքին չհասնի, ա՜խ, ինչ կլինի նրա վերջը...

— Դու անհոգ կաց, մայրիկ, նրանք իրանց բանը կշինեն, — պատասխանեց Նունեն ավելի փորձված և ավելի գործագետ կնոջ վստահությամբ. — միայն պետք է թող տալ իրանց կամքին, այն ժամանակ «ջուրը իր ճանապարհը կգտնե...»

— Դժվար է, — պատասխանեց մայրը կասկածավոր կերպով, — շատ դժվար է: Հիմա Միքայելին ձեռքից-ձեռք խլում են, ամեն կողմից աղջիկներ են առաջարկում, և ի՞նչ աղջիկներ, հարուստ տներից և ահագին բաժինքներով: Բայց մենք ի՞նչ ունենք... այն ուրիշ բան կլիներ, եթե աղան կենդանի լիներ, եթե մենք մեր առաջվա վիճակի մեջ լինեինք...

Եվ անբախտ կնոջ աչքերից վերջին խոսքերի հետ գլորվեցան արտասուքի խոշոր կաթիլներ: Նունեն սկսեց սիրտ տալ նրան:

— Ես չեմ կարծում, — ասաց նա, — որ Միքայելը փողի մտիկ տա. Հռիփսիմեն նրա համար մի մեծ հարստություն է:

— Է՜հ, որդի, բոլոր աշխարհը փողի վրա է մտիկ տալիս: Տեսնում

ե՞ս, հիմա մեզ վրա ոչ ոք չի ուզում նայել, բայց առաջ... Առաջ պատիվ էին համարում, երբ մենք խոսում էինք մեկի հետ, երբ մենք մեկին արժանացնում էինք մեր հայացքին:

— Այդ ճշմարիտ է, բայց ես դարձյալ կասեմ, մայրիկ, որ Միքայելը փողով խաբվող չէ. նա, ինչպես ասում են, ինքը բավական փող ունի:

— «Ավել պատառը փոր չի ծակում», իմանում ե՞ս: Փողից ո՞վ է կշտացել, որ նա կշտանա:

— Այնուամենայնիվ, ես հույս ունեմ, որ այս բանը գլուխ կգա, — պատասխանեց Նունեն: — Պետք չէ հուսահատվել:

— Տեսնենք... — ասաց մայրը դարձյալ հուսահատ կերպով: — Տեսնենք աստված ի՛նչ կհաջողե:

Ներս մտան Գայանեն և Հռիփսիմեն բավական ուրախ դեմքերով. մոր և երեք դստեր մեջ խոսակցությունը ընդհատվեցավ:

Նույն միջոցին Միքայելը մենակ էր իր սենյակում. նրա սեղանի վրա դրած էր մի բաց նամակ. նա կրկին վեր առեց նամակը և սկսեց կարդալ: Դա նրա մի քանի ամիս առաջ գրած նամակի պատասխանն էր, որ ստացել էր Ստեփանից:

— Բոլոր տողերից արտահայտվում է նրա մեծահոգությունը, — խոսում էր Միքայելը ինքն իրան, — այս նամակի մեջ նա նույն խստասիրտ, արհամարհող և մեծամիտ Ստեփանն է, ինչ որ եղել է միշտ: Ես հայտնել էի հոր մահվան մանրամասնությունները, նրա թողած հարստության ոչնչանալը, ահա ինչ է պատասխանում ինձ. «Ես, որպես բժիշկ, իմ հոր հարստության վրա նայում էի բոլորովին բժշկական կետից: Երբ հիվանդ մարմնի վրա հայտնվում է թարախով լիքը մի պալար, ես սպասում եմ, որ նա կամ ինքն իրան ծակվի և թարախը դուրս թափվի նրա միջից, կամ գործ եմ դնում իմ նշտարը... Հավաքված նեխությունը կենդանի մարմնի մեջ միշտ վտանգավոր հետևանքներ կարող է ունենալ: Իմ հոր հարստությունը մի իսկայական պալար էր՝ լցված անմաքուր շարավով և ամբարված ամեն տեսակ ապականություններով: Նրա գործակատարները, թեև չարամտությամբ, բայց կատարեցին մի տեսակ բժշկի պաշտոն, ծակեցին պալարը և դուրս թափեցին փտությունը... Հիվանդը չդիմացավ ցավին և մեռավ... բայց ժառանգները առողջացան»... Մի քանի տողից հետո շարունակում էր, խոսելով գործակատարների մասին. «Հանգիստ թողեք, ի սեր աստծո, այն ողորմելիներին. նրանք հանցավոր չեն, նրանք իմ հոր ամենալավ աշակերտներն են և գեղեցիկ կերպով իրագործեցին նրանից առած դասերը... Ո՞վ սովորեցրեց նրանց գողությունը... ես ցավում եմ այդ ողորմելի արարածների մասին: Խնայեցեք նրանց»:

Դռները բացվեցան, և ներս մտավ Հռիփսիմեն:

— Հը՛մ, ի՞նչ կա:

— Ընթրիքը պատրաստ է, մայրս խնդրեց, որ շնորհ բերեք, — պատասխանեց նա բեկբեկված ձայնով:

— Օ՛, ինչ քաղաքավարի լեզվով ես խոսում դու, Հռիփսիմե, այդ ե՞րբ սովորեցար, — ասաց Միքայելը, նստած տեղից վեր բարձրանալով և մանուկ օրիորդի երկու ձեռքերն էլ առնելով իր ափերի մեջ:

Հռիփսիմեն շառագունեցավ և ոչինչ չկարողացավ պատասխանել:

— Հանաքը մի կողմ մնա, ես դարձյալ զգուշացնում եմ քեզ, Հռիփսիմե, դու շատ վատ ես պահում քեզ. դու դեռ ոչ բոլորովին առողջ ես, կարող ես կրկին հիվանդանալ, երբ այս գիշերվա պես ման կգաս պարտեզում: Այնտեղ շատ խոնավ է, մանավանդ վերջին անձրևից հետո:

— Դու տեսա՞ր երբ ես ման էի գալիս, — հարցրեց օրիորդը, ուղիղ Միքայելի երեսին նայելով:

— Տեսա՛, Գայանեն ևս քեզ հետ էր. առաջ նստած էիք, հետո վեր կացաք և սկսեցիք ման գալ:

— Երևի դու լսեցի՞ր ևս, թե ինչ էինք խոսում մենք... — հարցրեց օրիորդը թեթև ժպիտով:

— Ես ոչինչ չլսեցի, ես սովորություն չունեմ լրտեսել ջահիլ աղջիկների գաղտնի խոսակցությունը. այդպիսի բան Նունեն է անում...

— Ղո՞րդ, — հարցրեց օրիորդը սուր ձայնով. — ուրեմն նա լսո՞ւմ էր... ա՜յ, սատանա...

Միքայելը, ինչպես սովորաբար ասում են «իզը գտավ», այսինքն՝ իր կորցրած առարկայի հետքերի վրա հանդիպեց: Անցնելով պարտեզի միջից, իրավ, նա տեսել էր երկու քույրերին միասին նստած և խոսելիս, այլև նկատել էր Նունեին, որ ծառի ետևում թաքնված, ականջ էր դնում նրանց խոսակցությանը: Այդ դեպքը հետաքրքրեց նրան, և մտածում էր, թե Նունեն առանց առանձին պատճառի մի այնպիսի կասկածավոր դիրք չէր բռնի իր քույրերի վերաբերությամբ: Իսկ այժմ Հռիփսիմեի շփոթությունը և նրա սիրուն դեմքի ներկը ստուգեցին Միքայելի կարծիքը:

— Տեսա՞ր, որ ես բոլորը իմանում եմ... — դարձավ նա դեպի օրիորդը:

— Դու ոչինչ չես իմանում, — պատասխանեց Հռիփսիմեն ծիծաղելով. — դու ուզում ես ինձանից խոսք քաշել...

— Ի՞նչպես խոսք քաշել:

— Որ գիտենաս, թե ինչ էինք խոսում Գայանեի հետ... բայց ես չեմ ասի, որքան էլ խնդրես, չեմ ասի...

— Դու չես ասի, բայց Գայանեն կասե, նա բարի աղջիկ է:

— Իսկ ես չա՞ր եմ:

— Դու կամակոր ես:

— Լավ, լավ, եկ գնանք, հիմա սպասում են քեզ, — ասաց օրիորդը և բռնելով Միքայելի ձեռքից, համարյա զոռով սկսեց նրան դուրս տանել:

Այժմյան Հռիփսիմեն չէր մի քանի շաբաթ առաջվա ամոթխած և երկչոտ Հռիփսիմեն, այլ նույն փոքրիկ, ուրախ և աշխուժով լի Հռիփսիմեն, ինչ որ հինգ-վեց տարի առաջ, երբ մի անգամ վարդավառի տոնին ոտքից ցգլուխ թրջեց Միքայելին, և զոռով ստիպում էր, որ իր նոր հագուստը հագնե: Իսկ այժմ Միքայելը կանգնած էր նրա առջև, ճաշակով հագնված, բարեկիրթ մի երիտասարդ, որի յուրաքանչյուր ձևերից երևում էր ազնիվ և շիտակ մարդու ուղղամտությունը: Նա ընդունեց օրիորդի հրավերը և նրա հետ մտան տիկին Մարիամի սենյակը, ուր նա իր աղջիկների հետ բոլորել էին ընթրիքի սեղանի շուրջը:

Այգու անցքից հետո Մասիսյանների ընտանեկան հարաբերությունները Միքայելի հետ բոլորովին փոխվեցան. այժմ նա վայելում էր այդ գերդաստանի անդամակցության կատարյալ ազատությունը: Տիկին Մարիամը նրան ասում էր. «Ես այժմ երկու որդի ունեմ, մեկը դու ես, մյուսը՝ Ստեփանը»: Գայանեն, Հռիփսիմեն և Նունեն առանց քաշվելու մտնում էին նրա սենյակը, մաքրում էին, կարգի էին դնում և շատ անգամ կցում էին նրա հետ փոքրիկ խոսակցություններ: Ճաշը և ընթրիքը միասին էին ուտում և երբեմն առավոտյան թեյը միասին խմում, եթե մի կարևոր գործ չէր պահում Միքայելին իր առանձնարանում: Երեկոյան զբոսանքը պարտեզում և զրույցները մանուկ օրիորդների հետ արդեն սովորական էին դարձել: Միքայելը ըստ մեծի մասին պատմում էր նրանց իր ճանապարհորդություններից և խոսում էր շատ բաներ Մոսկվայի ու Եվրոպայի կյանքից: Իսկ այն գիշեր մի առանձին խոսակցություն ընթրիքի սեղանի վրա տեղի չունեցավ, միայն Միքայելը հաղորդեց Ստեփանից ստացած նամակի բովանդակությունից այնքան միայն, որքան կարելի էր:

Ժ

Մասիսյանի ընտանիքին հասած դժբախտությունը և ահագին հարստության մի քանի օրվա մեջ ոչնչանալը՝ իսկապես այն դառն և աղետալի ներգործությունը չունեցավ թշվառ ընտանիքի վրա, որքան սպասելի էր: Կյանքը շարունակվում էր իր սովորական ընթացքով. ոչինչ չէր փոխվել, ոչինչ չէր պակասել, և կարելի էր ասել, որ այժմ ավելի կենդանի ու ավելի խաղաղ կերպարանք էր ստացել: Եվ իրավ, ի՞նչ էր կորցրել այդ միշտ անբախտ ընտանիքը: Ի՞նչ բանից էր զրկվել նա: — Ոչնչից:

Մասիսյանի հարստությունը նրա ընտանիքի համար մի երևակայական ցնորք էր, որպես նույնիսկ «ոսկի աքաղաղի» գոյությունը: Ընտանիքը միայն լսել էր, թե հարստություն ունի, իսկ այժմ լսում էր, թե այն հարստությունը այլևս չկա: Մասիսյանի հարստությունը առևտրական հրապարակի մի լոկ զարդ էր, նրա բարիքները չէին թափանցում ընտանեկան շրջանի մեջ, որ միշտ զուրկ էր կյանքի անհամեմատ վայելչություններից անգամ: Եվ որովհետև ընտանիքը մասնակից չէր հարստության վայելման մեջ, բնականաբար այժմ չէր կարող ցավ զգալ նրա կորստյան համար: Հարստությունը պատկանում էր մի մարդու միայն և նրա հետ գերեզման մտավ: Այդ մարդը «աղան» էր...

Բայց կար և մի ուրիշ պատճառ, որի մեջ Մասիսյանի ընտանիքը մխիթարություն էր գտնում: Միքայելի քաղցր վարմունքը, նրա անկեղծ անձնազոհությունը, նրա ջերմ կարեկցական սերը բոլորովին մոռանալ տվեցին դժբախտությունները: Միքայելի մեջ գտնում էին ամենը, ինչ որ կորցրել էին:

Որքան երջանկություն է բերում ընտանիքի մեջ սերը, միաբանությունը, ազատությունը, մանավանդ երբ իշխում է նա տիրող բռնակալությունից հետո: Դա ջերմ-լուսապայծառ ավուր բերկրությունն է ազդում, երբ անցել էր բքաբեր փոթորիկը: Մասիսյանի ճնշված, տանջված և տարիներով մի ուրախ օր չվայելած ընտանիքը հանկարծ իրան մի նոր աշխարհի մեջ էր գտնում, երբ

Միքայելը մտցրեց այնտեղ կյանքի լույսը և ջերմությունը: Այդ ընտանիքը, ուր կինը բացի նրանից, որ կտրված էր արտաքին աշխարհից, այլ իր գերդաստանական նեղ շրջանի մեջ ևս դարձյալ զուրկ էր տղամարդի հարակցությունից, այժմ դեռ նոր էր առնում մարդկային վայելչության այն քաղցր համը, որ մատակարարում էր նրան ընկերական կյանքը: Նա դեռ նոր էր հասկանում, որ երջանկությունը և բարօրությունը միայն դրամի մեջ չէ կայանում, դրամի, որի ժանգից ամբարված և անշարժ դրության մեջ թույն է գոյանում, այլ կա և մի ուրիշ բան, որը երբ պակասում է՝ ընտանեկան օջախը դժոխքի է փոխարկվում: Հանգուցյալ աղայի օրերում այս տունը կատարյալ դժոխք էր. իսկ Միքայելը մտցրեց այնտեղ այն կենագործող զորությունը, որ դժոխքը դրախտի է փոխում, դա էր — սերը:

Անցավ ամառը, տիրեց ձմեռը: Այդ երկու եղանակները իրանց հատկություններով՝ ցրտություններով և ջերմություններով կարծես միևնույն բնական ներգործությունն են անում մարդերի վրա, ինչ որ անում են առհասարակ բոլոր մարմինների վրա: Վերջին դպրոցական աշակերտը գիտե, որ ջերմությունը փափկացնում է և ընդարձակում է մարմինները, իսկ ցրտությունը խտացնում է և կուչ է բերում նրանց: Նույնը պատահում է և մարդերի հետ տարվա տաք և ցուրտ եղանակներում: Ամառը իր ջերմությունով ցրվում է և բաժանում է նրանց միմյանցից, իսկ ձմեռը մոտեցնում է, մի տեղ է հավաքում և ավելի սերտ կերպով սեղմում է նրանց միմյանց հետ: Ձմեռը մարդկային ընկերական կյանքը ավելի ամբողջական կերպարանք է ստանում: Նույնը լինում է և ընտանիքի մեջ: Դրսի ցուրտը ներս է մղում բնակիչներին սենյակների չորս պատերի մեջ և ավելի սեղմում է, կպցնում է նրանց միմյանց հետ: Հարաբերությունները շոշափում են միմյանց, և առաջ է գալիս մի տեսակ շփումն: Եվ որպես մինչև անգամ անշունչ մարմինների միմյանց հետ շփվելուց և քսքսվելուց գոյանում է կրակ, այնպես էլ կենդանի մարմինների սերտ հարաբերությունից առաջ է գալիս մի ուրիշ ջերմություն, որը կոչվում է սեր: Եվ այս էր պատճառը, որ տիկին Մարիամի սենյակը, որ այժմ ծառայում էր որպես ընդունարան, շատ անգամ կենդանանում էր ուրախ և զվարթ խոսակցություններով, ուր հավաքված էին լինում նրա աղջիկները, Միքայելը և երբեմն ուրիշ հյուրեր:

Նունեն դեռ չէր հեռացել իր հայրենական տնից, այժմ նա գյուղից բերել էր տվել իր երկու զավակներին, փոքրիկ Նարգիզին և

Ռուստոմին: Այդ փոքրիկների թվում ավելացել էին երկու ուրիշ երեխաներ ևս՝ Մարգարիտը և Ավետիսը, որոնք Միքայելի հորեղբոր՝ Ավետ ապոր զավակներն էին: Նրանց հայրը վաղուց մեռած էր, իսկ մայրը գյուղացի կնիկների սովորության համեմատ ուրիշ մարդու էր գնացել: Միքայելը վեր էր առել իր մոտ որբերին պահելու և խնամելու համար, որպես նրանց հայրը իրան պահել և մեծացրել էր, երբ ինքը ծնողներից որբ մնաց:

Տասն տարի կլիներ, որ Մասիսյանի տունը երեխա չէր տեսել, այժմ կրկին կենդանացավ նա անմեղ մանուկների ուրախ ճլվլոցով: Տունը առանց երեխաների ամայի անապատի նման է, որ զուրկ է լինում նոր աճող և թարմ բույսերից:

Մի անձն միայն պակաս էր, որ կլրացներ ընտանեկան երջանկությունը, և դա էր Ստեփանը: Վերջին նամակներից երևում էր, որ նա տակավին չէ կարող գալ, այլ երկար կմնա արտասահմանում:

Հանգուցյալ աղայի ավերված գործերը համարյա կարգի էին դրված, որքան հնարավոր էր և որքան կարելի էր: Միքայելը բոլորովին թողեց այն բոլորը, ինչ որ արդեն գողացվել էր, ինչ որ հափշտակվել էր... «Գերեզմանից մեռելը ետ չես բերի», — ասում էր նա և միանգամայն ապարդյուն էր համարում կորածի ետևից ման գալը: Նա մտածում էր, թե վաճառականության մեջ ինքը ավելի կարող էր վաստակել, քան թե այն գումարը, որ սուդերում կյանք մաշելով և ժամանակ կորցնելով կարելի էր ետ խլել հափշտակողներից: Միայն նա աշխատեց ազատել կեղծ պարտատերերի ձեռքից Մասիսյանների տունը, այգին և մի քանի անշարժ կալվածքներ, մասամբ ապացուցանելով պարտատերերի ձեռքում գտնված թղթերի անվավերականությունը, և մասամբ վճարելով նրանց պահանջը: Միքայելի մոտ հանգուցյալի կայքից առաջուց մնացել էր մի գումար Մոսկվայի առևտրական հաշիվներից, և այդ գումարով նա թափեց նրանց անշարժ կալվածքները: Այժմ անբախտացած ընտանիքի ապրուստը ապահոված էր չափավոր եկամուտով, որով կարող էր նա վարել բավական հանգիստ և համեստ կյանք:

Մինչև այն օրը Միքայելը իրան մոռացել էր, նա իրան չէր տեսնում, որպես մի մարդ, որ հափշտակված մի ընդհանուր գաղափարով, գործում է միայն հասարակական շահերի համար, առանց մտածելու իր անձի վրա ևս, թե ինքն էլ մի փոքրիկ աշխարհ է, թե ինքն էլ իր առանձին պետքերը ու կարիքները ունի: Նա իր վիճակը այն աստիճան կապված էր տեսնում Մասիսյանների ընտանիքի ճակատագրի հետ, որ շատ բնական էր համարում իր անձնազոհությունը: «Ես պետք է բաժանորդ լինեմ այս ընտանիքի անբախտությանը, մտածում էր նա, մինչև ինձ կհաջողվի բոլորովին վերականգնել նրա բախտավորությունը»: Այդ բոլորի մեջ նրան առաջնորդում էր պարտականության մի սուրբ զգացմունք, թե ինքը այն տան տղան է եղել, նրա օդը շնչել է, նրա հոգով սնվել է, թեև այն մի կտոր հացը տվել էին նրան դառն տանջանքների գնով... Բայց ո՞վ էր տանջողը.-մի մարդ, որ այժմ չկար... բացի նրանից, բոլոր մյուսները միշտ խնամել և միշտ սիրել են նրան, իսկ նույն սերը այժմ վառվեցավ ավելի ջերմությամբ և մոռանալ տվեց սև անցյալը...

Բայց կար և մի ուրիշ բան, որ Միքայելին կապում էր այն ընտանիքի հետ. նա վերջին ժամանակներում ավելի և ավելի սաստիկ կերպով զգում էր, թե սիրում է Հռիփսիմեին, թե առանց նրան ապրել չէ կարող, և թե նա կբախտավորացնե իրան: Եվ միևնույն սերը նկատում էր նա մանուկ օրիորդի կողմից: Բայց մինչև այն օր նրանց մեջ ոչ մի բերանացի խոստովանություն չէր եղել, թե սիրում են միմյանց, միայն եղել էին խոսակցության մեջ մթին ակնարկություններ, լուռ և իմաստալից ժպիտներ, աչքերի թափանցող հայացքներ, հոնքերի խորհրդավոր շարժումներ, որոնցով Հայաստանի աղջիկը ավելի որոշ կերպով կարողանում է հայտնել իր սրտի կրքերը, քան թե լեզվով: Միքայելը որքան էլ կրթված լիներ, դարձյալ նրա մեջ մնացել էր շատ բան, որ թույլ չէին տալիս նրան շեղվել ընդունված նախապաշարմունքներից և տեղական սովորություններին հակառակ ընթացք բռնել: Իսկ Հռիփսիմեն բոլորովին համոզված էր, թե իր ձեռքի և սրտի մասին պետք էր խոսել իր մոր հետ:

Մի առավոտ նրա մոտ ներս մտավ Հռիփսիմեն, դրսի ցրտի ազդեցությունից նրա թշերը կարմիր վարդի քնքուշ գույն էին ստացել:

— Դու ասում էիր, որ շապիկներիցդ մի քանիսի կոճակները կտրված են, եկա, որ տանեմ, կարեմ, — խոսեց նա, կանգնելով սենյակի դռան մոտ:

— Ա՜խ, որքան անքաղաքավարի ես դու, Հռիփսիմե, — ասաց Միքայելը մոտենալով նրան, — առավոտյան, երբ մարդի մոտ են մտնում, առաջ բարևում են, հետո մոտենում են, ձեռք են բռնում, հետո քեֆն են հարցնում, հետո մի քանի լավ-լավ խոսքեր են ասում, ժպտում են, ծիծաղում են, վերջը հայտնում են, թե ինչու համար են եկել:

— Ես դրանք չեմ իմանում, ես եկա շապիկները տանելու, — պատասխանեց օրիորդը, ավելի կարմրելով:

— Հանաք եմ անում, Հռիփսիմե, այսպես ավելի լավ է, ավելի պարզ և համեստ է. ես սիրում եմ պարզությունը, — խոսեց Միքայելը, բռնելով նրա երկու ձեռքից: — Բայց ո՛րքան հոգատար ես դու, Հռիփսիմե. ես գիշերը ասեցի, թե շապիկներիս կոճակները կտրված են, կարծում էի. կմոռանաս մինչև առավոտ:

— Ես մոռացկոտ չեմ...

Միքայելը դուրս բերելով շապիկները և տալով օրիորդին, ասաց.

— Ես կուզեի, որ նստեիր այստեղ, իմ սենյակումը կարեիր:

— Ինչո՞ւ, կարծում ես, որ կսխալվեի՞ կարի մեջ և կոճակները իրանց տեղումը չէի՞ն լինի, և դո՞ւ պիտի ցույց տաս ինձ, թե որպես պետք է կարել;

— Չէ, ես գիտեմ, որ դու շնորհալի աղջիկ ես, միայն ցանկանում եմ, որ այստեղ, իմ աչքերի առջև նստած, այնպես կարես:

Օրիորդը առեց կարը և լուռ նստեց լուսամուտի մոտ:

— Բայց կխնդրեմ, որ չխանգարես ինձ, — ասաց նա, սկսելով իր գործը:

— Չեմ խանգարի, միայն կպատմեմ զանազան բաներ, որպեսզի չձանձրանաս:

— Երևի դարձյա՞լ քո ճանապարհորդություններից:

— Այդ հաճելի չէ՞ քեզ:

— Հաճելի է, բայց...

— Բայց ի՞նչ:

— Այնքան չէ գրավում:

Միքայելը մտածության մեջ ընկավ:

— Ապա ի՞նչ կուզես, — հարցրեց նա, — ուզում ես, որ հեքիա՞թ ասեմ:

— Հեքիաթը պառավ կնիկներն են ասում:

— Կպատմեմ, թե ինչպես Եվրոպայում աղջիկները մարդի են գնում: Կամենո՞ւմ ես:

— Պատմի՛ր:

— Այնտեղ աղջիկները այստեղացոց նման ամաչկոտ չեն, որ տղամարդերից փախչեն, և որին սիրում են, իրանց սիրտը նրա առջև չբաց անեն: Այնտեղ աղջիկը ազատ է. սիրած տղի հետ խոսում է, ման է գալիս, պարում է և զանազան զվարճության տեղեր է գնում:

— Հետո նրանց մայրերը ի՞նչ են ասում, չե՞ն արգելում, — ընդհատեց օրիորդը Միքայելի պատմությունը:

— Չեն արգելում, որովհետև գիտեն, որ իրանց աղջիկները այնքան լավ կրթված են, որ մի վատ բան չեն անի, և թող են տալիս, որ աղջիկները իրանք տղին ճանաչեն, նրա բնավորությունը ուսումնասիրեն, նրա սովորությունները, խելքը, բարքը, վարքը, գիտությունը, պարապմունքը, մի խոսքով՝ նրան վերաբերյալ ամեն բան գիտենան, որ չսխալվեն իրանց ընտրության մեջ, արդյո՞ք նա կարող է լինել արժանավոր ամուսին, թե ո՛չ: Եվ երբ ամեն ինչ իրանց պահանջին համապատասխան են գտնում, այն ժամանակ միայն հայտնում են իրանց սերը, որովհետև ամուսնությունը խիստ ծանր լուծ է, երբ կինը խաբվում է, հետո շատ և շատ անբախտ է լինում...

— Երևի միևնույն քննությունը անում են և տղամարդիկը աղջիկների վերաբերությամբ, — հարցրեց Հռիփսիմեն խորհրդավոր կերպով:

— Իհարկե անում են:

— Այդ լավ է...

— Ես իմ պատմությունը վերջացրի, Հռիփսիմե, հիմա դու պատմի՛ր, այստեղ աղջիկները ի՞նչպես են փեսա ընտրում:

— Դ՛ու խո իմանում ես...

— Մոռացել եմ, լավ չեմ իմանում:

Մանկահասակ օրիորդը սաստիկ ներքին դժվարությամբ պատասխանեց.

— Այստեղ աղջկան տղի մոտ չեն թողնում. եթե պատահում է, որ նա մեկին սիրում է, պետք է իր սերը թաքցնի իր սրտում, ոչ ոքի հայտնելու իրավունք չունի... և մինչև անգամ նույն տղին, որին սիրում է...

— Ինչպես դու... — ասաց Միքայելը, առնելով օրիորդի դողդոջուն ձեռները իր ափերի մեջ:

Նա ոչինչ չպատասխանեց, և նրա գեղեցիկ աչքերում երևացին արտասուքի խոշոր կաթիլները:

— Տա՛ր, ինձ էլ տա՛ր այն երկիրը, ուր աղջիկները ազատ են... — ասաց նա, զսպելով իր խորին վրդովմունքը:

— Կտանեմ, Հռիփսիմե, երբ դու իմ կինը կլինես, — պատասխանեց Միքայելը ոչ սակավ այլայլությամբ: — Ասա՛, համաձա՞յն ես:

— Այո... — պատասխանեց օրիորդը խուլ ձայնով:

Միքայելը կամեցավ գրկել նրան, բայց նա թողեց չվերջացրած կարը և շտապով դուրս վազեց նրա սենյակից:

Միքայելը կանգնած մնաց, որպես սառած և քար կտրած:

— Սարսափելի՛ աղջիկ, — ձայն արձակեց նա երկար ապշությունից հետո, — ամեն մի դեպքում երևում է նախապաշարմունք... մի գրկախառնություն, մի համբույր, մի զգվանք անգամ նա մեղք է համարում, քանի որ տերտերը դեռ չէր կարդացել նրա գլխին պսակի ծիսական խոսքերը:

Նույն ավուր երեկոյան պահուն, երբ դեռ նոր մայր էր մտել արեգակը, երբ սկսել էր դրսում ցուրտը սաստկանալ, Միքայելը փակված իր սենյակում և տխուր, մտահույզ կերպով, մեկ-մեկ բերանն էր դնում ընչացքի նորաբույս մազերը և ատամներով կտրատում էր նրանց ծայրերը, կարծես նրանք արգելում էին նրան խոսել և իր սրտի ցավը արտահայտել: Իսկ սենյակի մյուս կողմում Նունեն ուղղում էր վառարանի մեջ դրած փայտերը, որ վատ էին վառվում և թացությունից ծխրտում էին և սուլելով արձակում էին մի տեսակ մելամաղձական ձայն:

— Կրակը հառաչում է... — խոսեց Նունեն սնահավատությամբ, — դա վատ նշան է...

— Ինչո՞ւ, — հարցրեց Միքայելը, կարծես զարթնելով իր մտահուզությունից:

— Չեմ իմանում, այսպես ասում են, երբ կրակը տխուր ձայն է արձակում. ասում են՝ լաց է լինում, — պատասխանեց մանկահասակ կինը, չհեռանալով վառարանի մոտից:

— Ամեն մի թարմ նյութ, որի մեջ մնացել էին կյանքի նշույլները, այսպես տխուր ձայն է հանում, երբ մոտեցնում ես կրակին... — նկատեց Միքայելը:

— Ինչպես քո սիրտը... — ասաց Նունեն խորհրդական ժպիտով:

— Եվ ինչպես քո քրոջ՝ Հռիփսիմեի սիրտը... — կրկնեց Միքայելը:

— Հանաքը մի կողմը կենա, ինչո՞ւ կռվեցաք մորս հետ, — հարցրեց Նունեն, մոտենալով և նստելով Միքայելի մոտ:

— Չկռվեցանք, բայց բավական տաք կերպով վիճեցինք: Մի՞թե մայրդ ինձանից վիրավորվել է:

— Չի վիրավորվել... բայց սիրտը մի փոքր կոտրված է երևում...

— Դու ինքդ դատի՛ր, Նունե, մի՞թե կարելի է այս աստիճան նախապաշարված լինել: Մեր վիճաբանությունը այստեղից սկսվեց, ես հայտնեցի իմ սերը, համբուրեցի մորդ աջը և խնդրեցի Հռիփսիմեի ձեռքը: Նա ուրախացավ, շատ ուրախացավ, համբուրեց իմ ճակատը և օրհնեց մեզ: Հետո, երբ խոսք եղավ պսակի մասին, նա ասաց, թե ես պետք է մի քանի ամիս ևս սպասեմ, մինչև աղայի մահվան օրից մի տարի անց կենա, որովհետև մարդիկ կբամբասեն մեզ, եթե, սգավոր տարին չլրացած, մենք հարսանիք կանեինք: Դրա վրա մենք վիճեցինք:

— Ինչո՞ւ ես շտապում:

— Դու էլ քո մոր խելքին ես, Նունե, դու չես իմանում իմ նպատակները. ես պետք է կրկին վերադառնամ Մոսկվա. եթե մի քանի ամիս ես այստեղ ուշանամ, ես անպատճառ կկորցնեմ իմ կլիենտները, որոնց համար զանազան վաճառականական գործեր էի կատարում, և ես կզրկվեմ իմ շահերից, իմանում ե՞ս: Բացի դրանից, ես Հռիփսիմեին պետք է ինձ հետ վեր առնեմ. նրան պետք է աշխարհ մտցնել, որ մի փոքր կրթվի, բան սովորի: Նա շատ լավ աղջիկ է, շատ խելք ունի, բայց դեռ շատ բան պակասում է նրան օրինավոր կին լինելու համար:

— Այս բոլորը չհայտնեցի՞ք մորս:

— Ի՞նչպես չհայտնեցի, նա էլի իր ասածն է ասում՝ «աղջիկս եթե ինձանից հեռացնես, ես ցավից կմեռնեմ», և ուրիշ այսպիսի խոսքեր: Ես չեմ հասկանում, մի՞թե լավ կլինի, որ պսակվեմ, թողնեմ ու գնամ տարիներով մնամ օտարության մեջ, որպես անում են այդ մեր հայ վաճառականները: Ես կցանկանայի գիտենալ, թե Հռիփսիմեն ի՞նչ է մտածում, առավոտից նրան չեմ տեսել:

— Նա այսօր սպանվածի պես է, այս և այն անկյունն է մտնում և լուռ լաց է լինում:

— Խե՜ղճ աղջիկ:

Միքայելի խոսքերը, կարծես, բաց արեցին Նունեի հին վերքերը, և նա բավական զգալի ձայնով պատասխանեց.

— Այսպես, սիրելի Միքայել, ծնողների նախապաշարմունքը շատ անգամ պատճառ է դառնում զավակների անբախտությանը: Մեր գերդաստանի վրա, կարծես մի անեծք կա, որ նրա որդիները երբե՛ք բախտավոր լինել կարող չեն: Մեծ քույրս ինքն իրան խեղդեց... ա՜խ, որքան բարի, որքան սիրուն աղջիկ էր նա. նրա մահվան մեջ մի այնպիսի գաղտնիք կա, որ անկարելի է առանց սարսափելու լսել... Իսկ իմ պատմությունը քեզ հայտնի է. ես ինչո՞վ եմ մեղավոր, որ այժմ աշխարհը ինձ դատապարտում է որպես վատ կին: Իմ մայրը իսկապես լավ կին է. բայց ի՞նչ անես, նա անում է այն, ինչ որ տեսել, ինչ որ սովորել է...

Խեղճ կինը իր սրտի հետ դուրս էր թափում դառն վշտերը. նա իր կյանքում այնքան տանջվել էր սև նախապաշարմունքներից, որ նրա բոլոր ճնշող զորությունը իր անձի վրա էր փորձել: Երբ ամեն ինչ ասաց, նա դարձավ դեպի Միքայելը այս խոսքերով.

— Դու անհոգ կաց, սիրելի Միքայել, ես կգնամ մորս մոտ և ամեն ինչ կվերջացնեմ, որպես դու ցանկանում ես: Մենք, բոլոր քույրերս անբախտ եղանք, գոնե թող Հռիփսիմեն բախտավորվի...

Մի շաբաթից հետո Ե... քաղաքի եկեղեցիներից մեկի մեջ կատարվում էր պսակի խորհուրդ: Հռիփսիմեն և Միքայելը ուրախ դեմքերով կանգնած էին սեղանի առջև: Մարդերի շատ փոքր բազմություն ներկա էր հանդիսին: Պսակը վերջացավ, և հանդիսականները մեկ-մեկ մոտեցան ու շնորհավորեցին հարսին և փեսային: Հետո փոքրիկ բազմությունը, ժամի դռանը սպասող կառքերի մեջ նստած, դիմեցին դեպի Մասիսյանների տունը:

Նույն գիշեր Միքայելը ստացավ Ստեփանից մի այսպիսի հեռագիր. «Շնորհավորում եմ քո բախտավորությունը. իմ հոր քանդված տունը քեզանով կրկին կյանք ստացավ. այսուհետև դու կլինես այդ ընտանիքի իսկական «ոսկի աքաղաղը»...

ՄԻՆՆ ԱՅՍՊԵՍ, ՄՅՈՒՄՆ ԱՅՆՊԵՍ

Թիֆլիսի վաճառականների կյանքից

Ա

«Ոչինչ չեմ հասկանում... խելքիս չէ նստում..., — բավական լսելի ձայնով փնթփնթում էր մի փոքրիկ մարդ, որ մոլորված կերպով ցած էր իջնում եռահարկ տան բարձր, մարմարյա սանդուղքներից: — Մարդը դուքանի համար լավ աշկերտ է ուզում, կնիկը տան համար լավ ծառա է ուզում: Արի՛ ու հասկացիր, թե ո՛րն է դրանց ուզած «լավը»: Որին որ տանում ես, չեն հավանում»:

Տրտնջողը այն աստիճան պաշարված էր յուր մտածություններով, որ մինչև անգամ թողել էր գեղեցիկ կապերտի երկար զոլը, որ ձգվում էր սանդուղքների կատարից մինչև նրանց ստորոտը, և ամեն անգամ զարմանում էր, թե ինչո՞ւ յուր կոշտ կոշիկները սայթաքում են հայելու նման փայլուն և փղոսկրի նման կոկ մարմարիոնի վրա:

Երբեմն դիպչելով կիտրոնիների մեծ ծառերին, երբեմն քսվելով ծաղիկների թաղարներին, որ զարդարում էին փառավոր սանդուղքների աջ և ահյակ կողմերը, վերջապես, մեծ ջանքերով ցած իջավ նա և, ծանր դուռը յուր ետևից կողպելով, դուրս եկավ փողոցը: Այստեղ կանգ առեց և, գրպանից հանելով գունավոր թաշկինակը, սկսեց սրբել ճաղատ ճակատի քրտինքը:

Փողոցում կանգնած սպասում էր նրան մի լավ հագնված իմերել պատանի, որ յուր առողջ ու հաջողակ ոտներով մի քանի րոպե առաջ ցած էր իջել նույն սանդուղքներից:

— Ի՞նչ ասաց, — անհամբերությամբ հարցրեց պատանին:

— Չհավանեց, — պատասխանեց փոքրիկ մարդը:

Պատանին դժգոհությամբ հեռացավ:

Դա տասներորդ «նմուշն» էր, որ նա տարել էր ցույց տալու, բայց եռահարկ տան տիկնոջ հավանությունը չէր գտել:

Փոքրիկ մարդը, որին կոչում էին Արտեմ Պետրովիչ, սպասավորների և ծառաների «դալալ» էր: Ժամանակները ոչինչ ազդեցություն չէին գործել նրա վրա: Նա դեռ կրում էր այն տարազներով հագուստներ, որ հագնում էին երեսուն, քառասուն տարի առաջ, — չուխա, արխալուղ, լայն շալվար, մետաքսյա գոտի և այլն: Միակ փոփոխությունը եղել էր նրա՝ ոչ թե գլխի մեջ, այլ գլխարկի մեջ: Վաղեմի մորթյա գդակի փոխարեն կրում էր ռուսական «ֆուրաշկա»: Նրա ամբողջ հագուստը, մշտական կեղտի թանձր խավարի ներքո, այն աստիճան կոկվել էր, որ փայլում էր, կարծես թե սև մուշամբայից լիներ կարված: Փայլում էր և մուգ-թխագույն դեմքը, որը կարծես թե սև նավթով լիներ օծված: Չէին փայլում միայն փոշեպատ կոշիկները, որ իրանց կյանքում՝ գուցե մի քանի անգամ բախտ էին ունեցել կոշկաներկի հանդիպելու, թեև Արտեմ Պետրովիչը բավական ուննոր մարդ էր:

Եռահարկ տունը, որտեղից դուրս եկավ նա, կազմում էր Թիֆիսի Սոլոլակ կոչված թաղի գեղեցիկ զարդերից մեկը: Նա դեռ կանգնած էր այդ տան շքեղ դռան առջև և մտահույզ աչքերով նայում էր դեպի ծառազարդ փողոցի ընդարձակությունը: Նորաբողբոջ ակացիների երկար շարքը, որ ձգվել էին փողոցի երկու կողմերում, դեռ նոր էին բաց արել իրանց ծաղիկների սպիտակ փունջերը և դեռ նոր խնկարկում էին գարնանային հովասուն առավոտը իրանց նուրբ անուշահոտությամբ: Բայց այդ չէր գրավում Արտեմ Պետրովիչին: Նրա միտքը կլանված էր յուր գործով:

Հանկարծ շարժվեցան նրա կարճ ոտները, նրանց հետ և շարժվեցավ բավական հաստ գավազանը, որ բռնած ուներ յուր ձեռքում: Նա շտապով գնում էր և, միևնույն ժամանակ, յուր մտքում շարունակում էր ընդհատված մենախոսությունը:

«Մարդու բանը հեշտ է, կշինեմ: Այն տղային, որ ասել է նա, ինչպես որ լինի, դուրս կպոկեմ յուր մորից: Բայց ի՞նչ պետք է արած այդ «կապրիզնի» աղջիկ պարոնի հետ: Որին որ տանում եմ, միշտ մի պակասություն է գտնում: Ախար առանց պակասության՝ մա՞րդ կլինի: — Դա շատ մեծ է, ասում է, նա շատ պստիկ է, ասում է, դրա բոյը կարճ է... նրանը շատ երկար է... դրա մազերը դեղին են... մյուսի քիթը դուր չէ գալիս... էն է մնում, որ ասե, թե ատամները ի՛նչպես պետք է լինեն: Sn, հեր օրհնած, ծառան խո «կուկլա» չէ, որ զարդարանքի համար լինի: Գոնե մի անգամ էլ չի հարցնում, թե ի՛նչ խելքի տեր է, ի՛նչ գիտե, կամ ի՛նչ կարող է շինել»:

Թեև Արտեմ Պետրովիչը իրան դժգոհ էր ձևացնում քմահաճ տիկնոջ հանձնարարությունից, որը իրավ, սպասավորների ընտրության մեջ սաստիկ խստապահանջ էր, բայց ինքը, Արտեմ Պետրովիչը, նույնպես բարի պտուղներից չէր: Տիկնոջ պահանջները մի առանձին հաճություն էին պատճառում նրան, բայց ամենայն խնամքով թաքցնում էր: Արտեմ Պետրովիչը Սոլոլակի բարձր շրջանի՝ համարյա բոլոր տներում ծառայող սպասավորների պատրիարքն էր, և միանգամայն նրանց հոգաբարձուն: Նա այն աստիճան հեղինակություն էր վայելում յուր թեմի մեջ, որ կարող էր ամեն տեսակ փոփոխություններ անել, — մեկին յուր տեղից հանել և մի այլ տեղ կանգնեցնել, մյուսին յուր ցանկացած տեղը տալ: Դրա համար հարկավոր էր միայն ավելացնել մի քանի ռուբլի: Բայց Արտեմ Պետրովիչը այնքան հեռատես էր, որ ծառաների հետ սերտ կապեր պահպանելու նպատակով, շատ անգամ յուր գրպանից ծախսելու փող էր տալիս նրանց, երբ անգործ էին, և այնքան սպասում էր, մինչև տեղ գտնեին: Չար լեզուները ասում էին, որ ծառաները իրանց գողացած իրեղենները նրան էին հանձնում վաճառելու համար: Ճշմարիտը աստված գիտե, միայն այնքանը ճիշտ էր, որ ծառաները չափազանց հլու էին դեպի նա:

Նա գիտեր, թե ո՛րտեղ ո՛վ է ծառայում կամ ի՛նչ ռոճիկով է ծառայում: Նա հենց առաջին անգամից կարող էր տիկնոջ պահանջածը ներկայացնել նրան, բայց գործը դիտմամբ երկարացնում էր, որովհետև ամեն անգամ, երբ յուր սանիկներից մեկին բերում էր ցույց տալու տիկնոջը, թեև նրա հավանությունն նս չէին գտնում, բայց դարձյալ առատաձեռն տիկինը դնում էր Արտեմ Պետրովիչի ափի մեջ երեք ռուբլիանոց մի թղթադրամ, իբրև «արաղի փող»:

Բ

Քաղաքի հետընկած թաղերից մեկի խլության մեջ՝ գտնվում էր մի հին, քայքայված տուն, որ վաղուց ոստիկանության ուշադրությունից ազատվելով, դեռ պահպանում էր յուր թշվառ գոյությունը, որ ամեն րոպե սպառնում էր կործանվել, և յուր հետ հարյուրավոր ավելի թշվառ բնակիչների գերեզման տանել: Այդ տունը պատկանում էր մի հարուստի, որը, որպես դժվարանում էր կարկատել տալ յուր պատառոտված կոշիկները, նույնպես և դժվարանում էր նորոգել յուր քայքայված շենքը, մտածելով, «այսպես էլ յոլա կգնա, քրաիը խո ստանում եմ»… Նրա ընդարձակ բակում երբեմն գիշերում էին կառապանները: Ձիաների աղբը և քանդված սենյակների աղյուսները, կուտակվելով միմյանց վրա, այնտեղ աիագին բլրակներ էին կազմել: Գարշահոտությունը անտանելի էր: Ողջ մնացած սենյակներում բնակվում էին լվացարար կանայք, և մռայլ, կասկածավոր հասարակություն, որ հայտնի չէր՝ թե ինչով էին պարապում, կամ ինչ միջոցներով էին ապրում:

Ներքին հարկի ստորերկրյա նկուղներից մեկի մեջ բնակվում էր մի այրի կին: Այդ խոնավ, օդից ու լույսից զրկված նկուղը մի ժամանակ ծառայում էր վերևի կենողի համար որպես փայտանոց, իսկ հետո, ավելորդ համարելով, վարձով տվեց, ամիսը հիսուն կոպեկ ստանալով աղքատ այրիից:

Նկուղի միակ կարասին փոքրիկ թախտն էր, որ դժվարությամբ տեղավորվել էր նեղ լուսամուտի առջև, որի երկու ծռված փեղկերը պահպանել էին երկու ապակիներ միայն: Թախտի ներքո, որպես ապահով պահարանում, դրված էին ողորմելի բնակչի ողորմելի տնտեսության անոթները: Մի երկար կտավի կտոր, իբրև վարագույր, մեխած էր թախտի առջևի կողմից, որը ծածկում էր նրա տակում ածված չքավոր իրեղենների ամոթը այցելուի աչքից:

Թախտի թերմաշ գորգի վրա նստած էր այրի կինը և, սպիտակ ակնոցները թելով կապած ունենալով գլխի շորերին, կար էր կարում, թեև նրա խոշոր կարը ոչ աչքերի պետք ուներ և ոչ ակնոցների: Մեծ ասեղը ոսկրացած մատների մեջ արագությամբ շարժվում էր և հաստ դերձանով կարում էր տոպրակներ:

Չնայելով ծայրահեղ աղքատությանը, որ տիրում էր այդ խղճալի բնակարանում, դարձյալ ամեն մի առարկայի մեջ նշմարվում էր կարգ և մաքրություն: Աղյուսյա հատակը համարյա մաշվել էր ավելի ստեպ գործունեության ներքո: Գաջով ծեփած պատերի վրա մի հյուլեի չափ փոշի չկար: Դուռը, հաճախ լվացվելով, բոլորովին կորցրել էր յուր ներկը: Երևում էր, որ անբախտ այրին մի ժամանակ ճաշակել էր ավելի բախտավոր կյանքի վայելչությունները: Եվ, իրավ, մի ժամանակ նա յուր սեփական տան տիկինն էր, շրջապատված ծառաներով ու աղախիններով, բայց դառն հանգամանքները խլեցին նրանից բոլորը և նետեցին այդ մթին նկուղի մեջ: Ամուսին այրը մեռավ կսկիծից, բարեկամները հեռացան աղքատից և մոռացան աղքատին:

Նա նստած էր լուսամուտի հանդեպ, շարունակում էր կարել: Մրոտած ապակիների մռայլ շողքը ընկել էր մաշված դեմքի վրա և երևան էր հանում նրա տխուր գծերը: Նա կարում էր և երբեմն թախծալի աչքերը դարձնում էր դեպի դուռը, կարծես մեկին սպասելիս լիներ: Իսկ երբեմն վեր էր կենում, մոտենում էր փոքրիկ կաթսային, որը բուխարու մեջ դրած, եփվում էր, և յուր խուլ, մելամաղձական շշնջյունով ընդհատում էր նկուղի խորին լռությունը:

Նա դեռ շարունակում էր կարել, մինչև պատի ժամացույցից քարշ ընկած ծանր շղթաները խշրտացին, փոքրիկ դռնակը բացվեցավ, երկարակտուց հոպոպը դուրս հանեց փետրազարդ գլուխը և, երեք անգամ դեպի ցած ու դեպի վեր բարձրացնելով, յուր թոթով լեզվով ձայնակցեց երրորդ ժամը:

— Տեր աստված, — ձայն տվեց և տառապյալ այրին, — ի՞նչ եղավ, ինչո՞ւ այդքան ուշացավ:

Այդ միջոցին դռները բացվեցան, սպասած անձնավորության փոխարեն՝ ներս մտավ մի այլ անձնավորություն: Նա կանգ առեց սյամի մոտ և սկսեց հետախույզ աչքերով որոնել տանտիկնոջը, որը նկուղի մեջ տիրող մռայլի պատճառով համարյա անտեսանելի էր:

— Ո՞վ ես, ի՞նչ ես կամենում, — զարմանալով հարցրեց այրին:

Եկվորը ոչինչ չպատասխանեց, այլ տեսնելով նրան լուսամուտի հանդեպ նստած, ինքն ևս մոտեցավ և լուռ նստեց թախտի մի ծայրում:

Անսպասելի այցելուի հանկարծակի հայտնվիլը ոչ սակավ խռովություն պատճառեց խեղճ այրիին, որը, կարը մի կողմ դնելով և ակնոցները ճակատի վրա քաշելով, սկսեց ապշած կերպով նայել նրա վրա:

Բայց այցելուն երկար սպասել չտվեց: Գլխարկը առնելուց, յուր ձեռքի գավազանի գլխին դնելուց հետո և գունավոր թաշկինակով ճաղատ ճակատից քրտինքը սրբելուց հետո, մի քանի անգամ հազաց, կոկորդը մաքրեց և ապա դարձավ դեպի այրին, ասելով.

— Գիտե՞ս ես ո՛վ եմ, կամ ինչի՞ համար եմ եկել: Ինձ կասեն Արտեմ Պետրովիչ, դու պետք է լսած լինես իմ անունը:

Վերջին խոսքերը այնպիսի մի հանգով արտասանեց նա, կարծես ամեն ոք պարտավոր էր անպատճառ լսած լինել Արտեմ Պետրովիչի հռչակավոր անունը:

— Չեմ լսել, — պատասխանեց այրին:

— Քո հանգուցյալ ամուսնի ամենամոտիկ բարեկամն էի, — շարունակեց նա: — Աստված իրան կյանք և արքայություն տա, շատ լավ մարդ էր լուսահոգին: Կասեր. Արտեմ Պետրովիչ, դու էլ լավ մարդ ես, այդ պատճառով սիրում եմ քեզ: Էհ, ո՞վ է մնացել այս անցավոր աշխարհում... նա գնաց, հանգստացավ... իսկ ես մնացի...

Զգացմունքները խեղդեցին նրան, գունավոր թաշկինակը տարավ դեպի աչքերը, սկսեց դառն կերպով հեկեկալ: Ամուսնի անունը լսելով, խեղճ կինը նույնպես զգածվեցավ:

— Մի՛ լաց լինիր, հոգուդ մատաղ, Քեթևան, աստված ողորմած է, — ձայն տվեց Արտեմ Պետրովիչը, մխիթարելով նրան. — շատը գնացել է, քիչն է մնացել: Կանցնեն սև օրերը, և շուտով քեզ համար էլ մի ճար կլինի:

Քեթևանը փոքր — ինչ հանգստացավ:

Արտեմ Պետրովիչը վեր կացավ նստած տեղից, ավելի մոտեցավ նրան:

— Քո հանգուցյալ ամուսինը ինձ շատ լավություններ է արել, — ասաց նա մի առանձին ջերմեռանդությամբ: — Ուզում եմ, որ նրա երախտիքը հոգուս վրա պարտք չմնա, ես էլ մի լավություն անեմ: Դրա համար եկա քեզ մոտ, Քեթևան: (Խոսքը մեր մեջ մնա, Արտեմ Պետրովիչը երբեք ծանոթություն չէ ունեցել Քեթևանի հանգուցյալ ամուսնի հետ:)

Դժբախտ կնոջ դեմքը փոքր — ինչ պարզվեցավ: Այդ առաջին անգամն էր, որ մի մարդ բաց էր անում նրա մոռացված նկուղի դուռը և յուր կարեկցությունն էր արտահայտում:

— Առաջ ջեր այն ասա, Քեթևան, ի՞նչպես ես, ի՞նչ ես շինում, ի՞չպես է քո դրությունը:

— Տեսնում ես, Արտեմ Պետրովիչ, էլ ո՞ւր ես հարցնում, — պատասխանեց այրին, ձեռքով ցույց տալով յուր նկուղը: — Ահա՛ այդ է իմ դրությունը:

— Տեսնո՛ւմ եմ... տեսնո՛ւմ..., — կրկնեց Արտեմ Պետրովիչը, գլուխը ցավակցաբար շարժելով: — Ո՞ւր է որդիդ, ի՞նչ է շինում:

— Ներսեսի շկոլումը կարդում է:

— Դու ի՞նչ ես շինում:

— Ալյուր ծախողների ու փողրաթչիկների համար մեշոկներ եմ կարում:

— Հատին ի՞նչ են տալիս:

— Մի կոպեկ:

— Լավ, օրական քանի՞ հատ պիտի կարես, որ հացի փող դուրս գա:

— Գիշեր ու ցերեկ կարում եմ: Օր լինում է, որ քսան հատ, երեսուն հատ կարում եմ: Տղաս էլ սովորել է, օգնում է ինձ:

Արտեմ Պետրովիչը կրկին գունավոր թաշկինակը տարավ դեպի աչքերը և լալագին ձայնով բացականչեց.

— Հա՜ , գիդի հա՜... ո՞վ կմտածեր, որ Թիֆլիսի առաջին պատվավոր վաճառականի կինը ստիպված պիտի լինի մեշոկներ կարելով ապրել...

— Դրանով էլ ես շատ գոհ կլինեի, Արտեմ Պետրովիչ, եթե միշտ կար տային ինձ, — ասաց խեղճ կինը հոգվոց հանելով: — Բայց շատ անգամ գնում եմ և, գլուխս ծռած, ժամերով կանգնում եմ փոդրաթչիկի կանտորի դռանը, աղաչում եմ, պաղատում եմ ու էլի դատարկ ետ եմ դառնում: Աղքատ կարողները այնքան շատացել են, որ գործ չեն հասցնում մեզ:

— Ճշմարիտ է, շատ ճշմարիտ է. ժամանակները վատացել են, մարդկանց սրտում այլևս խղճմտանք չէ մնացել, Քեթևան: Դու շատ նեղություններ քաշեցիր, դու շատ տանջվեցար, Քեթևան, թող աստված ապաշխարություն համարե: Բայց էլի ասում եմ քեզ, որ շատը գնացել է, քիչն է մնացել, կանցնեն այդ սև օրերը, և դու կրկին բախտավորություն կգտնես, Քեթևան:

— Ի՞նչով, ի՞նչպես, — անհամբերությամբ հարցրեց դժբախտ կինը: — Դե՜ ասա՜, էլ ո՞ւր ես չարչարում ինձ:

— Սպասի՛ր, մի՛ շտապիր, բոլորը կպատմեմ, Քեթևան, — հանդարտությամբ ասաց բախտավորության ավետաբերը և այս անգամ գունավոր թաշկինակը տարավ դեպի յուր քիթը:

Արտեմ Պետրովիչը սովորություն ուներ ամեն ինչ Նոյ նահապետից սկսելու: Նա պատմեց՝ թե մի օր կանգնած էին Թամամշովի քարվանսարայի առջև և Աղա — Պարոնովի հետ «դեսից — դենից» խոսում էին: Փակագծի մեջ ակնարկեց, թե Աղա — Պարոնովը իրան շատ հարգում է և միշտ կրկնում է. «Արտեմ Պետրովիչ, դու լավ մարդ ես»: Այն ժամանակ, երբ կանգնած խոսում էինք, դպրոցի աշակերտները դեռ նոր էին արձակվել, խումբերով անցնում էին: Դարձյալ փակագծի մեջ ակնարկեց, թե Աղա — Պարոնովը մի առանձին գութ ունի դեպի դպրոցների աշակերտները, և միշտ յուր առատաձեռնությամբ օգնում է նրանց, բայց այդ շատերը չեն իմանում, գիտե միայն Արտեմ Պետրովիչը: Աշակերտների խումբի մեջ տեսավ նա մի պատառոտված և գզլտված տղա, իսկույն գութը շարժվեցավ: Այդ միջոցին դարձավ Արտեմ Պետրովիչին ասաց, որ իմանա, թե ո՞ւմ տղան է: Արտեմ Պետրովիչը վազ տվեց տղայի ետևից, հարցրեց, տեղեկացավ, որ Խոջաբաշյանի որդին է: Հենց որ իմացավ Արտեմ Պետրովիչը, աչքերը լցվեցան արտասուքով, և նրա սիրտը «մե թավուր էլավ»: Եկավ Աղա — Պարոնովին պատմեց, նա էլ հենց որ իմացավ, աչքերը լցվեցան արտասուքով, և նրա սիրտն էլ «մե թավուր էլավ»: Գլուխը շարժեց ու ասաց. «Տեսնո՞ւմ ես, Արտեմ Պետրովիչ, փուչ աշխարքի բանը, հերը ի՛նչ հալի էր, հիմա տղան ի՛նչ հալի է»: Հետո ավելացրեց. «Դրա հերը, Արտեմ Պետրովիչ, ինձ հայրություն է արել: Ես նրա դուքնումն եմ մեծացել ու նրա ձեռքովն եմ մարդ դարձել: Պետք է գնաս, Արտեմ Պետրովիչ, ո՛րտեղ էլ որ լինի, պետք է գտնես էս տղայի մորը ու ասես. թե ինչպես նրա մարդը ինձ մեծացրեց, հացի տեր դարձրեց, ես էլ պետք է նրա որդին մեծացնեմ ու հացի տեր դարձնեմ, որ պարտական չմնամ»: — Հիմա հասկացա՛ր, Քեթևան, բանը ինչումն է:

— Հասկացա..., — պատասխանեց դժբախտ այրին, և նրա ձայնը դողդողաց ներքին վրդովմունքից: — Այդ ի՞նչ Աղա — Պարոնով է, — հարցրեց նա, ուղիղ Արտեմ Պետրովիչի երեսին նայելով:

— Հեր օրհնած, չե՞ս ճանաչում. այն որ Սոլոլակում մեծ տներ ունի:

— Սոլոլակում շատերը մեծ տներ ունին:

— Տո, ձեր դուքնի աշկերտը, Սերգեյ Եգորիչը:

— Փա՛ռք քեզ, աստված, — բացականչեց զարմացած կինը: — Խլնքոտ Սաքուլը հիմա Աղա — Պարոնով է դարձել, «աղան» բավական չէր, «պարոնն» էլ պոչին է կպցրել...

Անցյալը յուր բոլոր զարհուրանքով ներկայացավ խեղճ կնոջ առջև: Հիշեց, որ իրավ, Սոլոլակում մեծ տներ ունեցող Աղա — Պարոնովը մի ժամանակ յուր ամուսնի խանութի աշկերտն է եղել: Հիշեց, թե ի՛նչպես ամեն օր ճաշին գալիս էր նա և ուտելու «բաժին» էր տանում յուր ամուսնի խանութը: Հիշեց, թե ի՛նչպես մի անգամ սաստիկ ծեծեց նրան խոհանոցից արծաթյա գդալ գողանալու համար: Հիշեց թե ի՛նչպես ինքը բաղանիք գնալու ժամանակ նա գալիս էր, վեր էր առնում բաղանիքի «բողչան» և, յուր ետևից ընկած, քարշ էր գալիս մինչև բաղանիքները, մինչև ինքը լվացվում էր: Հիշեց, թե ի՛նչպես խոհանոցի փոքրիկ գողը, իրանց տան փշրանքներով մեծանալով և հետզհետե զարգանալով, վերջապես դարձավ յուր ամուսնի խանութի ավազակը: — Այդ բոլորը հիշեց նա և, դառնալով դեպի միջնորդը, ասաց.

— Շնորհակալ եմ, Արտեմ Պետրովիչ, որ Աղա — Պարոնովը ցանկանում է իմ որդուն նույն հայրությունը անել, ինչ արել է իմ հանգուցյալ ամուսինը նրան, երբ նա ինձ նման մի աղքատ մոր որդի էր: Բայց ես արդեն սովորել եմ այդ դառն վիճակին և եթե քաղցածությունից մեռնելու նս լինեի, դարձյալ ձեռք չէի մեկնիլ այն մարդուն, որ իմ դժբախտ ամուսնի կործանման պատճառը դարձավ...

— Այդ ի՞նչ ես ասում, Քեթևան, — ձայն տվեց Արտեմ Պետրովիչը զարմացած ձևանալով: — Այդպես մի՛ խոսիր, Քեթևան, հոգուդ մեղք մի՛ արա, Սերգեյ Եգորիչը քո ասած մարդը չէ:

— Ավելի՛ վատն է, Արտեմ Պետրովիչ, նա յուր բարերարի ընտանիքը ձգեց այդ խոնավ, մթին նկուղի մեջ, իսկ ինքը նրա փողերով մեծ տներ շինել տվեց յուր համար:

— Սխալ ես հասկացել, Քեթևան, այդպես չէ, հոգիս վկա, այդպես չէ:

— Այդպես է, Արտեմ Պետրովիչ, ես վերջը բոլորը իմացա... բոլորը հասկացա... բայց այն ժամանակ բանը բանից անցել էր...

Տիկինը պատմեց, թե զարմանում է, որ Արտեմ Պետրովիչը չգիտե այն բոլոր ցավալի իրողությունները, որ շատերին հայտնի է: Երբ յուր ամուսնի գործերը վատ գնացին, նա ընկավ մի տեսակ կիսացնոր տրամադրության մեջ: Յուր գործերի դրությունը ծածկում էր նա թե՛ յուր կնոջից և թե բարեկամներից: Խորհրդակցում էր միայն Սերգեյ Եգորիչի հետ, որը նրա գլխավոր գործակատարը և, միևնույն ժամանակ, մտերիմն էր: Այդ խորամանկը, օգուտ քաղելով յուր «խազեինի» դրությունից և նրա կայքը մյուս պարտատերերից ազատելու խոստմունքով, սկսեց սուտ վեքսիլներ առնել նրանից և բանը այնտեղ հասցրեց, որ ամբողջ խանութը յուր անունով դարձրեց: Երբ ամուսինը բոլորովին խելագարվեցավ, երբ նրան հիվանդանոց տարան և այնտեղ մեռավ, այդ ժամանակ խաբեբան տիրեց նրա բոլոր կայքերին, և նրա ընտանիքը մի կտոր հացի կարոտ թողեց:

— Ախար, Քեթևան, այդ ամենը սուդով եղավ, գործը դատաստանի ընկավ, — ընդհատեց Արտեմ Պետրովիչը:

— Ճշմարիտ է, սուդով եղավ, գործը դատաստանի ընկավ, — պատասխանեց խեղճ կինը վշտացած ձայնով: — Բայց ո՞վ պիտի պաշտպաներ անտեր մնացած ընտանիքի շահերը: Մեր ձեռքում մի կոպեկ անգամ չէր մնացել փաստաբաններին վճարելու համար: Ամեն ինչ նրա ձեռքումն էր, և նա յուր բանը շինեց, գործը տարավ...

Այդ միջոցին նկուղի դռները շառաչմամբ հետ գնացին, տխուր խոսակցությունը ընդհատվեցավ: Ներս մտավ մի պատանի, որ ուսին շալակած ուներ մի քանի թոփ հաստ կտավներ, որոնց հետ կապել էր և յուր դպրոցական գրքերը: Նա յուր ծանր բեռը զգուշությամբ մի կողմ դրեց, և սկսեց քրտինքը սրբել կարմրած երեսից:

— Ինչո՞ւ այդքան ուշացար, Նիկոլ, — հարցրեց մայրը:

— Գնացի դրանք բերելու, — ցույց տվեց որդին կտավի թոփերը, որ տոպրակներ կտրելու համար էր բերել: — Գիտե՞ս որտեղից. Շաղինովի քարվանսարայից: Ինձ ասացին, գնա այնտեղից տար: Մինչև բերեցի, հոգիս դուրս եկավ, շատ հեռու է:

Մայրը բոլորովին մոռացել էր, որ առավոտյան պատվիրեց որդուն, որ դպրոցից արձակվելուց հետո գնա կապալառուի գրասենյակը և կարելու համար նոր կտավներ խնդրե:

— Դե՛, արի նստիր, հանգստացիր, ես իսկույն ճաշը կպատրաստեմ, — ասաց մայրը, վեր կենալով և մոտենալով բուխարու մեջ եփվող փոքրիկ կաթսային:

Արտեմ Պետրովիչը նկատեց, որ յուր ներկայությունը այժմ ավելորդ է և, դեռ չհուսահատված յուր անհաջող պատգամավորությունից, մտածեց գործը թողնել մի ուրիշ ավելի հարմար ժամանակի:

— Մնաս բարով, Քեթևան, — ասաց նա տեղից վեր կենալով և մի քանի անգամ գլուխը շարժելով: — Ես դարձյալ կգամ քեզ մոտ, դարձյալ կխոսենք այդ մասին...

Քեթևանը ոչինչ չպատասխանեց:

Նրա հեռանալուց հետո Նիկոլը հարցրեց.

— Ո՞վ էր այդ մարդը:

— Սատանան ոչ գիտե՛ նրա գլուխը..., — պատասխանեց մայրը բարկացած կերպով:

Այն օրից, որ Արտեմ Պետրովիչը հայտնվեցավ այրի Քեթևանի նկուղում, անցել էր ութ ամիս: Ձյունը խոշոր պատառներով թափվում էր երկնքից և իսկույն հալվում էր: Եղանակը տխուր էր և անախորժ: Փողոցներում կուտակված ցեխի պատճառով մարդիկ դժվարությամբ կարողանում էին անցուդարձ անել:

Այդ միջոցին չորս մշակներ դուրս էին տանում մի դագաղ, մի անզարդ, չքավոր դագաղ: Քահանան լուռ հետևում էր նրան, իսկ պատանի Նիկոլը լաց էր լինում:

Հարևաններից մի քանիսը բաց արին սենյակների լուսամուտները, նայեցին և դարձյալ շուտով կողպեցին, ասելով միմյանց.

— Դա այն խեղճ այրին էր, որ մեռավ ցրտից ու քաղցից...

Միևնույն օրը, երբ դուրս էին տանում դժբախտ Քնթևանի դագաղը, Սոլոլակի եռահարկ տան մեջ խնջույք կար: Բարեկամները, ազգականները հավաքվել էին ճաշի սեղանի շուրջը, կատարում էին օրիորդ Անիչկայի ծննդյան տոնախմբությունը:

Ճոխ սեղանի վրա՝ արծաթյա անոթները փայլում էին, թանկագին ֆարֆորն ու բյուրեղը ժպտում էին և իրանց գեղեցկությամբ ախորժակ էին հրավիրում: Փայլում էին ու ժպտում էին հյուրերի դեմքերը, որ բոլորել էին փառավոր սեղանի շուրջը: Մրգամանների մեջ, որ բարձրանում էին աստիճան առ աստիճան, դրված էին զանազան տեսակ պտուղներ, որ ձմեռը բոլորովին հազվագյուտ էին: Ծաղկամանները ծանրաբեռնված էին ահագին փունջերով: Սեղանի մեջտեղում բարձրանում էր, շաքարեղենից շինված, մի ամբողջ աշտարակ, որ Բաբելոնի աշտարակն էր հիշեցնում: Սպասավորները, սև ֆրակները հագած, սպիտակ ձեռնոցներով, բերում էին ու դուրս էին տանում տանտիրոջ հարուստ խոհանոցի հարուստ պատրաստությունները: Մի իմերել ծառա, սպիտակ մահուդի չերքեզկան հագին, երկնագույն ատլասի արխալուղով, բարակ մեջքը սեղմած արծաթյա ոսկեզօծ քամարով, խենչալը կապած, վառոդամանի լայն, ոսկյա ժապավենը ուսովն անցկացրած, և սև մազերը սիրուն ճակատի վրա պսակաձև սանրած, երբեմն հայտնվում էր և դարձյալ դուրս էր գնում, կարծես իրան ցույց տալու համար: «Փրիդոն» անունը մի առանձին քնքշությամբ հնչվում էր տանտիկնոջ բերանում, երբ ամեն անգամ որևէ պատվերով դիմում էր դեպի այդ ծառան:

Դա Արտեմ Պետրովիչի հասարակության ամենաընտիր արդյունքներից մեկն էր:

Տանտիկինը՝ Մարիա Սերգեևնան, և նրա ամուսինը, Սերգեյ Եգորիչը, գտնվում էին ամենաուրախ և ամենազվարճալի տրամադրության մեջ, աշխատելով նույնպես զվարճացնել թանկագին հյուրերին: Աշխատում էին սրախոս լինել, աշխատում էին մինչև անգամ պերճախոս լինել, թեև այդ չէր հաջողվում նրանց: Խոսակցությունը կատարվում էր երկու լեզվով. հները խոսում էին վրացերեն, իսկ նորերը՝ ռուսերեն: Թե՛ առաջինը և թե երկրորդը ամենքն էլ վատ էին խոսում: Մանավանդ Մարիա Սերգեևնան սաստիկ կարմրում էր, երբ ռուսերեն խոսելու ժամանակ խոշոր սխալներ էր անում, կամ մի բառ ուրիշ բառի տեղ էր գործածում: Բայց նրա ամուսինը, Սերգեյ Եգորիչը, առանց քաշվելու, անխնա կերպով կոտրատում էր այդ լեզուն, ինչպես կոտրատում էր յուր ատամների տակ անուշ «զուրգիելի» պատառները: Հրեաները կորցնելով իրենց լեզուն, ի՜նչ լեզվով որ սկսեցին խոսել, ծիծաղելի դարձան: Այդպես է և թիֆլիզեցի հայը:

Սերգեյ Եգորիչը միջահասակ մարդ էր՝ կարմիր երեսով, որ միշտ խնամքով սափրելու սովորություն ուներ: Սովորություն ուներ նաև կարճ կտրել գլխի ալեխառն մազերը և մկրատել ընչացքները: Վերջինը վատ նշան էր: Նրա նեղ, խորամանկ աչքերը այնպիսի տպավորություն էին գործում, որ, կարծես, ասելիս լինեին՝ «չհավատաք ինձ»: Մի կեղծ ժպիտ միշտ խաղում էր ուռած շրթունքների վրա: Նա ոչ մի կրթություն չէր ստացել, յուր անունը հազիվ ստորագրել գիտեր, այն ևս վրացերեն: Իսկ նրա կինը, Մարիա Սերգեևնան, կարողանում էր ռուսերեն սխալներով կարդալ: Դա այն կարճավիզ, կարճամեջք, հաստափոր կանանցից մեկն էր, որ «տյուրնիրի» գործածությունից հետո ավելի այլանդակվեցան: «Թավսակրավին» մնաց, իսկ մյուս հագուստները փոխվեցան Փարիզի վերջին տարազներով: Նորը պատվաստվեցավ հնի հետ, մի պատվաստ, որ ամենևին չէր կպչում:

Հյուրերի թվում կար մի փոքրիկ, սնլիկ երիտասարդ, որ յուր վրա էր դարձրել բոլորի ուշադրությունը: Դա մի նորավարտ բժիշկ էր, որ ամեն հիվանդություն գիտեր բժշկել, բացի շահասիրության ախտից, որով վարակված էր և ինքը: Աղա — Պարոնովների տանը համարյա ամեն շաբաթ պատրաստ էր մի կամայական հիվանդ, որի առիթով հրավիրում էին երիտասարդին, և ամեն այցելության ժամանակ, ստանալով ծրարի մեջ դրած կարմիր տասն ռուբլիանոցը, երբեք չէր ասում, թե հիվանդը բոլորովին առողջ է, այլ միշտ կրկնում էր. «կանցնի»...:

Երիտասարդ բժշկին լայն ասպարեզ էր սպասում: Ավելի յուր ճարպկություններով, քան թե գիտությամբ. նա արդեն ընդհանուր խոսակցության առարկա էր դարձել: Յուրաքանչյուր հարուստ համարում էր նրան լավ փեսացու: Նույն համարումը ունեին և Աղա — Պարոնովները (Թիֆլիսի հարուստ վաճառականները մի առանձին մոլություն ունին բժիշկ — փեսացուներ որսալու): Այդ էր պատճառը, որ միշտ զանազան առիթներով հրավիրում էին նրան իրանց տանը, որպեսզի ընտելացնեն օրիորդ Անիչկայի հետ: Օրիորդի հայրը արդեն քառասուն հազարը մտքում դրած ուներ, բայց երիտասարդի ուղեղի մեջ հիսուն հազարն էր պտտվում:

Ճաշի ժամանակ օրիորդին նստացրել էին յուր հանդերձյալ փեսացուի մոտ: Նրան կոչում էին Դաբաղյան: (Հայրը գաբաղխանայում դաբաղի, այսինքն կաշեգործի բանվոր էր:) Բայց օրիորդը միշտ Դաբաղով էր կոչում նրան, որը սաստիկ տհաճություն էր պատճառում երիտասարդին, որովհետև նա իրան լավ հայ էր համարում: Կարծես այդ օծված, կոկված երիտասարդից դեռ զգացվում էր այն անախորժ հոտը, որ փչում է դաբաղխանայում: Համալսարանը, բարձր կրթությունը չէր կարողացել ոչնչացնել նրան: Այդ հոտը զգում էր և օրիորդը, բայց թաքցնում էր յուր զզվանքը:

Օրիորդը մի նիհար, բարձրահասակ աղջիկ էր, որ խիստ հազվագյուտ երևույթ էր Թիֆլիսի կարճահասակ կանանց մեջ: Նրա գունաթափ դեմքի վրա վառվում էին մի զույգ կրքոտ աչքեր, որ դրված էին հազիվ նշմարելի մուգ — կապտագույն շրջանակի մեջ: Նա գեղեցիկ չէր, բայց բավական հաճելի և համակրական դեմք ուներ: Իսկ հայրը, իբրև վաճառական, յուր ապրանքը ավելի հաճելի ցույց տալու վարպետությունն ուներ: Նա յուր խանութում երբեք լավ ապրանքը լավի հետ չէր ցույց տա, այլ միշտ լավը վատի հետ ցույց կտար, որ զանազանությունը նկատվի: Այդ էր պատճառը, որ հյուրերի թվում ոչ մի գեղեցիկ օրիորդ կամ կին չկար, թեև ԱղաՊարոնովների բարեկամների մեջ կային մի քանի գեղեցիկներ, բայց չէին հրավիրված: Հրավիրել էին միայն տգեղներին, և օրիորդ Անիչկան հրեշների մեջ փայլում էր, որպես բոլորի դիցուհին:

Բայց այդ դեպքում Սերգեյ Եգորիչը մի սխալ էր արել, որ փոխանակ աղջկան այս կամ այն կերպով ցույց տալու, ավելի շուտով նպատակի կհասներ, եթե յուր սնդուկը բաց աներ և փողերը ցույց տար պարոն Դաբաղյանին:

Հինգ տարի էր, որ օրիորդը ավարտել էր տեղային իգական գիմնազիոնում և համարվում էր լավ աշակերտուհիներից մեկը. բայց տակավին ֆրանսերենի ուսուցիչը և դաշնամուրի ուսուցիչը շարունակում էին հաճախել, թեև նա մի առանձին ձիրք չէր ցույց տալիս ոչ ֆրանսերեն լեզվի մեջ և ոչ երաժշտության մեջ: Նա այն օր հագել էր մի նոր հագուստ, որ յուր տոնի առիթով մայրը հատկապես բերել էր տվել Փարիզից, և ավելի քան հազար ռուբլի արժեք ուներ: Փարիզում մի հայտնի տարազագործի մոտ միշտ պահվում էր օրիորդի չափսը:

Պարոն Դաբաղյանը աշխատում էր զբաղեցնել օրիորդին, բայց խոսակցությունը չէր կպչում: Նրանք ավելի հարց ու պատասխաններով էին զբաղված, քան թե խոսակցությամբ:

Զանազան գրքերի անուններ տալով, անդադար հարցնում էր երիտասարդը,

— Դուք, Աննա Սերգեևնա, կարդացե՞լ եք այսինչ գիրքը:

— Կարդացել եմ, — ժպտալով պատասխանում էր օրիորդը: Երբեմն խոսակցության մեջ խառնվում էր և մայրը, ասելով, որ «յուր Անիչկան» բոլոր գրքերը ունի և կարդացել է: Այդ ուղիղ էր, որ նրա Անիչկան շատ գրքեր ուներ, իսկ արդյոք կարդո՞ւմ էր, դա դեռևս հարց էր: Փառակազմ գրքերը այնպես շարված էին պահարաններում, իբրև զարդարանք, որպես շքեղ ալբոմները դրրված էին սեղանների վրա: Ծիծաղելին այն էր, որ գրքերը անգրագետ մայրն էր ընտրում յուր Անիչկայի համար, որպես ընտրում էր Տալլեի կամ Մեզայի մագազինից նրա հագուստի համար գործվածներ: Մտնում էր այս կամ այն գրավաճառանոցը և, ի՛նչ գիրք որ աչքին դյուր էր գալիս, գնում էր: Մի անգամ գնեց Բերնաշտամից, որովհետև կազմը բավական փառավոր էր: Գրավաճառ գերմանացին նրա ետևից կուշտ փորով ծիծաղեց, երբ իմացավ, թե աղջկա համար է տանում:

Աղա — Պարոնովների ընտանիքից ներկա էր սեղանին և Անիչկայի փոքր քույրը, որին կոչում էին Էլիչկա: Նա դեռ դպրոց չէր գնում, պարապում էր տանը, մի ֆրանսիացի դաստիարակչուհու հոգաբարձության ներքո, որ միշտ գանգատվում էր, թե յուր արհեստական ատամները խորովածը լավ չեն կարողանում ծամել, թեև շատ սիրում է: Այժմ ևս, յուր սանիկի մոտ նստած, նույն գանգատն էր սկսել: Ներկա էր սեղանին և Անիչկայի եղբայրը, Գրիշան, մի չար գիմնազիստ, անդադար հորանջում էր, ձանձրանում էր, թե ե՞րբ կվերջանա անտանելի ճաշը, որ տանից դուրս փախչե, գնա բուլվարները չափելու:

Պատանու ձանձրույթը փարատվեցավ, երբ դատարկեցին շամպանիայի վերջին բաժակը օրվա հերոսուհու կենացը և, բոլոր հյուրերը մոտենալով, սեղմեցին նրա ծնողաց ձեռքը և ապա զանազան բարեմաղթություններով դիմեցին օրիորդին:

Հյուրերը սեղանատնից դուրս եկան ընդարձակ դահլիճը, որը զարդարված էր ամեն տեսակ շքեղություններով:

Տիկին Աղա — Պարոնովը համարվում էր ծաղկասեր, այդ պատճառով դահլիճի լուսամուտները զարդարած էին գույնզգույն կամելիաներով և ամենահազվագյուտ միջօրեական բույսերով: Մի անկյունում դրած էր մի փառավոր լատանիա, որ յուր գեղեցիկ հովհարի ձևով լայն բացված տերևները տարածել էր դեպի ամեն կողմ: Հակառակ անկյունում դրած էր մի շքեղ ցիկասյան արմավենի, որ յուր սիրուն փետրանման տերևներով ներկայացնում էր մի իսկայական, կանաչազարդ փունջ: Տիկինը այդ բույսերը տեսել էր պալատում և իսկույն բերել տվեց արտասահմանից, որը արժեց նրան մի քանի հազար ռուբլի:

Կարմիր ատլասով պատած և թանկագին փայտից շինված, գեղաքանդակ կարասին աչք էր շլացնում: Ահագին հայելիները, հիանալի շրջանակների մեջ դրած, բարձրացել էին մինչև առաստաղը: Զանազան մեծամեծ ջահեր, զանազան տեսակ դամբարներ, զանազան արծաթյա աշտանակներ այնպես խուռն կերպով լցրել էին ընդարձակ դահլիճը, որ, ո՛ր կողմ և նայում էիր, մի նոր և ավելի սիրուն զարդ էիր տեսնում: Բայց այդ բոլորը այնքան շինծու էր, այնքան արհեստական էր, որ գեղեցիկ գահլիճը, յուր ամբողջ պարազայքով, ոչ թե մի վայելուչ բնակարանի, այլ մի հարուստ մագազինի տպավորություն էր գործում: Ամեն զարդարանք կար, բայց ճաշակ չկար, կարգ չկար:

Երբ փող և ցանկություն կար, հեշտ էր ամեն ինչ բերել տալ Եվրոպայից, հեշտ էր ձեռք ածել հայտնի նկարիչների ամենաընտիր գործերը և նրանցով զարդարել սենյակների պատերը: Բայց այն, որ պատրաստի չէր վաճառվում բազարում, այն, որ դժվար էր ձեռք բերել փողով, — նրանից զուրկ էին Աղա — Պարոնովները: Բոլորովին աղքատ և գռեհիկ դրությունից, զանազան խարդախ ճանապարհներով, հանկարծ հարստության տեր դառնալով, նրանք չգիտեին, թե ի՛նչպես պետք էր ավելի պատշաճավոր կերպով վայելել հարստությունը: Նրանք հին կյանքը մոռացան, նորն էլ չսովորեցին: Սովորեցին միայն զանազան կապկորեն նմանողություններ, որ կեղծ, փչացած կրթության արդյունք էին:

Եռանկյունի մեծ դաշնամուրը, այդ ծառաների պատիժն ու պատուհասը, ստիպված էր շաբաթը մի քանի անգամ զաղթականության ենթարկվիլ: Անդադար տեղափոխվում էր դահլիճի մի կողմից դեպի մյուսը, և ամեն անգամ տիկինը նրան յուր տեղում անհարմար էր գտնում, որովհետև նա չգիտեր, թե ո՛ր առարկան ո՛ր տեղում պետք էր դնել:

Հյուրերը, սեղանատնից դուրս գալուց հետո, տարածվեցան ոմանք բազկաթոռների վրա, ոմանք դիվանների վրա, սկսեցին ծխել: Արկղիկների մեջ պատրաստ էր նրանց համար հավանյան սիգարների ամենաընտիր տեսակները: Ոմանք, խմբիկներ կազմելով, սկսեցին թուղթ խաղալ: Սերգեյ Եգորիչը, յուր հին սովորությամբ, սկսեց նարդի խաղալ յուր բարեկամներից մեկի հետ: Մի քանիսը շրջապատեցին նրանց և, զանազան նկատողություններ անելով, նայում էին խաղին: Ոմանք, այս և այն անկյունում նստած, խոսում էին կապալների կամ այլնայլ առևտրական ձեռնարկությունների մասին:

Դահլիճի մեջ այժմ ուրիշ ձայն չէր լսվում, բացի խաղացող հասարակության հաշիվների շշունջից և սպասավորների զգույշ ոտնաձայնից, որոնք, արծաթյա մատուցարանները ձեռքում, ելումուտ էին անում, բերելով հյուրերի համար սուրճ, շոկոլադ, պաղպաղակ, և ով ինչ ցանկանում էր:

Օրիորդ Անիչկան մնացել էր ոտքի վրա, չգիտեր ինչ անել: Մայրը խաղում էր: Նա մոտեցավ այն սեղանին, որի վրա դրված էին գեղեցիկ ընծաները, որ այն օր հյուրերը բերել էին յուր համար: Մի առանձին բերկրությամբ նայեց նրանց վրա և անցավ դահլիճի մյուս կողմը, սկսեց խաղալ կանաչագույն թութակի հետ, որ դրած էր մի բարձր, կոնաձև վանդակի մեջ: Այդ միջոցին մոտեցավ պարոն Դաբաղյանը:

— Ա՜խ, ի՜նչ գեղեցիկ թռչուն է, — բացականչեց նա զարմացական ձայնով: — Խոսալ իմանո՞ւմ է:

— Մի բառ միայն, — պատասխանեց օրիորդը:

— Ապա խոսացրո՛ւ:

Օրիորդը դարձավ դեպի խելացի թռչունը, ասելով.

— Ну — ка, попка, скажи дур — рак!

Թութակը, ուղիղ պարոն Դաբաղյանի երեսին նայելով, կրկնեց.

— «Дур — рак»!

— Ձեր թութակը խիստ անքաղաքավարի է, օրիորդ, — ասաց երիտասարդը, թաքցնելով յուր վիրավորանքը: — Բավական անախորժ բառ եք սովորացրել:

— Մենք չենք սովորացրել, նա ինքն է սովորել, — պատասխանեց օրիորդը ծիծաղելով:

— Երևի, այդ բառը ձեր տանը շատ է գործածվում:

— Ինչո՞ւ... պատահում է...

Պարոն Դաբաղյանը խիստ անել դրության մեջ ընկավ. չգիտեր հեռանալ թե մնալ օրիորդի մոտ: Նրան ազատեց հյուրերից մեկի ձայնը, որ կոչեց.

— Պարոն բժշկապետ, այստեղ համեցեք:

Պարոն Դաբաղյանը բժշկապետ չէր, հասարակ բժիշկ էր. այնուամենայնիվ, լսելով հաճոյական ձայնը, շտապեց դեպի նա:

— Օրհնած, — ասաց Յակուլ Յակուլիչը, յուր մոտ նստացնելով երիտասարդին, — մի քիչ էլ պառավներին մարդու տեղ գրեցեք. ջահիլները կան ու կան, միշտ ձեզ համար են:

— Իզուր եք այսպես մտածում, Յակուլ Յակուլիչ, — պատասխանեց երիտասարդը, աշխատելով ուրախ ձևանալ: — Ես, ընդհակառակն, փորձված և աշխարհ տեսած պառավների ամենաջերմ գնահատողներից մեկն եմ: Ինձ համար թանկագին է նրանց յուրաքանչյուր խոսքը:

— Եթե այդպես է, շատ ապրես, որդի: Ծերի ցույց տված ճանապարհը ուղիղ դեպի մարդու սրտի ուզածը կտանե, ոչ մի անգամ չի մոլորեցնի:

Յակուլ Յակուլիչը Աղա — Պարոնովների տան ամենամոտ բարեկամներից մեկն էր: Նա մի սնանկացած վաճառական էր, որ այժմ ապրում էր յուր հին «նիսիաների» կորած փշրանքներով: Անիչկան, դեռ կանգնած, խաղում էր թութակի հետ:

Նա, պարոն Դարաղյանի ուշադրությունը դարձնելով օրիորդի վրա, ասաց.

— Տեսնո՞ւմ ես, ի՛նչ շնորհալի աղջիկ է, աստված է վկա,սաղ քաղաքումը հատն ու կտորը չկա: Ուսումով ամենից բարձր է, խելքով ամենից բարձր է, սիրունությունով խո յուր նմանը չունի, կասես, հրեշտակ լինի: Մի գիտենաս, ի՛նչպես «խազյայկա» է. հիմա որ գնա «կուխնին», էն բանը կշինե, որ պալատի «պովարն» էլ չի կարող շինել: Մայրը միշտ ջիգրվում է, ասում է, որդի, կուխնին մի՛ գնա: Նա ասում է. չէ՛, պիտի գնամ, տեսնեմ ի՛նչպես են պատրաստում ամեն բան. ո՞վ է իմանում, աշխարքս փոփոխական է, կարելի է միշտ պովար չունենանք, որ մեզ համար կերակուր պատրաստե: Լսո՞ւմ ես, որքան խելացի է, նա սև օրվա բանն էլ է մտածում:

Պարոն Դաբաղյանը լսում էր և, միևնույն ժամանակ, մի առանձին տխրությամբ նայում էր Յակուլ Յակուլիչի գովասանած «շնորհալի» օրիորդի վրա, որը մի րոպե առաջ այնպես դառն կերպով վիրավորեց իրան: Այդ վիրավորանքը նա բոլորովին կատակի տեղ կնդուներ, եթե վերջին ժամանակներում չնկատեր նրա մեջ՝ ոչ միայն խորին սառնասրտություն, այլ խիստ զգալի արհամարհանք դեպի ինքը: Նա արդեն սկսել էր փոքր առ փոքր հավատալ այն տարածված լուրին, որ պտտում էր քաղաքում, իբր թե օրիորդը սիրահարված է մի շրջմոլիկ վրացի ափիցերի վրա, որը մի ժամանակ ծառայած է եղել գվարդիայում, իսկ անկարգության պատճառով հրաժարացրել էին: Այսուամենայնիվ, նա դարձավ դեպի ծերունի խորհրդատուն, ասելով.

— Բոլորը ճշմարիտ է, Յակուլ Յակուլիչ, օրիորդ Անիչկան նրանից էլ շատ ու շատ ավել է, ինչ որ դու պատմում ես: Բայց ո՞վ է մեղավոր...

— Մեղավորը հերն է, որդի: Նա եթե ականջ դրած լիներ, հիմա բանը վաղուց վերջացած կլիներ: Բայց դու էլ, որդի, պետք է քո «թամահը» մի քիչ պակասացնես: Համ լավ աղջիկ, համ շատ փող, երկուսը միասին չի լինի: Պետք է էնպես անել, «նա շիշ յանսն, նա քյաբաբ» (ոչ խորոված այրվի և ոչ շամփուրը): Թուրքն անիծած է, բայց խոսքն օրհնած է: Եթե ինձ ականջ դնելու լինես, ես շուտով կվերջացնեմ, հենց էս շաբթումը կվերջացնեմ:

Մինչ այս անկյունում այս տեսակ խոսակցության մեջ էին, օրիորդ Անիչկան արդեն սկսել էր ձանձրանալ: Նրան ձանձրացրեց յուր սիրելի թութակը, նրան ձանձրացրին և յուր առիթով հավաքված հյուրերը, թողեց դահլիճը, դուրս եկավ պատշգամբի վրա, մի փոքր զովանալու, մի փոքր ազատ շունչ առնելու: Գլուխը սաստիկ բորբոքման մեջ էր, մանուկ սիրտը անհանգիստ կերպով բաբախում էր: Չգիտեր, թե ինչ է կատարվում յուր հետ: Մոտեցավ և, առանց ուշադրություն դարձնելու, Փարիզից նոր բերել տված թանկագին հագուստով՝ հենվեցավ պատշգամբի բաց վանդակապատի վրա: Մի առանձին ինքնամոռացությամբ նայում էր դեպի գեղեցիկ պարտեզը, որ բռնել էր բակի մեծ մասը: Ձյունը արդեն դադարել էր գալուց, սփռելով պարտեզի նախշուն ածուների վրա յուր թանձր սավանը: Մշտականաչ թուփերը՝ սպիտակ թախտի վրա՝ խիստ հիանալի տեսք էին ստացել: Վարդենիների թերբաց կոկոնները՝ մի առանձին տհաճությամբ ծռվել էին տերևների վրա նստած ձյունի ծանրության ներքո: Ժրաջան այգեպանը, երկար ավելը ձեռին զգուշությամբ սրբում էր աղյուսի մանրուքով ծածկված ճեմելիքները, որ խոնավությունից ավելի կարմիր գույն էին ստացել: Այդ բոլորը այնքան գրավիչ էր, այնքան սրտապարար էր, որ օրիորդը մինչև անգամ չմտածեց կրկնակոշիկները հագնել և այնպես յուր նուրբ, թեթև... վազ տվեց, սանդուղքներից ցած իջավ պարտեզը: Նա մի քանի պտույտ տվեց այն ճեմելիքներով, որ արդեն սրբված յէին, հետո ձեռքը տարավ դեպի մի խոշոր կոկոն, կտրեց և սկսեց մատներով բաց անել, առանց զգալու, որ կտրելու միջոցին մատը սաստիկ ծակվեցավ, և արյան վարդագույն կաթիլը ցայտեց վարդի դժգույն թերթիկների վրա: Այգեպանը հեռվից նայում էր նրա վրա և բարեսրտաբար ժպտում էր: Նա մի քանի անգամ զգուշացրեց, թե ճեմելիքները դեռ թաց են ու խոնավ: Բայց օրիորդը չսեց: Նա տխուր էր և հուզված: Նրա սրտում ինչ — որ ալեկոծվում էր: Այստեղ նս չկարողացավ ցրվել յուր ամբոխմունքը: Կտրած վարդը խրեց բաբախող կուրծքի վրա և սկսեց դանդաղ ու մոլորված քայլերով դուրս գալ պարտեզից:

Կրկին բարձրանալով պատշգամբի վրա, նա անցավ խոհանոցի մոտով, որի լուսամուտները ներսի սաստիկ ջերմության պատճառով բաց էին արել: Ծառաները, սպասավորները, վերջացնելով իրանց գործը, անկարգ կերպով հրհռում էին, ծիծաղում էին, իրանք նս նստել էին ճաշելու: Աղմուկը գրավեց օրիորդի ուշադրությունը, գլուխը ներս տարավ լուսամուտից, սկսեց նայել: Ծառաների զվարճության առարկան մանկահասակ Փրիդոնն էր (Արտեմ Պետրովիչի հայթայթած սպասավորը), որ այդ միջոցին հանաքներ էր անում մի կարմրաթուշ ռուս աղախնի հետ, փորձում էին իրանց ուժերը և, երկուսն էլ ընկնելով խոհարարի մահճակալի վրա, խեղդում էին միմյանց: Օրիորդը երկար, մի առանձին հաճությամբ նայում էր վայրենի սիրո կատաղության վրա, մինչև լսելի եղավ մոր ձայնը.

— Անիչկա, ո՞րտեղ ես դու, Անիչկա:

Օրիորդը թողեց զվարճալի լուսամուտը, մոտեցավ մորը:

— Ո՞րտեղ էիր, — կրկնեց մայրը:

— Ման էիր գալիս պատշգամբի վրա, — կարմրելով պատասխանեց օրիորդը: — Գլուխս չգիտեմ ինչու ցավում է...

Մոր աչքերը ընկան նրա կոշիկների և հագուստի վրա:

— Այդ ՞՛նչ է, բոլորը աղտոտել ես, բոլորը ցեխոտել ես:

— Ասում եմ, գլուխս ցավում է... պտտվում է... ո՞վ է, իմանում, ո՛րտեղ եմ քսվել...

— Դա շատ անվայել է, Անիչկա, — ասաց մայրը փոքր — ինչ զայրացած ձայնով: — Դու պետք է չհեռանաս հյուրերից: Այնտեղ խնդրում են, որ մի բան ածես դաշնամուրի վրա, իսկ դու չկաս:

Օրիորդը ոչինչ չպատասխանեց:

— Այժմ այդ հագուստով ի՞նչպես կհայտնվես դու հյուրերի մոտ:

— Մի' բարկանար, սիրելի մայրիկ, — ասաց օրիորդը գրկելով մոր պարանոցը: — Ես իսկույն կփոխեմ հագուստս:

Օրիորդը վազեց յուր սենյակը, բայց հագուստը չփոխեց: Այնպես ընկավ թավիշյա դիվանի վրա և, աչքերը բռնելով, սկսեց դառն կերպով հեկեկալ...

Դ

Քաղաքի Երևանյան հրապարակի վրա կանգնած էր մի քառակուսի մեծ շենք, որ կոչվում էր քարվանսարա: Նրա չորս կողմի գլխավոր մուտքերի աջ և ահյակ կողմերում հսկում էին մի — մի զույգ արույրյա սև արձաններ, որ ներկայացնում էին թևավոր առյուծներ արծվի գլխով: Թե ի՞նչ իմաստ ունեին այդ առասպելյալ գազանները, կամ ի՞նչ խորհրդով շենքի տերը դրել էր նրանց յուր քարվանսարայի մուտքերի մոտ, դժվար է բացատրել: Միայն առյուծը յուր ահարկու ճիրաններով և արծիվը յուր բաց արած անհագ բերանով այնպիսի սպառնական տպավորություն էին գործում, կարծես, զգուշացնելիս լինեին հաճախորդներին, ասելով. «ապա մի ներս մտեք, կտեսնեք, թե ի՛նչպես մեր եղբայր — գիշակերները այնտեղ կկեղեքեն ձեզ»...

Դա առաջին շենքն էր ամբողջ Թիֆլիսում, որ պահպանելով հին, ասիական անունը՝ «քարվանսարա», իբրև թե եվրոպական առևտրական տան ձև ստացավ և յուր մեջ հավաքեց այն վաճառականներին, որոնք նույնպես, պահպանելով ասիական բարքն ու վարքը, միայն իրանց արխալուղն և զաբան եվրոպական սերթուկի փոխեցին:

Այդ քարվանսարայի սրտումն էր կառուցված Մելպոմենի սրբազան տաճարը — Թիֆլիսի առաջին թատրոնը: Հայն ու վրացին, կովկասյան կոպիտ լեռնցին՝ առաջին անգամ այստեղ լսեցին իտալական օպերաներ, չհասկացան, բայց երկար խնդացին... Այստեղ թիֆլիսեցին տարիներով զվարճանում էր անհամեստ բալետներով, որը միմիայն հասկանալի էր նրան...

Մի տարօրինակ համակցություն՝ քարվանսարայի մեջ թատրոն: Քարվանսարայի գրկում սեղմված էր գեղարվեստի և հանճարի թագուհին, իսկ նրա շուրջը թագավորում էր վաճառականության խաբեբա աստվածը — Հերմեսը: Մրցությունը զգալի էր: Վերջինը հաղթեց, և մի գիշեր կրակը լափեց ամբողջ թատրոնը: Նրա տեղը բռնեցին դարձյալ խանութներ:

Սույն քարվանսարայումն էր գտնվում և Աղա — Պարոնովի մեծափարթամ խանութը:

Յուր խանութի վերաբերությամբ մնացել էր նա նույն հին մարդը, նույն գծուծ «բազազը», յուր վաղեմի ավանդություններով: Օրը շաբաթ էր: Օրիորդ Անիչկայի փառավոր տոնախմբության երկրորդ օրը: Չնայելով, որ Աղա — Պարոնովի ամբողջ ընտանիքը՝ երեկվա շռայլ խրախճանքներից հետո՝ բոլորովին հոգնած, թմրած և դեռ քնած էին, բայց Սերգեյ Եգորիչը, յուր մշտական սովորության համեմատ, առավոտյան շատ վաղ վեր կացավ և, չկամենալով ծառաներին անգամ անհանգստացնել, ինքը լվացվեցավ, հագնվեցավ և, առանց թեյ խմելու, տանից դուրս եկավ:

Նոր ծագած պայծառ արեգակը խոստանում էր ջերմ օր: Փողոցները բոլորովին սառած էին, միայն սալահատակների վրա կարելի էր առանց սայթաքելու քայլել: Դուրս գալով տնից, Սերգեյ Եգորիչը, յուր քրքրված մուշտակի մեջ կոլոլված և կանաչագույն (մի ժամանակ սև գույն ուներ) ջարդված ցիլինդրը ականջների վրա քաշած, սկսեց դիմել դեպի Գալավինսկի պրոսպեկտը: Նա ուղղակի յուր խանութը չգնաց, որովհետև քարվանսարան այդ ժամանակ բացված չէր լինի: Այլ յուր ամենօրյա սովորության համեմատ, մտածեց՝ փոքր — ինչ շրջագայել, մինչև քարվանսարան բաց կանեին: Նա գնում էր և, միևնույն միջոցին, խուզարկուի աչքերով դիտում էր, թե ո՞վ արդյոք խանութը բաց էր արել, և ո՞վ դեռ տանը քնած էր: Առաջիններին գովում էր, վերջիններին յուր սրտում հայհոյում էր: Նա գնում էր և, միևնույն միջոցին, բոլորից ողջույններ էր ստանում, և բոլորին ամենայն խոնարհությամբ ողջունում էր: Այդ մասին Սերգեյ Եգորիչը բավականին համեստ էր:

Այսպես անցավ նա ամբողջ Գալավինսկի պրոսպեկտը և կրկին վերադարձավ: Քամոյենց եկեղեցու մոտ հասնելու միջոցին՝ ներս մտավ, եկեղեցու դուռը համբուրեց, երեսը մի քանի անգամ խաչակնքեց և լռությամբ մի ինչ — որ աղոթք կարդաց: Ցրտի պատճառով եկեղեցում ոչ ոք չկար: Լսելի էր լինում միայն քահանայի և յուր միակ տիրացուի ձայնը: Իսկ կարճահասակ մղդսին՝ կծկվել էր մի անկյունում և բուրվառի համար պատրաստած ածուխների վրա տաքացնում էր սառած մատները: Սերգեյ Եգորիչը այսօր եկեղեցում մնաց մի քանի րոպե միայն և իսկույն դուրս եկավ: Բայց կիրակի և տոն օրերում, առանց պատարագ տեսնելու, նա հաց չէր ուտի:

Մտնելով քարվանսարան, նա յուր աշակերտների և գործակատարների ստվար խումբը յուր խանութի դռանը պատրաստ գտավ: Մոտեցավ, ուշադրությամբ նայեց մոմով կնքած ահագին կողպենքին, յուր ձեռքով լուծեց կնիքը և, ապա գրպանից հանելով բանալին, տվեց գլխավոր գործակատարին, որ դուռը բաց անե: Երբ յուր տաճարի դռները բացվեցան նրա առջև, նա դարձյալ երեսը մի քանի անգամ խաչակնքեց, մի ինչ — որ աղոթք կարդաց և ներս մտավ:

Այդ միջոցին սկսվեցավ գործակատարների և աշկերտների ժրաջան գործունեությունը: Մեկը հատակը սրսկում էր ջրով, մի ուրիշը ավլում էր, մյուսները տեղափոխում էին վաճառքները: Իսկ Սերգեյ Եգորիչը, մեջտեղում կանգնած փոշու ամպերի մեջ, յուր ջերմեռանդ աղոթքից հետո, նույն ջերմեռանդությամբ հայհոյում էր, երբ որևէ անուշադրություն էր նկատում:

Վաճառքների խորհրդավոր տեղափոխությունը կատարվում էր համարյա ամեն առավոտ: Այդ մասին Սերգեյ Եգորիչը նույն նախապաշարմունքն ուներ, ինչ նախապաշարմունք որ ուներ յուր խանութի շեմքի վրա մեխած պայտի մասին: Վերջինը սրել էր նա, որ հաճախորդներ շատ լինի: Իսկ վաճառքները տեղափոխում էր, որ շուտ ծախվեն: Նրա կարծիքով, եթե անշարժության մեջ մնային, երբեք չէին ծախվի: Նրա սնահավատությունը՝ մի այլ կողմից՝ յուր նպատակահարմար նշանակությունն ուներ. վաճառքները, անդադար տեղափոխվելով, գոնե կազատվեին ցեցից, փոշուց և փտությունից:

Երբ ամեն ինչ կարգի դրվեցավ, Սերգեյ Եգորիչը գնաց նստեց դազգահի (ստոյկա) ետևում, իրանից անբաժան երկաթյա դրամարկղի մոտ, որպես մի քուրմ յուր ամբիոնի վրա: Այդ միջոցին աշկերտներից մեկը վազեց մերձակա դուքանը, որտեղ սովորաբար հավաքվում էին կառապաններն ու թուլուղչիները, և այնտեղից երկու թեյամաններ միմյանց վրա դրած, և մեկը թեյով լցրած, իսկ մյուսը տաք ջրով, բերեց և մի կտոր շաքարի հետ դրեց դազգահի վրա, յուր պարոնի մոտ: Նրա հայտնի բաժակը՝ տարիներ ի վեր խանութում միշտ պահվում էր: Յուր ձեռքով ածեց թեյը, որը պարզ ջրից զանազանվում էր միայն իր բաց — դեղին գույնով և, շաքարի փոքրիկ պատառը ատամներին քսելով, սկսեց մի առանձին ախորժակով խմել: Տանը առավոտյան թեյ խմելու սովորություն չուներ նա, որովհետև այնքան վաղ էր վեր կենում, որ ոչ մի ծառա հանձն չէր առնի զրկել իրան քնից և նրա համար թեյ պատրաստել. բացի դրանից, խանութի թեյը, ըստ վաղեմի սովորության, նրան ավելի ախորժելի էր:

Նրա թեյ խմելու միջոցին, թե՛ գործակատարները և թե աշկերտները, յուրաքանչյուրը յուր հատուկ տեղը բռնած ուներ: Աշկերտները, որսորդական փոքրիկ շների նման, խանութի դռանը կանգնած, հանգստություն չէին տալիս անցորդներին: «Այստեղ համեցե՛ք, պարոն, այստեղ համեցե՛ք, տիկին», աղաղակում էին և, ոմանց թևքիցը բռնելով, զոռով ներս էին տանում ու նետում էին գործակատարների ճանկը: Վերջինները, երդվելով և վաճառքների գերազանցությունը իրանց հատուկ լեզվով գովաբանելով, առաջ էին տանում իրանց գործը:

Օրը շաբաթ լինելով, «ղըստի» օր էր: Երկու դասակարգ սովորություն ունեին շաբաթ օրը իրանց ապառիկները հավաքելու՝ վաճառականները և մուրացկանները: Վերջինները խմբերով անցնում էին խանութների առջևից, և խղճալի ձայներով ողորմություն էին խնդրում: Սերգեյ Եգորիչը զթասիրտ մարդ էր: Նա ըստ յուր հին սովորության, մի ռուբլի (և ոչ ավելի) կանխապես մանրել էր ավել և հարյուր հատ կոպեկանոցներ դարձնելով, դիզել էր յուր մոտ, դազգահի վրա: Եվ ամեն անգամ, մի աղքատ անցնելիս, նա իր ձեռքով վեր էր առնում մի հատ կոպեկ, տալիս էր աշկերտին, որ հասցնե ըստ պատկանելույն: Այսպես, յուրաքանչյուր շաբաթ, հարյուր կոպեկներով թեթևացնում էր նա հարյուր թշվառների կարիքները:

Բայց պետք էր մտածել և յուր կարիքների մասին. «ղըստի» օր էր. ապառիկներ հավաքելու օր էր:

Նա նստած էր դրամարկղի մոտ և, յուր ամբողջ հոգով խորասուզվելով դավթարների մեջ, ուշադրությամբ նայում էր, թե ո՛վ ո՛րքան էր պարտական, և ումից ո՛րքան պետք էր ստանալ: (Նա հաշվապահի չէր հավատում, բոլոր հաշիվները ինքն էր պահում:) Նրա քրքրված, յուղոտված ջհուդի դավթարների մեջ, բացի Սերգեյ Եղորիչից, եթե ինքը՝ ամենագետ սատանան, ևս ընկնելու լիներ, անպատճառ գլուխը կկոտրեր: Ոչինչ կարգ, ոչինչ կանոն չկար, բացի հաշիվների խառնափնթորությունից: (Խոսքը մեր մեջ մնա, նոր ձևով հաշվապահությունը բոլորովին անտանելի էր նրա համար: «Եթե հարկավոր լինի մի բան փոխել, մի բան դրստել, կամ մի թուղթ դուրս գցել, այն ժամանակ ի՞նչ կանես», — մտածում էր նա: Նրա դավթարները մինչև անգամ երեսների թվահամարներ չունեին:) Գրում էր նա վրաց խոշոր տառերով և վրաց լեզվով: Բայց երբեք վրաց լեզվով փող չէր համբարում, մտածելով, որ «բարաքաթ» չի ունենա, որովհետև վրացիք վատնող էին: Համբարում էր միայն հայերեն և միշտ թվին հասնելու ժամանակ երեսին խաչակնքում էր, որ չարը խափանվի: Գրելու ժամանակ զմելինն ավելի շատ գործ էր կատարում, քան թե փետուրյա գրիչը, որի գործածության սովորությունը դեռ պահպանել էր նա: Այդ էր պատճառը, որ նրա դավթարներում թերթ չկար, որ անդադար քերելուց մի քանի տեղ ծակված չլիներ:

Սերգեյ Եգորիչը ա՛յն խոշոր դրամատերերից մեկն էր, որ կարող էր, եթե ցանկանար, դուրս գալ յուր ողորմելի խանութից, և ավելի կանոնավոր ու ընդարձակ առևտրական ձեռնարկությունների մեջ մտնել: Բայց դրա համար պակասում էին նրան նույն ձեռնարկությունների պահանջած ընդարձակ հմտությունները: Բացի դրանից, նա կաշկանդված էր այն հին նախապաշարմունքով, թե «ինչ գնով որ հացի տեր ես դարձել, նույնը պետք է շարունակես»: Նրան դժվար էր բաժանվել յուր արշինից, ինչպես դժվար էր բաժանվել փետուրյա գրչից, թեև ամբողջ լուսավոր աշխարհը երկաթյա գրչով էր գրում:

Արտասահմանի հետ գործ չուներ նա և մանավանդ սաստիկ բարկանում էր, որ նրանք ռուսաց ռուբլին անխնա կերպով մկրատում են: Յուր վաճառքները ստանում էր Մոսկվայից և Ռուսաստանի այլևայլ քաղաքներից, թեև միշտ հավատացնում էր, որ «զագրանիցի» ապրանք է: Վաճառում էր ըստ մեծի մասին բրդեղեն և մետաքսյա գործվածքներ: Բանկային հիմնարկություններին չէր համակրում: «Դրանք դուրս գալուց հետո, ասում էր նա, հայքրիստոնյայի գործը խարաբ էլավ. քանի որ դրանք չկային, մենք փողը ավելի մեծ տոկոսներով շահով էինք տալիս»: Բայց Սերգեյ Եգորիչի տրտունջը բոլորովին անտեղի էր, գոնե իր վերաբերությամբ, որովհետև նա երդվել էր թե «ձեռքս կկտրեմ, բայց թումանը ամիսը երկու աբասուց պակաս չեմ տա» (40 տոկոսով): Երբեմն միայն փոքր — ինչ զիջումներ էր անում, երբ անշարժ կալվածքներ գրավ դնելով, նրանից փող էին առնում:

Առավոտից մինչև երեկո անբաժան էր խանութից: Մի շատ կարևոր գործ միայն կարող էր նրան դուրս կոչել իր դրամարկղի մոտից: Ամեն ինչ յուր ձեռքով էր կատարվում, ամեն ինչ յուր հսկողության ներքո էր, թեև ոչ մի խանութում այնքան գողություններ չէին լինում, որքան նրա խանութում:

Ճաշին տուն չէր գնում, այլ աշկերտներից մեկը տնից «բաժին» էր բերում: Նրանից ավելացածը ուտում էին աշկերտները, թեև ոչինչ չէր ավելանում: Տնից բերված ճաշը պետք է անպատճառ պարզ լիներ և սակավ: Հաց ու պանիր, երբեմն փոքր — ինչ ձըկնեղեն, մի տեսակ ջրալի կերակուր, փոքր ինչ կանաչեղեն, — այդքանը միայն: Գինու գործածության մեջ ավելի շռայլ էր. պետք է անպատճառ կես շիշ լիներ, այն ևս կարմիր: Խանութում «կատլետա», «ժարկո» և ուրիշ այս տեսակ եվրոպական կերակուրների գործածությունը անվայել էր համարում, որպես անվայել էր համարում «չանգալ — դանակով» ուտելը: Այստեղ ուտում էր մատներով, իսկ տանը արծաթյա «չանգալ — դան ակով»:

Իսկապես, Սերգեյ Եգորիչը սակավապետ մարդ էր: Նա յուր տանը սեղանի վրա՝ «կատլետը» և զանազան կերպով պատրաստված նուրբ «սուպերը» ուտում էր ոչ իբրև բնական պետք, այլ որպես սովորության ստիպողական պահանջ: Բարձր շրջաններին նմանվելու համար՝ պետք էր այնպես ուտել, նա էլ այնպես էր ուտում, ինչպես բարձր շրջաններին նմանվելու համար՝ պետք էր «ցիլինդր» կրել կամ օսլայած շապիկ հագնել, նա էլ հագնում էր: Թե՛ առաջինը, թե երկրորդը կատարում էր բոլորովին դժկամությամբ: Բայց մի մեղքից միշտ իրան ազատ պահեց, այն էր, որ երբեք ձեռնոցներ չկրեց և ֆրակ չհագավ: Հովանի գործ էր ածում միայն անձրևային օրերում, ձյունից և արեգակից չէր վախենում:

Իբրև գնահատիչ Սերգեյ Եգորիչի հատկությունների, ավելորդ չէր լինի հիշել մի դեպք: Թիֆլիսի ամառանոցներից մեկում կառուցանում էին նրա համար մի նոր շենք: (նա զանազան ամառանոներում տներ ուներ, որ վարձով էր տալիս:) Գնացել էր նոր շենքը տեսնելու: Գործավորները մի ոչխար էին մորթել և «խաշլամա» էին արել: Նա նստեց բանվորների հետ կերավ յուր վաղուց չտեսած կերակուրը, իսկ ճաշը վերջանալուց հետո ասաց բանվորներին. — «քանի՛ տարի էր, որ այսպես իշտահով հաց չէի կերել»:

Յուր խանութում ճաշելուց հետո՝ սովորություն ուներ փոքր — ինչ հանգստանալու: Ետևում, մի բոլորովին մթին խորշում կար դատարկ տեղ, ուր ածած էին խանութի ավելները, նավթի ամանը, ձեռքի լամպաները, սեղանի պարագայք և զանազան կոտրատված իրեղեններ, որ դժվար էր հասկանալ, թե ի՞նչ բանի պետք էին: Այդ փոշու և սարդի ոստայնի տակ ծածկված խառնափնթորրության մեջ դրված էր մի հասարակ սեղան անգույն փայտից, իսկ նրա մոտ՝ մի տախտակ, որ երկար նստարանի ձև ուներ: Սերգեյ Եգորիչի տանից ստացված ճաշը դրած էր՝ առանց սփռոցի, մերկ սեղանի վրա: Բոլորովին հոգնած յուր շաբաթ օրվա պարապմունքներից, և մանավանդ շատ խոսելուց և շատ երդվելուց, ներս մտավ նա, բազմեցավ սեղանի մոտ, նստարանի վրա: Չնայելով որ ցերեկ էր, բայց այդ խորշում սաստիկ մութն էր: Աշկերտներից մեկը վառեց լամպան, դրեց նրա մոտ և ինքը հեռացավ: Նա սկսեց ուտել: Ուտում էր և, միևնույն ժամանակ, գրպանի թաշկինակով երբեմն բերանն էր սրբում, երբեմն քիթը և երբեմն աչքերը: Միալմամբ ձկան հետ այնքան մանանեխ խառնեց, որ սաստիկ կծու դարձավ, բայց դարձյալ ուտում էր և աչքերի արտասուքը սրբում էր: Ուտում էր, որովհետև փող էր տված:

Երբ ճաշը վերջացավ, աշկերտը դարձյալ ներս մտավ, հավաքեց լիզած դանակները և մի կողմ դրեց, ձեռքով սրբելով սեղանի իրեսը և ոսկորները թափելով հատակի վրա, որ հետո ավելե: Այնուհետև սկսեց հարդարել յուր պարոնի անկողինը: Նույն տախտակի վրա, ուր նստում էր նա, տարածեց մի թոփ մահուդ, մի թոփ էլ բարձի փոխարեն դրեց գլխի տակին, և Սերգեյ Եգորիչը ձգվեցավ: Հետո խանութում վաճառվող բրդեղեն գործվածքներից մեկը իբրև վերմակ քաշեց նրա վրա և, լամպան հանգցնելով, դուրս գնաց: Սերգեյ Եգորիչը, որպես մի դատապարտյալ, սկսեց խռմփալ յուր խոնավ ու մթին նկուղի մեջ: Իսկ տանը, ի ցույց մարդկանց, դրված էին կարմիր ատլասով պատած դիվաններ և փափուկ մահճակալներ, մետաքսյա շքեղ վերմակներով...

Շաբաթ օրվա զբաղմունքները թույլ չտվին նրան երկար հանգստանալ: Աչքերը կարմրած, գլուխը բաց, կոճանները արձակ, միայն ներքին հագուստով, դուրս եկավ յուր որջից, և բազմության առջև, պպզեց խանութի դռան մոտ, սալահատակի վրա: Այդ միջոցին աշկերտներից մեկը սկսեց ջուր ածել նրա ձեռքերի վրա լվացվելու: (Ջուր ածելու ամանը անպատճառ պետք է խեցեղեն լիներ — «խելադա», — նրանով համ երեսն էր լվանում, համ ծարավ ժամանակ ջուր էր խմում:)

Լվացվելուց հետո հագնվեցավ, դարձյալ նստեց դազգահի ետևում, դրամարկղի մոտ, որ նրա սրբություն սրբությանցն էր ներկայացնում: Եվ իրավ, Սերգեյ Եգորիչը, իբրև հին վաճառական, դեռ պահպանել էր վաղեմի սովորությունը՝ կրոնական արարողությունը խառնել խաբեության գործի հետ և յուր խանութին մի սրբարանի ձև տալ: Շաբաթ օրվա պատճառով, երեկոյան նրա խանութը ծխում էր խունկի և կնդրուկի հոտով: Մի անկյունում քաշ արած աստվածածնի պատկերը, որի փոքրիկ երեսը հազիվ երևում էր ոսկեզօծ — շրջանակի միջից, լուսավորված էր մի զույգ ճերմակ մոմով:

Գիշերը՝ նրա խանութը միակն էր, որ բոլորից ուշ փակվեցավ:

Սերգեյ Եգորիչը յուր ձեռքով կողպեց, կնքեց, բանալին դրեց գրպանը և այնտեղից ուղիղ գնաց կլուբը:

Ե

Աղա — Պարոնովի ընդարձակ խանութին կից էր մի փոքրիկ կրպակ, որ յուր վրա էր դարձրել ամբողջ քարվանսարայի ուշադրությունը: Մինչդեռ բոլոր խանութներում կպցրած էին զանազան իմաստներով հայտագրեր «Без запроса», «Без торгу.», «В кредит

никому» հիսուն կոպեկ արժեք ունեցող առարկան մի ռուբլի գնահատելու, վերջը, երկար բազար անելուց հետո, պակասացնում էին, — ընդհակառակն, հիշյալ կրպակը, ներկայացնում էր մի տարօրինակ երևույթ: Առաջին անգամ, երբ բացվեցավ նա, նրա ճակատին խոշոր սև տառերով կարդացվեցավ մի այսպիսի հայտագիր. «Без обмана» (առանց խաբեության): Մինչև այնօր օրինակը չտեսնված հայտագրի բովանդակությունը գրգռեց մյուս վաճառականների, մանավանդ Աղա — Պարոնովի, բարկությունը, իսկ հաճախորդների՝ հետաքրքրությունը: Ամեն ոք ցանկանում էր այնտեղ մտնել, գոնե փորձելու համար, արդյոք կարո՞ղ է լինել մի վաճառական, որ չխաբեր: Դա, իհարկե, մի ծաղր էր կրպակատիրոջ կողմից, և նա շուտով վեր առեց յուր չարագուշակ հայտագիրը:

Նրան կոչում էին Ռուբեն Արուսյան, մի նրբակազմ երիտասարդ, թեթև սև մորուքով և նույնպես սև, գանգուր մազերով: Բոլորովին նիհար և գունաթափ դեմքը յուր խոշոր, մելամաղձոտ աչքերով մի առանձին մշտահոգ արտահայտություն էին տալիս նրա թափանցող հայացքին: Յուր խանութում ավելի ուրիշ գործերով էր զբաղված նա, քան թե առևտրով: Խանութը փոքր էր, և վաճառքների քանակությունը սակավ, միայն բազմատեսակ: Առևտուրը անում էին երկու գործակատարները: Մինչդեռ մյուս վաճառականների աշկերտները, խանութների դռանը կանգնած, անցորդներին հանգստություն չէին տալիս և ուժով ներս էին քաշում, այստեղ, ընդհակառակն, ամեն ոք յուր տեղում նստած, այն ժամանակ միայն վեր էին կենում, երբ գնորդը ներս էր մտնում: Երդում կամ գովասանքներ չկային: Երբեմն մեծ դժվարությամբ արտասանվում էին այդ խոսքերը միայն. «եթե տանեք, պարոն, զոհ կմնաք»:

Պարոն Արուսյանը բնիկ թիֆլիսեցի չէր: Բոլորովին աղքատ ծնողների զավակ, պատանեկության հասակում եկավ նա գավառական մի փոքրիկ քաղաքից որևէ պարապմունք գտնելու: Յուր ծանոթներից մեկի միջնորդությամբ մտավ մի եվրոպացի վաճառականի մոտ, ուր սովորեց ֆրանսերեն և բավական վարժվեցավ առևտրական ձեռնարկությունների մեջ: Հետո նույն վաճառականի գործերով քանիցս անգամ ուղևորվեցավ դեպի արտասահման, տեսավ Փարիզը, Մարսելը, եղավ Լոնդոնում, Մանչեստրում և ծանոթացավ զանազան եվրոպական առևտրական քաղաքների հետ:

Նա ոչ մի դպրոցում կանոնավոր ուսում չէր ստացել: Բայց ինքնակրթությամբ այն աստիճան զարգացած էր, որ մի քանի լեզուներով ոչ միայն վարժ խոսում էր, այլև գրում էր ու կարդում էր: Ֆրանսիացու գործերի մեջ մի չափավոր դրամագլուխ ձեռք բերելով, սկսեց յուր համար անկախ վաճառականություն անել:

Նրա փոքրիկ խանութը կից էր Աղա — Պարոնովի բազմահարուստ խանութին, որ բաղկացած էր մի քանի բաժանմունքներից, և յուրաքանչյուրը լի էր զանազան տեսակ վաճառքներով: Շատ հասկանալի է, որ պարոն Արուսյանը յուր նվազ միջոցներով չէր կարող զգալի մրցություն անել Աղա — Պարոնովի հետ, բայց, այնուամենայնիվ, երիտասարդ վաճառականի դրացիությունը բոլորովին անտանելի էր դարձել մեր Կրեսոսին: Նա մի քանի անգամ ակնարկել էր քարվանսարայի տիրոջը, որ, կամ միանգամայն արտաքսե նրան, կամ հեռացնե, և յուր շենքի մի այլ կողմում խանութ տա: Բայց շենքի տերը միշտ միևնույն զգուշավոր պատասխանն էր տալիս, թե «չարժե նրա հետ ընկնել, կլյաուզնի մարդ է, կգնա կազեթներում, ո՛վ գիտե, ի՛նչ կգրե»... Կազեթից երկուսն էլ վախենում էին:

Պարոն Արուսյանը, իրավ է, ծանոթ էր հայոց թերթերի խմբագիրների հետ և երբեմն վաճառականների կյանքից հոդվածներ կամ փոքրիկ պատկերներ էր տալիս, բայց նա ամենևին «կլյաուզնի» մարդ չէր, այլ ընդհակառակն, շատ ազնիվ երիտասարդ էր: Բայց ի՞նչ արած, որ Աղա — Պարոնովի աչքի փուշն էր դարձել: Նրա դրացությունը վնասակար էր համարում Աղա — Պարոնովը մի քանի պատճառներով. նախ՝ մտածում էր, որ յուր աշկերտներն ու գործակատարները լրբանում են, երես են առնում, երբ տեսնում են, որ նա յուր գործակատարների հետ խիստ քաղաքավարի կերպով է վարվում, իսկ ինքը չէ կարողանում ոչ ծեծել և ոչ հայհոյել իրաններին: Բացի դրանից, նրա խանութի կարգերը, սովորություններն անգամ, բարկացնում էին նրան, որովհետև Աղա — Պարոնովի կարծիքով, «դուզ խոսքի ոտը կոտրած է լինում, շատ առաջ չէ գնում», իսկ առանց ստախոսության, առանց երդման, անկարելի է առևտուր անել:

Մի քանի անգամ, սաստիկ զայրանալով և գլխին տալով խլեց նա «Մշակ» թերթը յուր աշկերտներից մեկի ձեռքից, որ պարոն Արուսյանի խանութից բերելով, սկսել էր կարդալ: Ամբողջ քարվանսարան ոչ մի լեզվով լրագիր չէր կարդում: Մի քանի հոգի ստանում էին մի ռուսաց թերթ, միայն հայտարարությունները կարդալու համար;

Նա մտքին դրեց վնասել այս Արուսյանին և մինչև անգամ բոլորովին ոչնչացնել նրան: Յուր նպատակին հասնելու համար ձեռք առեց կեղծ բարեկամությունը: Դա Աղա — Պարոնովի ամենավտանգավոր զենքերից մեկն էր: «Ումը կամենում ես վնասել, նախ հետը բարեկամացիր» — նրա համար կանոն էր դառել: Թեև պարոն Արուսյանը ամենևին չէր հավատում նրա բարեկամությանը, բայց, ի պատիվ դրացիության, արհամարհանք ևս չէր ցույց տալիս, միայն երբ Աղա — Պարոնովը զանազան շողոքորթություններով դիմում էր նրան, երիտասարդի գունաթափ շրթունքների վրա միշտ պատրաստ էր մի հեգնական ժպիտ, որ սաստիկ խոցոտում էր նրան:

Աղա — Պարոնովը հայտնի ուժ էր ամբողջ քարվանսարայում: Վաճառականներից մեծ մասը նրա փողովն էին առևտուր անում, այդ պատճառով, միշտ զայրանում էր, թե ինչո՞ւ պարոն Արուսյանը չէ դիմում նրան, որ գոնե պարտքերի միջոցով ստրկացնե նրան: Իսկ պարոն Արուսյանր թեև խիստ սահմանափակ կարողության տեր էր, բայց թե՛ Մոսկվայում և թե արտասահմանում բավական վարկ ուներ, բացի դրանից, նա յուր գործերը այնքան կանոնավոր կերպով էր տանում, որ երբեք Աղա — Պարոնովի կորստաբեր սնդուկին դիմելու կարոտություն չուներ:

Չնայելով այդ բոլորին, հասարակաց կարծիքը Աղա — Պարոնովի մասին շատ նպաստավոր էր: Նրան համարում էին ոչ միայն ճշմարիտ մարդ, այլ մինչև անգամ առաքինի մարդ: Նա գիտեր գրավել, գիտեր հաճոյանալ: Ամեն տարի, մեծ զատկի տոնին, սովորություն ուներ մի քանի հարյուր ռուբլի ընծայել այս կամ այն համքարին, որ գնան Օրթա — Ճալա, մատաղ կտրեն ու իրանց համար քեֆ անեն: Երբեմն արհեստավորների աղքատ կամ որբ աղջիկները յուր փողով մարդու էր տալիս: Վաղուց խոստացել էր և շատ անգամ կրկնում էր, թե քաղաքի այնինչ թաղում, որ զուրկ էր եկեղեցուց, պետք է յուր փողով եկեղեցի կառուցանե: Բարեգործական դեպքերում բավական առատաձեռն էր: Երբ ներկայացնում էին նրան որևէ հանգանակության թերթ, միշտ պատրաստ էր մի քանի հարյուր ռուբլի ստորագրել, երբ մանավանդ գիտեր, որ լրագրներում պետք է հրատարակվի: Այդ պատճառով, երախտագետ համքարները և մանր խանութպանները պաշտում էին նրան և իրանց բարերարի լավությունները փոխարինելու համար` քաղաքային խորհրդի իրավասուներ ընտրելու ժամանակ` իրանց բոլոր քվեները նրան էին նվիրում, և Աղա — Պարոնովը ամեն անգամ ընտրվում էր մի քանի հարյուր սպիտակ քվեով:

Նա միշտ մտնում էր քաղաքային վարչության խորհրդի մեջ իրավասու ձայնավոր, բայց ուժեղ ձայնավոր: Թեև խոսելու շնորհք չուներ, ճառեր չէր կարդում, բայց երբ պետք էր այս կամ այն հարցի մասին ի նպաստ կամ աննպաստ ձայն տալ, նրա հետ աթոռներից բարձրանում էին ուրիշ շատ իրավասուներ, որ նրան էին սպասում, և իսկույն ձայնակից էին լինում: Դրանք այն վաճառականներն էին, որոնց համար միշտ բաց էր Աղա — Պարոնովի սնդուկը, երբ փողի կարոտություն ունեին:

Ամեն տեղ ընտրվում էր նա: Մի քանի որբերի (բայց անպատճառ մեծ ժառանգություն ստացած որբերի) խնամատար էր: Մի քանի հարուստ կտակների կտակակատար էր: Չէր մերժում, երբ զանազան առևտրական ծանր վեճերի մեջ միջնորդ — դատավոր էին ընտրում իրան: Մնում էր, որ Ներսիսյան դպրոցի հոգաբարձու ընտրվեր, կամ մի որևէ եկեղեցու գանձապետ — երեսփոխան և կամ Թիֆլիսի բարեգործական ընկերության խորհրդի անդամ, որ յուր փառքի զենիթին հասած լիներ: Դա շատ հեշտ էր, եթե ցանկանար միայն, բայց նա իրան միշտ հեռու էր պահում ազգային գործերից:

Թատրոն չէր սիրում, երաժշտություն կամ նվագահանդեսներ ատում էր, իսկ կլուբ հաճախում էր համարյա ամեն գիշեր: Երբ հայտնվում էր կլուբում ո՞վ ասեք, որ այնտեղից չէր բարձրանում և, մոտենալով, չէր սեղմում նրա ձեռքը, ա՛յն ձեռքը, որ հարյուրավորների տունն էր քանդել, որ հարյուրավոր ընտանիքներ թշվառացրել էր: Այնտեղ փայլում էր նա յուր ոսկու բոլոր պայծառությամբ: Ամեն ոք իրան երջանիկ էր համարում, երբ Աղա —

Պարոնովը մերժենում էր նրա սեղանին, ամենուրեք պատրաստ էին նրա համար հաճոյական քաղցր խոսքեր: Բայց նա այդ մասին բավական համեստ էր, իսկույն կքաշվեր մի անկյունում և յուր նմանների հետ հերթը մի կոպեկով նարդի կխաղար:

Կլուբից վերադառնում էր տուն այնքան ուշ, որ ամբողջ ընտանիքը քնած էր լինում, իսկ առավոտյան տնից դուրս էր գալիս և խանութը գնում այնքան վաղ, որ նրանց դարձյալ քնած էր թողնում: Այդ էր պատճառը, որ նա յուր կնոջ և զավակների հետ խիստ հազիվ անգամ էր հանդիպում, և խիստ վատ հետևանքներ ուներ նրա ընտանեկան կյանքի վրա:

Արևը վաղուց արդեն մտել էր: Մի քանի լապտերներ միայն մնացել էին վառ, նրանք ևս մարեցան, և երեկոյան ծանր խավարը տիրեց վաճառականների մթին աշխարհը: Այդ միջոցին երկու դրացիները կողպեցին իրանց խանութները և միասին դուրս եկան քարվանսարայից:

— Գնանք մի փոքր ման գանք, — առաջարկեց Աղա — Պարոնովը: — Զով գիշեր է:

Քարվանսարայի Կրեսոսի ուշադրությունը զարմացրեց պարոն Արուսյանին, որովհետև նա սովորություն չուներ փողոցներում իրանից ստորին անձանց հետ զբոսնելու և մանավանդ պարոն Արուսյանի հետ, որին սաստիկ ատում էր:

— Ներեցեք, հարգելի Սերգեյ Եգորիչ, — ասաց երիտասարդը, — մեծ ուրախությամբ կգայի, բայց տանը փոքր — ինչ գործ ունեմ:

Օրհնած, միշտ գո՛րծ, միշտ գո՛րծ, պետք է երբեմն էլ հանգստության համար մտածել:

— Բայց այնպիսի գործ է, որ հետաձգել չեմ կարող:

— Դարձյալ «էն բաներեմեն կուլի»..., — նկատեց Աղա — Պարոնովը ծիծաղելով:

— Կամ «էն բաներեմեն», կամ մի ուրիշ բան, հարգելի Սերգեյ Եգորիչ, — պատասխանեց պարոն Արուսյանը, նույնպես ծիծաղելով: — Ով ինչ որ սիրում է, նրան այն է դյուր գալիս, թեև շատ հասարակ բան լիներ:

Նրանք սեղմեցին միմյանց ձեռքը և բաժանվեցան: Պարոն Արուսյանը դիմեց դեպի յուր բնակարանը, իսկ Աղա — Պարոնովը յուր ծանր քայլերն ուղղեց դեպի Գալավինսկի պրոսպեկտը ծանոթներին հանդիպելու և նոր «խաբարներ» լսելու: Նրա համար տուն չկար, ընտանիք չկար: Խանութից տուն վերադառնում էր նա այն դեպքերում միայն, երբ հյուրեր ուներ, և հարկադրիչ պահանջը ստիպում էր նրան տանը գտնվել:

Բայց նրա նկատողությունը՝ պարոն Արուսյանի այնպես շտապով տուն գնալու մասին առանց խորիրդի չէր: Նա գիտեր, որ գիշերները զանազան երիտասարդներ հավաքվում են պարոն Արուսյանի մոտ, ժամանակ են անցկացնում և զանազան բաների վրա խոսում են, — իսկ թե ի՞նչ բաների վրա, թեև այդ մասին ճիշտ տեղեկություն չուներ, բայց, այնուամենայնիվ, նրան ոչ միայն զարմացնում էր, այլ խիստ ծիծաղելի էր թվում, որ մարդիկ նստում են, իզուր խոսում են այնպիսի հարցերի մասին, որոնցից նյութապես առանձին շահ չունին:

Պարոն Արուսյանը սեփական տուն չուներ. երկու սենյակ միայն վարձել էր նույն փողոցի վրա, ուր գտնվում էր Աղա — Պարոնովի եռահարկ տունը: Խանութով դրացի լինելով, յուր բնակարանով ևս շատ հեռու չէր նրանից:

Վերադառնալով յուր կացարանը, լամպան վառ գտավ, սեղանի վրա դրած էր մարած սամովարը, իսկ նրա մոտ՝ դատարկ թեյամանը մի քանի հոգնած բաժակների հետ, որոնք այնպիսի տխուր տպավորություն էին գործում, որ, կարծես, հենց նոր էին ազատվել խմողների ագահ շրթունքներից: Բաժակների մոտ ածած էին պանրի, հացի, երշիկի կտորտանքներ, որ լրացնում էին թեյի սեղանի անկարգությունը:

Փոքրիկ սենյակը սաստիկ ծխված էր. լամպայի աղոտ լույսը հազիվ թափանցում էր տիրող մառախուղի մեջ: Երիտասարդը զարմանալով աչք ածեց յուր շուրջը և ապա մոտեցավ լուսամուտին, բաց արեց, որ խեղդող օդը փոխվի:

Առավոտյան, խանութը գալու միջոցին, պատվիրել էր ծառային, որ երեկոյան սամովարը շուտ դնե, փոքր — ինչ ընթրիք պատրաստե, որովհետև գիշերը հյուրեր պիտի ունենա: Բայց մի՞թե նրանք եկել էին և, իրան չսպասելով, դարձյալ գնացել էին:

Նա ձեռքը տարավ դեպի զանգակի պարանը, մի քանի անգամ ձիգ տվեց: Խոհանոցից, աչքերը տրորելով և հորանջելով, հայտնվեցավ քնաթաթախ սպասավորը, որ, միևնույն ժամանակ, խոհարարի պաշտոն էր կատարում: Երիտասարդը նայեց նրա երեսին և ծիծաղելով հարցրեց.

— Դարձյալ քնա՞ծ էիր, Հայրապետ:

— Ապա ի՞նչ անեի, — պատասխանեց նա խռպոտ ձայնով: — նստեցի, այնքան նստեցի, մինչև քունս տարավ:

— Այստեղ մարդիկ եղե՞լ են:

Հայրապետը քնեած աչքերը սկսեցին զարմացմամբ խուզարկել ծխված սենյակի շուրջը:

— Եղել են, — պատասխանեց նա անփույթ կերպով: — Եկան, նստեցին, հրհռացին, բայց հիմա չկան:

— Տեսնում եմ որ չկան: Ո՞վքեր էին:

Հայրապետը ձեռքը տարավ դեպի ճակատը, սկսեց սաստիկ շփել, որ հիշողությունը ամփոփե:

— Մեկը այն երկար մազերով տղան էր, — ասաց նա մի նշանավոր գյուտ արածի նման:

— Ո՞ր երկար մազերով տղան:

— Այն, որ ձեռքին հաստ փայտ է ման ածում և, ման գալու ժամանակ, գլուխը գիժ մոզիի նման միշտ ժաժ է տալիս:

Պարոն Արուսյանը հասկացավ, թե ում մասին է խոսում:

— Մյուսը ո՞վ էր, — հարցրեց նրանից:

— Մյո՞ւսը, — մի առանձին հեզնությամբ կրկնեց Հայրապետը, — մյուսը այն կաղն էր: Աջ ոտից խո չոլախ էր ու չոլախ, իսկ այս գիշեր սկսել էր ձախ ոտիցն էլ կաղալ. ասում էր՝ կոշիկս հուպ է տալիս:

— Երրո՞րդը:

— Երրորդը այն պատռտված վարժապետն էր, որ միշտ գալիս է, ասում է, դասեր չեմ գտնում, և քեզնից փող է վեր առնում: Ախար նրանց ո՞վ տուն կթողնե: Ով որ նայելու լինի, կվախենա, չլինի՞ թե նախասենյակից պալտո գողանա:

— Չորրո՞րդը:

— Նրան չճանաչեցի, առաջին անգամն էի տեսնում, նոր մարդ է: Մի ակնոցավոր տղա էր: Քթի տակից միշտ երգում էր, ո՞ւմ համար էր երգում, ինքն էլ չգիտեր:

Հայրապետի թե՛ արհամարհանքը և թե տհաճությունը այցելուների վերաբերությամբ այնքան սովորական էր, որ պարոն Արուսյանը առանձին ուշադրություն չդարձրեց, միայն կամեցավ յուր մշտական պատվերը այս անգամ ևս կրկնել, որ յուր բացակայության ժամանակ՝ ով որ գալու լինի՝ պետք է նրա անունը հարցնե, որ իրան ասե:

— Այսպես չէ կարելի, Հայրապետ, — նկատեց նրան, — ինչո՞ւ անունները չես հարցնում:

— Հարցնում եմ, որ միտքս չէ մնում, ի՞նչ անեմ, — պատասխանեց նա փոքր — ինչ զայրացած ձայնով, որ դժվար էր որոշել, արդյոք յուր մոռացկոտ մտքի վրա է բարկանում թե՞ պարոնի ծանր առաջարկության վրա:

— Գրել խո իմանում ես, հարցրու և իսկույն գրիր, որ չմոռանաս:

— Մատիտս կորցրել եմ:

— Դու միշտ կորցնում ես քո մատիտը: Եկ, քեզ մի նոր մատիտ կտամ:

Երիտասարդը մոտեցավ գրասեղանին, որ նրան նոր մատիտ տա: Իսկ Հայրապետը մոտեցավ թեյի սեղանին և, նկատելով նրա վրա տիրող անկարգությանը, բոլորովին գժվեցավ: Սկսեց ինքն իրան տրտնջալ.

— Հազար անգամ ասում եմ, երբ դու տանը չես, պետք չէ ոչ մի մարդու ներս թողնել: Նա ինձ չէ լսում: Ա՛յ, կգան ու այդպես կանեն: Սամովարը դատարկել են, հացը կերել են, շաքարը պրծացրել են և ստաքանները այսպես կեղտոտ թողել գնացել են: Արի ու նորից սամովար դիր, նորից ստաքանները լվա: Ես ո՛ւմ համար էի պատրաստել, ո՛վքեր եկան լափեցին...

— Վնաս չունի, Հայրապետ, — աշխատում էր հանգստացնել նրան պարոն Արույսյանը: — Նրանք շատ լավ տղերք են, շատ լավ տղերք են, դու իզուր ես բարկանում նրանց վրա:

— Հա՛, ուտելու, խմելու, փողի համար շատ լավ տղերք են..., — գլուխ շարժելով մրթմրթաց Հայրապետը և սկսեց սեղանի վրա թափված փշրանքները հավաքել:

Պարզամիտ Հայրապետի վրդովմունքը մի առանձին զվարճություն էր պատճառում պարոն Արույսյանին: Ժպտալով ասաց նրան.

— Աշխարհի բանը այդպես է, Հայրապետ, այսօր ես ունիմ, նրանց կտամ, ո՞վ է, իմանում, մի օր էլ ես չեմ ունենա, նրանք ինձ կտան:

— Նրանք երբեք փողի տեր չեն դառնա:

— Ինչո՞ւ, Հայրապետ: Նրանք ավելի ընդունակ, ավելի խելացի մարդիկ են, քան թե մեր փողատերերից շատերը: Բայց եթե մի դժբախտություն ունեն, այդ այն է, որ վերին աստիճանի ազնիվ մարդիկ են: Ազնվությունը և ոսկին բավական դժվար է հաշտեցնել միմյանց հետ: Դա ամբողջ աշխարհի դժբախտությունն է... — Առ այդ մատիտը:

Հայրապետը մոտեցավ մատիտը առնելու, դարձյալ մնալով իր համոզմունքի մեջ: Այդ միջոցին նրա աչքին ընկավ պապիրոսների կապոցը, որ այն երեկո էր գնել և դեռ չէր բացված: Սկսեց նորից մրթմրթալ.

— Մի հատ էլ չեն թողել, բոլորը ծխել են... Ասում եմ, թե ինչո՞ւ է սենյակը այսպես մխով լցված: Ծխածը ծխել են, մնացածն էլ իրանց հետ են տարել...

Նոր կորուստը այն աստիճան զայրացրեց Հայրապետին, որ յուր պարոնի թուլությունները պատժելու համար հրաժարվեցավ մինչև անգամ մատիտը ընդունել նրա ձեռքից, և այնուհետև չմոռանալու համար, նրա այցելուների անունները գրել:

Պարոն Արուսյանը հույս ուներ, որ խաղաղությամբ կվերջացնէ բարեսիրտ Հայրապետի հետ, բայց պապիրոսների հարցը բոլորովին գժվացրեց նրան: Թե' պապիրոսները) թե՛ թեյը և թե ճաշելիքները պատրաստել էր նա՝ այն երեկո սպասվող հյուրերի համար, իսկ այժմ, ընդհակառակն, բոլորովին ինքնակոչ հյուրեր եկել, ամենը սպառել էին: Այդ անկարգությունից հետո ի՞նչպես ասել նրան, որ նորից սամովար դնէ, որ նորից ընթրիք պատրաստեք: Պարոն Արուսյանը թողեց, որ նա փոքր — ինչ հանգստանա, մանավանդ երբ տեսավ, որ Հայրապետը մարած սամովարը վեր առեց և տրտնջալով դուրս գնաց սենյակից:

Հայրապետը բնիկ Հին — Նախիջևանի գյուղերիցն էր, մի ցամաք, թխադեմ երիտասարդ, որ քսան տարեկանից ավելի կլիներ, բայց իրանց երկրի երեխաների նման՝ դեռ կարմիր շապիկ էր հագնում: Երկար ժամանակ ծառայում էր նա, բայց տակավին դժվար էր որոշել, թե պարոն Արուսյանի փոքրիկ տնտեսության մեջ ո՞րը ավելի ձայն կամ հեղինակություն ուներ: Երբեմն նա բռնանում էր յուր պարոնի թե՛ քսակի և թե ճաշակի վրա: Օրինակ, պարոն Արուսյանը պատվիրում է նրան, որ մի սուկի առնէ և գիշերվա համար խորոված պատրաստէ: Բայց նա, ընդհակառակն, պատրաստում է ոչխարի մսից տապակ, մտածելով, որ դա ավելի էժան է և համեղ, իսկ սուկին թանկ է: Նրա հավատարմությունը օրինակելի էր, իսկ խնայողությունը ժլատության էր հասնում: Խոհարարի և սպասավորի իրավունքներից անցնելով, երբեմն նա յուր պարոնի վերաբերությամբ նաև դայակի իրավունքներ էր գործ դնում: Պատահում էր, որ պարոն Արուսյանը գիշերը ուշ էր վերադարձել, կամ երկար էր նստել և առավոտյան ուշ էր վեր կենում: Այդ դեպքերում Հայրապետի տհաճությունը չափ չուներ: Առանց քաշվելու կմտներ նրա քնարանը և, կողքը բզելով, կզարթեցներ, որ խանութ գնա, ինչպես մայրերը ծույլ երեխաներին զարթեցնելով, վարժատուն են ուղարկում, որ դասից հետ չընկնեն: Նա չափազանց զգաստ էր յուր գործին: Բայց միակ դժբախտությունը նրանում էր, որ եթե երկու բան միասին պատվիրեիր, ամենակարևորագույնը անպատճառ կմոռանար և միշտ կմեղադրեր պարոն Արուսյանին, թե ինչո՞ւ ամեն բան յուր ժամանակին չէ ասում: Հաշիվներ չգիտեր: Ստացած փողի մնացորդը կդներ պարոն Արուսյանի սեղանի վրա, ասելով, «այդքան մնաց»: Եվ պարոն Արուսյանը իրավունք չուներ որևէ նկատողություն անել:

Սենյակի մուխը դուրս գալուց հետո այժմ միայն նկատելի եղավ նրա ներքին կարգն ու սարքը: Կոկիկ սենյակը ավելի մի աշխատասեր, լրջամիտ ուսանողի կացարանի էր նմանում, քան թե վաճառականի բնակարանի: Պարզ, մաքուր կահ — կարասին բոլորովին համապատասխանում էր այն անշքությանը, որ տիրապետում էր այնտեղ: Յուրաքանչյուր առարկայի մեջ նկատվում էր ճաշակ և հարմարություն: Պահարանում կարգով շարված էին զանազան գրքեր, զանազան լեզուներով: Լայն գրասեղանը ծանրաբեռնված էր այլևայլ ուսումնական պարագայքով: Նրա հանդեպ՝ պատից քաշ էր ընկած սենյակի միակ զարդը, մի տխուր պատկեր, որ ներկայացնում էր ավերակների ընդարձակ տարածություն: Մի մանկահասակ կին, սգավոր դեմքով, նստած էր փլատակների վրա և ձեռքը մեկնած, մի առ մի ցույց էր տալիս յուր փոքրիկ զավակին կործանված քաղաքները, հզոր պալատների բեկորները, և պատմում էր նրանց անցյալի պատմությունը:

Հայրապետի հեռանալուց հետո՝ պարոն Արուսյանը կրկին մոտեցավ գրասեղանին, նստեց, և ծոցի գրպանից հանելով մի փոքրիկ տետրակ, սկսեց կարդալ: Նա ուշադրությամբ կարգում էր և միևնույն ժամանակ մատիտով ուղղում էր զանազան տեղերը: Այս արարմունքի մեջ խորասուզված էր, երբ սենյակի դռները հեզիկ կերպով բացվեցան, և կաշյա թղթապահը թևքի տակին, ներս մտավ մի մանկահասակ օրիորդ: Նրա սևլիկ դեմքը ավելի մռայլ արտահայտություն էր ստացել մուգ — ծխագույն խոշոր ակնոցներից, որոնց տակին թաքնված էին նույնպես խոշոր, բայց թախծալի աչքերը: Նա լուռ մոտեցավ, թղթապահը դրեց պարոն Արուսյանի գրասեղանի վրա ու ձեռքը մեկնեց զբաղված երիտասարդին:

— Ա՜խ, դո՞ւ ես, Սաթենիկ, — ասաց նա տետրակը մի կողմ գնելով: — Կներես, օրիորդ, որ երեկ ես բոլորովին մոռացա ասել, որ այս երեկո հազիվ թե կարող կլինեմ պարապել քեզ հետ:

— Ոչինչ, — ասաց օրիորդը մի այնպիսի խուլ ձայնով, որ

որովայնախոսի նման, կարծես կուրծքի խորքիցն էր լսվում: — Ես իսկույն կգնամ, չեմ խանգարի քեզ:

— Նա զգուշությամբ գրասեղանի վրայից առեց յուր թղթապահը և պատրաստվում էր հեռանալ:

Երիտասարդը նայեց ժամացույցին, ասելով.

— Նստի՛ր, դեռ ևս կարող ենք մի փոքր խոսել:

Օրիորդը կրկին թղթապահը դրեց գրասեղանի վրա և նստեց նրա մի կողմում:

— Այժմ ինչպե՞ս է առողջությունդ, — հարցրեց երիտասարդը:

— Դարձյալ նույնպես... ոչինչ փոփոխություն չի եղել..., — պատասխանեց նա նվաղած ձայնով:

— Դու պետք է թողնես դասերդ, Սաթենիկ, անպատճառ պետք է թողնես: Այդ անտանելի դասերը բոլորովին մաշեցին քեզ: Բժիշկը պատվիրում է, որ շատ չխոսես, շատ ման չգաս, իսկ դու՝ քո դասերի պատճառով՝ ստիպված ես ամեն օր մի քանի անգամ քաղաքի մի ծայրից մյուսը գնալ:

— Ի՞նչպես թողնեմ... — ասաց նա մի այնպիսի տխուր եղանակով, որով հասկանալի էին բոլոր դառն պատճառները:

Պարոն Արուսյանին հայտնի էին պատճառները, և նա այդ մասին երկար չթախանձեց: Նա ավարտել էր հայոց օրիորդական դպրոցներից մեկում, հետո մտել էր ռուսաց իգական գիմնազիա, այնտեղ ևս յուր ուսումը վերջացրել էր: Այժմ մի քանի տներում դասեր էր տալիս, որպեսզի կարողանա թե՛ ինքը ապրել և թե' կերակրել պառավ մորը և հիվանդ քրոջը, որ այրի էր: Ամեն երեկո, երբ պետք էր մի փոքր հանգստանալ, գալիս էր պարոն Արուսյանի մոտ հաշվապահություն սովորելու, որովհետև նրան խոստացել էին մի գործարանի գրասենյակում տեղ տալ: Այդ բոլորը կատարում էր նա և ստիպված էր կատարել յուր մաշված կուրծքով, ուր բարակացավը սկսել էր փութով զարգանալ:

Պարոն Արուսյանին սաստիկ տանջում էր դժբախտ օրիորդի դրությունը, և նա շատ անգամ մտածել էր որևէ կերպով թեթևացնել նրա հոգսերը, բայց միշտ հանդիպել էր նրա համառ անձնասիրությանը, որ նպատակ էր դրել իր աշխատանքով ապրել և ոչ ոքի օժանդակությանը ձեռք չմեկներ: Նա պարոն Արուսյանի այցելուներից միակն էր, որի առջև ամենայն հոժարությամբ դռները բաց էր անում Հայրապետը:

— Ի՞նչպես է գնում քո թարգմանությունը, — հարցրեց երիտասարդը:

— Խիստ դանդաղ... և սիրտ չկա շարունակելու...., — ասաց նա մի առանձին դժգոհությամբ: — Եվ ո՞ւմ համար թարգմանեմ: Ինքս միջոցներ չունեմ տպագրել տալու: Տանում եմ մեր խմբագիրների մոտ, կարծես, մի առանձին շնորհ են անում, որ ուրիշի աշխատությունը առնում են և ձրի տպում: Բայց միշտ քարոզում են, թե ամեն աշխատանք պետք է վարձատրվի, շատ հասկանալի է, որ իրանց սեփական աշխատանքը միայն և ոչ ուրիշներինը: Տանում եմ հայոց գրքերի տպագրության ընկերությանը, մեծ խոստումներով ձեռագիրը առնում են, հետո, ամիսներից, գուցե տարիներից հետո, երբ հարցնում ես, թե ի՞նչ եղավ, զարմանալով պատասխանում են. «մի՞թե մի այսպիսի ձեռագիր հանձնել ես մեզ»: Արի գտիր: Կիրակոսը ասում է Մարկոսի մոտ կլինի, իսկ Մարկոսը ասում է Պետրոսի մոտ կլինի: Մեկը մյուսից խաբար չունի:

Գլուխը խոնարհեցնելով լռեց նա, և մի քանի րոպեից հետո, յուր տխուր դեմքը դարձնելով դեպի երիտասարդը, հարցրեց.

— Դու ինչո՞վ ես զբաղված այս երեկո:

— Ահա դրանով, — ասաց պարոն Արուսյանը, տալով նրան նույն տետրակը, որ մինչ օրիորդի գալը ուղղում էր: — Այս երեկո հավաքվելու են ինձ մոտ մի քանի գործակատարներ՝ կարդալու համար:

Օրիորդը սկսեց թերթել տետրակը, ասելով.

— Դու, որքան հիշում եմ, մի ժամանակ այդ մասին խոսում էիր:

— Այժմ աշխատում ենք խոսքը գործ դարձնել: Ես կարծում եմ, որ մի այդպիսի ձեռնարկություն փոքրիշատե կթեթևացներ մեր գործակատարների աննախանձելի դրությունը:

Օրիորդը դեռ լռությամբ թերթում էր տետրակը: Դա մի համառոտ ծրագիր էր, որով պարոն Արուսյանը ցանկանում էր խնայողական դրամարկղ հիմնել նույն քարվանսարայի գործակատարների համար, ուր ինքը խանութ ուներ:

— Իմ կարծիքով, — նկատեց օրիորդը, — նյութականը այնքան չէ ճնշում մեր գործակատարներին, նրանք եթե փոքր են ստանում, բայց շատ գողանում են: Ավելի նպատակահարմար կլիներ մտածել մի այնպիսի հիմնարկության մասին, որ բարոյապես կրթեր նրանց, որ մտավոր սնունդ տար նրանց: Ովքե՞ր են մեր գործակատարները: — Ըստ մեծի մասին ոչ մի տեղ ուսում չառած, խանութպանների մոտ աշկերտությամբ առաջացած և նրանց բոլոր խարդախությունները սովորած մարդիկ են: Փող միշտ կգտնեն նրանք: Մի բան, որ պակասում է նրանց, այդ է՝ բարոյական կրթությունը:

— Բոլորովին ճիշտ է քո նկատողությունը, օրիորդ, — պատասխանեց պարոն Արուայանը: — Բայց հարցը նրանումն է, թե ինչո՞ւ համար են գողանում մեր գործակատարները: Գողանում են, որովհետև փոքր են ստանում և շատ են ծախսում: Խնայողական դրմարկղը կնտելացներ նրանց չափավորության և, բացի դրանից, մի փրկարար ապաստան կլիներ, որ գոնե այն օրերում, երբ վաճառականները արտաքսում են նրանց, երբ զրկում են թե՛ ռոճիկից և թե՛ գողությունից, — որ գոնե այդ դեպքերում քաղցած չմնային:

— Այդ կնշանակե խրախուսել նրանց մեջ անբարոյականությունը, — ասաց օրիորդը, — և այժմ միայն նրա տխուր դեմքի վրա երևաց մի թեթև ժպիտ: — Քաղցածությունը գուցե ավելի խրատական կլիներ նրանց համար, քան թե դրամարկղի ապաստարանը:

— Ինչո՞ւ ես դու այդպես ծուռն կերպով բացատրում իմ խոսքերը, Սաթենիկ, — պատասխանեց երիտասարդը փոքր — ինչ տաքացած ձայնով: — Ո՞վ է հակառակում, թե պետք է նրանց մտավոր սնունդ տալ, բարոյապես կրթել: Որքա՞ն անգամ քեզ հետ խորհել եմ այդ մասին, որքա՞ն անգամ մտածել եմ կիրակնօրյա դպրոցների մասին, գործակատարների համար ընդհանուր գրադարանի մասին և ուրիշ այլևայլ միջոցների մասին: Մի՞թե նույնիսկ այդ նպատակով չհիմնվեցավ վաճառականաց կլուբը: Բայց ի՞նչ արած, որ մեզ մոտ ամեն մի օգտակար հիմնարկություն հազիվ հասնում էր իր նպատակին: Վաճառականաց կլուբը դարձավ խաղաթղթի և անմիտ պարահանդեսների ասպարեզ, որ զարդացրեց միայն շռայլություն աղքատ վաճառականների ընտանիքում: Աղքատ վաճառականի կինը, աղջիկը, որ մի ձեռք շնորհիքով հագուստ ունեին և ամբողջ տարին խնամքով պահում էին և միայն տոն օրերում հանելով տանից դուրս էին գալիս, — իսկ այժմ, ընդհակառակն, ամեն շաբաթ կլուբի պարահանդեսներին ու երեկույթներին մասնակցելու համար խեղդում են իրենց ողորմելի ամուսիններին, որ միշտ նոր ու նոր հագուստներ կարել տան, այլևս չեմ խոսում մյուս ծախսերի մասին:

Օրիորդը դեռ շարունակում էր լուռ թերթել տետրակը:

— Մտածվում է, և ես այդ մասին աշխատում եմ, որ գործակատարների համար ևս մի կլուբ հիմնվի: Դա գոնե մասամբ կազատեր նրանց «Մուշտայիդից» և Միխայլովսկի փողոցի այգիներից: Գործակատարը երիտասարդ է, կյանքը եռ է գալիս նրա մեջ, շտապում է վայելել նրան: Երբ ուրիշ ավելի վայելուչ միջոցներ չկան, նա ընկնում է անբարոյականության մեջ:

Օրիորդը գլուխը վեր բարձրացրեց, հարցնելով.

— Դու կարծում ես, որ գործակատարների կլուբը նույնպես պարահանդեսների և խաղաթղթի ասպարեզ չի՞ դառնա:

— Գուցե կդառնա, նայելով, թե որպիսի ուղղություն կտրվի նրան: Բայց երկու չարյաց փոքրագույնը: Երբ գործակատարը գիշերը ոչ մի տեղ չունի ժամանակ անցկացնելու, հաճախում է այնպիսի տեղեր, ուր ստիպված է ծախսել և շատ ծախսեր Եվ որովհետև իր չնչին ռոճիկը անկարող էր այդ ծախսերին դիմանալ, նա սկսում է գողանալ: Ես ճանաչում եմ գործակատարներ, որ ամիսը 25 ռուբլի ռոճիկ ունեն, բայց 25 ռուբլի վճարում են միայն երկու սենյակի վարձը, ուր ապրում է նրանց սիրուհին: Մյուս ծախքերը լրացնելու համար, իհարկե, պետք է խարդախությունների դիմեն:

Դրսում, սանդուղքների վրա, լսվեցան ոտնաձայներ: Օրիորդը վեր կացավ, և ձեռքը մեկնելով, ասաց.

— Երևի քո հյուրերը գալիս են, ես այժմ կգնամ:

— Ինչո՞ւ ես շտապում, — նրա ձեռքը բաց չթողնելով թախանձում էր երիտասարդը: — Եթե քեզ հետաքրքրում է, կխնդրեի, որ դու ևս մասնակցեիր մեր փոքրիկ ժողովին, տարակույս չունիմ, որ մենք օգուտ կքաղենք և քո կարծիքներից:

— Մեծ ուրախությամբ կմնայի, բայց ես պետք է բժշկի մոտ գնամ: Քրոջս հիվանդությունը դարձյալ սաստկացել է:

Նա առեց թղթապահը և հուշիկ քայլերով դուրս եկավ սենյակից: Պարոն Արուսյանը բացականչեց.

— Խե՛ղճ աղջիկ, ինքը հիվանդ, պիտի հոգ տանե և հիվանդ քրոջ մասին, պիտի կերակրե աղքատ ընտանիքը... Ցավալի զոհ դառն հանգամանքների...

Սանդուղքներից լսվող ոտնաձայնը պարոն Արուսյանի սպասած հյուրերինը չէր: Բարձրանում էր մի անձն միայն, բայց այնքան շտապով, որ սաստիկ աղմուկ էր հանում: Հանկարծ փոքրիկ սենյակի դռները շառաչմամբ ետ գնացին, շնչասպառ ներս ընկավ նա: Դա նույնպես մի օրիորդ էր, բայց բոլորովին հակապատկերը մտահույզ, մելամաղձոտ Սաթենիկի: Ահագին սև գլխարկը, որի ձևը այլանդակության էր հասնում, և ձեռքի նույնպես ահագին հովանին, որ միևնույն ժամանակ գավազանի տեղ էր ծառայում, բավական էին արտահայտելու մի արտակարգ բնավորություն, որ գիտեր արհամարհել հասարակաց գեղասեր ճաշակը: Նա իրավ գեղեցիկ չէր, բայց մարդկանց պատժելու համար, կարծես, դիտմամբ ավելի տգեղացրել էր իրան: Հեզնական ծիծաղը երեսին, շտապով մոտեցավ նա և, անփույթ կերպով ձեռք տալով, ասաց.

— Կներես, պարոն Արուսյան, ես մի րոպեով միայն մտա քեզ մոտ. պարոն Միրաքը արդեն վերջացրել է իր նոր վեպը. վճռեցինք,որ հավաքվինք քեզ մոտ, կարդանք: Համաձա՞յն ես:

— Ովքե՞ր կլինին, — հարցրեց պարոն Արուսյանը:

Օրիորդը մի առ մի թվեց անունները:

— Մեծ ուրախություն կպատճառեք ինձ, — ասաց երիտասարդը: — Եվ դա շատ նպատակահարմար կլիներ: Այժմ վաճառականների հարցը հերթի վրա է: Կարծես պարոն Միրաքի վերջին աշխատությունը նրանց կյանքիցն է առնված:

— Այո՛, պարոն Արուսյան, մի կատարյալ լուսանկար է, դու անպատճառ կհավանես: Այժմ ցտեսություն:

Նա վազեց դեպի դռները, բայց մի բան մտաբերելով, կրկին ետ դարձավ,հարցնելով.

— Ե՞րբ պետք է հավաքվել, պետք է նշանակել օրը, որ մյուսներին ևս իմացում տամ:

— Ավելի հարմար է առաջիկա շաբաթ երեկոյին:

— Իհարկե, ճաշելիքներ, գինի, մրգեղեններ և ամեն ինչ ըստ կարգին պատրաստել կտաս: Մեր հասարակությունը այդ մասին գիտես սաստիկ խստապահանջ է: Ցտեսություն:

Պարոն Արուսյանը բռնեց նրա ձեռքից, ստիպելով.

— Ինչո՞ւ ես այսպես շտապում, մի փոքր նստիր, հանգստացիր, երևում է, որ շատ հոգնած ես:

— Այո՛, հոգնած եմ, — ասաց նա, աշխատելով ձեռքը ազատել: — Այնքան ման եմ եկել, որ ոտներս շան նման հաչում են:

— Օրիորդ Սաթենիկին տեսա՞ր:

Այդ երկու օրիորդները թեև մի առանձին ատելություն չունեին, բայց համբերել ևս չէին կարող միմյանց:

— Տեսա, — ասաց նա երեսը խոժոռելով, — սանդուղքներից թոնթորալով ցած էր իջնում: Երևի քո մասից էր դուրս գալիս: Բարևեցի, ձայն չհանեց: Կամ այնպիսի ձայն հանեց, որ ես չլսեցի: Այդ աղջիկը օրըստօրե այնքան փոքրանում է, որ վերջը բոլորովին կհալվի: Ցտեսություն:

— Լավ, ո՞ւր պիտի գնաս, որ այդպես շտապում ես:

— Պարոն Վախթանգյանի մոտ:

Դա մի երիտասարդ նկարիչ էր, որ փայլուն ապագա էր խոստանում:

— Իսկ այնտեղի՞ց:

— Պարոն Սելիմի մոտ:

Դա մի երիտասարդ նվագադիր — երաժիշտ էր, որ սկսել էր հայկական եղանակները եվրոպական ձայնագրության վերածել:

— Հետո՞:

— Օրիորդ Անահիտի մոտ:

Դա մի պոլսեցի դերասանուհի էր, որ հրաշալի աչքեր ուներ, բայց անախորժ ձայն:

— Իսկ այնտեղի՞ց:

— Այսպես, եթե բոլորը հարցնելու լինիս, այնքան ժամանակ կխլես ինձանից, որ ես չեմ կարող և ոչ մեկին տեսնել: Ցտեսություն:

— Կարող ես: Մի փոքր նստիր, ես ուրիշ բան պիտի հարցնեմ, մի բան միայն:

Օրիորդը մոտեցավ պարոն Արուսյանի գրասեղանին, առեց այնտեղի վերջին մնացած պապիրոսը, վառեց և ձգվեցավ դիվանի վրա: Նա կրկին սկսեց հառաչել, թե «ոտները շան նման հաչում են»:

— Երևի, շատ ես թափառել:

— Ա՜խ, ո՛րտեղ ասես չեմ եղել:

— Օրինակ, ո՞րտեղ:

— Դու դարձյալ սկսեցիր քո հարցուփորձը, — ընդմիջեց օրիորդը, տեղից վեր կենալով: — Դու խոստացար միայն մի բան հարցնել: Ցտեսություն:

— Լավ, նստիր, ուրիշ բան չեմ հարցնի:

Նա կրկին ձգվեցավ դիվանի վրա, սկսեց ծխել:

Նրա տոհմանունը Վահրամյան էր, իսկ անունը Վարդուհի, բայց ծանոթները կոչում էին օրիորդ «Ցտեսություն»: Այդ մականունը ստացել էր նա իր չափազանց շրջմոլիկ սովորության պատճառով, որ նրա մեջ համարյա մի առանձին ախտ էր դարձել: Ամեն օր, գործով թե անգործ, պետք է անպատճառ յուր բոլոր ծանոթների մոտ մտներ և, ոտքի վրա մի քանի խոսք խոսելով, և վերջը «ցտեսություն» ասելով շտապով հեռանար: Նրա մեջ տևողական ոչինչ չկար, բացի յուր բարի սիրտը: Ամեն ինչ սկսել էր և այնպես կիսատ թողել: Յուր բախտը և ընդունակությունները զանազան ձեռնարկությունների մեջ վարձելուց հետո, այժմ սկսել էր մանկաբարձություն սովորել, որմի կտոր հաց գտնե: Եղել էր արտասահմանում, եղել էր Շվեյցարիայում, շատ խոսացել էր, բայց ոչինչ չէր սովորել: Միրահար էր գեղարվեստի և գեղարվեստով պարապողների ե նրանց համար ամեն հանձնարարություն պատրաստ էր կատարել: Պարոն Արուսյանի հետ նրա հարաբերությունը կատարյալ բարեկամական էր: Երիտասարդը սաստիկ հարգում էր այդ եռանդոտ, բայց անբախտ աղջկան: Նա, օրիորդ Սաթենիկի նման, չէր մերժի ծանոթների օգնությունը երբ դրամի պետք ուներ, իսկ եթե նրանց մեջ կարոտություն նկատեր, յուր վերջին լուման կտար: Բոլորովին գռեհիկ և խստաբարո ծնողների զավակ էր, յուր ամբողջ կյանքում նրանցից որևէ մխիթարություն չէր տեսել: Ծնողները հալածում էին նրան, որովհետև իրանց նման չէր:

Սամովարը ձեռին, կրկին հայտնվեցավ Հայրապետը և, խեթ կերպով նայելով դեպի օրիորդը, դրեց սեղանի վրա:

— Այ՛, խելացի բան, տեսա՞ր, սիրելի Հայրապետ, — ծիծաղելով ասաց նրան օրիորդը: — Օրհնած, մի փոքր վաղ բերեիր, դու չէի՞ր իմանում, որ քո պարոնը հյուր ունի:

— Հենց դո՛ւ էիր պակաս, — պատասխանեց ծառան յուր խռպոտ ձայնով: — Ես յուր ժամանակին սամովարը դրել էի, բայց «քաղցածներ» քեզանից առաջ եկան ու դատարկեցին:

Օրիորդը գիտեր, թե «քաղցածներ» բառը սովորաբար ի՛նչ տեսակ այցելուների համար գործ էր դնում Հայրապետը:

— Հայրապետին մի՛ խոսացրեք, — մեջ մտավ պարոն Արուսյանը, — նա այս երեկո սաստիկ բարկացած է:

— Այդ ոչինչ, մենք Հայրապետի հետ կկռվինք, դարձյալ շուտով կբարիշենք, — ասաց օրիորդը, տեղից վեր կենալով և մոտենալով իրան: — Հայրապետը լավ տղա է, հիմա կգնա հաց էլ կբերե, հոլանդական պանիր էլ կբերե, չի մոռանա և ծխախոտի մասին: Թույլ տո՛ւր, բաժակները ես կմաքրեմ, իսկ դու գնա, սիրելի Հայրապետ:

Չնայելով Հայրապետի սաստիկ հակակրությանը դեպի օտարոտի օրիորդը, որ նրան բոլորովին անտանելի էր, ընդհակառակն, այս անգամ բավական շողոքորթեցին նրան «լավ տղա» և «սիրելի» բառերը, և նա չայդանը սամովարին դնելուց հետո իսկույն վազեց դեպի փողոցը պահանջած ուտեստները գնելու համար, մանավանդ նա գիտեր, որ այն երեկո սպասում էին և ուրիշ հյուրերի:

Ծառայի հեռանալուց հետո օրիորդը մաքրեց բաժակները, և առանց սպասելու, որ թեյը յուր գույնը բոլորովին դուրս տար, մի բաժակ ածեց յուր համար, մյուսը՝ պարոն Արուսյանի համար և, դնելով նրա գրասեղանի վրա, ինքն ևս նստեց նրա մոտ, ասելով.

— Այժմ խոսենք, ուրիշ ի՞նչ ունեիր հարցնելու: Միայն կարճ կտրիր, որովհետև ես ժամանակ չունեմ երկար սպասելու:

— Ահա ի՛նչ ունեի հարցնելու, — պատասխանեց երիտասարդը, ուրախ դեմք ընդունելով: — Առաջիկա շաբաթ երեկո հավաքվում եք ինձ մոտ՝ կարդալու պարոն Միրաքի նոր վեպը: Դա արդեն վճռված է: Թե ովքե՞ր պետք է հավաքվեն, բոլորի անունները հայտնեցիր ինձ: Բայց մեկը մնաց ինձ համար անհայտ, արդյոք «նա» էլ լինելո՞ւ է:

Օրիորդը զարմացած կերպով նայեց երիտասարդի երեսին և փոքր — ինչ մտածելուց հետո պատասխանեց.

— Ինչո՞ւ չէ, եթե ցանկանում ես, նրան էլ կբերենք մեզ հետ:

— Ցանկանում եմ, Վարդուհի, իմ բոլոր բաղձանքներով ցանկանում եմ: Երիտասարդի անակնկալ ոգևորությունը նոր զարմանք պատճառեց օրիորդին: Նկատելով, որ խոսակցությունը մի բավական լուրջ առարկայի էր վերաբերում, նա շտապով դատարկեց թեյի բաժակը և, մատով թափ տալով պապիրոսի ծայրին երկարացած մոխիրը Հայրապետի մեծ ջանքերով մաքրած հատակի վրա, սկսեց ագահությամբ ծխել: Նա ծխում էր և անդադար թափ էր տալիս մոխիրը երբեմն հատակի վրա, երբեմն գրասեղանի վրա ածած թղթերի վրա, բոլորովին մոռանալով մոխրամանը, որ յուր մոտ դրած էր:

— Ինչո՛ւ այդպես շփոթվեցար, Վարդուհի, — ծիծաղելով հարցրեց երիտասարդը:

— Ասա՛ խնդրեմ, Ռուբեն, — հարցրեց նա վրդովված ձայնով, — ի՞նչ ես գտել այդ դատարկ, թեթևամիտ օրիորդի մեջ, որ նրան մոռանալ չես կարողանում:

— Ուղիղն ասած, ես ինքս դեռևս չգիտեմ, թե ինչ եմ գտել նրա մեջ: Բայց նրանում կա մի բան, մի անբացատրելի, սքանչացնող բան, որ ինձ հանգստություն չէ տալիս:

Խոսակցությունը օրիորդ Աղա — Պարոնովի մասին էր:

— Ամեն անգամ, երբ տեսնում եմ նրան, — շարունակեց երիտասարդը ավելի ոգևորությամբ, — ամեն անգամ, երբ անցնում է նա իմ պատշգամբի վրայով և, մի կողմնակի հայացք ձգելով դեպի իմ սենյակի լուսամուտը, գնում է յուր մորաքրոջը տեսնելու, կարծես իմ սիրտը յուր հետն է տանում:

Պարոն Արուսյանի բնակարանին կից սենյակներում յուր միակ

դստեր հետ ապրում էր մի այրի կին, որը Աղա — Պարոնովի կնոջ քույրն էր: Իր երկու սենյակները պարոն Արուսյանը վարձել էր նրանից, որովհետև նրանց համար ավելորդ էին: Այդ այրին ամբողջ քաղաքում հայտնի էր թե՛ յուր ագահությամբ և թե յուր ժլատությամբ: Պարոն Արուսյանի ամսական 25 ռուբլի վճարը այնքան մեծ վարձ էր երկու փոքրիկ սենյակի համար, որ նա միշտ դողում էր յուր բնակչի վրա, մի գուցե կորցնե նրան: Իսկ պարոն Արուսյանը յուր կողմից միշտ պատրաստ էր գոհացնել իր տան տիկնոջը, որովհետև այդ բնակարանը նրան թե՛ դյուրություն և թե մի առանձին հաճություն էր պատճառում, երբ ամեն անգամ օրիորդ Անիչկան՝ Աղա — Պարոնովի դուստրը, նրա լուսամուտների առջևից անցնելով, գնում էր յուր մորաքրոջը կամ մորաքրոջ աղջկան տեսնելու: Օրիորդ Վարդուհին, ծխելով ձեռքի պապիրոսը, կամեցավ երկրորդը վառել, բայց թղթակապոցի մեջ պապիրոս չէր մնացել: Պարոն Արուսյանը բաց անելով գրասեղանի արկղիկը, դուրս բերավ մի թանկագին սիգար և առաջարկեց նրան: Բայց նա հրաժարվեցավ, ասելով, որ գլուխը կցավացնե: Պ. Արուսյանը ինքը վառեց սիգարը:

— Գիտե՞ս, Ռուբեն, — խոսեց օրիորդը յուր բնավորությանը բոլորովին հակառակ ծանրությամբ, — քո այդ ոգևորությունը, երիտասարդական այն դյուրաբորբոք, բայց թռուցիկ հրապույրներից մեկն է, որ մեզանից ամեն մեկին պատահել է: Բայց պատահել է այն ժամանակ, երբ մենք տասնյոթ կամ տասնութ տարեկան էինք, և մեր սրտի ու ուղեղի մեջ ոչինչ ներդաշնակություն չկար: Իսկ այժմ քո տարիքը բարձր են այդ թվերից...

— Իզուր ես այդպես մտածում, Վարդուհի, — պատասխանեց պարոն Արուսյանը վշտացած ձայնով: — Իզուր ես կարծում, որ ես անձնատուր եղած լինեի ցնորամիտ հրապույրների: Օրիորդ Անիչկան, իրավ է, այժմ դատարկ և մինչև անգամ թեթևամիտ աղջիկ է, բայց հմուտ ձեռքի տակ կարող է ամենապատվական կին դառնալ: Ես նրան համարում եմ մի ընդունակ, բայց անմշակ նյութ, որից կարելի է ամենագեղեցիկ բան պատրաստել:

— Լավ, ի՞նչն է ստիպում քեզ խակ տանձը առնել, այն հուսով, որ հարդի մեջ դնելով, կհասունանա:

— Հենց այդ գործողությունը, հենց այդ փորձը: Դա ինձ մեծ բավականություն կպատճառե, որ զբաղված կլինիմ նրա կրթությունով:

— Դու միթե մոռացե՛լ ես, Ռուբեն, որ այդ փորձը մենք արեցինք, բայց, ոչինչ դուրս չեկավ: Տվեցինք նրան զանազան գրքեր կարդալու, փոքր առ փոքր մտցրինք «մեր շրջանի» մեջ, բայց բոլորը անցավ ապարդյուն:

Օրիորդի հիշած «շրջանը» ոչ այլ ինչ էր, բայց միայն բարեկամուհիների մի փոքրիկ խումբ, որ զբաղված էին թարգմանություններով, երբեմն գրականական երեկոներ էին ունենում, ուր կարդում էին իրանց թարգմանությունները կամ ինքնուրույն գրվածքները:

— Ձեր շրջանը չէր կարող այն ազդեցությունը գործել նրա վրա, ինչ որ կարող եմ ես ունենալ, — պատասխանեց պարոն Արուսյանը: — Խնդիրը բոլորովին այլ է, երբ աշակերտը սիրում է ոչ թե ուսանելի առարկան, այլ ուսուցչին: Ուսուցչին սիրելով, նա կսկսեուիր դասը լավ սովորել, որպեսզի չվշտացնե նրան:

— Դու կարծո՞ւմ ես, որ նա սիրում է քեզ:

— Դրանում ոչինչ տարակույս չունիմ:

— Եվ հավատո՞ւմ ես նրա սերին:

— Բոլորովին:

Օրիորդը սկսեց ծիծաղել:

— Ո՞ւմը չէ սիրել նա: Գուցե հենց այժմ, բացի քեղանից, մի քանիսին ևս սիրում է:

— Նրա այդ իսկ թուլությունից պետք է օգուտ քաղել: Թե ո՞մն է սիրել նա, կամ այժմ, բացի ինձանից, ուրիշ ո՞վքեր են սիրում, ինձ անհայտ է: Բայց այդքանը գիտեմ, որին որ սիրելու լինի, անպատճառ անկեղծությամբ կսիրե:

— Րոպեական անկեղծությամբ: Այն որ կոչվում է վայրկենական ինքնամոռացություն, կամ, ավելի ճիշտ, անցողական տարփանք:

— Ինչպես կամենում ես՝ համարիր:

Օրիորդը դարձյալ սկսեց ծիծաղել:

— Իսկ դու սիրո՞ւմ ես նրան:

— Չեմ կարող ասել, թե սիրում եմ: Բայց այսքանը հաստատ է, որ զգում եմ դեպի նա մի տեսակ խորին կարեկցություն, որը զգում է մարդ, երբ տեսնում է մի թշվառական, որ կարոտ էր օգնության:

— Գիտե՞ս, Ռուբեն, — նկատեց Վարդուհին ավելի լուրջ կերպով, — քո վարմունքը, եթե մի այլ անուն չտամ, կատարյալ դոնքիշոտություն է և վտանգավոր դոնքիշոտություն: Ի՞նչ միտք ունի յուր ամբողջ ապագան, յուր ամբողջ բախտը դնել մի փչացած աղջկա վրա և բոլորովին երիտասարդական հույսերով սպասել, թե նրանից կարելի է օրինավոր կին դարձնել:

— Նա փչացած չէ, Վարդուհի, նա փչացած ընտանիքի դժբախտ արդյունք է: Այն ընտանիքի, որ դեռ ասիական ցեխի մեջ թավալվելով, ձգտում է ոչ միայն իբրև եվրոպացի ներկայանալ, այլև որպես արիստոկրատ ձևանալ: Նա ոչ հայոց նահապետական ընտանիքի անմեղ դուստր է և ոչ ուսյալ ընտանիքի բարեկիրթ զավակ: Այն նոր խմորված և դեռ չպարզված գինու մրուր է: Ինչ որ կատարվումէ բնության մեջ, նույնը և կատարվում է մարդկային հասարակությունների մեջ, Վարդուհի: Մրրիկները, փոթորիկները, օդի խառնակությունները ըստ մեծի մասին տեղի են ունենում տարվա եղանակների փոփոխության միջոցներում: Մեր հասարակությունը մի այնպիսի փոխանցական դրության մեջ է, — ասիականից դեպի եվրոպականը: Եվ հենց այդ միջոցում տեղի են ունենում բարքերի ապականություններ, մանավանդ երբ փոխանցումը հաջորդաբար և կանոնավոր կերպով չի կատարվում, այլ հանկարծ, շուտափույթ թռիչքներով...

— Թողնենք այդ փիլիսոփայությունները, — անհամբեր կերպով ընդհատեց օրիորդը, — դու բոլորովին վճռե՞լ ես, ինչ որ խոսում ես:

— Բոլորովին: Ոչինչ չէ կարող խախտել իմ կամքը:

— Շատ կխաբվիս:

— Ինչո՞ւ, Վարդուհի: Եթե իմ նպատակին ևս չհասնեմ, դարձյալ մի բարի գործ կատարած կլինեմ: Նա մի զոհ է և թշվառ զոհ յուր անպիտան ծնողների ձեռքում: Նրա մեջ կան լավ ընդունակություններ և ազնիվ հակումներ: Նրան դեռ կարելի է ուղղել: Պետք է ազատել այդ զոհը: Դու իմ վարմունքը կամենում ես դոնքիշոտություն համարիր, կամենում ես մի արկածախնդիր ասպետի ցնորամիտ ձեռնարկություն համարիր, միևնույն է ինձ համար, բայց պետք է ազատել նրան:

— Դու կարծում ես հե՞շտ է նրան խլել ծնողների ձեռքից: Ծնողները մտածում են, կա՛մ մի իշխան, թեկուզ աղքատ լիներ, կա՛մ մի բարձր աստիճանավոր, ի՛նչ ազգից որ լիներ, և կամ մի բժիշկ փեսա ունենալ: Իսկ դու դրանցից և ոչ մեկը չես:

— Ծնողներր ինչ որ մտածում են, թող դարձյալ իրանց մտածությունների մեջ մնան: Ինձ հարկավոր էր ստանալ միայն օրիորդի կամքը, և ես ստացել եմ արդեն:

— Ճշմարի՞տ ես ասում:

— Ես քեզանից մինչև այսօր ոչինչ չեմ թաքցրել, Վարդուհի, և մանավանդ այդ դեպքում ամենևին առիթ չունիմ ծածկամիտ լինելու:

— Նա լինո՞ւմ է քեզ մոտ:

— Լինում է: Մի անգամ անցավ իմ լուսամուտների առջևից, իբր թե գնում էր յուր մորաքրոջը և նրա աղջկան տեսնելու, մի այնպիսի ժամանակ, երբ ինքը շատ լավ գիտեր, որ նրանք տանը չեն: Լուսամուտները բաց էին, ես միայնակ նստած, ծխում էի և նայում էի դեպի դուրսը: Հայրապետը տանը չէր: Նա անցավ և ինձ տեսնելով, թեթև կերպով գլուխ տվեց ու ժպտաց: Մի քանի րոպեից հետո կրկին վերադարձավ և, կանգնելով լուսամուտի հանդեպ, հարցրեց, թե ո՞ւր է գնացել յուր մորաքույրը, որ դուները փակ են: Ես չգիտեի, թե ուր էր գնացել, բայց հանաքով ասացի, երևի շուտով կվերադառնա, եթե օրիորդը ցանկանում է մի փոքր սպասել նրան, ինքը շատ ուրախ կլինի, եթե կմտնե յուր մոտ: Նա ներս մտավ...

Այդ միջոցին ներս մտավ Հայրապետը, ծանրաբեռնված յուր գնած մթերքներով և ընդհատեց հետաքրքիր պատմությունը:

— Ցտեսություն, — ասաց թախծալի ձայնով Վարդուհին և դուրս եկավ երիտասարդի սենյակից:

Օրիորդի տխրությունը զարմացրեց բարեսիրտ Հայրապետին, որը ապշած կերպով երկար նայում էր նրա ետևից և երևակայել անգամ չէր կարող, որ նա իր բերած ուտեստների վրա ուշադրություն չի դարձնի, մանավանդ որ ինքն էր պատվիրել:

Պարոն Արուսյանը նույնպես զգացվեցավ...

Միևնույն շաբաթ օրվա երեկոյան պահուն, երբ պարոն Արուսյանը և Աղա — Պարոնովը, միասին դուրս գալով քարվանսարայից, իսկույն բաժանվեցան միմյանցից, և երբ առաջինը ուղղակի դիմեց դեպի իր բնակարանը, ուր ինչո՞վ էր զբաղված, մեզ հայտնի է, վերջինը, Աղա — Պարոնովը, ընդհակառակն, գնաց զբոսնելու:

Երեկոն զով էր և լուսնային: Գալավինսկի պրոսպեկտը լցված էր խուռն, խայտաճամուկ բազմությամբ: Ոմանք ցիլինդրներով, ոմանք ֆուրաշկաներով, ոմանք փափախներով, ոմանք բաշլիկներով, ոմանք չալմաներով, ոմանք ֆեսերով, մի խոսքով որքան գլուխներ՝ այնքան և գլխարկներ, — մի բազմատարազ և բազմալեզու խառնուրդ, որ ներկայացնում էր կիսա — ասիական և կիսա — եվրոպական քաղաքի գույնզգույն հասարակությունը:

Անասունների հասարակությունն ևս նույն բազմասեռ խառնուրդն էր ներկայացնում: Մրգավաճառների իշաները ամեն անգամ համառությամբ կտրում էին ճանապարհը: Ածխավաճառների ջրիները, առանց աջ ու ձախ նայելու, տրտինկ տալով, վազում էին դեպի իրանց գիշերային իջևանը: Դրանց թվում, փալանը ուսին, գլուխները քաշ զցած, գործից վերադառնում էին Հայաստանի հոգնած մշակները, որովհետև նրանց թույլ չէին տալիս բուլվարներով անցնել և իրանց հնամաշ փոշեպատ հագուստներով քսվել մաքուր հասարակության: Կարճահասակ թարաքաման, ահագին մոթալ փափախը գլխին, ետևից քաշ էր տալիս ուղտերի քարավանը: Անասունների դահիճ սայլապանը ձեռքի երկար վարոցով անխնա և առանց պատճառի զանակոծելով լծած գոմեշներին և անդադար նրանց «հավատն» ու «հոգին» հայհոյելով, քշում էր իր ճռնչող սայլակը: Այդ հնադարյան սայլակների միջով անցնում էին սրարշավ կառքերը, կամ, սիգապանծ նժույգների վրա նստած, վերադառնում էին «Մուշտայիդի» զբոսանքից անվեհեր ամազոնուհիք և, շրջապատված երիտասարդ հեծյալներով, փոթորկի նման սլանում էին ընդարձակ փողոցով:

Բուլվարների վրա անցուդարձը անտանելի էր: Տղամարդիկ ու կանայք անդադար ընդհարվում էին, և միմյանց կողքը լավ տրորելուց հետո մխիթարում էին միմյանց «виноват» կամ «пардон» բացականչություններով: Շատերը ամեննին ներողություն չէին խնդրում: Նրանց ետևից լսվում էր «ишак»բացականչությունը: Մի քանի անգամ Աղա — Պարոնովի ականջներին զարկեց այդ խոսքը, բայց նա իրան խլության տվեց:

Նրան հանդիպեց կինը, աղջիկը, փոքրիկ երեխան, որ բռնել էր աղախնի ձեռքից և վերադառնում էին Ալեքսանդրյան այգիից:

— Դո՞ւ ես, Մաշո, — հարցրեց կնոջից վրացերեն լեզվով: — Ո՞ւր եք գնում:

— Տուն, — պատասխանեց կինը նույն լեզվով — Շատ ման եկանք, բոլորովին հոգնեցանք:

— Դե, գնացեք:

Նրանք, որպես օտար մարդիկ, բաժանվեցան միմյանցից: Սերգեյ Եգորիչը մինչև անգամ ուշադրություն չդարձրեց օրիորդ Անիչկայի վրա, որ այն երեկո դուրս էր եկել բոլորովին այլատարազ հագուստով: Աշխատեց շուտով ազատվիլ նրանցից: Նա յուր ընտանիքի հետ ման գալ չէր սիրում և բարկանում էր, երբ նրանք ուրիշների հետ էին ման գալիս:

Մայրը այն օր դուրս էր բերել օրիորդ Անիչկային փոքր — ռուսական հագուստով, որ այդ ժամանակ մի նորություն էր հայ վաճառականների շրջանում: Ռուսները հագցնում էին իրանց աղջիկներին պատրիոտի զգացմունքից դրդված, իսկ հայերը հագցրնում էին՝ նրանց նմանելու համար: Գուցե հիշյալ նկրտումները բոլորովին հայտնի չէին օրիորդ Անիչկայի նորասեր մորը, բայց, այնուամենայնիվ, այդ գույնզգույն և խայտաբղետ հագուստը, պետք է ասած, խիստ սազ էր գալիս օրիորդին: Նրա բարձր, նուրբ իրանը, այն պարզ և նախնական հագուստի մեջ, պատկերանում էր յուր վայելչագեղ կազմվածքի բոլոր հրապուրանքով: Այդ սլավոնական տարազը միայն երկու կտորից էր բաղկացած. նախշուն կապույտ և կարմիր թելերով ասեղնագործած պարեգոտից, որ իջնում էր մինչև ոտները, և նույնպես նախշուն երկար գոգնոցից, որ բռնել էր նրա առաջը: Մետաքսյա կարմիր գոտին գեղեցիկ հանգույցներով սեղմել էր մեջքը և յուր ծոպավոր ծայրերով քաշ էր ընկած կողքից: Գլխին, ընդհակառակն, դրած ուներ եվրոպական հարդից գլխարկ, մուգ գույնով, որի տակից հարուստ գիսակների միակ հյուսը, կապած ծիրանի և երկնագույն ժապավեններով, իջել էր թիկունքի վրա: Ուսերը սքողած թափանցիկ շղարշով, կիսով չափ բաց էին: Պարանոցը զարդարած էր մի քանի շարք խոշոր մարջաններով, որ հանգչում էին նույնպես կիսամերկ կուրծքի վրա: Այդ կարմիր հուլունքները, մարմարիոնի նման սպիտակ մարմնի վրա, խիստ հրապուրիչ տեսք էին ստացել: Պարեգոտի լայն, բայց կարճ թևքերի միջից երևան էին գալիս հոլանի բազուկները, որ, ապարանջանների փոխարեն, նույնպես զարդարված էին կարմիր հուլունքներով:

Նա լուռ գնում էր առջևից, և անդադար մի առանձին ուշադրությամբ նայում էր դեպի յուր ետևը, տեսնելու, արդյոք մայրը հետևում է իրան: Մայրը հետևում էր և, միևնույն ժամանակ, հիանում էր նրանով:

Մոր ետևից գալիս էր հաստաթշիկ և հաստաբազուկ ռուս աղախինը, որ նույնպես փոքր — ռուսական հագուստ ուներ: Լիքը պարանոցը զարդարված էր կեղծ մարգարիտներով, իսկ գլխի մոխրագույն մազերը հավաքել էր բաց — կապտագույն թաշկինակի մեջ: Նա ուժեղ ձեռքով քարշ էր տալիս Անիչկայի փոքրիկ եղբորը, որ ամեն րոպե համառությամբ կանգ էր առնում և նայում էր դեպի յուր շուրջը: Հայտնի չէ, թե ի՞նչ նպատակով այդ խեղճ երեխային փաթաթել էին մի այնպիսի այլանդակ հագուստի մեջ, որ ռուս կառապաններն էին միայն հագնում:

Նրանք գնում էին և երբեմն կանգ էին առնում, որովհետև

ճանապարհին հանդիպած ծանոթների հետ պետք էր մի բան խոսել, մի բան ասել:

Կառքով անցնում էր բժիշկ Դաբաղյանը: Նրան կանչել էին մի մահամերձ հիվանդի օգնելու: Տեսնելով Աղա — Պարոնովներին, մոռացավ հիվանդին, կանգնեցրեց կառքը և ցած վազեց: Անիչկայի քնքուշ դեմքի վրա նշմարվեցան տհաճության խոժոռներ: Նա մոտեցավ և, շտապով մի քանի խոսք ասելով մորը, իսկույն դարձավ դեպի օրիորդը.

— Այդ հագուստի մեջ դուք այնքան նազելի ե, Աննա Սերգեևնա, որ ես չկարողացա լոկ հարևանցի նայվածքով բավականանալ,. կամեցա ավելի մոտից նայել ձեզ վրա և հիանալ:

Բժշկի ջրալի հաճոյախոսությունը ավելի տհաճություն պատճառեց օրիորդին:

— Ո՞ւր էիք գնում, — հարցրեց սառնությամբ, իբր թե չլսեց նրա խոսքերը:

— Ինձ կանչեցին մի հիվանդի մոտ. խեղճը անհուսալի դրության մեջ է:

— Եվ դուք այդպես ուշանո՞ւմ եք:

— Միևնույն է: Իմ օգնությունը հազիվ կազատե նրան:

— Ես էլ այդպես համոզված եմ..., — ասաց օրիորդը ծիծաղելով և երեսը շուռ տվեց:

Պարոն Դաբաղյանը այն ժամանակ միայն հասկացավ օրիորդի կծու ակնարկությունը, երբ նա կրկին նկատեց.

— Ձեր կառքը հետևում է ձեզ, պարոն Դաբաղյան:

— Ես կցանկանայի մի փոքր երկար ճանապարհ դնել ձեզ:

Այդ միջոցին, օրորվելով և ահագին հովանին գետնից քաշ տալով, նրանց դեմ ու դեմ գալիս էր Օրիորդ «Ցտեսությունը»: Նա կաղ չէր, բայց ման գալու ժամանակ այնպիսի տպավորություն էր գործում, կարծես երկու ոտից ևս կաղ լիներ: Նա գալիս էր պարոն Արուսյանի մոտից և ուրախ, մշտածիծաղ դեմքը այժմ ավելի մռայլված էր, քան թե առաջ: Տեսնելով օրիորդ Աղա — Պարոնովին, անփույթ կերպով մոտեցավ և ձեռքիցը բռնելով ասաց.

— Անցնենք մի փոքր առաջ: Պարոն բժիշկը չի բարկանա, եթե նրան մի քանի րոպե միայնակ թողնես:

Պարոն բժիշկը մնաց խիստ հիմար դրության մեջ, երբ օրիորդը նրան թողնելով հեռացավ: Նա դարձավ դեպի մայրը.

— Ցավում եմ, Մարիա Սեիգեևնա, որ ես չպիտի կարողանամ

երկար վայելել ձեր ընկերությունը: Բժշկի պարտավորությունը ձեզ հայտնի է...

— Հա՛, ասացիք, որ մի հիվանդի մոտ եք շտապում, — պատասխանեց տիկինը, ուրիշ խոսք չգտնելով:

Նա սեղմեց տիկնոջ ձեռքը և նստավ կառքը:

Մայրը այժմ միայն նկատեց, որ յուր Անիչկան չկար: Նա անցել էր բավական առաջ և բազմության միջից էր երևում:

Օրիորդ «Ցտեսությունը» և օրիորդ Աղա — Պարոնովը մի ժամանակ դասընկերներ էին և համարյա մանկությունից ճանաչում էին միմյանց: Ավարտելուց հետո՝ դպրոցական հավասարությունը, որ կապում էր նրանց, կորավ, և մեկի հարստությունը, մյուսի աղքատությունը բաժանեցին երկու ընկերուհիներին: Վերջին տարիներում կրկին մոտեցան նրանք, և չնայելով, որ օրիորդ «Ցտեսությունը» միշտ սովորություն ուներ խիստ դառն կերպով ծաղրել Անիչկայի ազնվապետական հակումները, այնուամենայնիվ, վերջինս ճանաչում էր նրա մեջ մի տեսակ հեղինակություն, որ իրան նս անհասկանալի էր:

— Գիտե՞ս ինչ կա, Անիչկա, — ասաց նա յուր սովորական շտապմունքով, — առաջիկա շաբաթ երեկո հավաքվելու ենք պարոն Արույանի մոտ...

— Ո՞ւմ մոտ, — ուրախությամբ ընդհատեց Անիչկան, կարծես կրկին լսելու համար սիրելի անունը:

— Պարոն Արույանի մոտ: Հավաքվում ենք կարդալու պարոն Սիրաքի նոր վեպը: Ինձ խնդրեցին, որ քեզ ևս հրավիրեմ մասնակցելու այդ երեկույթին:

— Ո՞վ խնդրեց, ասա, սիրելի Վարդուհի, ո՞վ խնդրեց, — թախանձում էր Անիչկան, և փոքր էր մնում, որ փողոցում երեխայի նման գրկեր յուր ընկերուհու պարանոցը:

— Չեմ ասի, — հրաժարվեցավ Վարդուհին: — Իզուր ես նեղացնում ինձ: Դու միայն այն ասա՛, կգա՞ս թե չէ:

— Ամենայն ուրախությամբ, — պատասխանեց Անիչկան և իսկույն մտածության մեջ ընկավ:

Պարոն Արույանի մոտ կարող էր նա միայնակ գնալ, ինչպես շատ անգամ գնացել էր: Բայց ծնողները տեղեկություն չունեին նրա այցելությունների մասին: Իսկ այժմ այնպես բացարձակ կերպով մասնակցել մի երեկույթի, որ լինելու էր ընտանիք չունեցող մի երիտասարդի մոտ, դա, իհարկե, հասնելու էր ծնողների ականջին: Ուրեմն ի՞նչպես հեշտացնել այս դժվարությունը: Ծնողների համաձայնությունը ստանալ անկարելի էր: Իսկ նրանցից գաղտնի գնալ՝ չէր կարող:

— Գիտե՞ս ինչ կա, Վարդուհի, — ասաց նա բավական մտածելուց հետո: — Ես պարոն Արուսյանի մոտ երբեք չեմ եղել, թեև նա իմ մորաքրոջ տանն է բնակվում: Նրա հետ ծանոթ եմ միայն հեռվից: Փոքր — ինչ անհարմար կլիներ, եթէ առանց մորիցս թույլտվություն խնդրելու, ես մասնակցեի ձեր երեկույթին: Իսկ թույլատվություն, հավատացած եմ, որ նա չի տա: Պետք է մի հնար մտածել, որ ես չզրկվեի այգ ցանկալի երեկույթից:

— Հնարը հեշտ է, — ասաց օրիորդ Վարդուհին, բոլորովին ցույց չտալով, թե իրան հայտնի են խորամանկ ընկերուհու գաղտնի հարաբերությունները պարոն Արուսյանի հետ: — Դու այն երեկո կգնաս մորաքրոջդ մոտ, իբր թե ոչինչ չգիտես: Իսկ ես կգամ մորաքրոջդ աղջկան հրավիրելու և որպես թե պատահմամբ քեզ այնտեղ կտեսնեմ: Մորաքրոջդ աղջիկը հաճախ լինում է պարոն Արուսյանի մոտ: Թե՛ ես և թե' նա քեզ էլ մեզ հետ քաշ կտանք, կտանենք: Իսկ մորաքույրդ ձայն չի հանի: Տեսնո՞ւմ ես, բանը շինվեցավ: Այսպես լավ չի՞ լինի:

— Շատ լավ կլինի, — ասաց Անիչկան ուրախանալով:

— Ուրեմն, ցտեսություն, — ասաց Վարդուհին և իսկույն բաժանվեցավ, երբ նկատեց, որ մայրը հասավ ետնից:

— Ո՞վ էր այդ «էյբաժարը», — հարցրեց մայրը բավական զայրացած ձայնով:

— Իմ ծանոթներից մեկն էր, — պատասխանեց Անիչկան, վշտանալով մոր արհամարհական նկատողությունից դեպի յուր ընկերուհին:

— Դու բժշկին թողնում ես միայնակ և ընկնում ես մի գզլտվածի ետնի՞ց:

— Բժիշկը միայնակ չմնաց, դու նրա մոտ էիր:

Մայրը ավելի զայրացավ:

— Մինչև ե՞րբ դու այդպես անհասկացող պիտի լինիս և անքաղաքավարի, Անիչկա, — ասաց նա կշտամբական եղանակով: — Նա քեզ համար իջավ կառքից, ցանկանում էր քեզ հետ խոսել, երկար խոսել, բայց դու հանկարծ անհետացար:

— Ես չկամեցա նրան երկար զբաղեցնել, որովհետև հիվանդի մոտ էր գնալու, — պատասխանեց Անիչկան:

— Գլուխը քարը հիվանդին, շատ հարկավոր էր հիվանդը, — ասաց մայրը և խռովյալ երեսը շուռ տվեց:

Օրիորդը ոչինչ չպատասխանեց:

Եթե փողոցում չլիներ, զուցե այլ կերպ կվերջանար մոր և դստեր հակաճառությունը: Բայց մայրը համբերեց, թողնելով մի այլ ժամանակի յուր սրտի վրդովմունքը, իսկ աղջիկը լռեց՝ յուր մտքում անիծելով մոր խստությունները:

Մայրը վաղուց նկատել էր յուր դստեր սառնասրտությունը դեպի պարոն Դաբաղյանը և միշտ մի հարմար առիթ էր որոնում, որ այդ մասին խոսե նրա հետ: Առիթը ներկայացավ, բայց ափսոս որ փողոցում: Նրանք այնպես վրդովված կերպով, առանց մի բառ անգամ միմյանց հետ խոսելու, հասան մինչև տուն: Օրիորդը մատը սեղմեց էլեկտրական զանգակի վրա. մի քանի րոպեից հետո դուռը ինքնիրան բացվեցավ: Երբ բարձրացան պայծառ լուսավորված սանդուղքներով, վերևում, ժպիտը երեսին, հայտնվեցավ Փրիդոնը, և մի առանձին մտերմությամբ մոտեցավ յուր «աղջիկ — պարոնին»: Որպես շնորհալի սպասավոր, զեկուցում տվեց, թե այսինչ և այնինչաներից եկել էին, խնդրում էին «աղջիկ — պարոնին»: Մի տեղ Կատոն «վեչեր» ուներ, բեզիկ պիտի խաղային, մյուս տեղ նատոն «վեչեր» ուներ, ռամս պիտի խաղային: Տիկինը սկսեց մտածել, թե ո՞րի հրավերը ընդունե: Իսկ օրիորդը իսկույն առանձնացավ յուր սենյակը և երևակայությամբ կանխապես զվարճանում էր առաջիկա շաբաթ օրվա երեկույթով, որ լինելու էր պարոն Արուսյանի մոտ:

Բուլվարի վրա յուր կնոջը և զավակներին հանդիպելուց հետո Սերգեյ Եգորիչը շարունակեց առաջ գնալ: Նրան հանդիպեց Յակուլ Յակուլիչը:

— Լավ եղավ, որ ռաստ եկանք, Սերգեյ Եգորիչ, — ասաց նա մոտենալով: — Ես հենց քեզ էի պտրում:

Սերգեյ Եգորիչը այն երեկո առհասարակ խույս էր տալիս մարզիկներից, իսկ այժմ ընկավ շատախոս Յակուլ Յակուլիչի ձեռքը, որից բավական դժվար էր ազատվել:

— Ի՞նչ կա, — հարցրեց նա փոքր տհաճությամբ:

— Կասեմ, այս կողմը գնանք, — հազիվ լսելի ձայնով քրթմնչաց նա և, բռնելով Սերգեյ Եգորիչի ձեռքից, քաշ տվեց դեպի Ալեքսանդրյան այգու կողմը:

Ծերունի բարեկամի ծածկամտությունը և նրա զգուշավոր ձևերը կարծել տվին Սերգեյ Եգորիչին, որ հարցը պետք է անպատճառ մի կարևոր առարկայի մասին լիներ, եթե ոչ, նա խոսք պահող մարդիկներից չէր:

Նրանք մտան Ալեքսանդրյան այգին: Բազմությունը այստեղ ևս լցրել էր բոլոր ճեմելիքները, որոնցից գլխավորները միայն լուսավորված էին լապտերներով: Մյուսներում տիրում էր խորին մթություն: Դիմեցին դեպի հեռավոր և մթին ծառուղիները: Բայց ո՛ր նստարանին ևս մոտենում էին, գտնում էին մի զույգ, ջերմ խորհրդավոր շշնջման մեջ: Վերջապես, այգու մի խուլ անկյունում գտան մի ազատ նստարան, որ պատահմամբ դատարկ էր մնացել: Նստարանը նոր էր ներկված, և ներկը տակավին չէր չորացել: Բայց թե՛ Սերգեյ Եգորիչը և թե յուր հետաքրքիր բարեկամը այն աստիճան հափշտակված էին իրանց մտածություններով, որ առանց ուշադրություն դարձնելու նստեցին, բնավ չզգալով, որ թաթախվեցան կանաչագույն ձիթաներկի մեջ:

— Ա՛յ, ինչի համար քեզ բերեցի այստեղ, — ասաց Յակով Յակովլիչը ծանր կերպով, — ուզում էի խնդրել, որ հավաքվեին, այն խեղճ Մակար Մակարիչի գործը կարգի դնեինք:

Մակար Մակարիչի անունը լսելուն պես՝ Սերգեյ Եգորիչը վրդովված կերպով տեղից վեր թռավ և, դառնալով դեպի յուր խոսակիցը, ասաց.

— Թե աստված կսիրես, նրա անունը ինձ մոտ մի՛ տուր, ես լսել չեմ ուզում այն անպիտանի անունը:

— Խեղճ է, Սերգեյ Եգորիչ, օղլուշաղի տեր է, ինչո՞ւ պարապ մնա: Երբ որ պարտատերներից կազատվի, էլի կգնա մի գործի կկպչի և մի կտոր հաց կաշխատե յուր երեխանց համար: Նրա երեխաներին խղճա, Սերգեյ Եգորիչ:

— Խնդրում եմ, որ նրա անունը չտաս, թե չէ, ես կգնամ: — Նա կամենում էր հեռանալ, բայց ոտքերը հետը չէին գնում:

Յակով Յակովլիչը բռնեց նրա ձեռքից և, կրկին նստացնելով յուր տեղը, դարձյալ խորհրդավոր ձայնով շշնջաց.

— Համբերություն ունեցիր, Սերգեյ Եգորիչ, ուրիշ բան կա...

— Ինչ բան էլ որ լինի, ինձ համար միևնույն է, Յակով Յակովլիչ, — պատասխանեց նա մի առանձին ինքնահաճությամբ: — Դու գիտես, որ ես ճշմարտություն սիրող մարդ եմ, բայց նրա գործերի մեջ ճշմարտություն չեմ տեսնում, այդ է պատճառը, որ ինձ հեռու եմ պահում:

— Օրհնած, հիմա ո՞ւմ գործերի մեջ ճշմարտություն կա, — նկատեց Յակով Յակովլիչը խորին համոզմունքով: — Ճշմարիտը միայն Հիսուս Քրիստոսն է, մեկ էլ մեր Մողնու սուրբ Գևորգը:

— Ես խո չեմ կարող թաթախվել ցեխի մեջ, Յակուլ Յակուլիչ: Թող ուրիշները կարգի դնեն, ինչպես որ կամենում են:

— Առանց քեզ բան գլուխ չի գա, ամենքը քեզ են մտիկ անում, Սերգեյ Եգորիչ:

— Ինչ անեմ, որ ինձ են մտիկ անում, Յակուլ Յակուլիչ: Ես խո չեմ կարող հոգիս կորցնել: Նա յուր եղած — չեղածը տակով է արել, հիմա ուզում է, մանեթին մի աբասի տալով, պարտքերից պրծնել: Դա ի՞նչ խղճմտանք է: Ես ումի՞ց կտրեմ՝ նրան տամ: Եթե նա խեղճ է, ուրիշները խեղճ չե՞ն: Եթե նա երեխաների տեր է, ուրիշները երեխա չունե՞ն: Ամեն մարդու մի կոպեկը յուր համար թանկ է:

Նա դարձյալ վեր կացավ, կամենում էր հեռանալ, բայց Յակուլ Յակուլիչը բռնեց նրա ձեռքից:

— Ինձ մի՛ նեղացրու, Յակուլ Յակուլիչ, — ասում էր նա ձեռքը քաշ տալով: — Ես երդվել եմ, որ այդ կեղտոտ գործին չխառնվեմ:

— Նայիր, ուրիշ բան եմ ասում, — թախանձում էր Յակուլ Յակուլիչը:

Սերգեյ Եգորիչը դարձյալ նստեց:

Խոսակցությունը մի սնանկացած վաճառականի մասին էր, որի մնացած կայքով մտածում էին բավականություն տալ պարտատերերին:

Յակուլ Յակուլիչը գլուխը խոնարհեցրեց դեպի ճշտություն սիրող և կեղտոտ գործերից իրան հեռու պահող մարդու ականջը և կամաց ասաց.

— Այն տեղի բանը դրստել եմ...

— Ի՞նչ տեղ, — հարցրեց Սերգեյ Եգորիչը:

— Այն տեղը, որի համար հազարներ էիր տալիս, բայց նա չէր տալիս: Հիմա քեզ է պատկանում, կարող ես բոլորովին ձրի ունենալ:

Ճշմարտասերը մտածության մեջ ընկավ:

— Չէ՛, չէ՛, — պատասխանեց նա հրաժարվելով: — Թե ինձ սիրում ես, Յակուլլ Յակուլիչ, այսպիսի բան մի՛ ասա: Եթե տեղն ու տեղը ոսկի լինի, ինձ այլևս պետք չէ այն հողը:

Յակուլ Յակուլիչի առաջարկությունը, թեև արտաքուստ խռովություն պատճառեց ճշմարտասերին, բայց ներքուստ անսպասելի կերպով մեղմացրեց նրա համառությունը: Խնդիրը մի կտոր գետնի մասին էր, որ պատկանում էր սնանկացած Մակար Մակարիչին, և որը մտել էր Սերգեյ Եգորիչի մի ընդարձակ կալվածքի մեջ, ուր ցանկանում էր նա նոր շենք կառուցանել: Քանիցս Սերգեյ

Եգորիչը բավական բարձր գին էր առաջարկել այդ մի կտոր գետինը գնելու համար, որպեսզի կարողանա ամբողջացնել յուր կալվածքը, բայց միշտ մերժում էր ստացել: Եվ այդ հողը ձեռք բերել չկարողանալու պատճառով, երկար ժամանակ նա յուր շենքը կառուցանել չէր կարողանում: Այժմ «մատաղը յուր ոտովն էր գալիս նրա դուռը»: Հողատերը ձրի էր առաջարկում յուր սեփականությունը: Պետք էր նրա դրությունից օգուտ քաղել: Բայց մի քանի դժվարություններ կային:

— Լավ, — հարցրեց Սերգեյ Եգորիչը, — դիցուք թե Մակար Մակարիչը շատ կցանկանար յուր հողը ինձ տալ, բայց ի՞նչպես թույլ կտան նրա պարտատերները: Նրանք իսկույն օրենքով արգելքի ներքո կզնեն կամ գուցե արդեն դրած են:

— Չեն դրած, — պատասխանեց Յակուլ Յակուլիչը գործագետ մարդու եղանակով:

— Միևնույն է: Այդ հողը, որպես սնանկացած մարդու կայք, այժմ կհամարվի բոլոր պարտատերների սեփականություն, որ պետք է բաժանման ենթարկվի:

— Բայց պարտատերներից ամենագլխավորը դու ես, Սերգեյ Եգորիչ:

Սերգեյ Եգորիչը զարմացած կերպով նայեց նրա երեսին, թեև մթության մեջ չկարողացավ նկատել այն խորհրդավոր ժպիտը, որ այդ միջոցին երևաց Յակուլ Յակուլիչի դեմքի վրա:

— Չե՞ս հասկանում, պարտատերներից ամենագլխավորը դու ես, — կրկնեց նա:

— Ի՞նչպես ես եմ: Նա ինձ ոչինչ պարտական չէ, — ասաց Սերգեյ Եգորիչը:

— Պարտական կլինի..., — պատասխանեց ծերունի վարպետը, յուր շուրջը նայելով: — Ինձ Յակուլ Յակուլիչ կասեն, ես բոլորը մտածել եմ, քեզ համար մտածելու ոչինչ չեմ թողել...

Նա կրկին նայեց յուր շուրջը և հազիվ լսելի ձայնով շարունակեց.

— Նա քեզ վեքսիլներ կտա, հասկանում ես, այնպես «задним числом»... Դու կլինիս պարտատերներից մեկը, և ամենամեծ պարտատերը... Մյուսները մանեթին մի աբասով դուքնի ապրանքը կտանեն, իսկ դու կվերցնես հողը... Լավ չե՞մ սարքել:

Աղա — Պարոնովը որքան և հեռու էր բարոյական սրբությունից, այնուամենայնիվ, նա բացարձակ կերպով կաշառք ընդունելու սովորություն չուներ: Ամեն գործի մեջ արտաքին ձևը նրա համար մեծ նշանակություն ուներ: Նա մտածեց խարդախությունը բարերարության կեղևի մեջ պատել: Այդ էր պատճառը, որ յուր համարմունքը յուր խոսակցի մոտ պահպանելու համար՝ պատասխանեց.

— Եթե միլիոններ օգուտ ունենայի, ես այդ բանը չէի անի, Յակուլ Յակուլիչ, բայց այդ մարդու ընտանիքին լավություն անելու համար՝ ընդունում եմ քո խնդիրքը: Ես վերջը նրա հողի արժեքը դարձյալ իրան կտամ, որ ընտանիքը քաղցած չմնա: Դու գիտես, որ ես խղճմտանքով մարդ եմ:

— Գիտեմ, Սերգեյ Եգորիչ, ո՞վ չգիտե, որ դու խղճմտանքով մարդ ես, — ասաց Յակուլ Յակուլիչը խորին համոզմունքով: — Թե դու նրա հողի արժեքը վերջը իրան կտաս կամ չես տա, դա քո բարի կամքիցն է կախված, բայց այսքան էլ բավական է, որ դու կազատես նրան յուր պարտատերների նեղությունից:

Երկու բարերարների խորհրդածության առարկա եղող Մակար Մակարիչի գործի նպաստավոր կամ աննպաստ վերջանալու հնարը, իրավ որ, կախված էր միմիայն Աղա — Պարոնովից: Որովհետև Մակար Մակարիչը նույն քարվանսարայում խանութ ուներ, որտեղ թագավորում էր Աղա — Պարոնովը: Եվ պարտատերների մեծ մասը նույն քարվանսարայի խանութպաններն էին, որոնք եթե չասենք Աղա — Պարոնովի ստրուկները, բայց անտարակույս, նրա հլու հպատակներն էին: Նրա մի խոսքը կարող էր գործը դեպի ամեն կողմ դարձնել:

— Բայց ես նրա ձեռքը ոչ մի թուղթ չեմ տա, — ասաց Աղա — Պարոնովը վեր կենալով:

— Եվ հարկավոր էլ չէ, որ տաս, — պատասխանեց Յակուլ Յակուլիչը փորձված մարդու եղանակով: — Նա քեզ բոլորովին հավատում է: Դու կստանաս նրանից վեքսիլներ, որքան գումարի հարմար կհամարես, և հաշվի ժամանակ կտանես մյուս պարտատերների ընդհանուր պահանջների թվում: Իսկ վերջը՝ քո անելիքը քո կողմից կախված կլինի:

Նրանք դեռ կանգնած խոսում էին: Այդ միջոցին այգու գիշերապահ պահապաններից մեկը անցավ նրանց մոտով և զգուշացնելով ասաց.

— Պարոններ, մի՛ նստեք այստեղ, նստարանը նոր է ներկված:

Երկուսն էլ ձեռքները տարան դեպի իրանց հագուստը և այժմ միայն զգացին, որ թաթախված են ձիթաներկի ապականության մեջ:

— Դու հիմա ո՞ւր պիտի գնաս, — հարցրեց Աղա — Պարոնովը, երբ այգուց կրկին դուրս եկան բուլվարի վրա:

— Պիտի գնամ Մակար Մակարիչի մոտ, — պատասխանեց Յակուլ Յակուլիչը շտապելով: — Նա ինձ սպասելիս կլինի: Ես խոստացել եմ, որ այս գիշեր անպատճառ մի վերջնական լուր տանեմ նրան: — Նա շատ կուրախանա, երբ կլսե քո բարեհաջողությունը, Սերգեյ Եգորիչ: Իսկ դու ո՞ւր ես գնալու: Կլո՞ւբը:

— Այս հագուստով ի՞նչպես գնամ կլուբը: Պետք է գնամ տուն: Այսօր խանութում այնքան շատ գործ ունեի, որ գլուխս համարյա յուր տեղումը չէ: Ինձ հարկավոր է այս գիշեր մի փոքր վաղ քնել և հանգստանալ:

Նրանք բաժանվեցան: Սերգեյ Եղորիչը ուրախ էր, որ յուր զբոսանքը ապարդյուն չանցավ: Իսկ Յակուլ Յակուլիչը նույնպես ուրախ էր, որ կարողացավ համոզել «ճշմարտասեր» մարդուն մի անճշմարիտ խարդավանքի մեջ մտնել:

Յակուլ Յակուլիչը այն տեսակ մարդիկներից էր, որ բոլորովին անգործ են, բայց միևնույն ժամանակ, բոլորից շատ զբաղված: Նա ուրիշի գործը իրան գործ կշիներ և նրանով կմխիթարվեր: Սնանկացած կապալառու էր նա: Մի ժամանակ կառավարության համար զանազան շենքեր էր կառուցում, իսկ այժմ մարդկանց համար՝ գործեր: Առհասարակ սիրում էր վաճառականների մեջ վեճեր պատահած ժամանակ միջնորդ հաշտարար լինել: Թեև վաճառականները նրա բարեխղճության վրա շատ վստահություն չունեին, բայց, այնուամենայնիվ, նրա փորձից և հմտություններից օգուտ էին քաղում: Նրան համարում էին կասկածավոր մարդ, բայց պիտանի մարդ: Աղա — Պարոնովների տան լավ բարեկամն էր նա: Ոչ մի հանդիսավոր ընթրիք կամ ճաշ չէր անցնի, եթե Յակուլ Յակուլիչը ներկա չգտնվեր: Նա այդ տան ամենահարկավոր կարասիներից մեկն էր, յուր հատուկ տեղն ուներ: Կարոտության դեպքերում Սերգեյ Եգորիչի քսակը միշտ բաց էր նրա համար, մանավանդ երբ պահանջը չէր անցնի տասը կամ քսան ռուբլուց:

Երբ երկու բարեկամները բաժանվեցան միմյանցից, փողոցները բավական դատարկվել էին, և բուլվարների վրա զբոսնող հասարակությունը բոլորովին նոսրացել էր: Սան էին գալիս այնպիսի անձնավորություններ, որոնց համար գիշերային խավարը ավելի նպաստավոր հրապուրանքներ էր պատճառում: Փոշին նստել էր, և գիշերային մաքուր օդը խիստ սրտապարար ազդեցություն էր գործում: Բայց Սերգեյ Եգորիչը ոչինչ չէր զգում, նա բնության սիրահարներից չէր: նրան ուրախացնում էր միայն այն, որ փողոցները բավական դատարկվել էին:

Ժամացույցը «Ըշտաբի» բարձրությունից զարկեց գիշերային — ժամի տասն և երկուսը: Նրա ձայնը զայրացրեց Սերգեյ Եգորիչին: «Դեռ վաղ է»... մտածեց նա և, դուրս գալով Գալավինսկի պրոսպեկտից, փոխանակ ուղղակի յուր տուն գնալու, շուռ եկավ դեպի մի այլ փողոց: Յակուլ Յակուլիչից ազատվելուց հետո, նա ամենայն շրջահայեցողությամբ խույս էր տալիս, մի գուցե այլ ծանոթների հանդիպի: Նա հանդարտ գնում էր, ինքն իրան սքանչանում էր: Դա նրա կյանքի այն հազվագյուտ րոպեներիցն էր, որ աշխարհային հոգսերը չէին զբաղեցնում ոսկու և արծաթի ժանգով մրձոտած ուղեղը: Նրա չորացած, բթացած սիրտը լցված էր մի զգացմունքով, որ թե՛ բերկրություն և թե՛ բավականություն էր պատճառում նրան: Նա գնում էր դանդաղ քայլերով և երբեմն կանգ էր առնում, երբ նկատում էր, որ անցուդարձ չկա և իրան չեն տեսնում: Յուր խորհրդավոր արշավանքը կատարում էր նա, կարծես ժամանակը սպառելու համար, որ գիշերից մի քանի ժամ ևս անցնի, և փողոցները բոլորովին դատարկվին: Այդ էր պատճառը, որ դեգերում էր ավելի խուլ և հետ ընկած փողոցներում, ուր ցերեկով անգամ եթե տեսնելու լինեին նրան, շատ պիտի զարմանային:

Նրա առջևում, բավական հեռավորության վրա, գնում էին երկու գիշերային այլ շրջմոլիկներ: Երբ մոտենում էին փողոցի լապտերներին, լուսավորության մեջ բաժանվում էին, իսկ երբ հեռանում էին լապտերներից, մթության մեջ դարձյալ միանում էին: Կասկածավոր երևույթը գրավեց Սերգեյ Եգորիչի ուշադրությունը, և նա փոքր — ինչ ուժ տվեց յուր քայլերին: Երբ բավական մոտեցավ, նկատեց, որ մեկը կին էր, մյուսը մի մանկահասակ երիտասարդ: Վերջինը ձեռքի վրա տանում էր տիկնոջ վերարկուն, իսկ ձեռքում բռնած ուներ նրա հովանին: Նա ավելի ծառայի տպավորություն էր գործում, քան թե ընկերի, մանավանդ երբ լապտերներին հասնելու ժամանակ բաժանվում էր յուր տիկնոջից և սկսում էր ամենայն խոնարհությամբ հետևել նրան, թեև մթության մեջ միանում էր՝ որպես ընկեր և հավասար: Այսպիսի տեղերում երբեմն նրանք կանգ էին առնում և երկար խոսում էին: Կառքերի կամ անցորդների մոտենալը ստիպում էր նրանց դուրս գալ դարանից և շարունակել իրանց հետաքրքիր ընթացքը:

Ծառայի սպիտակ մահուդի չերքեսկան, կապտագույն մորթուց

կարված փոքրիկ գլխարկը, ոսկեզօծ քամարը և արծաթապատ խենչարը բավական ծանոթ երևացին Սերգեյ Եգորիչին: Դա նրանց սպասավորը՝ Փրիդոնն էր: Միևնույն րոպեում, կարծես կրակով այրեցին Սերգեյ Եգորիչի գլուխը, երբ ճանաչեց, որ մյուսը իր կինն էր: Ո՞ւր էին գնում, ի՞նչ գործ ունեին այդ խուլ փողոցներում, — նա դժվարանում էր հասկանալ: Նրանք կա՛մ գնում էին մի տեղ,կամ վերադառնում էին մի տեղից: Երկու դեպքում էլ՝ այդ անսպասելի հանդիպումը Սերգեյ Եգորիչի համար խիստ տարակուսական էր: Այդ կողմերում ոչ բարեկամներ ունեին և ոչ ծանոթներ, որ հրավիրած լինեին կնոջը: Ուրեմն ի՞նչ էին շինում այստեղ, այն էլ գիշերային բոլորովին անազան պահուն: Զանազան կասկածներ սկսեցին տանջել նրան:

Ինքը անցավ դեպի փողոցի ավելի մթին կողմը, սկսեց հեռվից հեռու հետևել նրանց: Մի անգամ նկատեց, որ տիկինը կռթնեցավ յուր սպասավորի թևքի վրա, և այնպես երկար գնում էին, բաժանվեցան միայն այն ժամանակ, երբ լսեցին մերձեցող կառքի ձայնը: Գուցե կինը հոգնել էր, գուցե նրան մի փորձանք էր պատահել, մտածում էր Սերգեյ Եգորիչը և կամենում էր բոլորովին մոտենալ, բայց չէր համարձակվում: Չէր համարձակվում նրա համար, մի՛ գուցե յուր հանդիպումը երևան հաներ մի շատ անախորժ գաղտնիք, որ արդեն սարսափեցնում էր նրան:

Թափառական զույգը, զանազան հետ ընկած փողոցներով մի մեծ պտույտ տալուց հետո, նոր մտավ այն փողոցը, ուր գտնվում էր Աղա — Պարոնովների տունը: Սերգեյ Եգորիչը այդ ժամանակ միայն կանգ առեց և հեռվից այնքան նայեց, մինչև դռները բացվեցան և նրանք ներս մտան:

Նա տուն չգնաց, իսկույն հետ դարձավ: Մոտեցավ մի լապտերի, նայեց ժամացույցին: Ժամը երկուսն էր արդեն: Ճանապարհին նրան պատահեց յուր խոհարարը, որ սովորություն ուներ շաբաթ գիշերները ընտանյաց մոտ գնալու:

— Ո՞ւր ես գնում, — հարցրեց նրանից:

— Տուն, պարոն, — պատասխանեց խոհարարը, գլխարկը առնելով և այնպես բաց գլխով կանգնելով:

— Ի՞նչու այդքան ուշ:

— Աղջիկ — պարոնը հրամայել էր, որ սպասեմ, մինչև ինքը կվերադառնա:

— Ո՞ւր էր գնացել աղջիկ — պարոնը: Վերադարձա՞վ:

— Վերադարձավ: Գնացել էր Նատոյենց տուն:

— Լավ: Հիմա դու կարող ես գնալ:

Խոհարարը գլխարկը ձեռին հեռացավ, երբ բավական անցավ, ծածկեց և ապա շարունակեց յուր ճանապարհը:

«Գնացե՜լ էր Նատոյենց տուն...», մտածում էր Սերգեյ Եգորիչը, կրկնելով խոհարարի խոսքը: Չէ՞ որ Նատոյենց տունը հենց նույն փողոցումն էր, ուր գտնվում էր և իրանց տունը: Եթե կինը հրավիրած էր այնտեղ, դուրս գալուց հետո բավական էր մի քանի քայլ փոխել, և կհասներ իրանց տանը: Այլևս ի՞նչ գործ ուներ հեռավոր և անհայտ փողոցներում: — Այդ միտքը սկսեց նորից տանջել Սերգեյ Եգորիչին:

Մեր ծանոթ քարվանսարան, որի մեջ գտնվում էր Աղա — Պարոնովի խանութը, բաղկացած էր մի քանի հարկերից: Բոլորովին ներքին հարկը ներկայացնում էր նրա ստորերկրյա ներքնատունը, որ մի առանձին ծածկամտությամբ ընկղմված էր գետնի խորքում, կարծես յուր կասկածավոր բովանդակությունը դրսի աշխարհից թաքցնելու համար: Օրվա լույսը անզոր էր թափանցելու նրա բազմաթիվ մթին նկուղներում, որոնց մեջ՝ առանց ճրագների առաջնորդության՝ անհնար էր մտներ: Զանազան ոլոր — մոլոր նրբանցքներ, ծածկված սևացած կամարներով, տանում էին դեպի այդ ստորերկրյա լաբիրինթոսի զանազան կողմերը, ուր թագավորում էր մշտական մռայլը՝ մշտական փտության հետ: Դա նման էր այն գետնափոր դամբարաններին, ուր մի ժամանակ պահվում էին մարդկանց կմախքները կամ զմռսած դիակները: Իսկ այժմ դիակների փոխարեն պահվում էին այնտեղ վերին հարկերում գործող վաճառականների մթերքները: — Մի ամբարանոց, ուր դարձյալ ամբարված էր խավարի իշխանության խավար հարստությունը: Ներքնատան մի մասը բռնել էր մի ասիական հյուրանոց: Մի առանձին տարակուսանք էր հարուցանում, թե ի՞նչու այդ տարօրինակ հյուրանոցը խույս էր տվել լույս աշխարհից և ապաստան էր գտել գետնի խորքում: Նա ոչ մի ընդհանուր սեղանատուն չուներ: Ամբողջ հյուրանոցը բաղկացած էր մանր, միմյանցից անջատված օթյակներից, ուր հաճախորդները առանձնանում էին, և դռները կողպելով, այնպես էին ճաշում: Օդի և լույսի շարժում չկար այնտեղ: Կար միայն մի մռայլ հասարակություն, որ ուրվականների նման խլրտում էին մթին խորշերում:

Ցերեկով մարդիկ ամաչում էին մտնել այնտեղ. հաճախում էին միայն գիշերով: Հաճախորդների թվում կարելի էր գտնել ամեն տեսակ հասարակություն, որոնց խելքին փչում էր գոնե մի անգամ ասիական հյուրանոցում ասիական «քեֆ» անել: Կերակուրները ասիական էին, սպասավորները ասիական էին. — ասիական էր և ռոխի ու սխտորի անախորժ հոտը, որ փոքր — ինչ մեղմանում էր թամբաքուի կծու մուխից, որը լցրել էր բոլոր մուտքերն ու անց քերը:

Այդ հյուրանոցի գլխավոր հարմարությունը նրանումն էր, որ հաճախորդները միմյանց չէին տեսնում, որովհետև ամենի համար գաղտնի մուտքեր կային, ամենի համար առանձին օթյակներ կային: Այդ էր պատճառը, որ ոչ ոք չգիտեր, թե ով ո՞ւմ հետ է «քեփ» անում: Այստեղ պահպանվում էր մի տեսակ հարեմական դրություն, մի տեսակ կարգ, որ բոլորի համար նպաստավոր էր:

Կարծես մի ներքին ավանդություն, մի աներևույթ հարաբերություն կար այդ հյուրանոցի և վերին հարկերում գտնվող խանութների մեջ: Ամբողջ օրը յուր արշինով զբաղված վաճառականը մի առանձին բավականություն էր զգում, երբ գիշերը ներքևում ազատություն էր տալիս յուր կամքին և կրքերին: Վերևում՝ ցերեկը անց էին կացնում փող որսալով, իսկ ներքևում՝ գիշերը անց էին կացնում սեր և հաճույք որսալով: Վերևում դժոխք, ներքևում — Սոդոմ...

Օթյակների թվում կար մի առանձնացած և մեկուսացած սենյակ, որի դռները բոլոր այցելուների համար միշտ փակ էին: Այն տեղ յուրաքանչյուր շաբաթ գիշեր հայտնվում էր մի պարոն, որ բանալին յուր հետ ուներ: Մյուս բանալին պահվում էր հյուրանոցի տիրոջ մոտ: Պատրաստ սեղանը ամեն շաբաթ գիշեր սպասում էր յուր սովորական հյուրին, որ գալիս էր, մի որևէ հյուր ևս յուր հետ բերելով: Պատահում էր, որ նա ամեննին չէր գալիս, բայց սեղանը նշանակած ժամին պետք է անպատճառ պատրաստ լիներ:

Այս գիշեր նույնպես պատրաստ էր:

Այդ ամեն փափկություններով քնքուշացրած հանգստարանը սպասավորների լեզվում հայտնի էր անունով «կարմիր սենյակ»: Եվ իրավ, կարմիր գույնը նրա սարք ու կարգի մեջ մեծ տեղ էր բռնում: Նա բ ոլորովին լուսամուտներ չուներ, բացի միակ դռնից, այնուամենայնիվ, չորեքկողմից պատած էր կարմրագույն կեղծ թավշի թանձր վարագույրներով, որ լայն ծալքերով առաստաղից իջել էին մինչև հատակը: Այդ շռայլությունը ոչ այնքան զարդարանքի համար էր, որքան արգելք դնելու համար սպասավորների խորամանկ հետաքրքրությանը, որոնք սովորություն ունեին պատերի կամ դռների մեջ աննկատելի ծակեր բաց անել գաղտագողի կերպով նայելու համար, թե ի՛նչ է գործվում ներսում: Մի կողմում դրված էր ասիական թախտ, որ ծածկված էր գեղեցիկ գորգով: Նախշուն մութաքաներն ու բարձերը իրանց պատշաճավոր տեղն էին բռնում թախտի վրա: Հատակը պատած էր նույնպես նախշուն կապերտներով: Վարագույրների միջից երևում էին զանազան պատկերներ՝ նկարված վառ գույներով, որ ներկայացնում էին մերկ կանայք խիստ հրապուրիչ դիրքերով ու ձևերով: Նրանց թվում սխալմամբ ընկել էր նապոլեոն — ի պատկերը: Արհեստական ծաղիկներով պսակած փոքրիկ հայելին զարդարում էր փոքրիկ սենյակի ճակատը: Տեղ — տեղ պատերի վրա նշմարվում էին մատիտով գրած արձանագրություններ: Չնայելով ծառաների մեծ ջանքերին, որ գործ էին դրված նրանց եղծելու համար, դարձյալ կիսով չափ կարդացվում էին: Այդ արձանագրությունները նույն անհամեստ բովանդակությունն ունեին, որոնց նմանը կարելի է տեսնել «Մուշտալիդի» խուլ ճեմելիքներում դրված նստարանների վրա, կամ բուսաբանական այգու մենավոր հովանոցներում: Պատի ժամացույցից քաշ ընկած ճոճանակը անհանգիստ կերպով շարժվում էր դեպի աջ և դեպի ձախ, և յուր մելամաղձական ձայնով ընդհատում էր տիրող լռությունը: Նրա հետ շարժվում էին սև խափշիկի սպառնական բիբերը, որ Ցագոյի աչքերով դիտում էր, թե ի՛նչ է կատարվում յուր շուրջը:

Օթյակում սպասում էր մի մանկահասակ կին: Մի քանի անգամ մոտեցավ նա սեղանի վրա դրած ընտիր ճաշակելիքներին, մի քանի անգամ փորձեց գույնզգույն հոտավետ օղիները, որ մի առանձին հրապուրանքով ախորժակ էին հրավիրում, վերջը ձանձրացավ, և, մերձենալով պարսկական թախտին, ընկողմանեցավ նրա վրա»: Գեղեցիկ և վճիտ երկնքի նման կապուտակ աչքերը, որպես մի ախտաբորբոք կիրք և աշխույժ, թափառում էին օթյակի շուրջը: Նայում էր դեպի հայելին, նայում էր պատկերների վրա: Նրա ուշադրությունը գրավեց պատկերներից մեկը, որ ներկայացնում էր ո՛վ գիտե սուլթանի կանանոցի զարդը: Փափուկ, մետաքսային օթոցի վրա հանգչում էր արևելքի գեղեցկուհին: Նա արթուն էր, դեռ չէր քնած: Հոլանի թեքը նեցուկ էր տվել սիրուն դեմքին, իսկ մտահույզ աչքերով խորասուզված էր յուր քաղցր հափշտակության մեջ: Գլխի հարուստ զիսակները արձակ ծուփերով սքողում էին հրաշալի կուրծքի մի մասը միայն. մյուս մասը երևում էր որպես մի անդիմադրելի հրապուրանք, որի առջև ամենայն ջերմեռանդությամբ ծունր կխոնարհեցներ յուրաքանչյուր մահկանացու: Մի ձեռքով բռնած ուներ սիրամարգի փետուրներից կազմված հովհարի կոթը, որ մոռացված, ընկած էր կիսամերկ ազդրի վրա, և յուր փայլուն, գույնզգույն հյուսվածքով ծածկում էր մարմնի այն հրապուրիչ մասը, որը ծածկելու համար Եվան թզենու տերև գործ ածեց: Սենյակը, որի մեջ հանգչում էր նա, դատարկ էր, ուրիշ ոչ ոք չկար: Նրա դատարկությունը լցրել էին արևելքի անհուն ճոխությունները իրանց սքանչելի զարդարանքներով: Մի կողմում դրած էր արծաթյա լվանալիքը, որ ամենայն հոժարությամբ սպասում էր մինչև յուր տիկինը քնե, արթնանա և ապա լվացվի յուր անուշահոտությամբ: Մի կողմում դեռ մխում էր գոհարազարդ նարգիլեն, որ յուր երկար, օձապտույտ ծխաքարշով դրած էր նրա մոտ: Մի անկյունում մեղմ ապակիներով նույնպես ծխում էր գեղեցիկ բուրվառը, և որպես սիրո և բորբոքման անշեղ տռչորումն, յուր կնդրկային բուրմունքը տարածում էր դեպի գեղեցիկ սենյակի դատարկությունը: Նույն բուրվառի նման ծխում էր և հարեմի գեղեցկուհու սիրտը: Տխուր էր նա և անհանգիստ: Կարծես մեկի մասին մտածում էր, սպասում էր...

Սպասում էր և նա, որ այժմ գտնվում էր «կարմիր սենյակում»: Միայնակությունը ձանձրացրեց նրան: «Անգործությունից» չգիտեր ի՛նչ անել: Միակ արարածը, որ զբաղեցնում էր նրան, այն լի փափկությամբ պատկերն էր, որի վրա նայում էր: Հարեմի կնոջ հրապուրիչ դիրքը, պառկելու հեշտախտական ձևը դյուր եկավ նրան, մտածեց նմանվիր նայեց գլխին: Ի՞նչպես և ի՞նչով հորինել այն գույնզգույն ապարոշը, որ զարդարում էր նրա սիրուն գլուխը: Նա յուր մազերն ևս արձակեց որպես նա արձակած ուներ, կուրծքը բաց արեց և ոսկեփայլ գիսակները սփռեց մերկ լանջաց և ուսերի վրա: Այդ բավական նմանեցրեց, բայց ափսո՛ս, յուր մազերն ևս այնպես սև և այնպես գանգրահեր չէին, որպես նրանը: Մնում էր ապարոշը: Վեր առեց սեղանի վրա դրած սպիտակ անձեռոցիկներից մեկը, փորձեց, հարմար չգտավ: Հետո վեր առեց յուր մետաքսյա շալը: Փաթաթեց գլխին: Դա շատ հարմար էր և մինչև անգամ սիրուն: Թիկն տվեց թախտի վրա դրած մութաքաներին, ձեռքը դրեց ծնոտին և ընդունեց նույն դիրքը, որ նա բռնած ուներ: Նայեց հայելու մեջ, որ քաշ էր ընկած հանդիպակաց պատի վրա: Մի աննմանություն գտավ: Նրա ոտները, սրունքները, մինչև ծնկներից բավական վերև, բոլորովին մերկ էին, իսկ իրանը ծածկված շրջազգեստի երկար ծալքերի ներքո: Բոլոր հաճույքը հենց այն մերկության մեջն էր: Ինքն ևս կոշիկները հանեց, գուլպաները մի կողմ ձգեց և, շրջազգեստը վեր քաշելով, յուր մարմարիոնի նման ճերմակ ոտներին նույն գրավիչ ձևը տվեց: Կրկին նայեց հայելու մեջ: Մի թերություն ևս գտավ: Նա ձեռքով բռնած ուներ սիրամարգի փետուրներից կազմված հովհար, որ յուր լայն բացվածքով սքողում էր ծնկներից վերևի մասի մերկությունը: Ինքը ևս վեր առեց յուր հովհարը, բաց արեց և նույն կերպով ձգեց յուր հոլանի ազդրի վրա: Այժմ բավական նման էր: Նայում էր հայելու մեջ և ինքն իրանով հիանում էր:

Գեղեցիկ լամպան, որ ծածկված էր վարդագույն լուսարգելով, սփռում էր յուր վարդագույն շառավիղները նրա հարուստ մարմնի վրա, և բենգալյան կրակի նման՝ երևան էր հանում մի կենդանի պատկեր, որ խիստ հազիվ անգամ ի ցույց է դրվում թատրոնների բեմի վրա: Նույն վարդագույն լույսը, ցոլանալով «կարմիր սենյակի» կարմիր վարագույրների վրա, ամբողջ շրջակայքը վառում էր վարդագույն լուսավորությամբ:

Դրսի դռան բանալին զգուշությամբ շարժվեցավ: Լսեց նա և, պահպանելով իր ծիծաղելի դիրքը, իրան ձևացրեց իբրև քնած: Ներս մտավ Սերգեյ Եգորիչ Աղա — Պարոնովը — Թիֆլիսի պատվավոր քաղաքացին և պատվավոր վաճառականը:

Նա դուռը կրկին կողպեց յուր ետևից և, մի ըղձալի ակնարկ ածելով «կարմիր սենյակի» շուրջը, ապա կամաց մոտեցավ պարսկական թախտի վրա կեղծ քնով ընկողմանած կնոջը: Նայեց, և նրա կարճ խուզած շրթունքները շարժվեցան ինքնաբավական ժպիտով: Մի քանի րոպե այնպես կանգնած, խորին հոգեզմայլությամբ նայում էր և մի թեթև շշունջ անգամ չէր հանում, մի գուցե նրան զարթեցնե և իրան զրկե այն հաճելի տեսարանից: Լամպայի վարդագույն լուսավորության մեջ՝ ավելի սքանչելի կերպով երևան էին գալիս հարուստ մարմնի հրապուրիչ գծերը: Կիսամերկ կուրծքը թեթև կերպով բարձրանում էր և մեղմ շնչառությունը թափանցում էր Սերգեյ Եգորիչի մինչև հոգու մեջ: Նա դեռ շարունակում էր նայել: Բայց երկար դիմանալ չկարողացավ, խոնարհվեցավ և կամաց համբուրեց մերկ ոտքի ծայրը: Հետո անցավ դեպի գլխի կողմը: Ձեռքը տարավ դեպի սիրուն կուրծքը, կամենում էր շոշափել, բայց վախենալով, կրկին հետ քաշեց: Դժվար է նկարագրել այդ պառավ տարփածուի տարօրինակ շարժումները, նրա ախտաբորբոք դեմքը, թե ո՛րպիսի ծիծաղելի արտահայտություն էր ստացել: Նա անդադար կռանում էր, կրկին պարզվում էր և հոտ քաշելով պտույտ էր գալիս պարսկական թախտի շուրջը: Այդ րոպեում նմանում էր նա մի կատվի, որ խորին հրճվանքով պտտվում է թակարդի մեջ ընկած մկան շուրջը, որ երեխաները զվարճության համար դնում են նրա առջև: Սերգեյ Եգորիչըր նույնպես անդադար թաթը մեկնում էր և կրկին հետ էր քաշում: Խորամանկ կինը դեռ պահպանում էր իր դիրքը: Նա կամենում էր փորձել Սերգեյ Եգորիչի սիրո աստիճանը և յուր մեջ ծիծաղել նրա հիմարություններով: Նա սկսեց կամաց շոշափել շառագունած երեսը: Կոշտ մատների խտտանքը իբր թե արթնացրին նրան, քնաթաթախ գլուխը վեր բարձրացրեց, ինչ — որ մրմնջաց և կրկին դրեց բարձի վրա: Սերգեյ Եգորիչը զգուշությամբ անցավ ոտների կողմը և աչքերը զլած սպասում էր, մինչև դարձյալ քնե: Մերկ մարմնի վրա նայելը, այն ևս գեղեցիկ կնոջ փափուկ մարմնի վրա, մի առանձին զվարճություն էր պատճառում ցամաքած սրտին: Նա կրկին իր շրթունքները զգուշությամբ մոտեցրեց ոտներին:

— Թո՛ղ, մայրիկ... թո՛ղ, մի քիչ էլ քնեմ..., — լսելի եղավ պատրվակյալ քնողի քնքուշ ձայնը:

«Նա կարծում է, որ իրանց տանն է, — մտածեց Սերգեյ Եգորիչը, — և պառավ մայրը հանգստություն չէ տալիս իրան»:

Սերգեյ Եգորիչի ծնկները արդեն սկսել էին դողդողալ: Աթոռը մոտ քաշեց, նստեց պարսկական թախտի մոտ: Անհամբերությունը դարձյալ սկսեց խռովել նրան: Ձեռքը մեկնեց, կամենում էր բարձրացնել հովհարը, որ սքողում էր նրա մարմնի ավելի հրապուրիչ մասը: Ձեռքը դողդողաց և իր ծանրությամբ ընկավ հովհարի վրա: Անզգուշությունը իբրև թե արթնացրեց քնած կնոջը: Աչքերը բաց սյրեց և, տեսնելով Սերգեյ Եդորիչին, պառկած տեղից վեր թռավ, փաթաթվեց նրա պարանոցին: Սերգեյ Եգորիչը գրկեց նրան և, նստեցնելով յուր մոտ, թախտի վրա, սկսեց ամենայն սիրով փայփայել գեղեցիկ գլուխը:

Նա կամեցավ հագնել: Բայց Սերգեյ Եգորիչը արգելեց, ասելով.

— Ինչո՞ւ զարթնեցար, մի քիչ էլ քնեիր, այնպես լա՛վ էր. շա՛տ լավ:

— Մի՞թե, — ծիծաղելով հարցրեց կինը: — Ի՞նչ անեի, երկար սպասեցի, մինչև բոլորովին ձանձրացա: Չգիտեի՝ ինչո՞վ զբաղվել: Սկսեցի հիմարություններ անել: Մտածեցի նմանվել այն պատկերին (նա ձեռքը տարավ դեպի պատկերը): Այնպես պառկեցի, քունս տարավ:

Նա կամեցավ գլխի ապարոշը արձակել, Սերգեյ Եգորիչը դարձյալ արգելեց, ասելով.

— Ոչ, ոչ, այսպես թող մնա, այսպես ավելի գեղեցիկ ես երևում ինձ:

— Ասիական հյուրանոցում պետք է ասիական կերպարանք ստանալ, — նկատեց կինը, զիջանելով նրա խնդիրքին:

Սերգեյ Եդորիչին խիստ դյուր եկավ նրա զիջումը, մտածեց իսկույն ուրախացնել նրան: Գրպանից հանեց մի փոքրիկ տուփ և ցույց տալով հարցրեց.

— Դե իմացիր, ի՞նչ կա դրա մեջ:

— Մատանի է:

— Ոչ,

— Ժամացույց է:

— Ոչ,

— Քորոց է:

— Ոչ,

— Ապարանջան է:

— Իմացար, — ասաց Սերգեյ Եգորիչը և բաց արավ տուփը: — Դրանք նույն ապարանջաններն են, որ դու տեսել էիր մի հայ վաշխառուի մոտ: Գրավ էին դրված: Տերը չկարողանալով փողը վճարել, թույլ էր տվել, որ ծախե:

— Ո՞րքանով գնեցիր:

— Շատ աժան: Հինգ հարյուր ռուբլիով:

Ուրախացած կինը խլեց նրա ձեռքից թանկագին ընծաները և իսկույն հագավ բազուկների վրա:

— Ո՜րքան բարի ես դու, Սերգեյ Եգորիչ, — ասում էր նա, հիացմամբ նայելով խոշոր ադամանդների վրա:

— Քեզ համար ես ոչինչ չեմ խնայի, — պատասխանեց Սերգեյ Եգորիչը: — Այդ ապարանջանները Վարանցովի ժամանակներում կրում էր մի վրացի իշխանուհի, երբ պալատում բալի էր հրավիրվում: Իսկ այժմ պետք է կրես դու:

— Թանկագի՜ն Սերգեյ Եգորիչ, աննմա՜ն Սերգեյ Եգորիչ, — կրկնում էր հիացած կինը:

Փոքրիկ սենյակում օդը լամպայի ջերմությունից սաստիկ բորբոքման մեջ էր: Բորբոքման մեջ էր և Սերգեյ Եգորիչը: Նա վեր կացավ, սերթուկը հանեց, մի կողմ դրեց, ժիլետի կոճակները արձակեց, շապկի թեքերը վեր քաշեց և այնպես մոտեցավ սեղանին, հրավիրելով, որ օրիորդն ևս նստե, մի բան ուտեն:

— Ինչո՞ւ այդքան ուշացար, Սերգեյ Եգորիչ, — հարցրեց օրիորդը, մոտենալով սեղանին: — Որքան սպասեցի ես, որքան տխրեցի ես, մի խոսքով, փոքր էր մնում, որ լաց լինեի:

— Ճշմարի՞տ ես ասում, Սոֆի, — հարցրեց Սերգեյ Եգորիչը առանձին ուրախությամբ նայելով նրա երեսին: — Մի՞թե այդքան կարոտել էիր ինձ: Ոչ, սուտ ես ասում, Սոֆի: Եթե մի փոքր ևս ուշանայի, երևի կգնայիր, չէիր սպասի ինձ:

— Չէի գնա, Սերգեյ Եգորիչ, աստված է վկա, չէի գնա, Կսպասեի, մինչև լույս կսպասեի քեզ:

Սերգեյ Եգորիչը մատով կամաց զարկեց նրա քթի ծայրին՝ ասելով.

— Շա՜տ լավ աղջիկ ես, Սոֆի:

Ախորժակը բաց անելու համար՝ մինը մյուսի հետևից խմեց նա երկու րյումկա օղի, իսկ օրիորդին առաջարկեց քաղցր և հոտավետ ըմպելիքներ, որոնց մի քանի տեսակը դրած էր սեղանի վրա: Ճաշելիքները նույնպես բազմատեսակ էին: Սերգեյ Եգորիչը ընտրում էր անուշ պատառները և իր ձեռքով դնում էր նրա պնակի մեջ:

Սոֆիա Իվանովնան — այսպես էին կոչում նրան — արդեն իր հասակի երեսուն տարեկանին հասած, մի պառավ օրիորդ էր, ազգով ռուս: Հայրը մեռավ բարակացավից, իսկ մայրը աղքատության կսկիծից: Յուր կյանքի դեռ նոր ծաղկած ժամանակը նա մնաց բոլորովին որբ և անխնամ, երբ դեռ նոր էր ավարտել ուսումը մի օրիորդական դպրոցում. Անփորձ աղջիկը չգիտեր ի՞նչ անել, որ քաղցած չմնա: Միակ եղբայրը նրան չէր օգնում, զբաղված էր թղթախաղով: Հոր ծանոթներից մեկը, մի վաճառական, վեր առեց նրան յուր տանը, որպես դաստիարակ յուր փոքրիկ որդիների: Իբրև վաճառական (որովհետև փող և հաց էր տալիս), աշխատեց նա օգուտ քաղել և օրիորդի միամտությունից: Օրիորդը թողեց այդ տունը, բայց այն ժամանակ, երբ արդեն դժբախտացած էր: Այնուհետև նա ընկավ ձեռքից ձեռք, մինչև հասավ Սերգեյ Եգորիչ Աղա — Պարոնովին:

Երկուսն էլ ուտում էին, երկուսն էլ խմում էին: Բացի Կախեթու գինուց, դրած էին և եվրոպական գինիներ: Բայց Սերգեյ Եգորիչը որքան խմում էր, փոխանակ ուրախանալու, այնքան ավելի տխրում էր: Նա չէր կարողանում մոռանալ յուր կնոջը և նրա գիշերային արշավանքը սպասավորների հետ: Որքան մտածում էր, այնքան ավելի դժվարանում էր լուծել յուր համար բոլորովին անբացատրելի գաղտնիքը: Կնոջ մասին կասկած չուներ նա, բայց չէր էլ կարողանում փարատել յուր տարակուսանքը, թե ինչո՞ւ էր գիշերով թափառում նա այն խուլ և դատարկ փողոցներում, ուր ցերեկով անգամ օրինավոր մարդիկ ամաչում են մուտք գործել:

Օրիորդը նկատեց Սերգեյ Եգորիչի թախծությունը, մտածեց զվարճացնել նրան: Բայց զվարճացնել կարելի էր միայն գինիով: Սրտի և զգացմունքների քաղցրության համար բոլորովին բթացած էր նա:

— Ի՞նչպես են կոչում այն մարդուն, — հարցրեց նա — որ սեղանի վրա կառավարում է:

— Դոլուբաշի:

— Դալիբաշի, — կրկնեց օրիորդը չմոռանալու համար:

— Դոլուբաշի, — ուղղեց Սերգեյ Եգորիչը:

Օրիորդը դարձյալ կրկնեց նույն արտասանությամբ:

— Միևնույն է՝ «դոլուբաշի» թե «դալիբաշի», — նկատեց Սերգեյ Եգորիչը ժպտալով: — Երկուսն էլ միևնույն պաշտոնն են կատարում:

Օրիորդը չհասկացավ Սերգեյ Եգորիչի արտասանությունը:

— Բայց այն պայմանով, — ասաց նա, — որ «կենացները» մեր օթյակի սահմանից դուրս չպիտի անցնեն:

— Ի՞նչպես, — հարցրեց Սերգեյ Եգորիչը:

— Կամենում եմ ասել, որ այս օթյակը մի գեղեցիկ աշխարհ է, սիրո և զվարճության աշխարհ: Ունի յուր բախտավոր և անբախտ արարածները, ունի յուր երևելի և աներևույթ ոգիները, որ թևատարած հովանավորում են այցելուներին: Կխմենք նրանց կենացը: Ես սկսում եմ առաջինից: Նայիր դեպի այն պատկերը:

Սերգեյ Եգորիչը նայեց դեպի այն կողմը:

— Տեսնու՞մ ես, անտառ է: Ծառերը դեռ պատած են վաղորդյան մշուշով: Արևի առաջին ճառագայթները ոսկեջրել են մի կողմը միայն: Մյուս կողմը դեռ ընկղմված է անսահման մթության մեջ: Անտառի միջից աղմկելով վազում է լեռնային գետակը, արծաթափայլ ալիքները շողշողալով ժպտում են երկնային ճառագայթների առջև: Մի խումբ գեղուհիներ լողանում են սառն ալիքների մեջ: Ջուրը փրփրում է, ջուրը փոթորկվում է նրանց ուրախ խաղերից: Դրանք անտառային հավերժահարսունք են, ծառերի և ծաղիկների ոգիներն են: Մի քանիսը, այնպես կիսամերկ, գետից դուրս գալով, նրա ափերից ծաղիկներ ու կանաչներ են փնջում իրանց գլուխը պսակելու համար: Մի քանիսը փունջերը ձգել են ջրի երեսին, ջուրը տանում է, և նրանք լողալով շտապում են, որ բռնեն: Մի քանիսը քաշ են ընկած գետի եզերքը հովանավորող ծառերի ոստերից, պտուղներ են քաղում: Նայի՛ր, ինչպես սքանչելի կերպով նկարված է այն մարմինը, որ ձեռքերը մեկնել է դեպի վայրենի շլորենու ոստը: Նայի՛ր ուսերին, նայի՛ր սրունքներին: Յուրաքանչյուր անդամը, յուրաքանչյուր մասը մերկ մարմնի, բովանդակում է յուր մեջ անսպառ երանություն: Աչքդ դարձրու դեպի այն կողմ, ուր թուփերի մթության միջից հազիվ նշմարվում է մի գանգրահեր գլուխ: Նա ընկած է կուրծքի վրա և ագահ աչքերով նայում է դեպի լողացող գեղուհիները: Աչքերը վառվում են և հեշտախտությունից բորբոքված շրթունքները ուռչում են: Նայի՛ր նրա երեսին, որքան ուրախություն կա այդ մանուկ դեմքի վրա: Դա մի սիրախնդիր պատանի է, անտառի որսորդ պատանիներից մեկը: Խմե՛նք նրա կենացը:

— Խմե՛նք, — կրկնեց Սերգեյ Եգորիչը և դատարկեց յուր բաժակը:

— Նայիր դեպի մյուս պատկերը, — շարունակեց օրիորդը: — Դրանից ես առի այն օրինակը, այն պառկելու ձևը, որին հանդիպեցար դու իմ քնած միջոցին: Դա, ո՞վ գիտե, ո՛ր շահի, ո՛ր սուլթանի կանանոցի զարդն է: Բայց տեսնո՞ւմ ես ո՛րքան տխուր է, որքա՛ն թախծալի է: Կարծես բանտարկված լինի յուր անհուն հարստության մեջ: Կարծես այն բոլոր գեղեցիկ պճրանքները նրան խեղդելու համար լինին հորինված. այո՛, նա մի անբախտ զոհ է, մի թշվառ գերի է յուր ոսկով ու մետաքսով զարդարած շրջապատի մեջ: Տեսնո՞ւմ ես, մեկին սպասում է, ինչպես ես սպասում էի քեզ: Դու եկար, ես ուրախացա: Բայց ո՞վ թույլ կտա նրա սիրո և քաղցր երազների առարկային ոտք դնել կանանոցի անմատչելի շեմքի վրա: Խմե՛նք այդ անբախտի կենացը:

— Խմե՛նք, — կրկնեց Սերգեյ Եգորիչը և դատարկեց յուր բաժակը:

— Նայի՛ր դեպի այն պատկերը: Եգիպտոսի արևակեզ անապատների միջով, յուր սպիտակ նժույգի վրա նստած, անցնում է մի հերոս: Նրա ետևից գնում են նրա լեգեոնները: Հեռվից երևում են փարավոնների հսկա բուրգերը և մի քանի ֆենիքյան արմավենիներ, որ իրանց երկար ու մերկ բուներով և փնջաձև կատարներով ցցված են անապատի դատարկության մեջ...

— Դա ո՞ւմ պատկերն է, — ընդհատեց Սերգեյ Եգորիչը:

— Նապոլեոն առաջինի: Բայց գիտե՞ս ով էր Նապոլեոնը:

— Մեր բանկի դիրեկտորն է, — պատասխանեց Սերգեյ Եգորիչը:

Օրիորդը սկսեց ծիծաղել:

— Այդ թողնենք, — ասաց օրիորդը: — Նապոլեոնը մի

պատերազմասեր մարդ էր. ես չեմ սիրում խմել այդպիսի անձանց կենացը, որ միշտ արյունով են ողողում իրանց փառքը: Ահա նրա պատկերի մոտ քաշ է ընկած միայլ պատկեր: Տիկինը պատրաստվել է դուրս գալու: Գեղեցիկ, սենեկային ծառան մի ձեռքով տալիս է նրան հովանին, իսկ մյուս ձեռքի մատով շոշափում է յուր տիկնոջ սիրուն այտերը: Լուսամուտից զաղտագողի կերպով նայում է աղջիկ, ու ձեռքով համբույրներ է ուղարկում յուր մոր տարփածուին: Նրան տեսնում է ծառան և ամենայն բավականությամբ ժպտում է: Խմե՛նք այդ բախտավորի կենացը:

— Ես չեմ խմի, — ասաց Սերգեյ Եգորիչը հրաժարվելով:

— Ինչո՞ւ, — հարցրեց օրիորդը:

— Մի ծառա, որ այնքան լրբություն ունի, որ սիրահարվում է յուր տիկնոջ վրա և միևնույն ժամանակ սիրում է նրա աղջկան, — ես չեմ խմի մի այդպիսի անզգամի կենացը:

Սերգեյ Եգորիչը մտաբերեց յուր կնոջը և ծառային:

— Ինչո՞վ է մեղավոր ծառան, — պատասխանեց օրիորդը, — երբ տիկինը ինքն է սովորեցնում նրան այդ լրբությունը: Վերջապես, այս քաղաքում մի բոլորովին բացառիկ երևույթ չէ, որ օրիորդները իրանց առաջին սիրահարությունը սկսում են ծառաներից, իսկ տիկինները զվարճանում են իրանց ծառաներով, կարծելով, թե դրանք ավելի խորհրդապահ կլինեն, կամ նրանց ասածին ոչ ոք չի հավատա:

— Այդ դու ո՞րտեղից գիտես:

— Գիտեմ: Շատ փաստեր գիտեմ: Կամենո՞ւմ ես, մի ըստ միոջէ կպատմեմ, թե ի՞նչ պաշտոն են կատարում այն առողջ իմերել ծառաները, մանավանդ հայ վաճառականների տներում, ուր ես դժբախտություն եմ ունեցել մուտք գործել:

— Մի՛ պատմիր, այդ մասին լսել անգամ չեմ կամենում, — ասաց Սերգեյ Եգորիչը, երեսը շուռ տալով:

Օրիորդը ուշադրություն չդարձրեց:

— Նրանցից մեկն էլ ձեր տանը կա, — նկատեց նա:

— Դու կարծո՞ւմ ես, իմ կի՞նը, իմ աղջի՞կը..., — գոչեց Սերգեյ Եգորիչը, առանց խոսքը ավարտելու:

— Ոչ միայն կարծում եմ, այլ համոզված եմ...

Սերգեյ Եգորիչը ձեռքը տարավ դեպի բորբոքվող ճակատը և մի քանի րոպե մնաց լռության մեջ:

Ոչ ոք այնպես պարզ և այնպես հանդուգն կերպով համարձակություն չունի տղամարդի երեսին զարկելու նրա ընտանեկան կեղտերը, որպես սիրուհին: Դրանով նա կարծես կամենում է վրեժխնդիր լինել, կամենում է թեթևացնել այն հանցանքը, որ գործում է և ինքը: Եվ այդ դեպքում, տղամարդը ոչ ոքի առջև այնպես զինաթափ չի լինում պաշտպանելու յուր ընտանեկան պատիվը, որպես սիրուհու առջև, որովհետև ինքը ևս նույն մեղքի մեջն է գտնվում, որով դատապարտում են յուր կնոջը կամ աղջկան:

— Ինչո՞ւ ես վրդովվում, Սերգեյ Եգորիչ, — հարցրեց օրիորդը: — Կինը առանց սիրո չէ կարող ապրել. դա նրա կենսական ամենամեծ պիտույքն է: Երբ նա իր ամուսնուց բավականություն չէ գտնում, աշխատում է մուրալ օտարներից:

— Ինչպես դու, — ընդհատեց Սերգեյ Եգորիչը:

— Այո՛, ինչպես ես, — պատասխանեց օրիորդը դառնացած կերպով: — Բայց զանազանությունր նրանումն է, որ ես երբեք ամուսին չեմ ունեցել և այժմ չունիմ:

— Սիրեկաններ ունեցե՞լ ես:

— Ունեցել եմ: Բայց ինձ հետ չէ կարելի համեմատել ոչ քո կնոջը և ոչ նրա ամբողջ դասակարգը: Նրանց դիրքը, նրանց կոչումը զանազան խոչընդոտներ են հարուցանում նրանց առջև: Իսկ աշխարհային կարգերը դնում են նրանց անխուսափելի դժվարությունների մեջ: Իբրև բարձր շրջանի տանտիկիններ, ստիպված են՝ հավասարների առջև իրանց բարձր պահել: Կամենում եմ ասել՝ բարոյական երևալ: Եվ կամա — ակամա ընկնում են ծառաների գիրկը:

— Ինչո՞ւ անպատճառ ծառաների գիրկը: Եթե մի կին կամենում է անբարոյական լինել, կարող է ավելի լավին ընտրել:

— Նրա համար, սիրելի Սերգեյ Եգորիչ, որ փոքրիշատե ընտիր մարդկանց սերը գրավելու համար որոշ զարգացում, որոշ կրթություն է հարկավոր, որից զուրկ են ձեր կանայք: Բացի դրանից, ընտիր մարդկանց առջև ձեր դռները միշտ փակ են: Դուք եվրոպական, այլ խոսքով, լուսավոր աշխարհի կենցաղավարության մեջ պահպանում եք մի տեսակ հարեմական դրություն և ձեր կանայքը պահպանում եք ծառաների հսկողության ներքո, ինչպես հին աշխարհը պահում էր ներքինիների հսկողության ներքո: Բայց ներքինու և իմերել ծառայի մեջ մեծ զանազանություն կա: — Հիմա կխմե՞ս այդ բախտավոր ծառայի կենացը: — Նա ձեռքը կրկին մեկնեց դեպի վիճաբանության առարկա եղող պատկերը:

— Չե՛մ խմի, — պատասխանեց Սերգեյ Եգորիչը նախկին համառությամբ:

— Լավ, այդ թողնենք, — ասաց օրիորդը զարմանալով, թե ինչու յուր առաջարկությունը այնպես զայրացրեց Սերգեյ Եգորիչին: — Սկսենք մնացյալները:

Նրանք խմեցին բոլոր մերկ և կիսամերկ կանանց կենացները, մինչև հասան մեկին, որ հայտնի չէր, թե ի՞նչ հիմարությամբ պանդոկատերը դրել էր մյուսների կարգում:

— Տեսնո՞ւմ ես այդ պատկերը, Սերգեյ Եգորիչ, դա ընկած և վերստին կանգնած կնոջ պատկերն է: Մի ժամանակ նրա սիրտը լցված էր յոթ դևերով, իսկ այժմ հրեշտակներն ամենայն քնքշությամբ թևապարում են նրան: Տխո՛ւր է նա, և որպես մի անմխիթար սգավոր, հերարձակ գլուխը խոնարհած, ողբում է, ցավալի մահը այն էակի, որ, յուր աստվածային ձեռքը մեկնելով, դուրս քաշեց նրան ընկած դրությունից և կանգնեցրեց կնոջ ամենաբարձր արժանավորության վրա: Խմենք այդ սիրելի կնոջ կենացը, որի օրինակը պետք է խրատական լինի մեզ՝ բոլոր ընկածներիս:

— Ո՞վ էր նա, — հարցրեց Սերգեյ Եգորիչը բոլորովին սառնությամբ:

— Մարիամ Մագթաղենացին:

— Հա՛, Մարիամ Մարթալացի՛ն, — կրկնեց Սերգեյ Եգորիչը մի այնպիսի ձայնով, որ կարծես իրանց լվացարար Մարիամի մասին լիներ խոսքը:

— Ոչ, Մարիամ Մագթաղենացին, — ուղղեց օրիորդը Սերգեյ Եգորիչի սխալը:

Սերգեյ Եգորիչը արտասանեց դարձյալ նույն ձևով:

— Լսի՛ր, Սերգեյ Եգորիչ, մի ժամանակ, երբ ես դաստիարակ էի, վարժուհի էի, այն երանելի ժամանակներում, մի անգամ ինձ հրավիրեցին իբրև քննիչի օգնական մի օրիորդական դպրոցում, որ գտնվում էր քաղաքիս ամենաաղքատ թաղերից մեկում և պահպանվում էր բարեգործական օժանդակություններով: Այնտեղ իշխում էր մի վարժուհի, որի մասին պատմում էին, թե զարմանալի ընդունակություն ունի աշակերտուհիների համար միշտ նորանոր պատիժներ հնարելու: Մի անգամ մի փոքրիկ աղջկա երեսին մեղր էր քսել տվել և, թևքերը կապելով, կանգնեցրել էր դասատան մեջայնքան ժամանակ, մինչև ճանճերը հավաքվելով բոլորովին լիզել էին մեղրը խեղճ դատապարտյալի երեսից: Դու երկու սխալ գործեցիր, նախ չիմացար, թե ո՞վ էր Նապոլեոն առաջինը, իսկ այժմ չես իմանում, թե ով էր Մարիամ Մագթաղենացին: Առաջին սխալը կներեմ քեզ, բայց, իբրև քրիստոնյա, պետք է գիտենաս, թե ո՛վ էր Մարիամ Մագթաղենացին: Դու ինձ այն ասա, դոլուբաշին ու՞նի իրավունք ամեն տեսակ պատիժներ տալու:

— Ունի:

— Ես քեզ կտամ այն հիմար վարժուհու պատիժներից մեկը, այստեղ մեղր չկա, բայց մի ուրիշ բան կքսեմ ես քո երեսին:

Սեղանի վրա դրած էր մի պնակով մածուն: Սերգեյ Եգորիչը առանց մածունի ոչ ճաշ կուտեր և ոչ ընթրիք: Օրիորդը վեր առեց մածունը և քսեց նրա երեսին: Սերգեյ Եգորիչին խիստ ախորժելի թվեցավ օրիորդի կատակը:

— Այստեղ ճանճեր չկան, — ասաց նա, — հիմա ո՞վ պետք է լիզի այդ մածունը:

— Ես, — պատասխանեց օրիորդը:

Սերգեյ Եգորիչը ուրախացավ:

Օրիորդը վեր առեց անձեռոցիկը և սրբեց նրա երեսը:

Երկուսն էլ արդեն հարբած էին, երկուսն էլ գտնվում էին հոգու այն տրամադրության մեջ, երբ խելքը այլևս չէ իշխում կրքերին: Նրանք խմել էին փոքրիկ սենյակի համարյա բոլոր առարկաների կենացը, սկսյալ պատկերներից, մութաքաներից մինչև...

Փոքրիկ սենյակում օդը այժմ ավելի խեղդուկ էր: Լուսամուտներ չկային: Պետք էր միայն դուռը բաց անել, փոքր — ինչ թարմ օդ ներս թողնելու: Բայց դուռը բաց թողնել նրանք չէին ցանկանում: Օրիորդի դեմքը թե՛ խմելուց և թե սենյակի տաքությունից բոլորովին շառագունել էր: Սերգեյ Եգորիչը այժմ մի առանձին կարոտությամբ էր նայում նրա վրա:

Պատի ժամացույցը զարկեց երկուսը: Ստորերկրյա հյուրանոցը այդ պահուն գտնվում էր յուր խորին, սանդարամետական ուրախության մեջ: Ամեն կողմից լսվում էր մի խուլ դղրդյուն, որ նման էր կատաղի արբշռոտության: Ամենուրեք տիրում էր մի խորհրդավոր իրարանցում, որ ծածկվում էր մթին խորշերում: Մարդիկ ուրվականների նման հայտնվում էին խավար նրբանցքներում և դարձյալ անհայտանում էին: Բոլոր օթյակները բռնված էին, և բոլորի դռները ներսից կողպված էին: Նրանք կիսով չափ բացվում էին այն ժամանակ, երբ սպասավորները զգուշությամբ մոտենում էին և կամաց բախում էին: Այդ միջոցին միայն վարագույրի ետևից հայտնվում էր մի ձեռք և ներսից ընդունում էր սպասավորի բերած նոր ըմպելիքը կամ ուտելիքը:

Սերգեյ Եգորիչը կուշտ ուտելուց և կուշտ խմելուց հետո մի առանձին բավականությամբ ձեռքը քսեց կռճակներից արձակ փորին, կարծես փորձելու համար՝ արդյոք այլևս տեղ մնացե՞լ էր լցնելու, և ապա հեռացավ սեղանից, ձգվեցավ թախտի վրա: Օրիորդը նույնպես հեռացավ սեղանից, նստեց կողքին: Մի քանի րոպե լուռ նայում էր նրա երեսին, և նրա թախծալի աչքերում կարդացվում էին հետևյալ տխուր խոկումները. «Ո՛րտեղից ո՛րտեղ... ես ո՞ւր, և այդ ամեն զգացմունքներից զուրկ ծերուկն ո՛ւր... գա ի՞նչ իմ զույգն է»...

Օրիորդը իսպառ փչացած չէր: Նրա մեջ դեռ մնացել էին շատ մաքուր և շատ անարատ կայծեր, բայց թաղված խորտակված սրտի մոխրի մեջ: Մի շունչ, մի հրաբորբոք շունչ բավական էր կրկին վառելու նրանց: Եվ դա կարող էր լինել անկեղծ սիրո բարերար շունչը, որին կարոտ էր նա: Բայց ամենքը խաբեցին, ամենքը դավաճանեցին նրան: Ամեն ոք յուր սիրո խոստումներով մի ուժգին աքացի տվեց նրան, մինչև գլորվեցավ տիղմի մեջ, անբարոյականության անդունդը: Այժմ նույն անդունդի մեջ էր գտնվում, մի ստորերկրյա կասկածավոր հյուրանոցի օթյակում, մի զզվելի վաճառականի կողքին, որի բոլոր արժանավորությունը բովանդակվում էր յուր ծանր քսակում: Վաճառական էր նա՝ այդ բառի լիակատար նշանակությամբ: Նա ամեն ինչ սովոր էր գնել փողով, մինչև անգամ գեղեցիկ կնոջ սերը:

Օրիորդը մտածեց կատակներ անել նրա հետ և, թեքով հենվելով արձակ կուրծքի վրա, սկսեց յուր քնքուշ մատներով խաղալ նրա գլխի կարճ խուզած, ալեխառն մազերի հետ:

— Ծերացա՛ր, Սերգեյ Եգորիչ, ծերացար դու, — անդադար կրկնում էր նա, փայփայելով յուր Կրեսոսի ճակատն ու գլուխը: — Ե՞րբ պետք է վերադառնա քո մանկությունը:

— Մազերս թող չխաբեցնեն քեզ, Սոֆիա Իվանովնա, — պատասխանում էր Սերգեյ Եգորիչը: — Ես դեռ չեմ ծերացել, սիրտս բոլորովին թարմ է մնացել, իսկ հոգիս՝ լի սիրով քեզ համար, միայն քեզ համար, Սոֆիա Իվանովնա:

Օրիորդի դեմքի վրա երևաց մի երկբայական ժպիտ:

— Ճշմարի՞տ ես ասում, միայն ի՞նձ համար, — հարցրեց նա, ավելի պինդ կերպով շոշափելով յուր պառավ հերոսի բորբոքված երեսը, որ շատ խմելուց բոլորովին աղյուսի գույն էր ստացել:

— Թ՛ող որդիքս մեռնեն, թո՛ղ աստված ինձ տասը պատիժ տա, եթե սուտ լինիմ խոսում:

Այս երդումների միջոցին Սերգեյ Եգորիչը ձեռքը մեկնեց և օրիորդի գեղեցիկ գլուխը մոտեցնելով յուր շրթունքներին, համբուրեց և մի ինչ — որ խոսք փսփսաց նրա ականջին:

— Այդ չե կարելի, Սերգեյ Եգորիչ, — ասաց օրիորդը, աշխատելով հեռանալ նրա մոտից:

— Ինչո՞ւ չէ կարելի, — թախանձում էր Սերգեյ Եգորիչը, — պինդ կերպով բռնած ունենալով նրա ձեռքից:

— Անամո՛թ մարդ...

Սերգեյ Եգորիչը ամոթից թե խղճի մի այլ խայթից մնաց ապշած, քարացած՝ դրության մեջ, յուր թախտի վրա:

Օրիորդը շտապով հագնվեցավ և, բազուկներից դուրս հանելով այն գիշեր ընծա ստացած թանկագին ապարանջանները, նետեց «բարի» և «սիրելի» մարդու երեսին, և ապա կողպված դռները բաց անելով, դուրս փախավ:

Սերգեյ Եգորիչը դեռ գտնվում էր սաստիկ խռովության մեջ: Մոռանալով սերթուկը հագնել, միայն ծածկեց ցիլինդրը, և այնպես կիսամերկ, ժիլետի կոճակներն արձակ, վազեց անակնկալ փախստականի ետևից: Բայց արդեն ուշ էր: Հեռվից, Երևանյան հրապարակի վրա, լսվում էր նրա սուր ձայնը՝ «ֆայտո՛ն»...

Սերգեյ Եգորիչը չլսեց այդ ձայնը և յուր արբած դրության մեջ՝ դեռ այնքան տիրապետում էր իրան, որ մտածեց, որպեսզի իրան չտեսնեն, մի այլ ճանապարհով հետամուտ լինի փախստականին: Նա շտապեց անցնել հյուրանոցի այն կողմով, որ կոչվում էր «ետնի մուտք»: Այդ կողմումն էր խոհանոցը: Այդ կողմում թափված էին թե́ խոհանոցի լափը և թե արբած բազմության ապականությունները: Բայց Սերգեյ Եգորիչը ոչինչ չէր զգում, ոչինչ չէր նկատում, միայն վազում էր: Այդ տեսակ տեղերը սովորաբար վատ լուսավորված են լինում, իսկ այդ միջոցին, գիշերից բավական անցած լինելով, միակ լապտերը բոլորովին մարած էր: Մի անկյունում, պատի մոտ, դրած էին հասասների ավելները, որ կապել էին երկար ձողերի գլխին: Առավոտյան նրանցով պետք է մաքրեին տիրող ապականությունը: Մթության մեջ Սերգեյ Եգորիչի ոտքը դիպավ ավելների խուրձինը և երեսի վրա ցած գլորվեցավ: Գլուխը սաստիկ զարկվեցավ սալահատակին, իսկ ցիլինդրը գլխից թռչելով ընկավ ապականությունների մեջ: Մի քանի րոպե մնաց նա ուշակորույս անշարժության մեջ: Հետո սկսեց թավալվել, անկարող լինելով կրկին վեր բարձրանալ: Երկար տանջվում էր նա, եր́կար թավալվում էր, և միևնույն ժամանակ պատվավոր վաճառականի երեսը լողում էր մի թանձր հեղուկի մեջ, որ լճացած էր սալահատակի վրա: Դա ուրիշ ոչինչ չէր, եթե ոչ, արբեցողներից. մեկի փսխունքը, որ ներկված էր կախեթու կարմիր գինով:

Նրա հառաչանքը արթնացրեց պատի մոտ քնած հասասին, որ խարխափելով մոտեցավ և վեր բարձրացրեց լրնկածին;

Հասասը ճանաչեց նրան:

— Այդ դո՞ւ ես, աղա, — ասաց նա և զարմացած կերպով սկսեց նայել քարվանսարայի ամենանշանավոր մարդու վրա:

(Անավարտ)

ՑԱՆԿ